C. M. SPOERRI

Die Legenden von Karinth

Band 1

STERNENSAND VERLAG

Lass Dich von Altra verzaubern …

http://cmspoerri.ch
info@cmspoerri.ch

Zu den lieferbaren Titeln von C. M. Spoerri siehe Seite 444.

1. Auflage, September 2016

Umschlaggestaltung: Alexander Kopainski | alexanderkopainski.de
Landkarten: C. M. Spoerri 2016
Illustrationen: Shutterstock.com | fotolia.de
Lektorat / Korrektorat: Wolma Krefting | bueropia.de
Satz: Sternensand Verlag GmbH
Druck und Bindung: Smilkov Print Ltd.

ISBN-13: 978-3-906829-20-3
ISBN-10: 3-906829-20-3

In zwanzig Jahren wirst du mehr enttäuscht sein
über die Dinge, die du nicht getan hast,
als über die Dinge, die du getan hast.
Also löse die Knoten, laufe aus dem sicheren Hafen
aus und erfasse mit deinen Segeln die Passatwinde.

Mark Twain
(1835 - 1910)

Altra
LORMIR
Lormir
Gelor
Heystedt
Vel
Westend
Westendwald
Winsor
Ilnau
Wälder von Zakatas
Zakatas
Boreas
Hored
End
Amoen
Rott
Fayl
Zwillings-See
Rahen
Valven
Talem
Kart
See von Arida
Arida
FAYL
Orta
Kempt
Wels
Arganta
ARGANTA
Drogir
Bris
Hort
Vulna
Felv
Mai See
Jost
Irena
Belar
Melv
Bairout
CHAKAS
Scopet
Chakas
Chaka-See
Oda
Gohar-Wüste
Talmeren
Gerun
Oshema
Wälder von Robrero
OSHEMA
Collis
Bela
Mel
Geruna
Ora
Margen
Os
Ren
Molarwald
Molar
Cauta
MERITA
Lapot
Port
Portez
Kanter
Ina
Merato
Mons
Meritawald
Caps
Darton
Merita
Baltros
N
E
S
W

WESTEN VON ALTRA

Karinth
Nordkarinth
Hochwald
Südkarinth
Desora - Wüste
Halbinsel Brun
Brun-Gebirge
Todeszone
Ostar
Belvon
Meron
Merona
Meroner-See
Ona
Belvoner-See
Belv
Hen
Arona
Ripa
Ripassa
Moen
Pelran
Xart
Xartalon
Zollis
Karinth
Karinther-See
Menten
Wanken
Talon
Min
Serlon
Nelim
Wenar
Serinte
Kar
Sora
Bel
Togir
Zahir
Beirun
Brun
Bruna
Desora
Kerim
Setos
N
W
E
S

NORDKARINTH

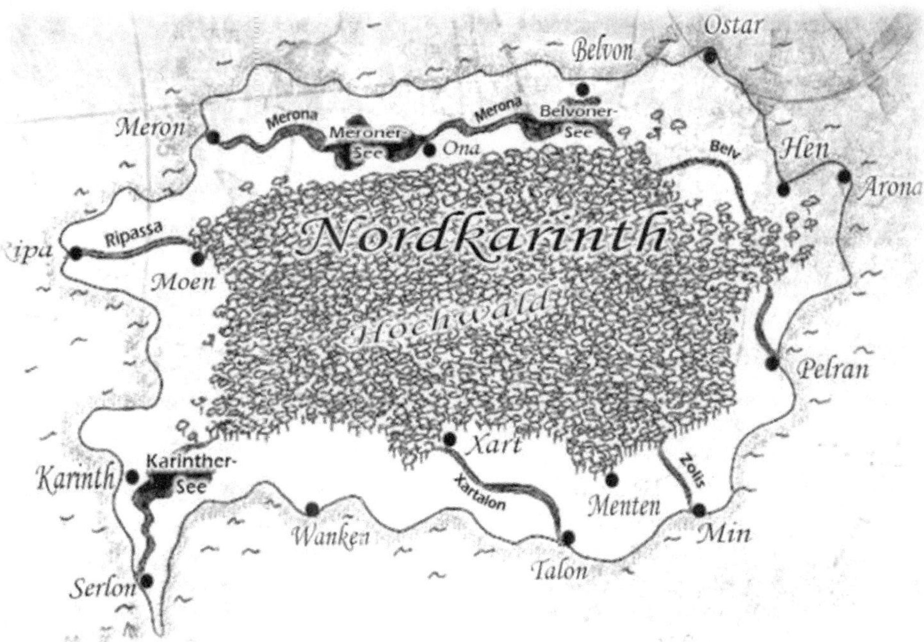

VORWORT

Diese Geschichte spielt in der ersten Epoche unserer Zeit. Damals lebten noch Wesen und Kreaturen auf unserem Planeten, die wir heute bloß noch aus Märchen und Sagen kennen.

Aber es gab sie – damals.

Die Legenden besagen, dass in der Zeit der ersten Epoche ein Land existierte, welches Altra hieß. In diesem Land gab es fünf große Völker: Menschen, Elfen, Zwerge, Gorkas und Drachen. Alle lebten sie friedlich nebeneinander, bis zu dem Tag, an dem die Menschen von den Göttern wertvolle Geschenke erhielten: die Elemente Feuer, Wasser, Luft, Erde – und Magie. Fortan bestimmten die Elemente ihren Alltag und ihre Fähigkeiten.

Aber die Gaben der Götter begannen, das Volk der Menschen zu verändern. Die Magier fingen an, Normalsterbliche, die keine Magie in sich trugen, zu unterdrücken, stahlen ihr Land und ihre Ernte.

Die mächtigste Zauberin unter ihnen vereinigte in einem Versuch, die aufkommende Arroganz unter Kontrolle zu halten, alle Magier von Altra in sechs Zirkeln. Dies geschah im Jahr 10 750 der ersten Epoche. Der größte und mächtigste Zirkel befand sich im Süden des Landes, wo die Gründerin herrschte.

Die anderen Völker – die Elfen, Zwerge, Gorkas und Drachen – beobachteten diese Veränderungen mit Unmut. Kein Volk und keine Rasse sollte über eine solche Macht verfügen. Sie sahen in den neuen Zirkeln eine Gefahr für das Land und erklärten dem Menschenvolk den Krieg. Dieser sollte hundert Jahre lang andauern – bis die oberste Zirklerin im Jahre 10 853 gestürzt wurde.

Als ein Magier namens Lesath die Herrschaft übernahm, schöpften die Völker von Altra neuen Mut. Sie atmeten nach dem langen Zeitalter des Krieges auf, hofften auf Besserung ihres Lebens. Lesath gelang es, die Zwerge und Drachen in die Berge zu verbannen sowie die Elfen und Gorkas in die Wälder. Er schloss mit denjenigen Elfenvölkern, die sich nicht vertreiben lassen wollten, einen Pakt und sorgte damit nach hundert Jahren endlich für Frieden in Altra.

Diese Geschichte, die Ihr nun in den Händen haltet, spielt zu einer Zeit, in der der Frieden zwischen den Völkern erst etwas mehr als drei Jahre Bestand hatte. Wir schreiben das Jahr 10 856 der ersten Epoche.

Einige von Euch werden dem Elfenkapitän Maryo Vadorís bereits in der Alia-Reihe oder Greifen-Saga begegnet sein. Nun möchte ich Euch seine eigene Geschichte erzählen. Denn er war nicht immer ein Kapitän.

Ich wünsche Euch viel Spaß beim Eintauchen in eine vergessene Welt voller Magie und Abenteuer.

Eine gute Reise und viel Vergnügen
Eure Corinne

Diese Illustration, gezeichnet von meiner lieben Autorenfreundin **Jasmin Romana Welsch**, möchte ich euch nicht vorenthalten. ;-)

1 Maryo

Es war ein herrlicher Sommermorgen, wie er im Wald von Westend selten vorkam. Die Sonne schien warm auf die Pappelbäume, deren Blätter im Wind leise raschelten. Vögel zwitscherten, um den Morgen zu begrüßen und jedem, der es hören wollte – oder auch nicht – mit ihrem Gesang zu verkünden, dass sie die Nacht heil überstanden hatten.

Eine Biene flog von Blüte zu Blüte, von denen es hier in der Elfenstadt des Westendwalds eine Menge gab, da die Gärten und Plantagen sorgsam gepflegt wurden. Gerade hatte sie eine besonders ausladende Blume erspäht, die es wert schien, die nächsten Minuten auf Blütenstaub abgetastet zu werden. Das Tierchen flog zielstrebig darauf zu – und wurde mitten im Flug von einer Hand weggeschlagen, sodass das kleine Wesen mehrmals durch die Luft gewirbelt wurde, ehe es sich wieder fangen konnte.

Die Hand, die so wütend auf die Biene getroffen war, stammte von einem Elfen. Im Grunde hätte er, wie alle Angehörigen seines

Volkes, anmutige Gesichtszüge besessen. Aber nun waren sie zu einer wütenden Fratze verzerrt. Er schritt zornig durch die Straßen der Elfenstadt, nahm keinerlei Rücksicht auf Hindernisse, sondern stieß sie vielmehr achtlos beiseite. Die empörten Rufe der Bewohner, die eilig ihr Hab und Gut vor ihm in Sicherheit brachten, ignorierte er.

Sein blondes Haar wehte offen hinter ihm her wie ein Unheil bringendes Banner. Er trug eine dunkelgraue Lederrüstung, deren Metallteile glänzten, als hätte er sie gerade erst polieren lassen. Kein Wunder, er kam direkt aus dem Palast, der in Form einer großen, goldenen Pyramide auf dem Hügel über der Stadt thronte.

Die Gebäude der Elfen von Westend waren aus Stein erbaut und besaßen mehrere Stockwerke, welche von weitläufigen Balkonen umgeben waren. Wasserfälle, die im Winter zu mystischen Eisskulpturen erstarrten, flossen an den Wänden herunter und verloren sich in Kanälen, die zwischen den Häusern verschwanden. Geschwungene Brücken sorgten dafür, dass man trockenen Fußes über das Wasser gelangte.

Auf den Kanälen schwammen Boote, die eine längliche, schmale Form aufwiesen. Speziell ausgebildete Elfen sorgten mit Ruderriemen dafür, dass der Bootsverkehr in geordneten Bahnen verlief. Sie standen jeweils hinten in einer der Gondeln und stießen die Gefährte von dem Kanalrand sowie von entgegenkommenden Booten weg.

Die Stadt wurde von einer hohen Mauer umgeben, auf welcher Tag und Nacht Soldaten patrouillierten und den Wald sowie die breiten Straßen überwachten, die an Gärten und Springbrunnen vorbeiführten.

Aber der Elf hatte keinerlei Interesse an der Schönheit der Elfenstadt von Westend. Für ihn gab es nur ein einziges Ziel: die Kneipe, die sich am anderen Ende der Siedlung befand und in der sich nur die untersten Schichten der Stadtbewohner aufhielten – und der Elf, den er suchte.

Als er dort ankam, stieß er die hölzerne Tür mit einer solchen Wucht auf, dass alle Gäste, die sich in dem Wirtsraum befanden, erschrocken herumfuhren. Der Elf ließ seinen zornigen Blick über die erstaunten Gesichter gleiten, bis er an jenem Mann hängen blieb, dessentwegen er hier war.

Jener war ein hochgewachsener, außergewöhnlich breitschultriger Elf, der sein dunkelbraunes Haar vorne zu mehreren Zöpfen geflochten hatte. Hinten fiel es ihm lang und offen über den Rücken. In der Dunkelheit des Raumes konnte man nicht erkennen, dass sein Haar bei Tageslicht einen leichten Rotstich bekam und in der Sonne glänzte, als würde ein inneres Feuer darin brennen. Auffallend waren vor allem seine goldfarbenen Augen, die nur wenige Elfen in Westend besaßen.

Er hockte an einem der Tische, die im hinteren Bereich der Taverne standen, und trank gerade Elfenwein, der bei den Menschen als rare Delikatesse galt. Hier in der Elfenstadt jedoch war es ein alltägliches Getränk, das sich auch die unteren Schichten leisten konnten.

»Maryo Vadorís!«, knurrte der blonde Elf, der die Tür aufgestoßen hatte, und machte ein paar wütende Schritte auf ihn zu.

Maryo hob den Kopf und erwiderte den Blick mit regloser Miene. »Was gibt's, Seryl Némys?«, fragte er mit hochgezogenen Augenbrauen. »Ist Euch im Palast der Wein ausgegangen, dass Ihr Euch hierher bemühen müsst?«

»Wag es nicht, so mit mir zu sprechen, Bastard! Zeig deinem Prinzen gegenüber Respekt!«, knurrte Seryl und ließ die Faust auf Maryos Tisch niedersausen, sodass der Kelch umkippte. Der Wein wurde über die schmutzige Holzplatte verteilt und tropfte vom Tischrand auf den Boden.

»Ich spreche, wie es mir beliebt.« Maryo erhob sich in aller Ruhe von seinem Stuhl, aber das Gold in seinen Augen flammte gefährlich auf. Er war etwa einen Kopf größer als Seryl. »Euren Respekt habt Ihr Euch erst dann verdient, wenn Ihr mich mit ebensolchem behandelt. Bastard? Ich bin kein Bastard, merkt Euch das endlich. Nur weil ich meinen Vater nicht kenne, habt Ihr weder mich noch meine Mutter zu beleidigen! Und ja, ich fasse es als Beleidigung auf, wenn Ihr ihren oder meinen Namen derart in den Schmutz zieht!«

»Man kann nichts in den Schmutz ziehen, wenn es dort schon liegt. Du bist von verdorbenem Fleisch, ohne Herkunft und Stammbaum!« Seryls Augen, die von einem dunklen Violett waren, blitzten vor Wut. »Und ich nenne dich, wie es *mir* beliebt! Ich bin der Prinz der Elfen von Westend und dein zukünftiger Herrscher! Knie nieder und zoll mir den nötigen Respekt!«

Maryo verschränkte die Arme vor der Brust und schenkte ihm ein bittersüßes Lächeln, obwohl es in ihm drin ganz offensichtlich brodelte. »Ich würde nur zu gerne Eurer freundlichen Bitte nachkommen, aber Ihr habt gerade den Boden mit meinem Wein getränkt. Daher verzeiht bitte, wenn ich mich nicht hinknie. Es würde

Tage dauern, bis ich den Wein wieder aus meinen Hosen entfernt hätte.« Er deutete mit einer Kopfbewegung nach unten, auf die hellen Leinenhosen, die er trug. »Und ein Mann von *meiner* Herkunft und ohne Stammbaum hat nun mal nicht das notwendige Kleingeld, sich einen Besuch in der Wäscherei zu leisten.«

»Dein vorlautes Mundwerk wird dir schon noch vergehen!«, knurrte der Prinz. »Du sollst sofort vor die Königin treten! Du hast deine Pflichten vernachlässigt und wirst für dein Vergehen bestraft.«

»Welche Pflichten? Ich habe heute meinen freien Tag und kann tun und lassen, was ich will. Außerdem«, Maryo legte den Kopf schief, »seit wann seid Ihr zum Laufburschen der Königin aufgestiegen?«

Seryl hatte seinen Dolch so rasch gezogen, dass ein menschliches Auge es kaum mitbekommen hätte. Er hielt die Klinge an Maryos Kehle, der jedoch nicht einmal mit der Wimper zuckte. »Du gehst zu weit!«, knurrte der Prinz. »Pass auf, was du sagst, sonst landest du im Reich der Toten!«

»Ich wusste ja, dass Ihr vermessen seid, Seryl Némys«, antwortete Maryo seelenruhig und schob die Klinge mit dem Zeigefinger von sich weg, »Aber glaubt mir, bis ich ins Reich der Toten reise, dauert es noch eine Weile – und dann wird es bestimmt nicht durch Eure Klinge geschehen.«

Der Prinz der Elfen von Westend wusste einen Augenblick lang nicht, was er tun oder sagen sollte.

Maryo war sehr wohl bewusst, dass Seryl eine solche Kaltschnäuzigkeit ansonsten von niemandem kannte. Nur *er* schaffte es immer wieder, den Prinzen bis aufs Blut zu reizen. Ihm war außerdem bekannt, dass dieser ihn lieber tot als lebendig gesehen hätte, doch noch stand Maryo unter dem Schutz der Königin.

»Du wirst nicht mehr so überheblich reden, wenn du erst hörst, was die Herrscherin dir vorwirft«, sagte Seryl und deutete mit der Dolchspitze auf Maryos breite Brust.

»So? Was denn?«, fragte dieser desinteressiert.

Seryls Gesicht nahm einen selbstgefälligen Ausdruck an. »Meine Gemahlin ist verschwunden und du bist der Letzte, der sie gesehen hat. Dafür wirst du hängen!«

Maryo ließ sich seine Überraschung nicht anmerken. »Amyéna ist weg?«, fragte er so beiläufig wie möglich. Aber in seinem Kopf jagte ein Gedanke den nächsten.

Was bei den Göttern hatte sich dieses sture Geschöpf bloß dabei gedacht?

Gestern Abend noch hatte er mit ihr gesprochen und versucht, sie von ihrem Plan, die Stadt zu verlassen, abzuhalten und nun … war sie einfach so verschwunden?! Auch wenn er nicht daran zweifelte, dass er sie innerhalb eines Tages wieder in die Stadt zurückgeschleppt hätte, so musste er doch vor der Königin dafür geradestehen, dass er seine Pflichten als persönlicher Leibwächter vernachlässigt hatte.

Er hätte sie verdammt noch mal einsperren sollen, wenn er sie schon nicht dazu bringen konnte, von ihrem sinnlosen Vorhaben abzusehen.

Diese verwöhnte Prinzessin!

Es gab keinen Grund, der rechtfertigen würde, dass die zukünftige Königin von Westend ihr Volk verließ. Selbst die Tatsache, dass sie vor einer Woche diesen arroganten Prinzen Seryl hatte heiraten müssen, um die Macht der Elfen des Südens und jener des Nordens zu stärken, war nicht Anlass genug, die eigenen Untertanen im Stich zu lassen.

»Für dich immer noch *Prinzessin Amyéna Némys*!«, knurrte Seryl und betonte dabei jede Silbe. »Und jetzt komm mit und erklär dich!«

Maryo seufzte und sah auf den kleineren Elf hinunter. »Also gut, ich werde mit Euch mitkommen. Aber steckt diesen Zahnstocher wieder ein, sonst verletzt Ihr Euch noch.«

Seryl war einen Moment lang überrascht, dass Maryo keinen weiteren Widerstand zu leisten schien. Der zornige Ausdruck auf dem Gesicht des Prinzen wich einem überheblichen Grinsen. »Ich werde die Waffe so lange in der Hand halten, wie *ich* will«, sagte er und funkelte Maryo an.

Dieser zuckte gleichgültig mit den Schultern. »Nun gut, wie Ihr wollt. Ich will einfach keine Klagen hören, wenn Ihr morgen Muskelkater haben solltet.«

Ehe Seryl etwas erwidern konnte, holte Maryo einen Silberling hervor und legte ihn auf den Tisch. »Hier, für dich, Elyémar«, rief er dem Wirt zu, der wie die anderen Gäste die Szene neugierig verfolgt hatte. »Das sollte reichen, um die Weinflecken zu beseitigen, die dir unser … Prinz beschert hat.« Er warf einen flüchtigen Blick zu Seryl, der bereits die Lippen schürzte, um eine gehässige Bemerkung zu entgegnen.

Aber Maryo ging an ihm vorbei zur Tür, die immer noch offen stand, und trat ins Freie. Seryl folgte ihm so rasch er konnte, ohne sich nochmals zu den Gästen umzudrehen, die bereits zu tuscheln begannen. Die Nachricht, dass die Prinzessin verschwunden war, würde in der Elfenstadt wie ein Lauffeuer die Runde machen.

»Maryo Vadorís«, sprach die Königin streng. Der ansonsten helle Klang war fast gänzlich aus ihrer Stimme gewichen und hatte einem eisigen Ton Platz gemacht.

Sie saß auf ihrem goldenen Thron und sah mit zusammengezogenen Augenbrauen auf den dunkelhaarigen Elf herunter, der vor ihr auf dem Marmorboden kniete. Der Saal war weitläufig, quadratisch und mit goldenen Statuen geschmückt. Ein roter Teppich führte mitten hindurch, von der Flügeltür des Eingangs bis hin zum Thron. Mehrere Kerzenleuchter schenkten dem fensterlosen Raum ihr warmes Licht.

Die Schönheit der Königin war selbst für eine Elfin atemberaubend. Sie hatte langes, schwarzes Haar, das ihr offen und in weichen Wellen bis zu den Hüften fiel und jeden Lichtstrahl, der darauf traf, tausendfach zu reflektieren schien. Ihre Augen, die heller als Sterne glänzten, hatte sie auf den knienden Elf gerichtet.

»Königin Sylvara Némys.« Maryo hob langsam den Blick. »Ich habe gehört, was Eurer Tochter widerfahren ist.«

»Was habt Ihr zu Eurer Verteidigung vorzubringen?«, fragte die Königin.

Maryo sah der Elfin in die Augen, die ihn beinahe blendeten. »Nichts, meine Herrin. Ich habe alles getan, was in meiner Macht stand, um die Prinzessin davon abzuhalten, die Stadt zu verlassen.«

»Ihr gebt also zu, dass Ihr von ihren Plänen wusstet?« Ihre Augen weiteten sich kaum merklich, aber ihre Miene nahm dadurch einen gefährlichen Zug an.

»Ja, das tue ich«, nickte Maryo, ohne mit der Wimper zu zucken. »Aber ich wusste nicht, wie ernst es ihr damit war. Hätte ich es geahnt, glaubt mir, dann hätte ich alles dafür getan, dass sie keinen Fuß vor die Stadt setzen kann.«

Die Elfin lehnte sich ein wenig auf ihrem Thron zurück und seufzte. »Ich glaube Euch, Maryo Vadorís.« Sie fuhr sich mit der Hand über die Stirn. »Trotzdem muss ich Euch bestrafen.«

»Ich nehme jede Strafe entgegen, die Ihr über mich sprecht«, antwortete Maryo und senkte den Kopf. »Keine könnte so schwer sein wie das Wissen, dass ich am Verschwinden Eurer Tochter Mitschuld trage.«

»Ihr weiß, dass Euer Edelmut vor allem daher rührt, dass Ihr gewisse … Gefühle für meine Tochter hegt.« Sie hob eine Augenbraue.

Seryl, der danebenstand, sog scharf die Luft ein und funkelte Maryo zornig an. Dieser zuckte mit den Schultern, erwiderte jedoch nichts.

»Auch das leugnet Ihr also nicht?«, fragte die Königin.

»Nein«, antwortete Maryo schlicht.

»Meine Königin!«, rief Seryl aufgebracht und trat einen Schritt vor. »Ich verlange Genugtuung für diese Beleidigung! Ein Soldat, der sich anmaßt, so über die Prinzessin von Westend – *meine Frau* – zu sprechen, gehört an den Galgen!«

»Ich wusste nicht, dass es ein Verbrechen ist, seine zukünftige Königin zu lieben«, antwortete Maryo mit unschuldiger Miene. »Ist es nicht das, was jeder treue Untertan tun sollte?«

»Ihr treibt es zu weit!«, knurrte Seryl und wirbelte wütend zu dem immer noch knienden Elfen herum.

»Prinz Seryl Némys, ich bitte Euch, Eure Stimme zu zügeln«, sagte die Königin energisch und stand auf. An Maryo gewandt fuhr sie fort: »Ich verurteile Euch, Maryo Vadorís, zu der Aufgabe, meine Tochter zurückzubringen. Und wenn es Euer Leben kostet! Betrachtet Euch als Ausgestoßenen dieser Stadt, so lange, bis Amyéna wieder einen Fuß auf diesen Boden setzt.« Sie deutete mit ihrem schlanken Finger auf den hellen Marmor.

»Wie bitte?«, Seryl schnappte nach Luft. »Ihr wollt ihn nicht hinrichten?«

»Wagt es nie wieder, eine Entscheidung von mir infrage zu stellen!« Sylvara Némys' helle Augen durchbohrten den Elfenprinzen, der eilig den Blick senkte. »Ihr werdet Maryo Vadorís begleiten und dafür sorgen, dass er Eure Gemahlin wieder hierher zurückbringt. Nehmt zwei Dutzend meiner besten Männer mit. Wir wissen nicht, wohin Amyéna gegangen ist. Sie könnte überall sein und die Wälder wimmeln derzeit nur so von Gorkas und anderen Banditen, die keinen Kampf scheuen, seit die Menschen ihre Zirkel gegründet haben. Wenn meiner Tochter ein einziges Haar gekrümmt wird, werdet sowohl Ihr, Seryl Némys als auch Ihr, Maryo Vadorís zum Tode verurteilt.«

»Wie … warum ich?« Seryl stand mit offenem Mund da.

»Weil Ihr ebenso die Pflicht gehabt hättet, auf Eure Gemahlin aufzupassen.« Die Königin fixierte den blonden Elf mit schmalen Augen. »Ihr seid nicht weniger Schuld an ihrem Verschwinden als Maryo Vadorís. Und jetzt fort mit Euch, ich will keinen von Euch beiden mehr sehen, ehe Ihr mir nicht meine Tochter zurückgebracht habt!« Sie wandte sich ab und verließ hoch erhobenen Hauptes den Thronsaal.

»Na, das wird gewiss spaßig, mit Euch unterwegs zu sein«, murmelte Maryo und warf Seryl einen schiefen Blick zu, ehe er sich vom Boden erhob.

Seryl Némys stand immer noch an derselben Stelle und sah mit ungläubigem Blick der Königin hinterher, die gerade durch die breite Flügeltür verschwand.

»Mund zu, mein Prinz, sonst holt Ihr Euch noch eine Erkältung.« Maryo ging ebenfalls auf den Ausgang des Thronsaals zu.

Hinter ihm war wütendes Gemurmel zu hören, als Seryl ihm fluchend folgte.

2 Maryo

Jetzt lasst den Kopf nicht hängen, Prinz, das wird bestimmt eine amüsante Reise.« Maryo stand breitbeinig vor den Toren, die goldenen Augen auf Seryl gerichtet, der mit missmutiger Miene die Elfenstadt verließ.

Die Soldaten hatten eine Stunde gebraucht, um sich reisefertig zu machen. Nun waren sie alle mit Rucksäcken ausgerüstet und warteten in Reih und Glied darauf, dass die Suche nach der Prinzessin losging. Es fehlte nur noch ihr Gemahl, dem es jedoch sichtlich schwerfiel, sich von den Annehmlichkeiten der Elfenstadt zu verabschieden. Fünf Diener schleppten Seryls Reisegepäck, denn er hatte es sich nicht ausreden lassen, sein Zelt mitzunehmen – obwohl es im Wald zwischen den Bäumen kaum genug Platz geben würde, es aufzustellen.

Maryo schüttelte den Kopf über das eigenwillige Verhalten seines zukünftigen Königs. So langsam konnte er verstehen, warum

Amyéna es nicht länger als eine Woche mit ihrem neuen Gemahl ausgehalten hatte und lieber in die Wälder geflohen war, als das Bett dieses Dummschwätzers zu wärmen. Schon beim Gedanken daran, wie sie bei dem arroganten Prinzen lag, spürte Maryo, dass sich seine Eingeweide zusammenzogen.

Amyéna war eine wunderschöne Elfin. Anmutig und von einer Eleganz, wie es nur eine Prinzessin sein konnte. Aber … sie hatte auch diese andere Seite. Eine Wildheit, die das Gemüt jeder Raubkatze in den Schatten stellte, und einen sturen Kopf, wie Maryo ihn nur selten erlebt hatte.

Doch gerade deswegen hegte er diese Zuneigung für sie. Er hatte es nie laut ausgesprochen, aber sie wusste dennoch von seinen Gefühlen … die sie nie erwidern würde. Selbst wenn sie hätte darüber hinwegsehen können, dass er mittellos war. Er blieb nun mal ein einfacher Soldat, von niedriger Geburt, während es Amyénas Bestimmung war, eines Tages das Elfenvolk von Westend zu regieren.

Nichtsdestotrotz hatte sie etwas Besseres verdient als diese Flasche von einem Prinzen, der sich aufplusterte, als sei er bereits jetzt schon der König von Westend.

Und trotzdem war Maryo dazu bereit, Amyéna für ihn zu suchen und zurück in die Stadt zu bringen. Warum, das konnte er sich selbst nicht erklären. Vielleicht war es auch einfach die Sorge, dass ihr etwas zustoßen könnte, die ihn in den Wald trieb. Er wusste zwar, dass sich eine grandiose Bogenschützin und Schwertkämpferin in ihr verbarg, jedoch gab es Gefahren, denen selbst eine Elfin nicht gewachsen war.

»Kommt jetzt!«, drängte Maryo ungeduldig und drehte sich zu den Elfenkriegern um, die ihn erwartungsvoll ansahen.

Sie alle trugen leichte Lederrüstungen, die an der Brust mit Metallteilen verstärkt waren, Arm- und Beinschutz sowie einen Helm aus Metall, Schwerter und Pfeilbogen. Alles andere würde sie im Wald nur behindern.

Maryo selbst hatte auf einen Helm verzichtet und seine Jagdrüstung angelegt, die aus weichem, dunklem Leder bestand, sowie einen dunkelgrünen Umhang mit dem königlichen Siegel darauf. An der Hüfte hatte er sein Schwert befestigt, während auf seinem Rücken das Reisegepäck geschultert war.

Sie hatten Proviant für zwei Wochen dabei. Maryo hoffte, dass das reichen würde. Vielleicht wären sie bloß ein paar Tage, womöglich aber gar wochenlang unterwegs. Aber Elfen überlebten immer im Wald – sie konnten jagen oder sich von Pflanzen ernähren, die den Menschen gänzlich unbekannt waren. Es blieb dennoch zu hoffen, dass sie nicht allzu lange weg sein würden, denn die Gefahren waren seit den Friedensverhandlungen zwar geringer geworden, jedoch zogen immer noch plündernde Banden durch das Land, die nicht wahrhaben wollten, dass der hundertjährige Krieg jetzt plötzlich zu Ende sein sollte.

Maryo hatte zwar eine Ahnung, wohin seine zukünftige Königin geflohen war, aber ihr Vorsprung betrug bereits eine Nacht, und er hatte ihr leider beigebracht, wie sie die Spuren so verwischen konnte, dass sogar ein Elf Mühe hatte, sie zu erkennen.

Dieses sture Mädchen!

Er atmete tief durch und richtete den Blick fest auf die Männer, die den Prinzen und ihn begleiten sollten. Es waren allesamt erprobte Krieger, die der Königinnengarde angehörten, welche nur aus Männern bestand. Keine Frau durfte der Königin dienen. Warum, das hatte Maryo bis heute nicht verstanden. Aber es war ihm im Grunde auch gleichgültig, ob er Elfinnen oder Elfen an seiner Seite hatte. Solange sie kämpfen, Befehle befolgen und den Mund halten konnten, sollte ihm beides recht sein.

»Wir werden uns nach Osten wenden«, sagte er mit lauter Stimme.

»Seit wann erteilst du die Befehle?«

Maryo seufzte und drehte sich zum Prinzen um, der inzwischen neben ihn getreten war und ihn wütend anfunkelte. »Weil ich den Wald besser kenne als Ihr – und wie es aussieht, kenne ich auch Eure Gemahlin besser. Sie wollte nach Osten, also gehen wir auch dorthin.«

»Woher willst du das so genau wissen?« Seryls violette Augen blitzten verärgert.

»Weil ich mich mit ihr unterhalte, statt bloß auf ihre Brüste zu starren«, fuhr Maryo ihn an. »Solange wir außerhalb Eures Wohlfühlbereichs namens ›königliche Gemächer‹ sind, werde *ich* das Kommando haben. Kommt jetzt, wir haben schon genug Zeit verloren!«

Seryl starrte mit offenem Mund auf den breiten Rücken des Elfen, der in den Wald davoneilte. So hatte noch nie jemand gewagt, mit ihm zu sprechen. Aber er würde sich wohl oder übel damit abfinden müssen, dass Maryo in den nächsten Tagen bestimmte, wohin sie gingen, denn selbst *er* musste ihm recht geben: So genau kannte Seryl diesen Wald noch nicht und vieles war ihm hier im Norden von Altra fremd.

Mit wutentbrannter Miene folgte er dem Elf, dessen Haar im Licht der Sonne, die zwischen den Ästen hindurchstrahlte, nun rötlich schimmerte.

»Dort drüben.« Maryo deutete zu einer Baumgruppe. Seine scharfen Elfenaugen hatten an einer Tannenrinde einen Faden erspäht. Mit zwei raschen Schritten war er bei dem Baum und löste das bläuliche Garn behutsam vom Stamm.

»Du entkommst mir nicht«, murmelte er siegessicher und ließ den Faden zwischen Daumen und Zeigefinger zwirbeln, während er ihn eingehend betrachtete.

Es war eindeutig die Farbe von Amyénas Umhang, den sie oft trug. Sie war also hier vorbeigekommen.

Maryo ließ den Blick über den Waldboden wandern und kniete sich hin, um die Erde zu untersuchen, die mit Laub und Tannenästen bedeckt war. Er schob ein paar Blätter zur Seite. Tatsächlich, ein leichter Fußabdruck war darunter zu erkennen, der jedoch gut verwischt worden war.

Dennoch – wenn Amyéna sich so viel Mühe gab, ihre Spuren zu verbergen, brauchte sie dafür Zeit. Viel Zeit. So geübt war sie auch wieder nicht darin.

Auf Maryos Gesicht erschien ein grimmiges Lächeln und er richtete sich auf. Es würde doch einfacher werden als gedacht, die Prinzessin zurückzubringen.

»Hier entlang!«, rief er den Elfen zu, die in einiger Entfernung gewartet hatten. »Sie ist in diese Richtung gegangen.«

»Wie viel Vorsprung hat sie?« Raelys Avarí, ein hochgewachsener, schlanker Elf mit rotblondem Haar trat neben ihn. Seine hellen

Augen wiesen wie bei Maryo einen Goldstich auf. Er war der eigentliche Hauptmann der Königinnengarde, nun unterstand er jedoch Maryos Kommando, der von der Königin zum Kommandanten für diese Mission ernannt worden war.

Der Leibwächter der Prinzessin kannte sich von allen Elfen am besten in den Wäldern aus, da er viele Jahrzehnte hier verbracht hatte, ehe er in die Elfenstadt gekommen war.

Maryo sah mit zusammengekniffenen Augen in die Richtung, in welche Amyéna sich gewandt hatte. »Wir sollten sie entweder in der Nacht oder spätestens morgen früh eingeholt haben.«

»Falls sie sich einholen lässt ...« Raelys warf ihm einen schiefen Blick zu.

»Keine Sorge, das überlass mir«, brummte Maryo und ließ seine Augen aufblitzen.

»Wie du meinst, Kommandant«, schmunzelte der Hauptmann, während er mit den Schultern zuckte.

»Die Kleine hat keine Chance gegen mich.« Maryo setzte seinen Weg fort, während die anderen ihm folgten. »Sie kennt den Wald zwar gut, aber ich kenne ihn besser. Wenn sie erfolgreich hätte fliehen wollen, hätte sie mich schon mitnehmen müssen.«

»Du bist sehr überzeugt von deinen Fähigkeiten.« Über Raelys' Gesicht glitt ein Lächeln. »Ich kenne die Prinzessin, seit sie ein kleines Mädchen war und ich weiß, dass du sie nicht unterschätzen solltest.«

»Glaub mir, mein Freund.« Maryo blieb stehen und sah den Soldaten wissend an. »Ich kenne sie ebenfalls sehr gut. Und wenn ich sage, ich hole sie ein und bringe sie nach Hause, dann tu ich das auch.«

»Das werden wir ja sehen«, murmelte Raelys.

»Das wirst du«, sagte Maryo energisch und schritt weiter durch den Wald. Dabei gab er sich nicht besonders Mühe, leise zu sein, denn Elfen bewegten sich ohnehin fast lautlos.

Gegen Mittag erreichten sie eine Lichtung, auf der jemand ganz offensichtlich gelagert hatte. Das Gras zwischen den Büschen war niedergetrampelt und an einer Stelle waren die Überreste eines Lagerfeuers sichtbar.

»Sie wird unvorsichtig«, bemerkte Raelys.

»Nein, das war nicht sie«, entgegnete Maryo und musterte stirnrunzelnd den Boden. »Das waren mehrere Leute. Und auf keinen Fall Elfen.«

»Gorkas?« Seryl trat neben den Kommandanten, um die Lichtung genauer zu untersuchen.

»Prinz, das waren keine Gorkas. Seit wann gibt sich die Brut die Mühe, ihr Lagerfeuer mit Pisse zu löschen?« Maryo rümpfte die Nase, als er in Richtung der erkalteten Kohle nickte.

»Du hast einen guten Riecher«, sagte Raelys, dem der beißende Gestank nun auch auffiel. »Dann müssen es Menschen gewesen sein.«

»Ja, ungefähr acht. Fünf davon entweder sehr groß, sehr dick oder mit Eisenharnischen versehen.« Maryo ging ein paar Schritte auf der Lichtung umher, den Blick aufmerksam auf den Boden geheftet. »Mit denen werden wir locker fertig, sollten es Feinde sein.«

»In diesem Land ist jedes Volk ein Feind.« Seryl spuckte auf den Boden.

Maryo hob den Blick und sah den Prinzen mit zusammengezogenen Augenbrauen an. »Wusste gar nicht, dass Ihr zu solchen Gesten fähig seid – das war nicht gerade prinzenhaft. Vielleicht werdet Ihr mir doch noch sympathisch.«

»Ich scheiß auf deine Sympathie, Soldat!«, knurrte Seryl, während seine dunkelvioletten Augen förmlich Blitze versprühten.

»Ja … doch … ich glaube, mit *dieser* Seite von Euch könnte ich leben.« Maryo legte den Kopf schief und grinste breiter.

»Bevor du unseren zukünftigen König weiter bedrängst, könnten wir überlegen, was zu tun ist?« Raelys boxte Maryo in die Seite, sodass dieser seine Aufmerksamkeit von dem immer noch mürrisch dreinblickenden Prinzen abwandte.

»Nun, ich hoffe, dass Amyéna …«, Maryo warf Seryl einen schrägen Blick zu, »Verzeihung, *Prinzessin* Amyéna, einen Bogen um diese Menschen gemacht hat. Um wen auch immer es sich handeln mag, ich bezweifle, dass sie mit ehrenwerten Absichten unterwegs sind. Sie sind bewaffnet.« Er deutete mit dem Kinn zu einem Baum, an dem jemand offenbar Schwertübungen gemacht hatte. »Und sie geben sich keine Mühe, ihre Spuren zu verwischen. In diesen Zeiten kann das nur zwei Gründe haben: Entweder sie sind eine solch große Truppe, dass sie keine Gegner zu fürchten brauchen – was sie jedoch nicht sind – oder, und das scheint mir überzeugender zu sein, sie sind auf Krawall aus. Wahrscheinlich irgendwelche Söldner, die im Krieg Blut geleckt haben und nun auf Streifzug sind.«

»Der Krieg ist bereits seit drei Jahren vorbei«, warf Seryl ein.

»Mag sein, dennoch ziehen immer noch solche Banden durch das Land.« Maryo schnaubte und seine Augen funkelten angriffslustig.

»Ihr solltet vielleicht mal Eure goldenen Pantoffeln gegen festes Schuhwerk tauschen und etwas in Eurem zukünftigen Königreich herumreisen, statt nur in der behüteten Elfenstadt wie ein Pfau zu stolzieren. Dann wäre Euch längst aufgefallen, dass der Frieden noch nicht jeden Winkel in Altra erreicht hat, wie uns dieses Magierpack weismachen will.«

»Wie redest du mit mir?!«, fuhr Seryl den Kommandanten an.

»In Lormisch«, entgegnete Maryo schlagfertig. »Der Landessprache, die wir hier in Lormir sprechen. Warum, habe ich zu rasch geredet? Konntet Ihr mir etwa nicht folgen?«

»Maryo!«, unterbrach ihn Raelys warnend. »Wir müssen uns auf unsere Aufgabe konzentrieren: die Prinzessin zu finden. Wenn du recht behältst und tatsächlich eine Söldnerbande hier ihr Unwesen treibt, dann sollten wir uns beeilen, Amyéna Némys zurückzuholen.«

Maryo sah seinen Freund mit schmalen Augen an. »Es stimmt ja, was du sagst, aber es macht einfach viel zu viel Freude zu sehen, wie unser Prinz die Gesichtsfarben wechseln kann.« Er grunzte, als Seryl zu seinem Schwertknauf griff, um dem aufsässigen Soldaten eine Lektion zu erteilen. »Steckt Eure Stricknadel wieder ein, Seryl Némys, Ihr verletzt Euch noch und dann muss ich mich zusätzlich zum Verschwinden Eurer Gemahlin für eine verunstaltete Prinzenhand verantworten – wo Ihr sie doch so dringend braucht, um Euren Allerwertesten abzuwischen. Denn ich bezweifle, dass Ihr dafür schon einen Diener gefunden habt …«

Ein lautes Knurren des Prinzen war die Folge, der wutschnaubend und mit gezücktem Schwert auf Maryo losstürmte.

»Das reicht! Genug jetzt!«, rief Raelys mit überraschender Schärfe in der Stimme.

Selbst Seryl hielt in seinem Vorhaben inne, Maryo um den Kopf zu kürzen, den er ihn überragte, und sah den Hauptmann überrascht an.

»Du hast zwar das Kommando, weil du der Leibwächter der Prinzessin bist und dich in diesen Wäldern verdammt gut auskennst«, fuhr Raelys an Maryo gewandt fort. »Aber wenn du weiterhin Zeit damit vergeudest, den Prinzen zu beleidigen, statt dich auf deine Aufgabe zu besinnen, werde ich dich absetzen und …«

»*Du* willst mich absetzen?« Maryo verschränkte die Arme vor der Brust und zog die Augenbrauen in die Höhe. »Na, das will ich ja mal sehen.«

»Überspann den Bogen nicht!« Raelys trat nahe vor den um eine Handbreit größeren Elf und verengte die hellen Augen. »Du weißt, dass ich dir in jedem Kampf ebenbürtig bin.«

Eine Weile herrschte angespanntes Schweigen, dann zuckte Maryo mit den Schultern. »Ist ja gut, kein Grund wie ein kleines Mädchen zu zicken«, erwiderte er. »Also, hier ist mein Plan: Wir behalten die Fährte dieser Bande im Auge und schicken einige Kundschafter voraus, um zu sehen, wohin sie gegangen sind. Weit können sie noch nicht gekommen sein, das Lager wurde vor weniger als vier Stunden verlassen. Wenn sie sich in eine andere Richtung gewandt haben als unsere Prinzessin, werden wir sie nicht weiter behelligen. Sollten sie jedoch nach Osten unterwegs sein, werden wir sie angreifen. Ich will nicht, dass sich solches Gesindel in der Nähe von Amyéna aufhält.«

»Gut.« Raelys schien erleichtert darüber, dass Maryo den Prinzen nicht weiter provozierte. »Avanthyl und Talary, ihr werdet die Menschen verfolgen«, richtete er das Wort an zwei Soldaten, die ein geschultes Auge für Fährten hatten und sich außerdem besonders lautlos fortbewegen konnten. »Beobachtet sie aus sicherer Entfernung. Wir folgen euch mit etwas Abstand. Sobald ihr wisst, wer diese Fremden sind, kommt ihr zu uns zurück und erstattet Bericht.«

»Zu Befehl, Hauptmann!« Die beiden Elfen machten sich sofort auf den Weg in die Richtung, in die die Menschen gegangen waren.

»Na, dann hoffen wir mal, dass du dich täuschst«, sagte Raelys an Maryo gewandt.

»Warum? Ein kleiner Kampf mit menschlichen Söldnern käme mir gerade recht«, entgegnete dieser mit einem mordlüsternen Funkeln im Blick, das Raelys unvermittelt eine Gänsehaut bescherte.

Eine Weile untersuchte Maryo den Waldboden um die Lichtung herum, ehe er an einer Stelle in die Hocke ging, um das Gras abzutasten.

»Und, etwas Interessantes?«, fragte Raelys und schlenderte zu ihm.

Maryo schob die Augenbrauen zusammen, sah ihn jedoch nicht an, als er antwortete. »Wie ich bereits gesagt habe: Acht Menschen, bewaffnet, zum Teil mit schweren Rüstungen. Hab nie verstanden, warum Menschen sich das antun. Eisenharnische schränken doch vor allem hier im Wald die Bewegungsfreiheit ein. Zudem kann man nicht mehr aufstehen, wenn man einmal hingefallen ist. Ein komisches Volk, das sich freiwillig zu behinderten Krüppeln im Kampf macht.«

»Sie sind nicht nur stumpfsinnig, auch wenn sie kaum lang genug leben, um die Welt und ihre Wunder tatsächlich zu begreifen«, entgegnete Raelys, der jetzt neben Maryo kniete. »Wir dürfen sie nicht unterschätzen.«

»Bist du schon jemals einem Menschen begegnet, der es wert war, dass man sich länger als zwei Minuten mit ihm beschäftigte?« Maryo legte den Kopf in den Nacken und sah in das Blätterdach hinauf, das sich über ihnen ausbreitete.

»Ja, das bin ich. Und du wirst das auch noch, glaub mir.« Raelys sah ihn vielsagend an und stand auf. »Komm, wir gehen weiter. Je rascher wir vorankommen, desto eher finden wir Amyéna und können sie nach Hause bringen.«

Maryo sah seinen Freund skeptisch an. »Hast du dir noch nie überlegt, dass vielleicht gerade *das* das Falsche für sie sein könnte?«

3 Maryo

Es dauerte keine zwei Stunden, bis die Elfen, die Raelys ausgeschickt hatte, wieder zurückkehrten.

»Was gibt's?«, rief Maryo ihnen entgegen, noch ehe sie bei ihm angekommen waren.

»Kommandant Vadorís, ein paar Wegstunden von hier befindet sich ein Lager voller menschlicher Söldner«, antwortete der eine Späher, der auf den Namen Avanthyl hörte. Er war etwa gleich groß wie Raelys, sein schwarzes Haar hatte er zu einem Pferdeschwanz zusammengebunden. Die Augen, die nun aufmerksam auf Maryo gerichtet waren, glitzerten wie Sterne. Er war ein naher Verwandter der Königin.

»Welche Idioten errichten ein Lager so nahe bei einer Elfenstadt?«, fragte Maryo gereizt. »Wie viele sind es?«

»Wir konnten sie nicht zählen, da die Zelte, die sie aufgeschlagen haben, sich zwischen den Bäumen verlieren«, antwortete Avanthyl mit entschuldigendem Gesichtsausdruck. »Aber es müssen mehrere Dutzend, wenn nicht über hundert Mann sein.«

»Verdammt noch mal, das ist eine Menge. In welcher Richtung liegt das Lager?«

»Richtung Osten, Kommandant Vadorís.«

Abermals entfuhr Maryo ein herzhafter Fluch. »Da ist die Richtung, die Amyéna genommen hat. Offenbar bestand der Söldnertrupp, dessen Lager wir gefunden haben, aus Nachzüglern. Sie scheinen nach Winsor unterwegs zu sein. Wir können nicht riskieren, dass sie weiterziehen und damit vielleicht Amyénas Weg kreuzen ...« Er fuhr sich mit der Hand über das Kinn.

»Maryo, ich weiß, was du vorhast«, sagte Raelys, der sich das Ganze bisher stumm angehört hatte. »Aber es ist keine gute Idee, gegen eine Übermacht zu kämpfen, zumal unsere Befehle nicht lauten, dass wir Söldner in den Wäldern von Westend verprügeln sollen. Unsere Aufgabe ist es, die Prinzessin nach Hause zu bringen.«

Maryo warf dem Hauptmann einen eisigen Blick zu. »Zum hundertsten Mal: *Ich* befehlige diese Truppe! Weder du noch unser hochwohlgeborener Schnösel!« Er sah zurück zum Prinzen, der sich glücklicherweise gerade mit seinen Dienern abmühte und die Beleidigung nicht gehört hatte. »Wir werden diesen Söldnern einen Strich durch ihren Plan machen.«

»Was versprichst du dir davon?« Raelys musterte Maryo skeptisch.

»Ich will nicht, dass Amyéna etwas zustößt. Und das Beste, um das zu verhindern, ist, potenzielle Gefahren – in diesem Fall die

Söldner – aus dem Weg zu räumen. Wer weiß, vielleicht haben sie die Prinzessin sogar bereits gefunden und gefangen genommen. Ich muss wissen, dass sie in Sicherheit ist.«

Raelys seufzte. »Ich fände es besser, wenn wir die Menschen noch ein paar Stunden verfolgen, bis wir wirklich sicher sind, dass sie Amyéna nicht in die Quere kommen. Falls doch, können wir einen Angriff ins Auge fassen. Bedenke jedoch«, er sah Maryo vielsagend an, »wenn sie tatsächlich in dieselbe Richtung unterwegs sind wie die Prinzessin und wir, kann uns das nur von Vorteil sein. Sie werden gegen Gorkas sowie andere Feinde kämpfen, mit deren Blut wir sonst unsere eigenen Hände beschmutzen müssten.«

Maryo warf ihm einen nachdenklichen Blick zu. »Das ist ein Argument«, sagte er langsam. »Na gut, dann verfolgen wir sie. Ihr zwei«, er deutete auf die beiden Späher, »behaltet sie im Auge. Falls noch mehr Söldner dazukommen, will ich das sofort wissen, kapiert? Und falls ihr Amyéna bei ihnen erblicken solltet …«, seine goldenen Augen verdunkelten sich, »dann möge Gott Ferys euch gnädig sein, wenn ihr nicht so schnell zu mir rennt, wie eure Beine euch tragen und mir Bericht erstattet! Habt ihr mich verstanden?!«

Die beiden Späher nickten respektvoll und brachen sofort wieder auf.

Maryo richtete die Augen währenddessen wieder auf den Waldboden. Seit einer Stunde bereits waren von Amyéna keine Spuren mehr zu erkennen. Offenbar hatte die Elfin sich ab hier noch größere Mühe gegeben, nicht entdeckt zu werden.

Verdammt noch mal, sie konnte sich doch nicht in Luft aufgelöst haben!

Er hob den Kopf und starrte in die Baumkronen. Es sei denn, sie war ab hier durch das Geäst der Bäume weitergegangen. Er wusste, wie gut sie klettern konnte. Es wäre ein Leichtes für sie, wie ein Eichhörnchen von Ast zu Ast zu springen. Vielleicht hatte sie auch die Söldner entdeckt und wollte auf Nummer sicher gehen. Oder sie war tatsächlich von ihnen gefangen genommen worden.

Maryos Magen zog sich zusammen und Übelkeit stieg in ihm hoch, als er daran dachte, was diese Bastarde mit ihr anstellen würden, sollten sie sie in die Finger bekommen. Eine schöne Elfin, ganz alleine, einer Horde gelangweilter Söldnern ausgeliefert … er brauchte nicht viel Fantasie, um zu wissen, was sie mit ihr tun würden.

Nein, verflucht! Sie würden sie nicht kriegen!

Rasch verbarg er seine Angst hinter einer gleichgültigen Miene. Es fehlte noch, dass Raelys oder gar der Prinz mitbekämen, wie groß seine Sorgen um Amyéna in Wirklichkeit waren. Sie wussten alle schon viel zu gut, wie sehr sie ihm am Herzen lag, da brauchte er nicht noch zusätzliche Schwäche zu zeigen.

»Los, weiter!«, brummte er und ging den Kriegern voran, Richtung Osten.

Am späteren Nachmittag stießen sie auf die beiden Späher, die sie losgeschickt hatten … oder auf das, was von ihnen übrig geblieben war.

Maryo stürzte zu dem Baum, an dem ihre Leiber aufgehängt worden waren.

»Bei allen verfluchten …« Seine Stimme versagte und er starrte mit weit aufgerissenen Augen auf die zwei Soldaten, die einem wahren Gemetzel zum Opfer gefallen waren.

Ihre Bäuche waren aufgeschlitzt, die Gedärme hingen heraus. Hände und Füße hatten die Söldner abgetrennt, die spitzen Ohren, die alle Elfen besaßen, ebenso. Die Körperteile waren nirgends zu sehen, wahrscheinlich hatten die Menschen sie ihren Hunden zum Fraß vorgeworfen. Blut tränkte den Waldboden und verströmte einen übelkeiterregenden Eisengeruch, der sich mit dem der Exkremente der Elfen vermischte.

Maryo hielt sich seine Hand vor Mund und Nase, um nicht zu würgen. Solch ein Anblick zwang selbst den stärksten Mann in die Knie …

»Das waren meine Soldaten«, presste Raelys hervor, der ebenso fassungslos neben Maryo stand. »Diese verdammten Hurensöhne!«

Maryo warf ihm einen Blick zu und sah, dass Raelys Tränen in die Augen traten, die er jedoch rasch wegblinzelte. Doch die Trauer zeichnete dennoch seine Gesichtszüge.

Maryo wusste, dass dieser Anblick Raelys bis ins Herz traf. Der Hauptmann der Königinnengarde hatte die beiden Elfen viele Jahrzehnte lang ausgebildet. Es waren seine Kampfgefährten, seine Brüder und Freunde gewesen. Seine Familie.

Denn Raelys hatte keine eigene Familie mehr. Alle waren im Hundertjährigen Krieg gegen die Zirkel gefallen. Er alleine war übrig geblieben und Maryo wusste, dass er sich geschworen hatte, sein Leben dem Kampf und dem Wohle seines Volkes zu widmen.

Raelys war es zu verdanken gewesen, dass der Zirkel von Lormir die Elfen von Westend irgendwann in Ruhe ließ, weil die Streitmacht zu starken Widerstand leistete und es den Magiern schlussendlich die Mühe nicht wert schien, den Westendwald zu erobern.

Und jetzt stand Raelys wieder vor zwei Freunden, deren Tod durch die Hand von Menschen verursacht worden war.

Mit zusammengepressten Lippen begann der rotblonde Hauptmann, die toten Elfen von dem Ast zu schneiden. Maryo und ein paar andere Soldaten beeilten sich, ihm dabei zur Hand zu gehen.

»Wir müssen sie begraben, sonst werden sie von wilden Tieren gefressen«, sagte Raelys, als die toten Krieger vor ihnen auf dem Laub des Waldbodens lagen.

»Wir haben keine Zeit, sie in den heiligen Hain zu bringen«, bemerkte Maryo. »Wir werden hier an dieser Stelle ein notdürftiges Grab errichten und holen sie, sobald wir die Prinzessin gefunden haben.«

Raelys nickte, ohne ihn anzusehen.

»Was für eine Grausamkeit muss in diesen Menschenbastarden stecken …«, murmelte Maryo, als er half, mittels Magie ein Loch aus der Erde zu heben, in welches sie die beiden Leichen legen wollen. »Ich hoffe, Amyéna wurde nicht von ihnen gefangen genommen.« Bei diesem Gedanken zog sich sein Herz schmerzhaft zusammen und er verdrängte ihn sofort wieder … das war der falsche Zeitpunkt.

»Das hoffe ich auch«, sagte Raelys leise.

Nachdem die toten Körper begraben waren, besprachen Maryo, Raelys und Seryl das weitere Vorgehen.

»Ich bin dafür, dass wir diesen Schweinen eine Lektion erteilen«, schlug Maryo mit zornig funkelnden Augen vor, was mit einem bitteren Nicken von Raelys kommentiert wurde.

»Keinesfalls! Wir werden nicht gegen eine Übermacht kämpfen!«, hielt Seryl dagegen. »Wir sollen meine Gemahlin finden, nicht unseren eigenen Tod!«

»Aber es könnte sein, dass sich Eure werte Gemahlin in den dreckigen Fingern dieser Scheißkerle befindet!«, fuhr Maryo ihn gereizt an. »Es spricht zumindest viel dafür. Wir haben ihre Spuren nicht mehr gefunden und sie schrecken offensichtlich nicht davor zurück, Elfen kaltblütig zu meucheln und auf den sogenannten Friedenspakt zu pfeifen. Was ist Euch mehr wert? Euer eigenes Leben oder das Eurer Gemahlin?«

Seryl starrte einen Moment lang unentschlossen in die goldenen Augen des breitschultrigen Elfen, dann senkte er den Blick, ohne etwas zu antworten.

»Ich nehme das als Einwilligung!«, sagte Maryo mit grimmiger Genugtuung.

»In einem Punkt gebe ich dem Prinzen recht«, wandte Raelys ein. »Wir sollten nicht planlos gegen die Übermacht kämpfen. Zumal das die Sicherheit der Prinzessin gefährden könnte, sollte sie tatsächlich von ihnen gefangen genommen worden sein. Wer garantiert uns, dass diese Bastarde ihr nicht die Kehle durchschneiden, wenn sie uns sehen – falls sie überhaupt noch lebt? Nein, das ist zu gefährlich.«

»Wir wissen nicht mit Gewissheit, dass Amyéna von ihnen gefangen genommen wurde«, nickte Seryl. »Es kann sein, dass sie sie nicht entdeckt haben.«

»Gut«, meinte Maryo gedehnt. »Wir werden uns in der Nacht zu ihrem Lager schleichen und erkunden, ob sie Amyéna in ihrer Gewalt haben. Sie müssen hier irgendwo in der Nähe sein, denn Avanthyl hat davon gesprochen, dass sie ein paar Wegstunden von dem ersten Lager ihr Hauptlager haben. Falls Amyéna ihre Gefangene ist, werden wir sie befreien. Und wenn das bedeutet, dass wir diese Menschen angreifen, dann ist das eben so.«

»Und was, wenn Amyéna nicht bei ihnen ist?«, fragte Seryl mit schief gelegtem Kopf.

»Dann werdet Ihr Eure kostbaren Stiefel noch etwas stärker abnutzen müssen, weil wir sie dann weiterhin im Wald suchen werden«, knurrte Maryo.

Als die Dämmerung hereinbrach, schlugen die Elfen ihr Lager zwischen hohen Büschen auf. Die Nächte konnten hier in Altra im Spätsommer kühl werden, und auch wenn Elfen über mehr Körperwärme als Menschen verfügten, so mussten sie doch dafür sorgen, dass sie es warm genug hatten.

Da sie nicht unnötige Aufmerksamkeit auf sich ziehen wollten, entfachten sie kein Feuer, sondern suchten Laub zusammen, um sich darauf zu setzen und somit gegen die nächtliche Kälte des Bodens zu wappnen. Ihre heilende Elfenmagie vermochte zwar leichtere Erkältungen zu lindern, jedoch wollten sie ihre Kräfte für einen möglichen Kampf gegen die Söldner aufsparen. Selbst Elfenmagie war nicht unerschöpflich.

»Wir werden nur zu zweit losgehen.« Maryo setzte sich neben Raelys, der an einem Stück Trockenfleisch kaute. Der dunkelhaarige Elf sprach mit gedämpfter Stimme, damit die anderen ihn nicht hören konnten.

Der Hauptmann wandte ihm überrascht den Kopf zu. »Hältst du das für eine gute Idee?«, fragte er ebenso leise.

Zur Antwort erhielt er ein knappes Nicken. »Sonst würde ich es nicht vorschlagen.« Maryo holte seinen Wasserschlauch hervor und trank einen Schluck. »Je mehr wir sind, desto größer ist die Gefahr, dass wir entdeckt werden. Ich werde es nachher den anderen mitteilen. Du und ich – wir gehen los, um herauszufinden, ob Amyéna im Lager gefangen gehalten wird. Falls dem so ist, kehren wir zurück und besprechen das weitere Vorgehen. Falls nicht, gehen wir in dieser Nacht noch weiter. Wenn die ersten Sterne am Himmel erscheinen, brechen wir auf. Sieh zu, dass du dich bereithältst.«

Raelys sah den Kommandanten nachdenklich an. »Also gut, lass es uns so machen. Ich bin froh, dass du nicht mehr darauf aus bist, die Söldner sinnlos niederzumetzeln. Auch wenn ich selbst ihren Tod mehr als alles andere wünsche, seit sie meine Männer auf derart grausame Art und Weise umgebracht haben. Aber es ist keine gute Idee, unnötig einen Kampf zu riskieren.«

Maryo nickte bestätigend. »Das hab ich jetzt auch eingesehen. Also, ich werde es den anderen sagen.« Er stand auf und steckte den Wasserschlauch wieder in die Halterung an seinem Gurt. »Bis nachher.«

Raelys blieb sitzen, während Maryo zu den anderen Kriegern schlenderte und ihnen knapp den Plan erklärte. Wie zu erwarten war, sprang Seryl auf, nachdem Maryo geendet hatte, und sah den größeren Elf herausfordernd an. »Ich werde bestimmt nicht hier tatenlos herumsitzen, während ihr meine Gemahlin sucht«, rief er.

»Euch wird nichts anderes übrig bleiben, weil wir Euch nämlich nicht mitnehmen werden«, antwortete Maryo ruhig. »Ihr seid ein Hochlandelf und damit zu unerfahren, was den Wald angeht. Ihr würdet uns nur behindern.«

Der Prinz wollte etwas entgegnen, aber Maryo schnitt ihm mit einer unwirschen Geste das Wort ab. »Wenn Ihr weiter so herumschreit, werdet Ihr die Menschen auf uns aufmerksam machen«, knurrte er leise. »Entweder Ihr akzeptiert meinen Vorschlag oder ich fessle Euch an den nächsten Baum – das ist mein voller Ernst.«

Es war Seryl anzusehen, dass er etwas einwenden wollte. Dennoch biss er sich stattdessen auf die Unterlippe und starrte den dunkelhaarigen Elf zornig an. Er schien zu wissen, dass jeder Widerspruch zwecklos sein würde und Maryo seine Drohung nicht nebenbei ausgesprochen hatte. Der Prinz rang sich schließlich ein kurzes Nicken ab.

Ein zufriedenes Schmunzeln legte sich auf Maryos Lippen und er hörte auf, den Prinzen mit seinen Blicken zu taxieren. »Gut, dann wäre das geklärt.«

Seryl stampfte wütend davon, während Maryo einen Blick zu Raelys warf, der ihn kopfschüttelnd musterte.

4 Maryo

»Wie schätzt du die Lage ein?«, flüsterte Raelys.

»Hm.« Maryo kniff die Augen zusammen und studierte das Zeltlager.

Beide Elfen lagen flach auf dem Boden im Schutz einiger Sträucher und beobachteten die Menschen, die sich vollkommen sicher zu fühlen schienen.

Die Soldaten hatten mehrere Lagerfeuer errichtet und machten sich nicht die Mühe, leise zu sein. Im Gegenteil, sie grölten laut, lachten und rissen derbe Scherze. Sie waren nicht nur grausame Elfenmeuchler, sondern auch noch so dumm, in der Nähe einer Elfenstadt auf jegliche Sicherheitsmaßnahmen zu verzichten.

Maryo verzog angewidert den Mund. Er hatte Menschen noch nie gemocht und die Szene, die er gerade beobachtete, führte keinesfalls dazu, dass sich seine Meinung über diese Rundohren so rasch ändern würde.

»Wenn Amyéna hier ist, dann wird sie wahrscheinlich in einem der Zelte in der Mitte des Lagers gefangen gehalten«, sagte er ebenso leise zu seinem Freund.

»Ich denke, der da drüben hat das Kommando.« Raelys deutete mit dem Kinn in Richtung eines breitschultrigen Kriegers, der eine schwere Kettenrüstung trug.

An seiner Seite hing eine Axt, deren geschliffene Klinge im Schein des Feuers aufblitzte. Feurig glühende Runen waren in das Metall eingraviert. Die Waffe stammte eindeutig aus einer Zwergenschmiede und war wahrscheinlich Kriegsbeute. Denn die Zwerge trieben seit Beginn des hundertjährigen Krieges keinen Handel mehr mit den Menschen und hatten sich mit dem Ende der Schlachten in ihre Städte, tief in den Bergen von Altra, zurückgezogen.

Dass der breitschultrige Kämpfer eine solche Waffe besaß, ließ schlussfolgern, dass er einen höheren Rang bekleiden musste.

»Gut möglich«, murmelte Maryo, während er den Kämpfer beobachtete, der sich jetzt von seinen Kameraden abwandte und zu einem der größeren Zelte schritt. »Sie scheinen keine Magier dabei zu haben.«

»Oder aber die Magier haben sich nicht zu den Soldaten gesellen wollen«, mutmaßte Raelys.

»Kann ich ihnen nicht verdenken«, bemerkte Maryo mit einem bitteren Zug um den Mund.

Diese lauten, stinkenden Männer waren einfach nur verabscheuungswürdig!

»Was hast du vor?« Raelys hielt seinen Freund am Arm fest, als dieser Anstalten machte, unter dem Busch hervor in den schützenden Schatten des nächsten Zeltes zu schleichen.

»Ich werde den Kerl verfolgen«, brummte er.

Raelys zog die Augenbrauen zusammen. Maryo konnte ihm ansehen, dass ihm sein Plan nicht behagte, aber schließlich nickte der Hauptmann. Da Elfenaugen auch in der größten Dunkelheit noch gut sehen konnten, entging Maryo der resignierte Zug um den Mund seines Freundes dennoch nicht.

»Gut, aber pass auf dich auf«, bat Raelys. »Ich werde hier die Stellung halten und dich warnen, sollte sich etwas zusammenbrauen. Wenn du den Ruf einer Schleiereule hörst, kommst du auf der Stelle zurück.«

»Du scheinst zu vergessen, dass ich nicht mehr unter deinem Kommando stehe, sondern vielmehr das Sagen in dieser Mission habe«, knurrte Maryo leise.

Es widerstrebte ihm, Befehle entgegenzunehmen – selbst wenn sie von seinem Freund kamen. Aber er hatte immer schon Mühe gehabt, sich jemandem unterzuordnen, wenn er keinen Sinn darin sah.

Raelys schnaubte. »Es ist vollkommen unerheblich, ob du noch ein Rekrut bist oder nicht. Du bist in erster Linie mein Freund. Und ich werde nicht zulassen, dass du dich unnötig in Gefahr begibst.«

»Von ›unnötig‹ wird wohl kaum die Rede sein, wenn diese Kerle tatsächlich Amyéna gefangen genommen haben«, erwiderte Maryo unwirsch.

Raelys seufzte. »Es wäre besser, wenn *ich* den Anführer verfolgen würde. Deine Gefühle für unsere Prinzessin vernebeln dir die Sinne und vor allem verzerren sie deine Urteilsfähigkeit.«

Maryo wollte etwas erwidern, aber Raelys hob eine Hand in die Luft. »Schon gut, geh. Ich weiß, dass es nichts bringt, dich aufhalten zu wollen.«

Der dunkelhaarige Elf nickte und schlich ohne ein weiteres Wort in die Richtung davon, die der breitschultrige Krieger eingeschlagen hatte. Dabei hielt er sich gekonnt im Schatten der Zelte verborgen, sodass die Soldaten ihn nicht einmal gesehen hätten, wenn sie in Alarmbereitschaft gewesen wären.

Aber diese dummen Menschen fühlten sich so sicher, dass sie nicht einmal genügend Wachen aufgestellt hatten. Es war schon ein Leichtes gewesen, sich an das Lager heranzupirschen. Und es würde ebenfalls nicht schwer werden, die Prinzessin zu befreien, sollte sie diesen Grobianen wirklich in die Hände gefallen sein.

Maryo schlich um eines der größeren Zelte herum und achtete darauf, den breitschultrigen Kämpfer im Auge zu behalten. Dieser schien sich vollkommen unbeobachtet zu fühlen, so zielstrebig, wie er durch das Lager schritt.

Einfältige, selbstgefällige Menschen …

Wie vermutet, hielt der Hüne bei einem der größten Zelte an und schlug die Plane zur Seite. Maryo kniff die Augen stärker zusammen, um etwas erkennen zu können. Im Zeltinneren brannte eine kleine Laterne, die für einen kurzen Augenblick eine Szene erhellte, die ihn die Luft anhalten ließ.

Auf dem Boden, mitten im Zelt, saß eine Gestalt. Sie musste an den Holzmast in der Mitte gefesselt worden sein, so wie ihre Arme nach hinten gestreckt waren. Ihr langes, dunkles Haar fiel ihr über das Gesicht, aber die schlanke Figur ließ keinen Zweifel daran, dass es eine Frau sein musste.

Dann fiel die Plane hinter dem Hünen zurück und verbarg den Anblick vor Maryos Augen.

Der Elf biss sich wütend auf die Unterlippe.

Verdammt noch mal ... diese Bastarde hatten tatsächlich Amyéna gefangen!

Er hatte die Frau zwar nur für den Bruchteil einer Sekunde gesehen, aber deren zierliche Statur passte zum Aussehen der Elfenprinzessin, ebenso wie ihr dunkles Haar.

Für einen Moment erlaubte er sich, innerlich alle derben Verwünschungen herunterzufluchen, die er kannte.

Dann atmete er tief durch und seine Gedanken überschlugen sich, um einen Plan zu schmieden, wie er Amyéna dort herausbringen konnte, ohne dass das ganze Lager in Aufruhr geriet.

Zwar traute er sich ohne Weiteres zu, gegen mehrere Soldaten zu kämpfen – *schließlich waren es Menschen!* – aber er wusste auch, dass er keine Chance hatte, gleichzeitig seine Männer zu beschützen. Und die würden sich auf jeden Fall einmischen, wenn sie den Kampflärm hören würden.

Doch ihm blieb keine Zeit, lange zu überlegen, denn er hörte aus dem Zeltinneren einen Frauenschrei, der sein Herz einen Moment lang erstarren und dann umso schneller weiterschlagen ließ.

In der Stimme lagen Angst und Schmerz.

Das reichte, um seine Wut auf diese Hurensöhne ins Grenzenlose zu steigern und jede Vernunft, die ihm riet, einen handfesten Plan auszudenken, in den Wind zu schießen.

Leise wie ein Schatten glitt Maryo zum Zelteingang und hob die Plane ein wenig an, um ins Innere sehen zu können. Eine Hand hatte er um den Griff des Dolches gelegt, den er an seinem Hüftgurt trug.

Der Anblick, der sich ihm bot, ließ sein Blut in den Adern gefrieren.

Die Gefangene war auf die Füße gezerrt worden und der breitschultrige Kämpfer war gerade dabei, sie über einen Tisch zu drücken, der an der Zeltwand stand. Er hatte Maryo den Rücken zugekehrt, aber auch so konnte der Elf nur allzu gut erkennen, was der Krieger soeben mit seiner Gefangenen vorhatte.

»Na komm schon, mein Täubchen«, sagte der Mann mit schmieriger Stimme. »Wir hatten noch nicht das Vergnügen, uns vorzustellen, seit du heute zu uns gebracht wurdest. Ich werde dir zeigen, wie ich Schönheiten wie dich im Lager willkommen heiße.« Sein Lachen war dreckig und ließ in Maryo die Galle hochsteigen.

Die Frau knurrte wild und versuchte, sich zu wehren, aber da ihre Hände immer noch auf den Rücken gefesselt waren, hatte sie keine Chance dazu. Zumal der Mensch sie um einiges überragte.

Maryo verlor keine Zeit.

Dieses perverse Schwein würde sich nicht an Amyéna vergreifen!

Er preschte vor und zog gleichzeitig den Dolch, um ihn dem Menschen in die Kehle zu rammen.

Dieser schien etwas gehört zu haben, denn er drehte sich gerade in dem Moment um, als Maryo bei ihm angekommen war und die Augen des Mannes weiteten sich.

Doch er hatte keine Zeit mehr, sich zu wehren oder gar um Hilfe zu rufen. Schon hatte der Elf ihm die Kehle aufgeschlitzt und Blut sprudelte aus der tiefen Wunde. Der Soldat griff sich mit ungläubigem Gesichtsausdruck an den Hals, ehe er langsam in die Knie sank.

Der Boden war binnen zwei Sekunden rot gefärbt und der Kerl röchelte, als Blut in seine Lungen trat und er keine Luft mehr bekam.

Doch Maryo kümmerte sich nicht um den sterbenden Soldaten, sondern beugte sich blitzschnell zu der Frau, die immer noch mit dem Oberkörper auf der Tischplatte lag und sich nun mühsam aufrichtete. Das schwarze Haar war ihr vor das Gesicht gefallen.

Er packte sie am Arm und drehte sie zu sich herum.

»Amyé ...« Seine Stimme erstarb, noch während er ihren Namen aussprechen wollte.

Das hier war nicht die Prinzessin der Westendelfen.

Es war eine ... Menschenfrau.

Ihr Gesicht war zwar hübsch, aber nicht so schön und ebenmäßig wie das von Amyéna. Die Züge dieser Frau strahlten etwas Strenges aus und ihre Augen waren so hell und blau wie reines Quellwasser. Sie bildeten einen verwirrenden Kontrast zu ihrem Haar, das bei näherer Betrachtung viel dunkler war als das der Prinzessin. Es glänzte schwarz im Kerzenschein. Ihre Kleidung bestand aus einfachem Leinen und schien zweckmäßig zu sein. Womöglich eine Söldnerin, auf keinen Fall aber eine Frau von höherem Stand.

Ihre Gestalt war klein und zierlich, doch man konnte erkennen, dass sie es gewohnt war, zu kämpfen.

Die Fremde starrte Maryo fast ebenso entgeistert an wie er sie und schien einen Moment lang abzuwägen, ob sie vor ihm fliehen konnte. Sie presste die Lippen zusammen und ihre Blicke schnellten zum Zeltausgang.

Da ihre Hände allerdings immer noch auf ihren Rücken gefesselt waren und Maryo sie fest am Arm hielt, hatte sie keine Chance, ihm zu entkommen.

»Wo ist Amyéna?«, wollte Maryo barsch wissen.

Die Frau blinzelte verwirrt. »Wenn ich wüsste, was eine Amyéna ist, würde ich es Euch sagen«, sprach sie.

Der Klang ihrer Stimme hatte einen samtenen Unterton, obwohl sie gerade wütend den Elf anfunkelte, der sie um fast zwei Köpfe überragte. Womöglich gab es viele Männer, die dafür sterben würden, wenn sie nur einmal ihren Namen aus diesem fein geschwungenen Mund hören konnten. Diese Frau war eine von der Sorte, die genau wusste, wie sie mit einem Mann umzugehen hatte – nicht nur auf dem Schlachtfeld. Das musste Maryo widerwillig feststellen, obwohl er Menschen verabscheute.

Sein Griff wurde fester und er schnaubte wütend. »Ich bin nicht in der Stimmung für Späße«, brummte er.

»Ach … und ich schon, oder was?!«, fuhr ihn die Fremde gereizt an. »Ich wurde fast vergewaltigt, Schlaumeier! Und jetzt lasst mich los!«

Ihre Stimme wechselte in einen derart strengen Befehlston, dass Maryo tatsächlich einen Moment lang überrumpelt war und seinen Griff lockerte.

Die Frau nutzte die Gelegenheit, um sich von ihm loszureißen. Sie versuchte eilig, ihre Fesseln abzustreifen. Doch diese waren so fest geschnürt, dass sie ihr bereits ins Fleisch eingeschnitten hatten und sich nicht bewegen ließen.

Mit schmerzverzerrtem Gesicht gab sie auf und sah den Elf misstrauisch an. »Ihr gehört nicht zu denen, oder?«, fragte sie. »Zumindest habe ich Euch bisher nicht bei ihnen gesehen. Und dass Ihr Kommandant Roul umgebracht habt, spricht nicht gerade dafür, dass Ihr zur Truppe gehört … zumal wohl keiner dieser Bastarde mit einem Elf gemeinsame Sache machen würde.«

Maryo ließ ein tiefes Brummen hören. »Nein, ich gehöre bestimmt nicht zu diesem Gesindel«, schnaubte er und sah sich kurz im Zelt um.

Womöglich gab es irgendwo einen Hinweis darauf, ob Amyéna hier war.

»Dann wird es Euch sicherlich nichts ausmachen, meine Fesseln zu durchtrennen, oder?«, fragte die Frau mit einem schiefen Lächeln, das Erleichterung ausdrückte. Sie drehte ihren Rücken zum Elf, um ihm ihre Hände hinzuhalten.

»Ihr seid entweder enorm dumm oder einfach nur lebensmüde, dass Ihr einem Feind den Rücken zukehrt«, murmelte Maryo ungläubig.

»Wenn ich die Wahl habe, gerne das Zweite«, erwiderte die Fremde gelassen. »Zudem ist der Feind meines Feindes unter diesen Umständen mein Freund. Und jetzt beeilt Euch, ich habe nicht ewig Zeit. Ich muss zurück zu meinen Männern!«

»Ihr seid also eine Hure«, schlussfolgerte Maryo, ohne ihrer Aufforderung nachzukommen. Im Gegenteil, er verschränkte die Arme vor der Brust und musterte sie mit zusammengekniffenen Augen.

Die Fremde fuhr zu ihm herum und funkelte ihn zornig an. »Wagt es noch einmal, mich so zu nennen, und ich werde dafür sorgen, dass Ihr nie wieder eine Frau beglücken könnt!«

»Viel Spaß dabei«, meinte Maryo in gleichgültigem Tonfall. »Bin ja mal gespannt, wie Ihr mich mit gefesselten Händen entmannen wollt.«

Die hellen Augen der Frau begannen zu glühen. »Treibt es nicht zu weit, Mistkerl!«, zischte sie. »Ich kann über Kräfte gebieten, die Eure Vorstellungskraft übersteigen!«

Maryo grinste breit. »Na, dann lasst mal sehen. Ich kann es kaum erwarten zu erfahren, was ein kleiner Mensch in seinen wenigen Lebensjahren gelernt hat. Zumal Ihr Euch nicht gegen den Kommandanten wehren konntet … wo waren Eure Kräfte denn vorhin, bitte sehr?«

Falls der Blick der Frau noch flammender werden konnte, so tat er das in eben diesem Moment. Dennoch blieben ihre Worte ohne Auswirkung – zumindest so lange, bis Maryo zu Boden sah. Was er da erblickte, ließ seine Augen etwas größer werden.

Er stand in Wasser. Eisigem Wasser, das aus dem Boden emporstieg und seine Füße immer weiter umspülte.

»Was bei …« Er trat aus der Pfütze und starrte die Frau entgeistert an.

»*Das* nennt man Magie. Menschenmagie«, lächelte die Frau zufrieden und das Wasser verzog sich zurück in die Erde, wo es hergekommen war. »Diese dämlichen Soldaten haben mich mehrmals bewusstlos geschlagen und der Kommandant hat meine Kräfte vorhin blockiert, sonst hätte ich mich schon viel eher gewehrt. Aber der Perversling kannte ein Pulver, mit dem Magie kurzzeitig gebannt werden kann. Doch jetzt habe ich meine Kräfte wieder. Ihr wusstet wohl nicht, dass ein paar von uns kleinen Menschen über solche Dinge gebieten können, wie? Tja, nicht nur ihr Elfen seid magische Geschöpfe … und jetzt macht mich endlich los, ich hab genug davon, zu Eurer Unterhaltung zu dienen!«

Maryo überlegte einen Moment, dann verschränkte er erneut die Arme vor der Brust. »Sagt mir erst, ob Ihr hier im Lager eine Elfin gesehen habt. Eine Gefangene«, forderte er.

»Eine gefangene Elfin? Hier im Lager?«, fragte die Frau und schien einen Moment lang nachzudenken. »Hm, nein. Aber zwei Elfen. Die Kerle, die mich herbrachten, haben sie heute um den späten Nachmittag kaltblütig ermordet. Ich habe es gesehen, als ich kurz aufwachte, ehe sie mich wieder niederschlugen. Schienen keine Freude an euren spitzen Ohren zu haben. Ihr passt besser auf, wenn Ihr Eure Gedärme noch bei Euch behalten wollt.«

Maryo lachte freudlos. »Keine Sorge, auf meine Gedärme kann ich sehr gut aufpassen«, sagte er. »Ihr habt also keine Elfin gesehen?«

»Ihr scheint ziemlich einfältig zu sein«, sagte die Frau mit schief gelegtem Kopf. »Das habe ich doch schon gesagt! Nein, keine Elfin weit und breit!«

Maryo gab sich unbeeindruckt von ihrem aufbrausenden Tonfall. »Und wer seid Ihr nun?«

Die Frau biss die Zähne zusammen, dass ihre Kiefer knackten. »*Das*, mein Lieber, geht Euch einen feuchten Dreck an!«, zischte sie.

»Na dann …« Maryo wandte sich zum Gehen, hörte aber hinter sich, wie die Frau leise Verwünschungen ausstieß.

»Na gut!«, rief sie ihm mit gedämpfter Stimme hinterher. »Ich sage Euch, wer ich bin. Aber dann verratet Ihr mir auch, was ein Elf mitten in einem Söldnerlager zu suchen hat.«

Maryo blieb stehen und drehte sich langsam zu ihr um. »*Das*, meine Liebe, geht *Euch* einen feuchten Dreck an«, konterte er gleichmütig.

Die Frau sah aus, als wolle sie jeden Moment dem Elf ins Gesicht spucken, dann riss sie sich aber zusammen und Maryo hörte ihre Zähne knirschen. »Nun gut. Ich habe wohl keine andere Wahl, als mit einem Idioten zusammen von hier zu fliehen«, murmelte sie unwirsch. »Mein Name ist Edana. Ich wurde von diesen Kerlen in Westend gefangen genommen. Sie wollten mich wohl zum magischen Zirkel von Lormir bringen, diese Hurenböcke!«

Maryo musterte die Frau erneut. »Ihr seid also eine Magierin«, schlussfolgerte er. »Wohnt Ihr im Zirkel?«

Edana schüttelte den Kopf. »Bestimmt nicht. Ich habe zwar in einem Zirkel meine Ausbildung zur Wassermagierin gemacht, aber das war, ehe dieser hirnverbrannte Wichtigtuer dort das Sagen hatte.«

Maryo runzelte die Stirn. »Wen meint Ihr?«

»Ihr solltet besser ab und an aufhören, Eure geliebten Bäume zu umarmen und aus Eurem Wald kommen«, sagte die Frau mit abschätzigem Gesichtsausdruck. »Ich rede von Xenos. Dem Zirkelleiter von Lormir, der seit drei Jahren hier regiert, als sei er der König von Altra. Er ist schuld daran, dass im Norden Chaos herrscht. Und dass die Söldnerbanden in Scharen hierher strömen, weil sie einen Kampf wittern oder um von Xenos bezahlt zu werden, die Elfen von Zakatas in Schach zu halten. Arschkriecher allesamt!«

Maryo nickte. Der Name Xenos sagte ihm zwar nichts, aber er wollte sich keine Blöße geben. Es stimmte leider nur zu gut, was die Frau ihm vorwarf: Er war selten außerhalb der Elfenstadt gewesen, seit er hierhergekommen war. Er hatte einfach genug davon gehabt, im Wald zu wohnen und es daher in den ersten Jahrzehnten in vollen Zügen genossen, endlich in einer richtigen Stadt zu leben. Bei Elfen.

Etwas, das ihn in den letzten Jahren jedoch mehr und mehr langweilte. Hatte er es zu Beginn noch spannend gefunden, wie die Elfenstadt organisiert war, so nervten ihn die vielen Regeln inzwischen vielmehr.

Dennoch war er dort geblieben … und hatte sich nie um Menschen und ihre lächerlichen Kriege geschert, zumal die Kämpfe zwischen Drachen, Elfen, Gorkas, Zwergen und den Menschen gerade mal hundert Jahre gedauert hatten.

Edana legte den Kopf schief und musterte Maryo eindringlich. »So, jetzt wisst Ihr, wer ich bin. Durchtrennt endlich meine Fesseln und lasst uns von hier verschwinden.«

Maryo kniff die Augen zusammen und studierte seinerseits ihr Gesicht. Gerade, als er seinen Dolch ergriff, um ihr tatsächlich die Fesseln durchzuschneiden, ertönte von draußen ein Schrei. Der Schrei einer Schleiereule.

»Verdammt!«, entfuhr es dem Elf und er packte Edana unsanft am Arm, um sie mit dem Rücken zu sich zu drehen. »Haltet still, wir müssen hier weg!«

5 Edana

Es tat weh, als der Elf ihre Fesseln mit seinem blutverschmierten Dolch durchtrennte. Das lag nicht daran, dass er grob war, sondern vielmehr an dem Seil, das sich in ihre Haut eingeschnitten hatte und bei jeder Bewegung schmerzhaft rieb. Aber Edana biss die Zähne zusammen und gab keinen Laut von sich. Sie war es gewohnt, Schmerzen zu ertragen. Und wenn es dazu führte, dass sie gleich frei wäre, ließ sie sie sogar gerne über sich ergehen.

Kaum waren ihre Fesseln zerschnitten, eilte der Elf auch schon zum Zeltausgang, um nachzusehen, was der Eulenschrei zu bedeuten hatte. Edana vermutete, dass seine Verbündeten außerhalb des Lagers warteten und ihn mit dem Ruf warnten.

»Ihr habt mir Euren Namen noch gar nicht genannt«, stellte sie fest, während sie ihre Handgelenke rieb. Der Schmerz würde bald abklingen und die wunden Stellen verheilen. Noch war sie am Leben und das war alles, was zählte.

Der Elf wandte sich nicht zu ihr um. »Maryo Vadorís«, brummte er.

Edana warf einen kurzen Blick auf den breiten Rücken des Elfen und schüttelte den Kopf.

Wer hätte gedacht, dass ihre erste Begegnung mit dem Elfenvolk von Altra auf diese Weise geschehen würde? Sie hatte diese Wesen immer als arrogant, eigenbrötlerisch und egoistisch angesehen. Dass dieser Elf ihr geholfen hatte, ließ in ihr mit einem Mal den Drang aufsteigen, dieses Bild noch einmal zu überdenken. Aber nicht jetzt, dazu wäre später Zeit. Zuerst mussten sie dafür sorgen, dass sie aus dem Lager verschwanden, ehe …

»Verdammt«, murmelte in dem Moment der Elf, der die Zeltplane ein wenig angehoben hatte, um nach draußen zu sehen.

»Was ist los?«, fragte Edana und bückte sich nach der Axt des Kommandanten. Der würde sie nicht mehr brauchen – sie allerdings schon. Und solch eine wertvolle Zwergenaxt könnte zudem für viel Geld verkauft werden, wenn sie ihr gute Dienste geleistet hatte.

Der Elf warf ihr stirnrunzelnd einen Blick zu und deutete dann mit dem Kinn auf die Axt. »Schneidet Euch nicht daran«, meinte er mit hochgezogenen Augenbrauen. Die unwirklich goldfarbenen Augen blitzten bei seinen Worten provokant auf.

Sein Antlitz war so schön und ebenmäßig, wie Edana es noch nie bei einem Mann gesehen hatte. Aber in diesem Augenblick hätte nicht viel gefehlt und sie hätte ihre neue Waffe an ihm ausprobiert, um das süffisante Grinsen, das sich gerade auf seinem Gesicht ausbreitete, zum Verschwinden zu bringen.

Sie hatte es immer schon gehasst, wenn andere Menschen – vor allem Männer – ihr Befehle erteilen wollten oder sie nicht ernst nahmen. Und von aufgeblasenen Elfen, die sich für die Herren von Altra hielten, ließ sie sich schon gar nichts sagen.

Offenbar sprach ihr Gesicht gerade Bände, denn der Elf legte kurz den Kopf schief und zog die Augenbrauen zusammen. »Ihr gehört wohl zur aufbrausenden Sorte«, stellte er fest. »Spart Euch Eure Energie für den Kampf, den es gleich geben wird.«

»Wie meint Ihr das?« Edana trat zu ihm, um unter seinem Arm hindurch nach draußen zu sehen.

Was sie erblickte, ließ sie leise die Luft ausstoßen. »Verdammt.«

Der Elf schaute auf sie herunter und nickte grimmig. »Darf ich vorstellen: unser hochwohlgeborener Idiot von einem Elfenprinzen.«

Edanas Augen weiteten sich, als sie mitten im Lager den Elf entdeckte, der am Boden kniete. Seine kostbar wirkende Kleidung war zerfetzt – offenbar hatte er sich heftig gewehrt. Vergebens, denn die Soldaten, die um ihn herumstanden, waren in der Überzahl. Das Lagerfeuer beschien sein Gesicht, das bereits von Faustschlägen verunstaltet worden war. Blut lief aus den aufgeplatzten Wunden und rann ihm über die Wangen und den Hals.

Er schien kaum mehr bei Bewusstsein zu sein und schwankte. Aber die Soldaten hielten ihn aufrecht und verhörten ihn gerade. Womöglich wollten sie wissen, ob er alleine hier war.

»Wollt Ihr ihm nicht helfen?«, fragte Edana entgeistert und sah zu dem Elf hoch, der immer noch die Plane zur Seite geschoben hatte. Gerade so weit, dass die Soldaten sie nicht sehen konnten.

»Ein paar Prügel tun ihm ganz gut«, antwortete Maryo gleichgültig.

Edana schnaubte abfällig. »Ihr seid herzlos!«

»Nennt es, wie Ihr wollt.« Der Elf zuckte mit den Schultern. »Ich lasse mich nicht von einer kleinen Menschenfrau verurteilen.«

»Ihr könnt meinetwegen zusehen, wie sie das Gesicht Eures Prinzen zu Brei schlagen«, fuhr ihn Edana an. »Aber *ich* werde das mit Sicherheit nicht tun. Ich werde die Gelegenheit nutzen, und von hier abhauen!«

Ehe der Elf etwas antworten konnte, war sie unter seinem Arm hindurch nach draußen geschlüpft. Sie hörte ihn hinter sich leise fluchen, aber sie war bereits mehrere Schritt weit in der Dunkelheit zum danebenliegenden Zelt gerannt, in dessen Schatten sie sich verbarg und rasch zum nächsten eilte.

Die meisten Soldaten hatten sich inzwischen beim Lagerfeuer versammelt, um der Hinrichtung des Elfen – die es mit großer Sicherheit geben würde – beizuwohnen.

Sehr gut. Das war genau die Art von Ablenkung, die sie gebraucht hatte, um von hier zu fliehen.

Bald wäre sie wieder da, wo sie hingehörte. Und die Axt würde ihr dabei helfen, dass sie nicht noch einmal in die Hände von Söldnern fiel, die leider zu wissen schienen, wer sie war und vor allem, was sie für ihre Festnahme bekommen würden.

Sie musste dafür sorgen, dass sie weit weg war, wenn der Elf doch noch seine patriotischen Gefühle entdeckte und seinem Prinzen zu Hilfe eilte. Denn dann würde das ganze Lager in Aufruhr sein.

Wahrscheinlich waren Maryo und der Prinz nicht alleine unterwegs. Ziemlich sicher sogar. Und sie hatte keine Lust, in einen Kampf zwischen Söldnern und Elfen verwickelt zu werden.

Schon war sie bei den ersten Bäumen angelangt. In wenigen Sekunden würde sie in den Schutz des nächtlichen Waldes fliehen können und dieser Albtraum wäre vorbei.

Mit einem Mal wurde sie allerdings von zwei kräftigen Händen gepackt. Ehe sie schreien konnte, spürte sie, wie sich eine der Hände auf ihren Mund presste.

»Kein Laut«, zischte ihr eine männliche Stimme ins Ohr.

Sie zuckte vor Überraschung zusammen, weil sie nicht gemerkt hatte, dass der Elf ihr gefolgt war. Rasch nickte sie und er gab ihren Mund frei. Als Maryo sie losließ, wirbelte sie zu ihm herum. »Spinnt Ihr? Ihr hättet mir fast einen Herzstillstand beschert!«, zischte sie.

Sie konnte das Gesicht des Elfen im Dunkeln nur schemenhaft ausmachen, aber das Aufblitzen seiner weißen Zähne sah sie dennoch. »Ihr Menschen seid viel zu schreckhaft«, stellte er in herablassendem Tonfall fest. »Und undankbar. Ich habe Euch gerade zum zweiten Mal Euer erbärmliches Leben gerettet. Einen Schritt weiter und Ihr wärt in die Grube gefallen.«

Er deutete hinter sie und als Edana sich umdrehte, konnte sie erkennen, dass der Untergrund, auf den sie soeben hatte treten wollen, ein bisschen dunkler war als der Rest des Waldbodens.

»Eine Falle«, meinte der Elf überflüssigerweise. »Diese Bastarde scheinen doch nicht alles dem Zufall zu überlassen.«

Zähneknirschend drehte sich Edana wieder zu ihm um. »Danke«, presste sie widerwillig hervor. »Aber solltet Ihr nicht besser bei Eurem Prinzen sein und ihn aus seiner misslichen Lage befreien, ehe die Söldner ihn töten?«

»Ein paar Frügel werden ihn nicht gleich umbringen.« Maryo zuckte mit den Schultern.

»Hier.« Edana griff in ihr Gewand und holte eine Kupfermünze hervor. »Für Eure Hilfe. Es ist nicht viel, aber dafür ist das Siegel meiner Familie darauf. Das wertet es um ein Vielfaches auf. Und hilft Euch vielleicht, Tore zu öffnen, die ansonsten verschlossen blieben.«

Ehe der Elf genauer nachfragen konnte, was sie damit meinte, hatte sie sich bereits abgewandt und rannte in die Dunkelheit des Waldes davon. Dabei achtete sie besser auf den Boden als vorhin. Eine Grube wäre ihr sicherer Tod gewesen und sie wurde noch gebraucht – ganz bestimmt sogar.

6 Maryo

Er sah der Frau noch einen Augenblick lang nach, ehe er sich kopfschüttelnd abwandte. Warum er ihr geholfen hatte – *sogar zwei Mal!* –, konnte er sich beim besten Willen nicht erklären. Er verabscheute Menschen – auch weibliche. Dass er dieses temperamentvolle, kleine Weibsbild vor dem sicheren Tod bewahrt hatte, verwirrte ihn selbst.

Sie hatte recht, er hätte sich besser um den Prinzen gekümmert … obwohl dem ein paar Schläge auf sein hochwohlgeborenes Näschen gar nicht schlecht taten. Vielleicht würde das die Gehirnwindungen, die durch zu viel Nasenpuderei verstopft waren, endlich mal freimachen.

Maryo schlich um das Lager herum zu der Stelle, wo er Raelys zurückgelassen hatte. Natürlich war sein Freund nicht mehr dort, sondern hatte sich ein paar Schritt entfernt unter einem Busch positioniert, von dem aus er einen guten Blick auf das Lagerfeuer und

Seryl hatte. Jetzt wandte er sich Maryo mit zornigem Funkeln in den Augen zu.

Auch ohne dass Raelys etwas sagte, konnte Maryo erkennen, dass er wütend auf ihn war. Sehr wütend.

Er kroch zu ihm unter den Strauch und spähte zwischen den Blättern zum Lagerfeuer, wo Seryl immer noch kniete. Sein blondes Haar war mit Blut verklebt und hing ihm strähnig in die Stirn.

»Verdammt, was hast du so lange getrieben?!«, fuhr ihn Raelys leise an. »Wir müssen den Prinzen befreien – und zwar schnell. Sie haben gerade darüber diskutiert, ob sie ihm die Ohren abschneiden wollen!«

Maryo runzelte die Stirn. »Hab eine etwas … ungewöhnliche Begegnung hinter mir«, brummte er. »Aber Amyéna scheint nicht im Lager zu sein. Warum ist uns dieser Dummkopf gefolgt?!«

Raelys seufzte. »Dass du das noch fragen musst … er wollte offenbar nicht, dass wir alleine die Lorbeeren einheimsen. Jetzt hat er dafür eine Tracht Prügel erhalten …«

»Tut ihm nicht schlecht«, meinte Maryo schulterzuckend.

»Hör auf, mit deinen Lenden zu denken!«, knurrte Raelys. »Amyéna ist und bleibt für dich unerreichbar und je eher du das kapierst, desto besser ist es für dich!«

Maryo wandte sich ihm unwirsch zu. »Das ist wohl kaum der richtige Zeitpunkt, um über Amyéna zu diskutieren«, zischte er. »Wie wollen wir nun unseren adligen Einfaltspinsel da wieder rausbekommen, ohne dass wir die ganze Horde auf den Fersen haben?«

Raelys atmete tief durch. »Hast du Magier bei ihnen gesehen?«

»Nein.« Maryo schüttelte den Kopf. »Aber zumindest scheint ihnen Magie nicht fremd zu sein.«

Raelys starrte zu den Söldnern, die den Prinzen jetzt in Ruhe ließen. Offenbar hatten sie nicht vor, ihn zu Tode zu prügeln. Noch nicht.

»Glaubst du, sie wissen, wen sie da vor sich haben?«, fragte der rotblonde Elfenhauptmann.

»Bestimmt«, nickte Maryo. »Der Dummschwätzer wird ihnen bei der erstbesten Gelegenheit auf die Nase gebunden haben, dass er bisher mit Samthandschuhen angefasst worden ist. Sonst hätten sie ihn längst getötet. Aber sie scheinen vor allem auf Lösegelder aus zu sein. Ein Elfenprinz gibt da schon einiges her ... womöglich beraten sie gerade, wen sie in unsere Stadt schicken wollen, um den Preis auszuhandeln.«

»Mag sein ...« Raelys studierte die Gruppe von Männern, die etwas entfernt stand und inzwischen in eine hitzige Diskussion verstrickt war. Ein paar Wortfetzen drangen zu ihnen herüber, die Maryos Vermutung bestätigten. »Wir können ihn nicht mit Gewalt befreien. Das würde viele Tote bedeuten und wir brauchen so viele Männer wie möglich, da wir Amyéna immer noch nicht gefunden haben, geschweige denn wissen, wo sie ist.« Er biss sich kurz auf die Unterlippe. »Andererseits können wir Seryl Némys auch nicht diesem Pack überlassen.«

»Meine Meinung dazu kennst du ja.« Maryo legte den Kopf schief, was ihm einen flammenden Blick seines Freundes einbrachte.

»Du bleibst hier und hältst die Stellung«, bestimmte Raelys, nachdem er kurz nachgedacht hatte. »Sollten sie Seryl töten wollen, wirst du für Ablenkung sorgen, verstanden? *Ablenkung,* nicht Angriff! Ich hole inzwischen die anderen. Wir werden das Lager umstellen und Lärm machen, der dieses Pack aufscheucht. Sobald sie in alle Richtungen rennen, retten wir den Prinzen und bringen ihn in Sicherheit. Wir kämpfen nur, wenn es nötig wird.«

Maryo nickte langsam. »In Ordnung. Beeil dich, ehe sie merken, dass ihr Kommandant nicht mehr am Leben ist.«

Raelys verdrehte zwar die Augen, ließ aber die Tatsache unkommentiert, die sein Freund ihm soeben offenbart hatte, und schlich so leise wie eine Katze davon.

Maryo kniff die Augen zusammen und beobachtete die Söldner, die immer noch darüber zu diskutieren schienen, was sie mit Seryl anstellen sollten. Er versuchte, zu verstehen, was sie sprachen. Für seine Elfenohren war das nicht weiter schwierig, aber gerade, als er weitere Wortfetzen aufschnappte, zog etwas anderes seine Aufmerksamkeit auf sich.

Gefluchte Verwünschungen, die jeden Kesselflicker hätten erblassen lassen, erklangen zwischen den Zelten hervor. Es war eine aufgebrachte, weibliche Stimme, doch er konnte nicht sehen, wer es war, da die Zelte die Frau noch verbargen.

Als sie schließlich in den Schein des Feuers trat, war es an Maryo, leise zu fluchen. Er erkannte sie sofort an ihrer zierlichen Gestalt und dem schwarzen Haar. Es war diese Menschenfrau … Edana!

»Verdammt, was macht sie denn noch hier?«, murmelte er.

Dann bemerkte er, dass ihre Arme wieder auf den Rücken gefesselt worden waren und ihr ein hochgewachsener Mann folgte.

Diese Frau besaß wahrlich ein Talent dafür, sich selbst in Schwierigkeiten zu bringen!

Die Gestalt des breitschultrigen Mannes, der Edana vor sich hertrieb, war in einen schwarzen Umhang gehüllt. Sein dunkles Haar hatte er zu einem Pferdeschwanz zusammengenommen, der ihm über den Rücken fiel. Das Gesicht konnte Maryo nicht richtig erkennen, da er ihn nur von hinten sah.

Er hielt die Zügel eines dunklen Hengstes, der ganz augenscheinlich ein wertvolles Tier war. Sein schweißnasses Fell glänzte im Licht des Feuers – vermutlich hatte der Mann das Pferd zur Eile angetrieben.

Jegliche Gespräche verstummten mit einem Mal, als die Söldner ihn erblickten und sie gingen ehrfurchtsvoll vor dem Schwarzgewandeten in die Knie. Ein Soldat beeilte sich, dem Mann die Zügel abzunehmen und das Pferd fortzuführen.

Der Neuankömmling ließ seinen Blick über die Köpfe der Soldaten gleiten, bis er an einem Mann hängen blieb, der wahrscheinlich nach dem Kommandanten den Befehl über die Truppe hatte.

»Wo ist Roul?«, fragte er mit einer sonoren Stimme, die beinahe den Erdboden erbeben ließ.

Maryo hatte zwar keinerlei Angst vor Autoritäten, aber dieser Kerl da war ihm mehr als suspekt, ohne dass er sein Gesicht gesehen hatte. Seiner Stimme nach zu urteilen war er noch nicht sehr alt, aber er schien es bereits gewohnt zu sein, dass die Leute auf ihn hörten.

Der Soldat, der angesprochen worden war, erhob sich verwirrt und starrte den hochgewachsenen Mann mit großen Augen an. »Ich ... willkommen im Lager der Schreckenswölfe, Xenos von Lormir ... wir haben Euch nicht vor morgen früh erwartet ... ich lasse sofort nach Roul rufen ... er ist ...« Dann fiel sein Blick auf die Gefangene und Maryc konnte ihm förmlich ansehen, wie sein Gehirn zu rattern begann.

Wenn die Gefangene hier war und nicht im Zelt, wo war dann Roul? Der Soldat schien ähnliche Schlüsse zu ziehen, denn sein Gesicht nahm eine ungesund bleiche Farbe an und er begann etwas zu stammeln, das eine Entschuldigung, Ausrede oder Verwünschung gleichermaßen sein konnte.

Xenos, wie der Fremde angesprochen worden war, hob eine Hand und augenblicklich schoss ein Feuerstrahl in die Brust des Soldaten. Der Mund des Getroffenen öffnete sich zu einem stummen Schrei, noch während er mit ungläubig geweiteten Augen in die Knie sank und dann tot zur Seite kippte.

Verflucht! Dieser Kerl war eiskalt!

»Wenn ihr auf euren Kommandanten so gut aufpasst wie auf eure Gefangenen, dann kann ich mir vorstellen, wo er ist«, bemerkte Xenos mit eisiger Stimme.

»Er ist tot!«, knurrte Edana und fuhr zu ihm herum, um ihn wütend anzufunkeln. »Genauso wie du bald sterben wirst!«

Im selben Moment begannen ihre Fesseln zu glühen und fielen als Asche zu Boden. Sie streckte eine Hand nach Xenos aus, um ihm einen Zauber entgegenzuschleudern, doch ehe ihr dies gelang, flammte ein Schutzschild um den Körper des Magiers auf. Im nächsten Moment wurde sie von einem Feuerstrahl getroffen, der sie ebenso wie den Soldaten getötet hätte, hätte sie nicht in letzter Sekunde einen magischen Schild um ihren Körper hochgezogen.

»Wag nie wieder, mich anzugreifen, Edana!«, fuhr Xenos sie an und trat einen Schritt auf sie zu. Dann griff er in seinen schwarzen Umhang und streute ihr im nächsten Augenblick ein Pulver entgegen.

Edana hustete und keuchte. Doch ihre Kräfte schienen bereits von der Substanz blockiert zu sein, denn ihr Schutzschild löste sich auf.

Xenos trat auf sie zu und packte ihre Arme, um sie ihr erneut auf den Rücken zu drehen. Dabei ging er alles andere als zimperlich mit ihr um.

Maryo spürte in sich den Drang, diesem Kerl an die Gurgel zu springen, unterdrückte die Regung jedoch. Erst wollte er wissen, was den Zirkelleiter von Lormir hierher, in den Wald von Westend trieb und warum er Edana kannte.

Auf eine Antwort musste er nicht lange warten.

»Mein Herr, es tut uns leid. Wir dachten, sie sei durch das Pulver außer Gefecht gesetzt. Wir wussten nicht, dass sie sich immer noch mit Magie wehren kann«, stotterte einer der Soldaten, der vorhin noch mit dem, der jetzt tot am Boden lag, gesprochen hatte.

»Ihr seid hirnverbrannte Deppen, mehr nicht!«, fuhr ihn Xenos an, während er nach einem Strick griff, den ihm ein anderer Söldner reichte, und das Seil grob um Edanas Handgelenke schlang.

Maryo vermeinte, ihr Zähneknirschen bis zu seinem Versteck zu hören. Aber sie wehrte sich nicht mehr gegen den Zirkelleiter, da sie zu merken schien, dass ihr das nichts gebracht hätte.

»Wir … Roul sagte uns, dass Ihr erst morgen früh hier sein werdet«, wiederholte der Soldat in einem Versuch, sich herauszureden.

Dämlicher, kleiner Mensch.

Selbst Maryo hätte ihm jetzt gerne die Zunge herausgeschnitten, nur um sein Gestammel nicht mehr hören zu müssen.

»Dann ist mir die Überraschung wohl gelungen.« Die eisige Stimme des Zirkelleiters hatte einen nahezu amüsierten Unterton. »Wie weit seid ihr mit euren Nachforschungen? Und was hat dieser Elf hier mitten im Lager zu suchen?!« Er deutete auf Seryl, der inzwischen halb bewusstlos neben dem Lagerfeuer kniete.

»Wir … unsere Nachforschungen … also …«, begann der Soldat zu stottern. »Wir waren zu beschäftigt damit, den Schlüssel zu holen. Der Elf hat damit nichts zu tun … wir haben ihn dabei erwischt, wie er unser Lager ausspionieren wollte. Er sagte, er sei ein Prinz, deswegen lebt er noch. Wir dachten, wir könnten vielleicht Lösegeld für ihn bekommen.«

Schlüssel? Maryo runzelte die Stirn. Jetzt wurde das Ganze doch noch interessant …

Zu seiner Überraschung begann Xenos laut zu lachen. Aber es war ein freudloses, hartes Lachen, das Maryo beinahe frösteln ließ. »Ein Prinz also … wie dumm seid ihr bloß?! Elfenprinzen gibt es nur in Zakatas, nicht hier in Westend!«

Der Soldat zog den Kopf zwischen die Schultern und blieb ihm eine Antwort schuldig.

Also fuhr Xenos fort. »Ich bewohne ab sofort das Zelt des Kommandanten. Falls Roul tatsächlich tot ist, schick jemanden, der seine Leiche fortschafft. Und bringt den Elf nachher zu mir, ich werde ihn mit meinen Verhörmethoden vertraut machen. Was den Schlüssel angeht: Edana, du wirst uns morgen früh auf eine kleine Reise in meinen Zirkel begleiten. Und wehe, du versuchst, abermals zu fliehen. Das wird dir und deinem hübschen Gesicht nicht gut bekommen, das kannst du mir glauben!«

Edana spuckte dem Zirkelleiter vor die Füße, was ihr augenblicklich eine schallende Ohrfeige einbrachte.

»Wag das nie wieder!« Xenos' Tonfall war kälter als Eis. »Und jetzt ab mit dir! Du hast das Vergnügen, die Nacht bei mir zu verbringen. Das ist doch das, was du dir immer schon gewünscht hast.« Er lachte nochmals und zerrte die junge Frau mit sich.

Edana versuchte sich zwar nach Leibeskräften zu wehren, was jedoch nur zur Folge hatte, dass Xenos sie schnurstracks über seine Schultern warf und einfach mit ihr weiterging.

Maryo sah ihm stirnrunzelnd hinterher und bemühte sich, das gerade Gehörte zu einem Bild zusammenzufügen.

Edana wusste also von einem Schlüssel. Demnach hatte sie ihn vorhin im Zelt belogen, sie war nicht einfach so von den Söldnern gefangen genommen worden. Sie hatten sehr wohl gewusst, wer sie war.

Verdammt! Er hätte ihre Gedanken lesen sollen!

Aber er war zu sehr damit beschäftigt gewesen, nach Amyéna Ausschau zu halten.

Xenos war hier wegen dieses Schlüssels. Die Elfen von Westend schienen den Zirkelleiter weniger zu kümmern – er schien nicht einmal zu wissen, dass seit zwei Wochen tatsächlich ein Elfenprinz in der Stadt weilte … zumindest bis gestern.

Maryo kaute auf seiner Unterlippe, während er zusah, wie die Soldaten Seryl auf die Beine zerrten und ihn dann an einen Baumstamm fesselten, um ihn später zu Xenos zu bringen. Wie dessen Verhörmethoden aussahen, wollte sich Maryo gar nicht erst vorstellen.

Verfluchter Mist! Xenos' Auftauchen hatte ihre Lage nicht gerade verbessert … im Gegenteil!

Dabei wollte er nichts dringender, als nach Amyéna zu suchen. Doch solange Seryl der Gefangene dieser Söldner war, würden sie sich darauf konzentrieren müssen, ihn zu befreien. Und – auch wenn es ihm schwerfiel, es einzugestehen – er hatte ein ungutes Gefühl dabei, Edana bei diesem Xenos zu lassen. Der Zirkelleiter hatte nicht wie die Art Mann gewirkt, mit dem eine Frau tatsächlich eine Nacht verbringen wollte, und seine Bemerkung hing daher wie eine Drohung schwer in der Luft.

Wäre Amyéna an Edanas Stelle gewesen, hätte Maryo keinen Augenblick gezögert und das Lager gestürmt – auch alleine, falls Raelys nicht genug Eier für einen Kampf hatte. Aber so waren ihm die Hände gebunden.

Noch ehe er sich entschließen konnte, ob er erneut zum Zelt des Kommandanten schleichen und versuchen sollte, Edana auf eigene Faust zu befreien, hörte er Raelys' Stimme hinter sich.

»Und, ist etwas in der Zwischenzeit passiert?«, fragte der Hauptmann der Königinnengarde.

Maryo wandte sich zu ihm um und nickte grimmig. »Kann man wohl sagen. Der Zirkelleiter von Lormir ist soeben hier im Lager erschienen. Er scheint einen Schlüssel zu suchen und die Söldner sollten ihm dabei wohl helfen. Zudem braucht er die Hilfe einer Gefangenen, die ich vorhin im Zelt des Kommandanten gesehen und befreit habe, da ich sie im ersten Augenblick für Amyéna hielt. Bei ihrer Flucht ist sie offenbar Xenos in die Arme gelaufen. Der Zirkelleiter hat ganz augenscheinlich starkes Interesse an ihr, er hat sie mit sich mitgenommen – abermals ins Zelt des toten Kommandanten.«

»Ich könnte dir jetzt unter die Nase reiben, ich hätte ja gesagt, dass du nicht geeignet für diese Aufgabe bist, aber diesen sinnlosen Streit erspare ich uns beiden …«, meinte Raelys mit tiefem Seufzen. »Also gut. Der Plan ist folgender: Unsere Männer haben sich bereits in den Baumkronen verteilt.«

Maryo spähte nach oben und konnte tatsächlich einige Elfen über sich ausmachen. Er verwünschte sich leise, da er viel zu sehr auf Edana und diesen Xenos konzentriert gewesen war, um zu bemerken, wie über ihm die Elfenkrieger in Position gegangen waren.

So etwas passierte ihm ansonsten nie!

Raelys fuhr mit seinen Erklärungen fort: »Auf mein Zeichen werden sie Feuerpfeile auf das Lager schießen. Natürlich handelt es sich nicht um echtes Feuer, sondern um Illusionen, ansonsten würden wir womöglich unseren ganzen Wald niederbrennen. Aber es wird genügen, um die Söldner so lange abzulenken, bis wir – du und ich – Seryl befreit haben. Danach fliehen wir Richtung Westen. Und zwar so lange, bis wir die Söldner abgehängt haben, die uns bestimmt folgen werden. Sobald uns das gelungen ist, werden wir weiter nach Amyénas Spuren suchen und uns gegen Osten wenden. Alles verstanden?«

Maryo nickte. »Bin nicht schwer von Begriff. Was ist mit dem Zirkelleiter? Er scheint ein mächtiger Magier zu sein und wir sollten dafür sorgen, dass er uns nicht in die Quere kommt.«

Raelys überlegte einen Moment lang. »Du hast gesagt, er hätte Interesse an der Gefangenen? Solange du sie nicht abermals dort herausholst, sollte er sich nicht darum scheren, dass wir einen Elf befreit haben, der ihm sowieso nichts genützt hätte, und uns in Ruhe lassen. Oder es wird ihm zumindest genügen, ein paar seiner Söldner hinter uns herzuschicken. Mit denen werden wir aber mühelos fertig.«

Maryo runzelte die Stirn, erwiderte aber nichts mehr.

In seinem Inneren spürte er den Drang, Edana erneut zu retten. Aber wenn er das vor seinem Freund zugegeben hätte, hätte dieser ihn wahrscheinlich auf der Stelle gefesselt, damit er nicht wieder auf dumme Gedanken kam.

7 Edana

So sehr sie auch versuchte, sich gegen Xenos zu wehren … ohne ihre Magie hatte sie keine Chance. Es war fraglich, ob ihre Kräfte überhaupt gegen ihn geholfen hätten. Xenos war einer der mächtigsten Magier, die es in Altra gab, und seit er Zirkelleiter von Lormir geworden war, waren seine Kräfte auf mysteriöse Weise sogar noch um ein Vielfaches gestiegen.

Edana wusste das …

Sie wusste es, weil sie ihn bereits gekannt hatte, als er seine Ausbildung in Lormir gemacht hatte. Sie war fünf Jahre jünger als er und es hatte eine Zeit gegeben, in der sie ihn bewundert, sogar verehrt und ihre ältere Cousine Perala beneidet hatte.

Doch das war lange her. Perala lebte schon seit drei Jahren nicht mehr in Lormir … sie war in den Osten gereist. Nach Fayl, weit weg von ihrer Heimat. Und das alles wegen Xenos. Er hatte Peralas Herz gebrochen, als er den Posten als Zirkelleiter angenommen hatte und damit ihre Beziehung mit der Begründung auflöste, er hätte keine Zeit für Liebeleien. Er müsse jetzt alle seine Energie auf den magischen Zirkel konzentrieren.

Das war zu einer Zeit gewesen, als Edana ihn bereits von ganzem Herzen verabscheute. Sie hatte erkannt, wie machtgierig Xenos war. Wie rücksichtslos und kaltherzig. Und sie hatte versucht, dies ihrer Cousine begreiflich zu machen, sie zu überzeugen, sich nicht weiter mit ihm zu treffen. Aber Perala hatte nicht hören wollen ... so lange nicht, bis es zu spät war. Bis Xenos sich von ihr getrennt und sie eine Woche lang geweint hatte.

Perala und Xenos waren ein beeindruckendes Paar gewesen. Der mächtige Magier mit dem arroganten Auftreten und die temperamentvolle Schönheit hatten alle Blicke auf sich gezogen.

Auch jetzt hatte Xenos nichts von seiner Ausstrahlung eingebüßt. Im Gegenteil. Die drei Jahre als Zirkelleiter hatten ihn noch selbstbewusster werden lassen. Sein Gesicht war jetzt männlicher, da er bereits sechsundzwanzig Jahre alt war, und seine Bewegungen noch selbstsicherer.

Wie auch jetzt, als er Edana mit überheblichem Lächeln musterte, nachdem er sie unsanft auf den Boden im Zelt des Kommandanten abgestellt hatte. Rouls lebloser Körper wurde soeben eilig von zwei jungen Soldaten weggetragen, während ein weiterer die Blutlache entfernte.

Xenos achtete jedoch nicht auf den Soldaten, der sich alle Mühe gab, so unauffällig wie möglich zu wirken, während er mit Eimer und Lappen hantierte.

Der Zirkelleiter verschränkte die Arme vor der Brust und sah Edana unverwandt an. Seine hellblauen Augen waren immer schon das Beunruhigendste und gleichzeitig Faszinierendste an ihm gewesen. Selbst jetzt, wo Edana sie ihm am liebsten ausgestochen hätte, erlag sie der fesselnden Wirkung.

Xenos' Augen konnten so kalt blicken, dass man glaubte, man befände sich mitten in den Eiswäldern in einem Schneesturm. Ihre Cousine hatte ihr im Vertrauen einmal erzählt, dass der dunkelhaarige Magier auch anders sein konnte. Leidenschaftlich, sogar gefühlvoll. Aber Edana vermutete, dass sich nicht einmal dann etwas an diesem eisigen Ausdruck veränderte.

Jetzt starrte sie trotzig zurück und presste die Lippen aufeinander. Ihre Hände waren immer noch auf dem Rücken gefesselt und sie versuchte vergebens, das Seil etwas zu lockern. Es schürfte schmerzhaft über ihre bereits wunden Hautstellen.

»Du bist deiner Cousine nicht unähnlich«, bemerkte Xenos und trat einen Schritt auf sie zu. Er streckte die Hand aus und ergriff eine ihrer schwarzen Haarsträhnen, um sie zwischen Daumen und Zeigefinger zu drehen. Dabei sah er ihr ununterbrochen in die Augen, als suche er in ihnen nach etwas.

Edana widerstand dem Drang, vor ihm weg nach hinten zu treten oder seinem Blick auszuweichen. Sie wollte ihm nicht zeigen, dass er sie einschüchterte. Diese Genugtuung sollte er nicht von ihr bekommen. Niemals.

Xenos trat noch näher und umkreiste sie wie ein Tiger seine Beute. Er überragte sie um fast zwei Köpfe und Edana fühlte sich mit einem Mal noch kleiner, als sie ohnehin schon war. Sie hatte ihre

Körpergröße immer schon verflucht und sie durch übertriebene Zurschaustellung ihres Selbstbewusstseins wettgemacht.

Aber jetzt schluckte sie hart und versuchte, die Angst, die sich in ihr regte, zu unterdrücken. Sie spürte, wie sein schwarzes Amulett, das Xenos seit seiner Ernennung als Zirkelleiter um den Hals trug, gegen sie wippte, während er sich zu ihr herunterbeugte und den Duft ihres Haares einatmete.

Sie kannte ihn leider viel zu gut und wusste, wozu er fähig war. Er war kein Mann, der Frauen vergewaltigte, wie der tote Kommandant. Nein, Xenos hatte eine andere Art, sich Frauen zu Willen zu machen. Er übte eine Anziehung auf das andere Geschlecht aus, die nicht mit Logik oder Vernunft zu erklären war. So war es immer schon gewesen – das hatten er und sein Bruder, der inzwischen als Wandermagier in Altra umherreiste, gemeinsam gehabt. Vor ihnen war im magischen Zirkel von Lormir keine Frau sicher gewesen. Auch wenn die beiden unterschiedlicher nicht hätten sein können.

Das hatte Edana schon bald gemerkt, als sie hier in Lormir mit ihrer Magierausbildung begonnen hatte. Damals war sie vierzehn Jahre alt gewesen und auf eigene Faust zu ihrer Tante nach Altra geflüchtet. Ein gewagtes Unterfangen, das sie jedoch nie bereut hatte. In ihrem Elternhaus hatte sie es einfach nicht mehr ausgehalten – und ihre Tante war die Einzige, die das verstand. Deshalb hatte sie sie auch nicht zurückgeschickt und sie bei sich aufgenommen. In Lormir.

Edana wusste noch genau, wie die erste Begegnung mit Xenos gewesen war. Er hatte damals ihre Cousine in deren Elternhaus besucht – und Edana war auf der Stelle fasziniert gewesen von diesem selbstbewussten Mann, der eine Autorität ausstrahlte, die einem König gleichkam.

Auch jetzt spürte Edana wieder diesen Zauber, der von ihm ausging, obwohl sie ihn tief in ihrem Herzen hasste und verabscheute.

Und Xenos wusste leider nur viel zu gut um seine Wirkung.

Dicht hinter ihr blieb er stehen, sodass sie seinen Atem fühlen konnte, der über ihre Wange strich. Alles in ihr zog sich zusammen und sie hielt unwillkürlich die Luft an, um seinen Geruch nicht einzuatmen. Ihre Nackenhärchen sträubten sich, während eine Gänsehaut über ihren Rücken jagte. Aber keine von der angenehmen Sorte. Es war pure Angst, die sich in ihr manifestierte. Angst vor Xenos.

»Du zitterst«, stellte er leise fest. Seine Stimme klang so dunkel, wie seine Seele war.

Er packte ihre Schultern und presste ihren Körper mit dem Rücken gegen sich. Edana entwich ein Keuchen und sie wehrte sich instinktiv, was er mit einem amüsierten Lachen abtat. Er wirbelte sie herum, sodass sie ihn wieder ansehen musste.

»Du hast Angst vor mir.« Seine Eisaugen schienen sie zu durchdringen und in ihr Innerstes zu schauen. »Und doch sehe ich in deinen Augen einen Kampf. Deine Gefühle verraten dich, meine Liebe.«

»Lass mich los«, zischte Edana, während sie ihre Augen zu schmalen Schlitzen werden ließ und ihn zornig anfunkelte.

»Wenn du mich so ansiehst, gibt es keinen Zweifel mehr, dass ihr Verwandte seid, Perala und du.« Xenos schien ihren Protest einfach zu ignorieren.

»Was willst du von mir?!«, fuhr Edana ihn an. »Wenn es mein Körper ist – bedien dich. Du hast mir meine Magie genommen, ich kann mich also nicht wehren. Aber hör auf mit diesen Spielchen!«

Xenos verzog seine Lippen zu einem grimmigen Lächeln und hob eine Augenbraue. »Du willst also, dass ich deinen Körper nehme?«

Die Frage war so beiläufig formuliert, dass sich Edana augenblicklich wie eine Straßendirne vorkam. Sie biss sich auf die Unterlippe und senkte den Blick, um Xenos nicht ihre Scham zu zeigen.

Glücklicherweise ließ er sie endlich los und ging ein paar Schritte zur Seite, um mit dem Rücken zu ihr stehen zu bleiben. »Weißt du, Edana … ich habe Frauen noch nie anziehend gefunden, die sich mir an den Hals werfen. Das macht es weniger … interessant. Wenn keine Eroberung stattfinden kann, lohnt sich auch kein Kampf. Und wo kein Kampf ist, ist keine Leidenschaft … so einfach ist das.« Er wandte sich wieder zu ihr um und sah sie stirnrunzelnd an. »Womöglich weißt du das sogar und hast mir daher so bereitwillig deinen Körper angeboten. Du warst schon immer die klügere von euch beiden.«

»Und du scheinst über meine Cousine immer noch nicht hinweg zu sein«, entfuhr es Edana, ehe sie darüber nachdachte.

Ein Fehler, wie sich herausstellte.

Xenos' Gesicht verfinsterte sich schlagartig und er machte zwei große Schritte auf sie zu, blieb aber dieses Mal vor ihr stehen, ohne sie anzufassen.

»Gut. Hören wir auf mit den Spielchen«, sagte er gepresst. Seine Stimme hatte einen so kalten Klang, dass Edana fröstelte. »Du warst nicht alleine hier, sondern hattest Hilfe bei deiner Befreiung.«

Er deutete auf den dunklen Fleck, wo die Blutlache gewesen war. Der Soldat, der sie entfernt hatte, hatte sich inzwischen zurückgezogen und sie waren nur noch zu zweit im Zelt.

Xenos' Augen begannen gefährlich zu glitzern. »Der Schnitt an Rouls Kehle wurde mit einem Dolch ausgeführt und Roul hatte keinen bei sich. Und du ebenfalls nicht, du hattest nur diese Zwergenwaffe dabei, als ich dich im Wald aufgelesen habe. Also: Wer hat dir geholfen?«

Verdammt. Edana hatte vergessen, dass Xenos einen Verstand besaß, der manchmal fast schon übernatürliche Schärfe aufwies.

Sie presste die Lippen aufeinander. Sie würde den Elf, der ihr geholfen hatte, nicht verraten. Wenn sie das täte, wüsste Xenos, dass der gefangene Elfenprinz nicht alleine unterwegs war. Und was das wiederum bedeutete, war ihr klar: Der Zirkelleiter würde sofort Truppen ausschicken, um die Elfen zu suchen. Und er würde sie töten. Auch Maryo … in dessen Schuld sie stand.

Der dunkelhaarige Elf war bestimmt noch in der Nähe, da sein Prinz sich noch immer im Gewahrsam der Söldner befand. Zwar hatte Maryo seinem zukünftigen Herrscher gegenüber mehr als gleichgültig gewirkt, aber er würde ihn dennoch befreien. Zumindest schätzte sie ihn so ein.

»Nun?«, fragte Xenos ungeduldig. »Hast du deine Zunge verschluckt?«

»Es war einer meiner Männer«, log sie. »Er ist deinen Söldnern gefolgt und hat mich befreit.«

In einem stummen Stoßgebet dankte sie den Göttern dafür, dass Xenos keine Gedanken lesen konnte, da er die Feuer- und nicht die

Luftmagie in sich trug. Wäre er ein Luftmagier gewesen, hätte er ohne Weiteres die Wahrheit herausfinden können.

Leider schien er sie aber auch so viel zu gut zu durchschauen.

»So? Und wo ist er jetzt, dein edler Retter?« Xenos verzog spöttisch den Mund. »Das Lügen liegt dir nicht, Edana.« Er packte ihr Kinn und drückte es nach oben, sodass er seinen eisigen Blick in ihren Augen versenken konnte. »Sag mir die Wahrheit, oder ich werde ungemütlich. Und glaub mir, das willst du definitiv nicht erleben!«

Noch ehe Edana ihm eine Antwort geben konnte, entstand draußen vor dem Zelt Tumult. Augenblicklich ließ Xenos sie los und eilte zum Ausgang, um nachzusehen, was die Ursache des Lärms war. Eine laute Tirade von Flüchen war die Folge.

»Wir werden angegriffen!«, rief er. Er drehte sich zu Edana um und kniff die Augen zusammen. »Du bleibst, wo du bist. Oder die Götter mögen dir gnädig sein, wenn du verschwindest und ich dich wieder in die Finger kriege!«

Ehe Edana etwas erwidern konnte, war Xenos aus dem Zelt in die Dunkelheit gerannt und hatte sie alleine gelassen.

Sie sah sich rasch um. Ihre Hände waren immer noch auf dem Rücken gefesselt. Sie brauchte irgendetwas, um den Strick durchzuschneiden.

Leider hatte Xenos ihr die Zwergenaxt vorhin abgenommen und einem Soldaten zur Verwahrung in die Hand gedrückt. Ein Verlust, der ihr nicht nur wegen des Geldes leidtat, das sie für diese Zwergenarbeit erhalten hätte. Jetzt hätte sie sie gut gebrauchen können, um sich zu befreien.

Andere Waffen besaß sie nicht, da sie ihr heute Mittag von den Soldaten abgenommen worden waren, die sie überwältigt hatten. Und ihre Kräfte waren von dem Pulver, das Xenos ihr ins Gesicht geschüttet hatte, immer noch blockiert. Der Zirkelleiter schien eine stärkere Form der Magieunterdrückung zu kennen als Roul. Wenn sie Pech hatte, würden ihre Kräfte für mehrere Tage, wenn nicht gar für Wochen weg sein.

Ihr Blick fiel auf eine Truhe an der gegenüberliegenden Zeltwand, in der sie vielleicht etwas finden konnte, um die Fesseln zu durchtrennen. Sie eilte zu der Kiste und fluchte, als sie bemerkte, dass sie mit einem Schloss gesichert war. Mit zusammengebundenen Händen und ohne Dietriche würde es viel zu lange dauern, sie zu öffnen.

Es musste also anders gehen.

Rasch erhob sie sich und schlich zum Zeltausgang, wo sie mit der Schulter die Plane etwas zur Seite schob. Was sie sah, ließ sie leise keuchen. Überall im Lager erblickte sie Pfeile, die brennend in den Zelten, Böden und Bäumen steckten. Aber das Feuer schien den Stoff und das Holz nicht anzugreifen.

Womöglich handelte es sich um eine Illusion. War es das Werk der Elfen?

Alle Söldner liefen wild rufend durcheinander. Mit einem Mal hörte sie über sich ein Kriegsgeheul, das aus den Baumkronen zu kommen schien und ihr durch Mark und Bein drang. Noch nie hatte sie etwas Ähnliches vernommen. Das *mussten* die Elfen sein.

Vielleicht war das ihre einzige Chance, um dem sicheren Tod zu entkommen. Denn dass dieser ihr bevorstand, wenn Xenos erst einmal ihr Geheimnis für sich nutzte, wusste sie.

Ohne weiter darüber nachzudenken, begann sie zu rennen. So schnell, wie ihre Beine sie trugen. Dabei versuchte sie, sich im Schatten der Zelte zu halten, um möglichst nicht von den herumlaufenden Soldaten entdeckt zu werden.

Gerade als sie glaubte, dass ihr die Flucht gelänge, und sich bereits ein paar Schritt außerhalb des Lagers befand, stieß sie jedoch mit einem Mann zusammen, den sie aufgrund seiner dunklen Kleidung nicht gesehen hatte. Als sie den Blick hob, gefror ihr das Blut in den Adern.

»Xenos!«, hauchte sie.

Der Zirkelleiter sah sie so wütend und wild an, dass ihr Herz vor Furcht einen Schlag aussetze.

»Das war ein Fehler!«, knurrte er und hob die Hand, um sie ins Gesicht zu schlagen oder sie mit Magie zu attackieren.

Edana schloss reflexartig die Augen und wandte den Kopf zur Seite, um die Wucht der Ohrfeige abzufedern.

Aber der erwartete Schlag blieb aus.

Stattdessen hörte sie ein Keuchen, dann ein Röcheln und einen dumpfen Laut

Sie blinzelte und stieß entgeistert die Luft aus, als sie den reglosen Körper von Xenos am Boden liegen sah. Über ihm stand breitbeinig der Elf, der sie zuvor befreit hatte. Im lodernden Schein der Feuer glänzten seine Augen wie flüssiges Gold.

8 MARYO

Ja, es grenzte eindeutig an Dummheit, was er soeben getan hatte. Aber als er Edana zwischen den Zelten hatte rennen sehen, spürte er abermals diesen Drang in sich. Ein Gefühl, das er sich selbst nicht wirklich erklären konnte. Er wusste nur, dass es wichtig war, ihr zu helfen – und den arroganten Zirkelleiter kampfunfähig zu machen, ehe dieser seine Magie wirken oder sie gar schlagen konnte.

Warum musste sich dieses Frauenzimmer aber auch ständig in Gefahr befinden?

Jetzt lag Xenos bewusstlos am Boden, mit einer tiefen Schnittwunde in seinem Oberbauch. Wenn die Soldaten keine guten Heiler dabei hätten, würde er in spätestens einem Tag tot sein.

»Los, kommt!«, rief er der jungen Frau zu, die ihn anstarrte, als sei er ein Geist. »Ich nehme nicht an, dass Ihr noch länger da herumstehen und mich anglotzen wollt?«

Sie schien aus ihrer Lähmung zu erwachen und schüttelte den Kopf. »Bindet meine Fesseln los, dann kann ich besser rennen.«

Maryo schüttelte ebenfalls den Kopf. »Ich werde Euch zu meinen Gefährten führen. Wenn ich Euch als Gefangene hinbringe, werden sie Euch vielleicht lange genug leben lassen, damit Ihr Euch erklären könnt. Ansonsten kann ich nicht für Euer Leben garantieren.«

Edana überlegte einen Moment, dann nickte sie. »Gut, gehen wir.«

Maryo warf ihr einen skeptischen Blick zu, aber sie schien nicht so dumm zu sein, in Erwägung zu ziehen, vor einem Elf in der Nacht fliehen zu können. Also wies er mit dem Kopf in die Richtung, in die Raelys bereits mit Seryl und den anderen Kriegern geflohen war. »Da lang!«

Obwohl Edanas Bewegungsfreiheit durch die auf den Rücken gefesselten Hände eingeschränkt war, lief sie erstaunlich geschickt über den dunklen Waldboden. Sie stolperte nur ein paar Mal, konnte sich aber sofort wieder fangen. Jedoch fiel es ihr schwer, mit Maryo Schritt zu halten, sodass sie nur langsam vorankamen.

Es dauerte fast eine Stunde, bis sie bei der Stelle waren, die Raelys als Treffpunkt genannt hatte, sollten sie sich aus den Augen verlieren. Die anderen Elfen waren schon da und kümmerten sich gerade um Seryl, der reglos auf dem Boden der kleinen Lichtung lag, die von dichten Büschen und Unterholz umgeben war. In der Mitte gab es einen dunklen Felsen, der dem Ort den Namen gegeben hatte: Dunkellichtung.

Als der Hauptmann der Königinnengarde Maryo und seine fremde Begleiterin erkannte, stieß er einen leisen Fluch aus und kam ihnen entgegen. »Verdammt, ich sagte doch, lass sie dort!«, fuhr er seinen Freund an. »Das war ein Befehl!«

»Du scheinst vergessen zu haben, dass *ich* hier das Kommando führe, Raelys«, antwortete Maryo ungerührt.

Der Hauptmann musterte die Menschenfrau mit schmalen Augen. »Wer seid Ihr?«, fragte er.

Doch ehe sie ihm antworten konnte, war Raelys auch schon zu ihr hingetreten und hatte eine Hand an ihre Schläfe gelegt. Die Frau zuckte unter der Berührung zusammen und wollte sich sträuben, doch Maryo ergriff ihre Schultern und hielt sie fest.

»Haltet still und wehrt Euch nicht. Dann ist es schneller vorbei«, murmelte er ihr ins Ohr.

Erstaunlicherweise schienen seine Worte Wirkung zu zeigen. Die Gegenwehr verebbte und Edana blieb ruhig stehen, während Raelys ihre Gedanken las.

Das Ganze dauerte kaum fünf Sekunden, dann zog sich der Hauptmann von ihr zurück und runzelte die Stirn. »Das ist … ungewöhnlich …«, bemerkte er. »Was treibt Ihr hier im Wald?«

Edana starrte den Elf trotzig an. »Ich bin nicht freiwillig hier. Ich sollte längst wieder bei meinen Männern sein. Und wenn Ihr mich gehen lasst, werde ich auf der Stelle dorthin zurückkehren.«

Raelys sah sie immer noch nachdenklich an, dann huschte sein Blick zu Maryo und wieder zu ihr zurück. »Ihr tragt ein gefährliches Geheimnis bei Euch, das ist Euch bewusst?«

Edana knurrte leise. »Es ist nur gefährlich, wenn das Wissen darüber in die falschen Hände gerät. Solange ich es sicher verwahre, geschieht niemandem etwas.«

Maryo sah seinen Freund fragend an. »Was meint sie damit?«

»Lies ihre Gedanken, dann weißt du es«, meinte Raelys schulterzuckend.

»Ich werde Euch nicht erlauben, nochmals meine Gedanken zu lesen!«, zischte Edana, die zu Maryo herumwirbelte.

Der dunkelhaarige Elf legte den Kopf schief und musterte die junge Frau, in deren hellen Augen ein Feuer loderte, das ihn unwillkürlich an Amyéna erinnerte. »Nun gut«, meinte er. »Wir haben ohnehin keine Zeit, uns mit einem zickigen Mädchen herumzuschlagen. Ich lasse Euch laufen und zu Euren … Männern zurückkehren.«

Er machte Anstalten, ihre Fesseln zu lösen, aber Raelys hielt ihn am Arm fest. »Warte«, sagte er und zog ihn ein paar Schritte zur Seite, weg von Edana. »Diese Frau weiß vieles, das uns helfen wird.«

Maryo verdrehte die Augen. »Und was? Sagst du es mir jetzt endlich oder muss ich sie mit Gewalt dazu bringen, mich ihre Gedanken lesen zu lassen?«

Raelys musterte seinen Freund einige Augenblicke. »Du magst sie, oder? Du magst diese Menschenfrau, die du erst seit ein paar Stunden kennst.«

Jetzt riss Maryo der Geduldsfaden. »Ob ich sie mag oder nicht, ist reichlich unerheblich!«, sagte er so laut, dass Edana es unweigerlich hören musste. »Sie ist ein schwacher Mensch und wird nur von ihren Gefühlen geleitet, wie alle diese kurzlebigen Bastarde!«

Raelys' Lippen verzogen sich zu einem Schmunzeln. »O ja, du magst sie«, meinte er mit hochgezogenen Augenbrauen. »Aber lass mich dir sagen, dass sie nicht das ist, was sie vorgibt zu sein. Sie hütet ein Geheimnis, für das nicht nur Menschen Kriege anzetteln und in Schlachten ziehen würden.«

Maryo sah seinen Freund ungeduldig an. »Und was für ein Geheimnis?!«

»Sie ist der Schlüssel.«

»Der … was? Verdammt, Raelys, wenn du nicht aufhörst, in Rätseln zu sprechen, werde ich dich verprügeln!«

Der rotblonde Elf lachte leise auf. »Auch wenn ich gerne erleben würde, wie du dir die Zähne bei der Umsetzung dieser Drohung ausbeißt … ich sage es dir. Aber nicht hier, unsere Männer sollten das nicht hören. Lass uns ein Stück weiter weggehen.«

Maryo warf einen raschen Blick zu Edana, die immer noch an derselben Stelle stand und grimmig zu ihnen herübersah. Dass diese zierliche Frau ein solch dunkles Geheimnis in sich tragen sollte, das den Hauptmann der Königinnengarde derart beeindruckte, konnte Maryo sich nicht vorstellen.

Dennoch war er neugierig, was Raelys ihm zu sagen hatte. Daher gab er einigen Elfen ein Zeichen, die sich sofort in ihrer Nähe aufstellten, um sie zu bewachen.

»Gut, komm«, sagte er und ging seinem Freund voran in die Dunkelheit des Waldes davon.

Nach einigen Dutzend Schritt hielten sie an. Die anderen Elfen konnten sie jetzt nicht mehr hören, somit waren sie ungestört.

»Schieß los!«, forderte Maryo seinen Freund mit mürrischer Stimme auf. »Und fass dich kurz.«

»Das wird eher schwierig«, meinte Raelys und lehnte sich mit verschränkten Armen gegen einen Baumstamm, während er Maryo mit seinen hellen Augen fixierte. »Du weißt so einiges nicht über die Magier, da du ja so lange Zeit außerhalb unserer Stadt gelebt hast.«

Zur Antwort brummte Maryo nur unwirsch. Es war kein Geheimnis, dass er von seiner Mutter, die vom Volk der Elfen verstoßen worden war, alleine in den Wäldern aufgezogen wurde. Erst als sie dem Tode nahe war, hatte sie ihn in die Stadt gebracht. Einen selbstgefälligen Jüngling, der mit allem und jedem Streit gesucht hatte. Alleine der Königin hatte er immer den notwendigen Respekt gezollt. *Sie* war es auch gewesen, die sich seiner angenommen hatte. Er wurde zum Soldaten ausgebildet und übertraf nach wenigen Jahren alle anderen Elfen in der Kampfeskunst – alle bis auf Raelys. Der jetzt vor ihm stand und ihn eindringlich musterte.

Der rotblonde Elf legte den Kopf schief. »Du weißt, dass die Magier ihre Zirkel nicht gebaut haben, um sich über die anderen Völker zu stellen, sondern, um die Magie zu überwachen und unter Kontrolle zu halten?«, fragte er.

Maryo schnaubte leise. »Dass du diese Lüge glaubst, zeigt nur, wie verblendet du bist. Die Magier wollten ihre Rasse an die Spitze von Altra bringen. Ihre Machtgier war der einzige Grund dafür.«

Aber Raelys schüttelte den Kopf. »Nein, so war es nicht. Aber das ist etwas, das nur die wenigsten erkannt haben. Die meisten Völker in Altra wollten nur zu gerne glauben, dass die Magier arrogant und machtgierig sind. Aber ich kannte die erste Zirkelleiterin. Und sie war nicht machthungrig. Sie war weise … leider war sie auch eine liebende Mutter und sah in ihrem Sohn nur das Gute. Ein schwerer Fehler, wie wir seit Lesaths Beginn der Herrschaft wissen.«

»Und was hat das jetzt mit Edanas Geheimnis zu tun?«, fragte Maryo ungeduldig.

»Viel«, war die Antwort seines Freundes. »Die Magier, die sich nicht der Herrschaft von Lesath unterwerfen, rotten sich gerade zusammen. Zwar wurden alle, die sich öffentlich gegen den neuen Herrscher auflehnten, von den Zirkelmagiern gejagt und getötet, aber es gibt viele, die fliehen konnten. Wie mir durch meine menschlichen Spione zu Ohren kam, verbergen sie sich zurzeit in den Talmeren und warten darauf, dass sie in Vergessenheit geraten. Sie nennen sich ›Bewahrer‹. Hüter des alten Glaubens, der besagt, dass die Götter den Menschen ihre Geschenke nicht zum Kriegführen zwischen uns Völkern gegeben haben, sondern, um den Menschen etwas Gutes zu tun. Die Bewahrer suchen nach einer Möglichkeit, Lesath zu stürzen. Und Edana hätte diese Möglichkeit. Sie trägt ein Geheimnis, das sowohl den Bewahrern als auch Lesath – oder jedem anderen Magier – eine Macht geben könnte, die das Gleichgewicht in Altra noch stärker verschieben würde.«

»Und das heißt …?!«

»Sie besitzt zwei Elemente: Feuer und Wasser. Das ist an sich schon eine Seltenheit, da die einzigen bekannten Magier, die mehr als ein Element in sich tragen, die erste Zirkelleiterin und Lesath sind. Zudem ist es eine sehr ungewöhnliche Kombination, die in enger Verbindung mit dem Tod steht.«

Maryo runzelte die Stirn. »Aber in ihrem Ring ist nur eine Wasserrune eingraviert.« Er hatte den schwarzen Magiering mit den blau leuchtenden Runen gesehen, als er ihr die Fesseln durchtrennt hatte.

»Das stimmt wohl. Dennoch kann sie auch mit Feuer umgehen. Anders als bei den anderen Magiern, die sich für eines der Elemente entscheiden müssen, falls sie von den Göttern zwei erhalten haben, erlosch ihr zweites Element nicht, sondern blieb in ihr bestehen. Sie verbarg ihr Geheimnis viele Jahre lang, aber es ist Xenos dennoch zu Ohren gekommen, wie ich in ihren Gedanken gesehen habe. Er giert nach Macht und … jetzt weiß er, dass sie die Pforten der Unterwelt öffnen kann.«

»Die … was?!« Maryo starrte seinen Freund entgeistert an. »Du veralberst mich, oder?«

Aber Raelys schüttelte den Kopf. »Nein, tu ich nicht. Die Götter der Menschen hinterließen mit ihren Geschenken die Weissagung, dass alle vierhundert Jahre ein Mensch geboren wird, der dazu fähig ist. Nur die wenigsten wissen davon, und diejenigen, die es tun, halten es entweder für Aberglauben oder sie versuchen wie Xenos, den Schlüssel zu finden und für sich zu nutzen. Was das für den Tyrann Lesath bedeuten würde, kannst du dir wohl vorstellen.«

»Und woher weißt *du* davon?«, wollte Maryo wissen.

Jetzt wich Raelys seinem Blick aus. »Das ist eine andere Geschichte …«

»Hat es mit dem Gerücht zu tun, das es über dich gibt?« Maryo studierte die plötzlich verschlossene Miene seines Freundes mit zusammengekniffenen Augen. »Es sind keine Gerüchte, oder?«, sagte er forschend. »Es ist die Wahrheit. Du hast einen Mann geliebt. Einen Menschen …«

Raelys hob den Blick und sah Maryo fest an. »Ich habe nur wenigen davon erzählt, da der Schmerz immer noch zu tief sitzt. Aber ja, ich habe einen Menschen geliebt. Und ja, es war ein Mann. Aber weder sein Geschlecht noch seine Rasse taten etwas zur Sache, denn er hatte eine Seele, die herzensgut war. Und das war alles, was für mich zählte. Er hat mir vieles über die Magier und die Menschen erzählt, viele Dinge erklärt. Und ich habe ihm im Gegenzug einiges über uns Elfen anvertraut … das war der Grund, warum Lesath, der damals noch nicht Herrscher war, ihn gefangen nehmen und foltern ließ. Er interessierte sich schon immer für die Geheimnisse der Elfen … ich habe mir nie verziehen, dass ich sie meinem Gefährten anvertraute.« Er schlug die Augen nieder, da er es anscheinend nicht mehr aushielt, Maryo anzusehen. »Ich habe nie erfahren, was er ihm alles verraten hat … nur, dass er unter der Folter gestorben ist. Glaub mir, wenn dein Herz einmal geliebt hat, ist es brüchiger als Glas. Meins ist damals in tausend Stücke zersprungen.«

»Das ist noch nicht so lange her, oder?«, fragte Maryo und ließ seine Stimme einfühlsamer klingen.

Raelys schüttelte leicht den Kopf. »Erst ein paar Jahrzehnte, nur einige Jahre, ehe du zu uns gekommen bist. Für Menschen ist das lange genug, damit Wunden der Seele heilen können. Für uns Elfen … leider nicht.«

Maryo nickte knapp. »Es tut mir leid, Raelys«, murmelte er. »Warum hast du mir das nicht früher erzählt?«

Über Raelys' Gesicht glitt ein bitteres Lächeln. »Hätte es eine Rolle gespielt?«

Maryo zuckte mit den Schultern. »Vielleicht, vielleicht auch nicht. Aber jetzt spielt es offenbar eine …«

Der Hauptmann der Königinnengarde nickte und schien gleichzeitig seine schmerzhaften Erinnerungen abzuschütteln. Er fuhr sich mit dem Handrücken über die Augen und holte tief Luft. »Ja, das tut es in der Tat. Wenn Edana diese Pforte öffnet, kann eine Armee gerufen werden. Eine Armee von Toten. Möglicherweise ist das der Grund, warum sie die Gefangene dieser Söldner war. Zirkelleiter Xenos ist bekannt dafür, dass er zu Größenwahn neigt.«

»Eine Armee von Toten?«, wiederholte Maryo fassungslos. »Wozu braucht er die? Der Krieg ist doch vorbei, die Friedensbündnisse stehen …«

Raelys zuckte mit den Schultern. »Kann gut sein, dass ihm das nicht genügt und er nach Höherem strebt. Womöglich nach der Herrschaft über ganz Altra.«

Maryo nickte. »Zuzutrauen wäre es ihm wohl«, meinte er. »Das heißt, wir müssen Edana daran hindern, die Pforte zu öffnen.«

Jetzt verzogen sich Raelys Lippen zu einem Lächeln. »Das werden wir nicht tun müssen. Edana wird sie nicht von sich aus öffnen, denn der Preis dafür ist zu hoch für sie. Zudem habe ich in ihren Gedanken noch etwas gelesen. Etwas viel Wichtigeres: Sie hat dich vorhin angelogen. Sie weiß sehr wohl, wo Amyéna ist, denn sie ist ihr begegnet – und zwar in Westend. Unsere Prinzessin hat uns an der Nase herumgeführt und eine falsche Fährte gelegt, sodass wir uns nach Osten statt nach Westen gewendet haben – sie hat mittlerweile ein großes Stück Vorsprung, denn bis wir von hier aus in Westend sind, dauert es mindestens einen Tag, wenn nicht länger.«

Augenblicklich spürte Maryo Wut durch seine Adern peitschen, die sein Blut zum Kochen brachte. »Dieses verdammte Weibsstück!«, knurrte er.

Ehe er zurückrennen und Edana seine Meinung geigen konnte, hielt ihn aber Raelys am Arm fest. »Lass«, meinte er. »Jetzt da wir wissen, wo die Prinzessin ist, wird es ein Leichtes, sie zurückzubringen. Denn Edana trägt ein weiteres Geheimnis mit sich herum, das du noch nicht kennst.«

Maryo funkelte seinen Freund zornig an. »Wenn du mir nicht auf der Stelle alles sagst, was du weißt, werde ich nicht nur Edanas Gedanken gegen ihren Willen lesen, sondern auch …«

»… mich verprügeln, ich weiß.« Raelys' Lächeln wurde breiter. »Lass mich aber erst noch ausreden: Prinzessin Amyéna wollte im Hafen von Westend ein Schiff anheuern, das sie nach Karinth bringt. Das hat sie zumindest Edana erzählt, kurz bevor diese in Westend von Xenos' Häschern in eine Falle gelockt und gefangen genommen wurde. Und wie es der Zufall so will, ist unsere Gefangene selbst Kapitänin.«

Jetzt klappte Maryos Mund auf und er schnappte nach Luft. »Dieses durchtriebene Luder …«, murmelte er.

Raelys lachte leise. »Wenn du Edana damit meinst: Ja, das kannst du laut sagen. Aber sie hat Amyéna demnach nicht mitnehmen können, da sie ja gefangen wurde. Das bedeutet wiederum, dass die Prinzessin womöglich immer noch im Menschendorf von Westend ist und erfolglos versucht, ein Schiff anzuheuern. In Zeiten wie diesen wird jedoch niemand eine Elfin mitnehmen – und schon gar nicht nach Karinth.«

»Hoffen wir, dass du recht behältst!«, knurrte Maryo. »Aber erst knöpfe ich mir diese Frau vor!«

9 EDANA

Als sie die beiden Elfen zurückkommen sah, wirkte Maryo so wütend, dass sie unwillkürlich den Kopf einzog, als ob er ihr eben diesen im nächsten Moment von den Schultern reißen wollte. Knapp vor ihr blieb der dunkelhaarige Elf stehen und sein goldener Blick war härter, als Stahl es jemals sein könnte.

»Ihr habt mich belogen!«, fuhr er sie an.

Edana fiel es um einiges schwerer, seinem Blick standzuhalten, als vorhin bei Xenos. Maryo wirkte weder wie ein Mann, der sich von weiblichen Reizen umgarnen ließ, noch wie jemand, der einem leicht verzieh, wenn man ihn angelogen hatte.

Daher nickte sie jetzt bloß und versuchte, sich nicht anmerken zu lassen, dass er sie einschüchterte.

Insgeheim verfluchte sie Xenos mit allen Schimpfwörtern, die sie kannte, dafür, dass ihre Magie immer noch blockiert war. Sie wusste nicht, wie lange das Pulver wirkte, das er ihr ins Gesicht gestäubt hatte. Stunden, Tage, Wochen? Es gab unterschiedliche Konzentrationen dieser Tränke und wenn sie Pech hatte, würde sie noch eine Weile ohne ihre Kräfte auskommen müssen. Und ohne ihre Magie war sie diesen Elfen schutzlos ausgeliefert.

»Ich werde jetzt Eure Gedanken lesen! Das hätte ich schon lange tun sollen!«, knurrte Maryo und legte unvermittelt eine Hand an ihre Schläfe.

Ehe Edana sich widersetzen konnte, war er mit seiner Elfenmagie in ihren Geist eingedrungen. Anders als vorhin bei dem rotblonden Elfen fühlte sich Maryos Gegenwart jedoch an, als wütete ein Wolf durch eine Schafherde. Er nahm keine Rücksicht darauf, dass sie unter seinem Eindringen zusammenzuckte, und durchforstete ihre Gedanken so gezielt nach der Elfin, die sie in Westend gesehen hatte, dass sie leise aufstöhnte.

Das Gedankenlesen war äußerst unangenehm, aber sie versuchte, sich nicht dagegen zu wehren, da sie wusste, dass es dann nur noch schlimmer geworden wäre.

Nach einer gefühlten Ewigkeit ließ Maryo von ihr ab und als er seine Hand von ihrem Kopf nahm, spürte Edana, dass ihre Wangen feucht vor Tränen waren. Ob vor Anstrengung, Verzweiflung, Scham oder Wut, konnte sie nicht genau ergründen, da ihre Gefühle ebenso wie ihre Gedanken durcheinandergewirbelt worden waren.

Maryo starrte sie immer noch voller Zorn an und sie war sich in dem Moment sicher, dass er sie ohne mit der Wimper zu zucken töten würde.

Während seine Präsenz mit ihr verbunden gewesen war, hatte sie gespürt, dass er Menschen hasste. Nein, regelrecht verabscheute. Warum er ihr dennoch bereits drei Mal das Leben gerettet hatte, blieb ihr ein Rätsel. Aber sie wusste, dass es kein viertes Mal geschehen würde. Das konnte sie in seinen unwirklich goldenen Augen lesen, die sie zornig anfunkelten.

»Wir brechen sofort nach Westend auf!«, stieß er hervor, ohne den Blick von ihr abzuwenden.

Ein Plan, der ihr nur zu gelegen kam. Das war überhaupt der Grund gewesen, warum sie eingewilligt hatte, mit Maryo mitzugehen, als er in den Wald und gegen Westen gedeutet hatte. In Begleitung eines Elfen würde sie ohne weitere Zwischenfälle zurück in die Hafenstadt gelangen können – wo ihr Schiff vor Anker lag.

In dem Moment trat der rotblonde Elf, den Maryo mit dem Namen ›Raelys‹ angesprochen hatte, neben ihn. »Wir können nicht sofort los. Der Prinz ist stark verwundet. Dieser Xenos hat ihn schwer getroffen, als wir geflohen sind und unsere Magie ist zu schwach, um ihn zu heilen. So Gott Ferys will, wird er den Morgen erleben … anderenfalls …« Er schien die Alternative nicht aussprechen zu wollen.

Edana riskierte einen Blick um Maryo herum zu der Stelle, wo der Elfenprinz immer noch bewusstlos am Boden lag. Die anderen Elfen hatten ein kleines Lagerfeuer entfacht und sich um ihn gekümmert, während Maryo und Raelys weg gewesen waren. Sie hatten sich bemüht, ihn mit Magie zu heilen, aber offenbar waren ihre heilenden Kräfte nicht so stark wie die der menschlichen Erdmagier, die teilweise ganze Gliedmaßen wiederherstellen konnten, wenn sie im Kampf abgetrennt worden waren.

Zu mehr als dem Heilen der oberflächlichsten Wunden schienen die Elfen nicht fähig zu sein. Und der Prinz war offenbar bei der Flucht wirklich stark verletzt worden. Sein Oberteil war blutdurchtränkt und sein Atem ging flach.

Edana wusste, dass Xenos' Zauber sehr mächtig sein konnten – und anscheinend hatte dieser Prinz die volle Breitseite von ihm abbekommen.

Maryo folgte ihrem Blick und sie konnte gegen den Schein des Feuers erkennen, dass er gerade die Stirn in Falten legte. »Dann werden nur du und ich gehen«, sagte er energisch und meinte damit offenbar Raelys. »Die anderen sollen mit Seryl in die Stadt zurückkehren und den Prinzen dort abliefern. Egal, ob tot oder lebendig. Er war uns ohnehin nur ein Klotz am Bein.«

Raelys musterte Maryo nachdenklich, dann glitt sein Blick zu Edana und von ihr zu Seryl. Schließlich seufzte er. »Gut, ich sehe ein, dass wir keine weitere Zeit verlieren dürfen, wenn wir Amyéna noch vor Karinth einholen wollen. Wenn sie doch ein Schiff gefunden hat, das sie mitnimmt und erst mal in Karinth angekommen ist, wird es noch schwerer sein, sie zu finden. Keiner von uns war jemals auf diesem Kontinent und wir wissen nicht, was uns dort erwartet.« Dann sah er Edana direkt an. »Ihr werdet uns Euer Schiff zur Verfügung stellen.«

Edana schnappte entgeistert nach Luft. »Das könnte Euch so passen! Ich werde bestimmt nicht meinen Seefalken für eine hirnverbrannte Verfolgungsjagd einsetzen. Schon gar nicht nach Karinth! Ihr könnt von mir nicht verlangen, dass ich …«

Maryo unterbrach sie, indem er einen Schritt auf sie zutrat und ehe sie es sich versah, hatte er sie mit beiden Händen gegen einen Baumstamm gepresst. Ihr blieb keine Möglichkeit, sich gegen ihn zu wehren, denn ihre Arme waren immer noch auf dem Rücken gefesselt und ihre Magie ließ sie weiterhin im Stich.

»Wir können und Ihr werdet!«, knurrte er leise, während er seinen Kopf nahe zu ihr herunterbeugte, sodass sie seinen Atem an ihrem Ohr spürte. Sie konnte sogar seinen Geruch wahrnehmen – er roch irgendwie nach Moos, Leder und … frischem Quellwasser? »Wir haben Euretwegen schon viel zu viel Zeit verloren«, fuhr er fort und funkelte sie zornig an. »Zudem schuldet Ihr mir noch eine Menge, vergesst das nicht!«

Sie versuchte, sich von ihm abzuwenden oder loszureißen, aber er hielt sie so fest wie ein Schraubstock und schien gar nicht daran zu denken, sie loszulassen.

Einen Moment lang starrte er sie zornig an, dann schien auch *er* ihre Nähe mit einem Mal bewusster wahrzunehmen und seine Züge veränderten sich kaum merklich. Beinahe vermeinte Edana, Neugier in seinem Blick zu entdecken. Oder Verwirrung?

»Maryo!« Raelys zerrte ihn von ihr weg, ehe Edana das Gefühl genauer benennen konnte. »Hör auf, sie zu bedrohen! Wir brauchen sie als Verbündete, nicht als Feindin, die uns in der Nacht die Kehlen aufschlitzt!«

Edana verscheuchte die Gefühlsregung von eben und sah stattdessen Maryo zornig an. Sie spürte brodelnde Wut, die sich mit der Scham darüber, wie der Elf sie gerade behandelt hatte, vermischte.

»Ich gebe Euch einen Rat, Elf: Hört gut auf Euren Freund«, fauchte sie. »Wenn Ihr Eure Prinzessin tatsächlich einholen wollt, seid *Ihr* auf *mich* angewiesen, nicht umgekehrt! Und Ihr solltet Euch gut überlegen, ob Ihr mich noch einmal auf diese Weise anfassen wollt! Meine Magie wird nicht ewig blockiert sein und wenn ich meine Kräfte zurückerlangt habe, möge Euer Gott Euch gnädig sein!«

Maryo sah einen Augenblick lang aus, als wolle er sich abermals auf sie stürzen, aber Edana ließ ihm keine Zeit, seinem Drang nachzugeben. Sie trat einen Schritt vom Baumstamm weg und auf ihn zu.

»Und jetzt schneidet endlich meine Fesseln durch!«, verlangte sie. »Oder fürchtet Ihr Euch so sehr vor einem schwachen, kurzlebigen Menschen, der von seinen Gefühlen geleitet wird?!«

Maryo verengte seine Augen und einige Sekunden lang fochten sie mit ihren Blicken einen stummen Kampf aus. Dann schüttelte er Raelys Hand ab, die immer noch an seinem Oberarm gelegen hatte, und ging auf sie zu.

»Nun gut«, nickte er grimmig. »Aber seid gewarnt: Solltet Ihr eine List versuchen, werde ich nicht zögern und Euch töten.«

»Und wer soll dann mein Schiff befehligen?« Edana lächelte herausfordernd, da sie wusste, dass sie am längeren Hebel saß. Und Maryo wusste das auch, wie sie seiner grimmigen Miene entnehmen konnte. »Etwa Ihr? Seid Ihr überhaupt schon jemals auf See gewesen und habt den Launen des Wassers getrotzt? Falls nicht, hier mein zweiter Rat und auch *der* ist gratis: Sägt nicht am Ast, auf dem Ihr sitzt.«

Maryo drehte sie wortlos herum, sodass sie mit dem Rücken zu ihm stand, und schnitt mit seinem Dolch ihre Fesseln durch. Dabei konnte sie spüren, dass seine Hände vor Wut zitterten.

Aber er machte nicht den Fehler, auf ihre Provokation einzugehen. Dafür bewunderte sie ihn fast schon wieder.

»Gut, Ihr seid frei!«, brummte er.

Sie fühlte nur zu deutlich seine Präsenz in ihrem Rücken und musste einen Schauer unterdrücken, da er wahrscheinlich immer noch den Dolch in der Hand hielt. Es war nicht ausgeschlossen, dass er sich gerade in Gedanken vorstellte, wie er ihr die Waffe ins Herz rammte.

Die Fesseln hatten ihre Handgelenke sehr fest umschlossen und jetzt, nachdem der Strick durchtrennt worden war, strömte schlagartig das Blut in ihre Finger, was ihr abermals die Tränen in die Augen trieb. Aber sie atmete tief durch und ließ sich nichts anmerken, während sie ihre Gelenke massierte. Dann fuhr sie sich mit dem Handrücken über die Augen und wischte ihre Wangen trocken, ehe sie sich zu Maryo umdrehte.

Er stand tatsächlich immer noch hinter ihr und starrte auf sie herunter. Er war der schönste und zugleich zornigste Mann, den sie jemals in ihrem Leben gesehen hatte. Zwar hatte sie schon Xenos zornig erlebt, aber dieser Elf hier hatte eine andere Art, mit seinem Ärger umzugehen.

Die Wut, die aus seinen Augen auf sie traf, brannte so wild, dass Edana nicht umhinkonnte, sich vorzustellen, wie es wäre, mit diesem Mann eine Nacht zu verbringen. Eine Nacht, in der er seine Leidenschaft ungezügelt freiließ … in der die Barriere, die er jetzt noch vor das Feuer geschoben hatte, einstürzte und die Flammen hell auflodern durften.

Es war ein seltsam kranker Gedanke, das wusste sie … sie hätte eigentlich besser den Wunsch in sich verspüren sollen, ihn zu verabscheuen, als sich solche Dinge mit ihm vorzustellen. Und dennoch … etwas an ihm fesselte sie, faszinierte sie – und sie konnte sich nicht dagegen wehren.

Seine Augenbrauen waren so stark zusammengezogen, dass sie beinah eine einzelne Linie bildeten. Die sinnlich geschwungenen Lippen hatte er aufeinander gepresst und seine Nasenflügel bebten. Offenbar mochte er es nicht, wenn man ihm widersprach oder gar die Stirn bot. Und offenbar war es genau das, was sie selbst so an ihm reizte.

Sie hatte schon immer Männer gemocht, die eine leidenschaftliche Stärke in sich trugen. Wahrscheinlich war das auch der Grund, warum es bis jetzt kein Gefährte lange an ihrer Seite aushielt: Sie hatte stets nach *mehr* gesucht.

Gedanken, die in eben dieser Situation absurder nicht hätten sein können.

Unwillkürlich schüttelte sie den Kopf, um sich wieder auf das Wesentliche zu konzentrieren. »Wir sind etwa eine Tagesreise von Westend entfernt«, murmelte sie und gab ihrer Stimme einen festen Klang. »Falls Eure Prinzessin im Hafen ein Schiff gefunden hat, wird sie einen großen Vorsprung haben, wenn wir dort ankommen.«

Maryo schnaubte unwirsch. »Nicht, wenn wir heute Nacht noch aufbrechen und den ganzen Tag durchmarschieren!«

»Ihr vergesst dabei, dass ich nur ein schwacher Mensch bin«, antwortete Edana mit erhobenem Kinn. »Ich kann nicht tagelang durchmarschieren wir Ihr Elfen.«

»Dann werde ich Euch eben an den Haaren hinter mir herschleifen!« Maryo beugte sich etwas zu ihr herunter und warf ihr einen messerscharfen Blick zu.

»Genug jetzt!«, ging Raelys dazwischen. »Halte dich mit deinen Drohungen zurück, Maryo. Ich gebe unseren Männern die Anweisungen, dann werden wir aufbrechen.« Damit schob er den dunkelhaarigen Elf ein Stück weit von Edana weg und stellte sich vor sie. »Seid Ihr verletzt?«, fragte er und deutete auf ihre Handgelenke.

»Das heilt schon wieder.« Sie zuckte mit den Schultern und wollte die Arme vor der Brust verschränken. Jedoch griff Raelys nach ihren Händen und hielt sie fest.

»Zeigt mir das mal«, murmelte er.

Ehe Edana sichs versah, hatte er seine Finger auf die Stellen gelegt, wo der Strick in ihre Handgelenke eingeschnitten hatte. Der Elf mit dem rotblonden Haar schloss seine Augen und einen Moment später spürte sie, wie seine heilende Magie in ihre Haut drang, die Schmerzen linderte. Es war ein unglaublich wohltuendes Gefühl.

»Mehr kann ich nicht für Euch tun«, meinte Raelys, als er seine hellen Augen wieder öffnete.

»Danke«, sagte Edana leise. Die Striemen waren zwar noch da, aber der Schmerz hatte sich beinahe verflüchtigt.

Ihr entging nicht, wie Maryo die Augen verdrehte, als Raelys sich zu ihm umwandte und ihm ein Zeichen gab, mit ihm mitzukommen.

Sie beobachtete, wie die beiden Elfen zu den anderen gingen, um sich über den Zustand ihres Prinzen zu erkundigen. Allerdings blieben drei Soldaten in ihrer Nähe, die sie daran hindern würden, in die Dunkelheit zu fliehen. Aber selbst wenn sie so naiv gewesen wäre, zu glauben, sie könne vor einer Horde Elfen flüchten … sie fühlte sich zu schwach dazu.

Die letzten Stunden hatten sie erschöpft. Sogar wenn sie ihre Kräfte zurückerlangt hätte, war sie sich nicht sicher, ob sie sie überhaupt zur Verteidigung oder gar für einen Angriff einsetzen konnte. Mehr als zu einem kleinen Zauber war sie wahrscheinlich im Moment nicht fähig. Schon die Demonstration ihrer Wassermagie im Zelt hatte sie ungemein angestrengt, obwohl sie sich vor Maryo nichts hatte anmerken lassen. Ganz zu schweigen von der Attacke auf Xenos.

Jetzt setzte sie sich auf den Boden und sah mit gleichgültiger Miene zu den Elfen, die sich um den verwundeten Prinzen geschart hatten.

Vielleicht würde er die Nacht nicht überleben. Was das für das Elfenvolk bedeuten mochte, wusste sie nicht. Aber es war ihr einerlei. Wenn sie diese arroganten Bastarde auf ihr Schiff nehmen musste, würde sie es tun. Aber nicht, ohne eine Gegenleistung von ihnen zu verlangen …

Ihr schwebten da schon ein paar Sachen vor … Dinge, die diesen Maryo Vadorís zur Weißglut treiben würden.

Während sie ihre Gedanken auszuschmücken begann, breitete sich ein grimmiges Lächeln auf ihrem Gesicht aus und sie spürte mit einem Mal, wie die verlorengeglaubte Energie langsam in ihren Körper zurückkehrte.

Dieser Maryo würde sie nicht in die Knie zwingen. Schon gar nicht auf ihrem eigenen Schiff!

10 AMYÉNA

Sie stand am Bug des Schiffes an der Reling und hielt das Gesicht in den Sprühnebel, der von der Gischt heraufgeweht wurde, kühl auf ihre Haut traf und an den Wangen herunterlief, als seien es ungeweinte Tränen. Ihre Finger klammerten sich so fest an das harte Holz, dass sie sie kaum mehr spürte. Und doch hatte sie das Gefühl, dass sie nicht loslassen konnte, ohne sich selbst zu verlieren.

Ihr langes, dunkles Haar wehte offen im Fahrtwind, die dunkelbraunen Augen hatte sie geschlossen und atmete tief die frische Meeresluft ein, die ihr schlechtes Gewissen und ihre Zweifel mit jedem Atemzug ein wenig leichter werden ließ. Dennoch fühlte sich ihr Herz so dunkel an wie die Wolken, die über dem Schiff vorbeizogen und ein Gewitter ankündigten.

Sie trug leichte Reisekleidung sowie einen Umhang, der sie warm hielt, denn hier im Norden von Altra würde bald der Herbst ins Land ziehen. Als Waffe hatte sie lediglich einen Dolch mit einem kunstvoll verzierten Griff dabei – ein Geschenk ihres verstorbenen Vaters. Eines der wenigen Dinge, die sie an ihre Heimat erinnern würden. An das Leben, das sie gerade hinter sich ließ.

Amyéna wusste, dass das, was sie gerade tat, selbstsüchtig war. Es war das Selbstsüchtigste, was eine Prinzessin überhaupt tun konnte: Ihr Volk im Stich lassen.

Aber sie fühlte auch, dass es das einzig Richtige war …

Ihr ganzes Leben lang war sie dazu erzogen worden, zu nicken, zu lächeln und ihre eigenen Sorgen herunterzuschlucken. Einer Prinzessin war es nur gestattet zu weinen, wenn es dabei um das Wohl ihrer Untertanen ging. Die einzige Sorge, die eine Prinzessin haben durfte, war die um ihr Volk. Und eine Prinzessin durfte nie – in keiner Art und Weise – ihren Kopf verlieren.

Drei Regeln, gegen die sie in den vergangenen Wochen und Monaten mehr als einmal verstoßen hatte. Sie hatte geweint, hatte die Sorgen um ihr eigenes Wohlergehen zugelassen und war schließlich Hals über Kopf geflohen. Sie hatte alles zurückgelassen, was ihr vertraut gewesen war.

Aber genau das war das Problem: Alles war ihr viel zu vertraut gewesen … so sehr, dass es ein täglicher Trott ohne Freude geworden war. Keine Überraschungen, keine Veränderung. Ihre Gefühle waren abgestumpft, ihre Gedanken immer dieselben geblieben wie in einem ewigen Kreislauf, aus dem es kein Entrinnen gab. Sie war drauf und dran gewesen, in diesem goldenen Käfig zu sterben. *Innerlich* zu sterben.

Wäre dieser Traum nicht gewesen, den sie ab und an hatte und aus dem sie jedes Mal schweißgebadet erwachte, hätte sie geglaubt, sie sei schon innerlich tot. Aber der Traum war geblieben und er war beängstigend lebendig. Der Traum von Karinth … von der Frau, zu der sie nun unterwegs war und die irgendwo dort leben musste.

Sie hatte sich lange dagegen gewehrt, ihm zu folgen. Sie wusste nicht, ob es sich um eine Vision oder einen Wunschtraum handelte, denn sie hatte nie mit jemandem darüber gesprochen. Zu groß war die Angst vor der Antwort gewesen … zu groß die Befürchtung, es könnte sich tatsächlich um eine Wunschvorstellung handeln. Sie wollte nicht als naives Prinzesschen gesehen werden, das blauäugig irgendwelchen Träumen nachjagte.

Und dennoch …

Der Drang, nach Karinth zu reisen, war geblieben, obwohl sie versucht hatte, dagegen anzukämpfen.

Vielleicht hätte sie sogar genug Kraft gehabt, standhaft zu bleiben und dieses Leben zu leben, das Gott Ferys für sie bestimmt hatte …

Doch als sie schließlich diesen arroganten, naiven Prinzen hatte heiraten müssen, war es um ihre Selbstbeherrschung geschehen. Bereits in der ersten Nacht, als er versuchte, seinen ehelichen Pflichten nachzukommen, hatte sie mit einem Dolch im Bett auf ihn gewartet und ihn zwischen seine Beine gehalten mit der Drohung, sie würde zustechen, sollte er auch nur wagen, sie anzufassen.

Da der Prinz nicht nur arrogant und dumm war, sondern auch feige wie ein Hase, hatte er sich ihr seitdem nicht mehr genähert. Immerhin. Trotzdem wusste sie, dass sie ihn nicht ewig von ihrem Bett fernhalten konnte. Ihre Mutter erwartete, einen Thronfolger zu bekommen, und Amyéna stand als Elfin in der Blüte ihrer Jugend. In ein paar hundert Jahren wäre sie zu alt, um Kinder zu bekommen. Obwohl Elfen Tausende von Jahren alt werden konnten, war ihre Fruchtbarkeit ebenso wie bei den Menschen begrenzt.

Von ihr wurde erwartet, dass sie ihren Pflichten nachkam … ihren Pflichten als Prinzessin.

Als sie ihrem zukünftigen Ehemann jedoch gegenüberstand, hatte Amyéna erkannt, dass sie das alles nicht mehr wollte. Sie wollte dieses Leben nicht, das ihr bei den Elfen von Westend bevorstand. Sie wollte keine Marionette mehr sein, wollte diese goldenen Fäden, die sie stärker als Fesseln banden, endlich loswerden.

Und sie hoffte, dass sie in Karinth alles ablegen und hinter sich lassen konnte. Dass der Traum bedeutete, dass sie in eine Zukunft geführt wurde, die besser wäre.

Amyéna seufzte leise, während sie die Augen schloss und den Kopf in den Nacken legte, sodass die kühlen Wassertropfen nun auch ihren Hals trafen.

Würde sie jemals wieder nach Westend zurückkehren? Jemals wieder ihre Mutter sehen? … Maryo?

Bei dem Gedanken an ihren Leibwächter, zog sich ihr Herz zusammen und sie spürte das schlechte Gewissen in sich aufsteigen. Sie mochte ihn … leider viel zu sehr. Das war ein weiterer Grund gewesen, warum sie es nicht länger in diesem Gefängnis, das sich ihr Zuhause schimpfte, ausgehalten hatte. Maryo Tag und Nacht um sich zu haben und zu wissen, dass er Gefühle für sie hegte, die den ihren so ähnlich waren, machte sie halb wahnsinnig.

Natürlich hatte sie ihm nie gezeigt, wie es um ihr Herz stand. Und natürlich hatte sie versucht, ihn so zu behandeln, wie sie alle Soldaten und Diener behandelte. Aber wenn sie sich unbeobachtet fühlte und ihm aus der Ferne beim Schwerttraining oder Bogenschießen zusah, hatte sie sie zugelassen. Die Gefühle, die sie sich nur in ihren Träumen auszuleben gestattete und mit jedem Morgengrauen wieder hinter ihrer hoheitsvollen Maske verbarg.

Sie wusste, dass sie nicht mit einem Mann von niederem Stand zusammen sein konnte. Nicht durfte.

Auch wenn ihre Mutter von dem Moment an, als Maryo in ihre Stadt gekommen war, ihn fast wie einen Sohn behandelt hatte … es ging nicht.

Maryo war rebellisch, leidenschaftlich und sein Selbstbewusstsein kratzte nahe an der Grenze zur Arroganz. Nur als seine Mutter starb, war seine selbstsichere Fassade ein wenig gebröckelt. Amyéna hatte Maryos Mutter nicht gekannt und wusste auch nicht, woher sie stammte. Sie hatte den Elfen nie danach gefragt, da ihr bekannt war, dass er darüber nicht sprechen wollte. Und das hatte sie auch akzeptiert

Nach dem Tod seiner Mutter war Maryo zu einem noch größeren Fremdkörper in der Gesellschaft der Elfen geworden. Er hatte Mühe, sich anzupassen und sich an Regeln zu halten, da er dies aus seiner Zeit als Nomade und Wanderer nicht kannte.

Die Königin schien dennoch etwas in ihm zu sehen … zumindest berief sie ihn in die Königinnengarde und stellte ihn unter den Befehl des Hauptmanns Raelys Avarí, wo er eine Ausbildung zum Soldaten erhielt. Jedoch wurde rasch klar, dass Maryo sich dort nicht wohlfühlte. Er lernte zwar schnell den Umgang mit dem Schwert und war binnen kürzester Zeit einer der besten Kämpfer, jedoch führte seine Unbeugsamkeit nicht selten dazu, dass er in Streitereien verwickelt war.

Raelys Avarí hatte schließlich die Idee, ihn als Leibwächter für Amyéna zu verpflichten. Ein Plan, dem die Königin seltsamerweise zugestimmt hatte.

Maryo und die Königin besaßen seit dem ersten Tag ihrer Begegnung ein spezielles Verhältnis. Eines, das bis heute niemand so richtig begriff, womöglich nicht einmal die beiden selbst. Sie sah in ihm mehr als einen einfachen Soldaten. Manche munkelten, sie sähe in ihm den Sohn, den ihr die Götter nie geschenkt hatten. Dies war wahrscheinlich mit ein Grund, warum sie ihm schließlich das Leben ihrer Tochter anvertraute.

Amyéna konnte sich noch genau an den Tag erinnern, an dem sie ihrem neuen Leibwächter Maryo Vadorís zum ersten Mal gegenüber gestanden hatte, da es erst ein paar Jahrzehnte her war. Seine goldenen Augen hatten sie sofort in ihren Bann gezogen und das verwegene Lächeln, das er ihr schenkte, hatte sich in ihre Seele gebrannt und verfolgte sie von diesem Moment an in ihren Träumen. Noch nie hatte jemand sie so offen und ohne Scheu angeschaut. Er hatte keine Prinzessin in ihr gesehen, sondern eine Frau. In seinen Augen war allerdings kein Ausdruck gewesen wie bei jenen Männern, die sie nur als eine Trophäe betrachteten, sondern ehrliche Neugier.

Bei der Erinnerung an seinen Gesichtsausdruck seufzte Amyéna unwillkürlich.

Womöglich würde sie sich bis an ihr Lebensende an ihn erinnern, auch wenn sie hoffte, dass die Erinnerungen mit den Jahrhunderten irgendwann verblassten.

Als eine Hand ihre Schulter berührte, zuckte sie unversehens zusammen und musste sich beherrschen, nicht leise aufzuschreien. Sie hatte sich so sehr ihren Gedanken hingegeben, dass sie trotz ihres feinen Elfengehörs nicht bemerkt hatte, wie der Kapitän hinter sie getreten war. Etwas, das ihr nicht noch einmal passieren durfte.

»So schreckhaft, hübsche Elfe?«, fragte der Mann in amüsiertem Tonfall, der sich ihr als Kapitän Aderan vorgestellt hatte.

Sie drehte sich mit einem strahlenden Lächeln zu ihm herum, das sich ohne Anstrengung auf ihrem Gesicht ausbreitete. Es war ein Lächeln, das sie in all den Jahrzehnten einstudiert und perfektioniert hatte. Eine aufgesetzte, fröhliche Maske, hinter der sie jegliche anderen Gefühle verbergen konnte.

»Ach Kapitän, ich war so hingerissen davon, zu beobachten, wie Euer prachtvolles Schiff durch die Wellen pflügt, dass ich mich ganz darin verloren habe«, säuselte sie und schenkte ihm einen ebenso gut geübten wie bewährten Augenaufschlag.

Sie hob den Arm, an dem einige Goldreife leise klimperten und strich wie beiläufig seine Hand von ihrer Schulter. Sie hatte auf den meisten Schmuck verzichtet, aber die fünf Armreife trug sie seit ihrer Kindheit. Ihr verstorbener Vater hatte sie ihr – wie den Dolch – geschenkt und sie bedeuteten ihr daher sehr viel.

Der Kapitän hielt ihre Hand einen Augenblick lang fest. Er war wahrscheinlich nicht einmal dreißig Jahre alt, hatte dunkle, kurze

Locken, die ihm vorne in die Stirn fielen und einen gut gebauten Körper. Er war nicht unansehnlich, im Gegenteil. Seine rehbraunen Augen wiesen einen kühnen Ausdruck auf und die gebräunte Haut ließ darauf schließen, dass er aus einem südlichen Land von Altra stammen musste.

Es war purer Zufall gewesen, dass sie ihm gestern im Hafen von Westend begegnet war, nachdem die Kapitänin, die sie dort getroffen hatte, nicht zu dem vereinbarten Treffpunkt erschien. Wahrscheinlich hatte sie es sich anders überlegt und wollte keine Elfin mitnehmen, um sich Ärger vom Leib zu halten.

Amyéna konnte es ihr nicht verdenken. Der Frieden zwischen dem Elfenvolk und den Menschen war noch zu frisch und zu zerbrechlich, um leichtsinnig auf die Probe gestellt zu werden. Es gab immer wieder Soldatenpatrouillen, die bestimmt auch auf See nicht ausblieben, und man tat besser daran, wenn man sich nicht mit einer Elfin blicken ließ.

Aber Kapitän Aderan hatte sich als Glücksgriff erwiesen. Er war von Amyénas Schönheit auf der Stelle verzaubert gewesen und hatte sich daher auch sofort dazu bereit erklärt, sie nach Karinth zu segeln. Obwohl er selbst noch nie dort gewesen war und die Gewässer vor den Schwesterinseln nur vom Hörensagen kannte. Aber das war Amyéna gleichgültig, denn der Traum war eindeutig: Sie wollte – *musste* – dorthin.

Die wenigsten hatten diesen Kontinent im Westen von Altra bisher besucht. Es wurde gemunkelt, die Karinther seien Fremden gegenüber alles andere als freundlich eingestellt. Die Kultur sei sehr eigen, die Hierarchien schwer zu durchbrechen.

Amyéna wusste, dass mit dem Beginn des hundertjährigen Krieges viele Elfen dorthin geflohen waren, in der Hoffnung auf ein besseres Leben, ohne Krieg und Leid. Da keiner von ihnen seither zurückgekehrt war, nahm sie an, dass sie entweder ihr Glück – oder ihren Tod gefunden hatten. Jetzt hoffte sie auf Ersteres.

Sie kannte einige der Elfen, die nach Karinth ausgewandert waren. Wenn sie die erst fände, könnte sie sie bestimmt überzeugen, ihr Obdach zu gewähren. Und endlich so leben, wie sie es wollte: frei, ungebunden – glücklich.

Das waren zumindest die Gedanken gewesen, die sie dazu bewogen hatten, aus der Elfenstadt zu fliehen.

Wenn sie dafür Kapitän Aderan schöne Augen machen musste, würde sie es tun. Es gab schließlich Schlimmeres, als einem hübschen Mann ein Lächeln zu schenken.

Aderan schien sich kaum sattsehen zu können an ihrem Gesicht. Sein Blick wanderte über ihre Lippen, hinauf zu ihren Augen, wo er hängen blieb. »Ihr seid wunderschön«, murmelte er. »Ich bin ein gesegneter Mann, dass ich Euch als meinen Gast auf der Seerose willkommen heißen darf.«

Amyéna legte den Kopf schief, ließ ihr Lächeln breiter werden und ihre Augen funkeln. »Das Vergnügen ist ganz auf meiner Seite, Kapitän. Ich bin sicher, dass wir eine schöne Zeit haben werden.«

Jetzt huschte ein verruchtes Grinsen über das braun gebrannte Gesicht des Mannes. »Aye, da bin ich mir auch sehr sicher«, sagte er in anzüglichem Tonfall, der darauf schließen ließ, dass er es gewohnt war, seinen Charme spielen zu lassen. »Wart Ihr schon einmal auf See?«

Amyéna schüttelte den Kopf und schenkte ihm einen unschuldigen Augenaufschlag. »Nein, noch nie. Bisher war ich nur in den Wäldern unterwegs und habe versucht, nicht weiter in die Kriegswirren verstrickt zu werden.«

Natürlich hatte sie ihm verschwiegen, dass sie eine Prinzessin war, sondern erzählt, sie hätte ihre Familie im Krieg verloren und wolle nun ihren letzten nahen Verwandten nachreisen, die seit Kriegsbeginn in Karinth lebten.

Der Kapitän hatte ihr geglaubt, ohne ihre Worte infrage zu stellen. Viel zu sehr war er von ihrem Aussehen fasziniert gewesen – und da er das Wasserelement beherrschte, wie der goldene Ring an seinem Finger verriet, konnte er auch keine Gedanken lesen. Das kam Amyéna zusätzlich gelegen.

Sie konnte ihm nicht verdenken, dass er noch nie eine Elfin gesehen hatte. Ihr Volk lebte seit dem Krieg zurückgezogen und da der Kapitän noch so jung war, erinnerte er sich natürlich auch nicht an die Zeiten, als Menschen in den Elfenstädten noch willkommen gewesen waren. Für ihn musste ihre Erscheinung etwas Magisches besitzen, das er unwillkürlich festhalten wollte.

Bei einem Menschen, dessen Lebenszeit im Vergleich zu der einer Elfin nur die Dauer eines Wimpernschlages währte, war das nicht verwunderlich.

Aderan lehnte sich ein wenig nach vorne, sodass sein Gesicht nicht mehr weit von ihrem entfernt war. Unwillkürlich wich Amyéna um dieselbe Distanz zurück.

Sie würde aufpassen müssen mit ihren Andeutungen. Dieser Kapitän wirkte, als hole er sich normalerweise das, was er haben wollte. Und im Moment ruhten seine Augen auf ihren Brüsten, die jedoch von dem Umhang und ihrer Kleidung gut verborgen waren – zum Glück. Dennoch verspürte Amyéna den Drang, sich die Hände vor die Brust zu legen, unterdrückte ihn jedoch gleich wieder.

»Wie lange werden wir auf See sein?«, fragte sie stattdessen.

Der Kapitän schien aus seinen Gedanken gerissen zu werden, die wahrscheinlich gerade alles andere als mit seinem Schiff beschäftigt gewesen waren. Er blinzelte und sah ihr wieder in die Augen, wie Amyéna mit Erleichterung feststellte. »Ungefähr zwei oder drei Monate«, sagte er dann. »Da ich die Gewässer vor Karinth jedoch nicht persönlich kenne, werden wir wohl ein paar Wochen dazurechnen müssen. Je nachdem.«

Amyéna nickte. Zwei oder drei Monate waren auszuhalten. Sie spürte schon jetzt die Übelkeit, die in ihr hochstieg, sobald sie nicht auf den Horizont blickte. Sie hatte von dieser Krankheit gehört, die einen befiel, wenn man nicht gewohnt war, auf einem Schiff zu sein. Daher war sie froh, dass sie das Unwohlsein mit ihren magischen Kräften einigermaßen im Zaum halten konnte. Jedoch würde sie auch hier ihre Energie schonen müssen.

Wer wusste schon, was sie in Karinth erwartete? Womöglich wäre sie dort auf all ihre Magie angewiesen und froh, wenn sie ausgeruht das neue Land betrat.

»Was wollt Ihr tun, wenn Ihr dort seid?«, fragte der Kapitän und stützte seinen Ellbogen neben ihr an der Reling ab. »Karinth ist groß. Wie wollt Ihr Eure Verwandten finden?«

Amyéna sah ihn einige Augenblicke lang stirnrunzelnd an, ehe sie den Blick senkte.

Sie würde ihm nichts von ihrem Traum erzählen – das würde wahrscheinlich nur dazu führen, dass er sie für ein naives Mädchen hielt, das einem Hirngespinst nachjagte.

»Ich werde sie im Hochwald suchen«, antwortete sie und wusste, dass ihre Erklärung nicht gerade überzeugend klang.

Eine Elfin alleine im Hochwald – der von den Ausmaßen her etwa den Wäldern von Zakatas in Altra gleichkam … unwahrscheinlich, dass sie mehr als zwei Tage dort überleben würde. Geschweige denn ihre Angehörigen finden.

»Wir haben einen Ort, wo wir uns treffen … in solchen Situationen«, fügte sie noch erklärend hinzu.

Als sie den Blick wieder hob, konnte sie erkennen, dass Aderan ihr nicht wirklich glaubte. Dennoch nickte er und schob die Augenbrauen zusammen. »Na dann … ich hoffe, ich kann Euch die Zeit bis dahin möglichst kurzweilig gestalten.«

Sie musste nicht erst in seine Augen schauen, um zu wissen, worauf er anspielte. Aber sie hatte ihn mit gutem Gold bezahlt und würde nicht so tief sinken, mit einem Menschen das Bett zu teilen.

Daher atmete sie jetzt tief durch und ging am Kapitän vorbei in Richtung Achterdeck.

»Ich danke Euch für das Gespräch«, sagte sie, als sie schon einige Schritte entfernt war. »Ich werde mich jetzt ein wenig hinlegen, die Meeresluft ermüdet mich.«

Ob der Kapitän ihren Plan guthieß, konnte sie nicht sagen, da sie sich nicht mehr zu ihm umdrehte, sondern in ihre Kabine ging, die sich im ersten Unterdeck befand.

Die Elfin verschloss die Tür, indem sie den Riegel vorschob. Das würde sie vor ungebetenem Besuch bewahren.

Sobald sie jedoch in der Hängematte lag, die quer durch den kleinen Raum gespannt war, überkam sie das schlechte Gewissen mit einer Kraft, wie sie es nicht erwartet hatte. Vielleicht lag es daran, dass der Gischtnebel nicht mehr beruhigend und kühl über ihr Gesicht streichelte. Vielleicht auch daran, dass sie – ehe sie unter Deck gegangen war – kein Land mehr am Horizont hatte sehen können.

Auf jeden Fall überrollte sie die Erkenntnis wie eine Flutwelle.

Sie hatte es tatsächlich getan.

Sie war tatsächlich aus ihrem Land geflohen!

Weg von ihrem Volk – weg von allem, was sie bisher gekannt hatte. Und das nur, um ihren Egoismus zu befriedigen … um vor ihrer Verantwortung zu fliehen … um keinem mehr Rechenschaft zu schulden … um einem Traum zu folgen, für den sie wohl die meisten Elfen auslachen würden …

Sie warf einen verzweifelten Blick zur Holzdecke über sich, während sie die Hände über dem Bauch faltete und sich dem Schaukeln der Hängematte hingab.

»Bitte, Ferys«, schickte sie ein leises Gebet zum Gott der Elfen. »Bitte verzeih, aber ich konnte nicht anders …«

11 Amyéna

Doch der Elfengott verzieh nicht so leicht die Tatsache, dass sie ihr Volk im Stich gelassen hatte. Das wurde Amyéna bereits in dieser Nacht bewusst. Sie schreckte aus dem Schlaf hoch, weil es in ihren Ohren so laut grollte, als stürzte ein Gebirge direkt neben ihr ein.

Die Elfin richtete sich abrupt auf und bemerkte zu spät, dass sie immer noch in ihrer Hängematte lag. Durch den Schwung drehte sich das Geflecht und sie fiel unsanft auf den Kajütenboden. Reflexartig federte sie ihren Sturz mit den Händen ab und spürte einen scharfen Schmerz durch ihr rechtes Handgelenk fahren.

Rasch betastete sie die Stelle an ihrem Unterarm und bemerkte voller Erleichterung, dass nichts gebrochen war. Das hätte noch gefehlt. Mit ihrer Elfenmagie konnte sie zwar kleinere Verletzungen wie Schürfwunden oder oberflächliche Schnitte heilen, nicht aber Knochen wieder zusammenfügen.

Als sie aufstehen wollte, merkte sie, wie stark das Schiff schwankte. Es war ihr kaum möglich, gerade zu stehen, und ihr

Körper torkelte, als hätte sie den stärksten Elfenschnaps getrunken, den es in Westend je gegeben hatte.

Dennoch gelang es ihr, mit Magie die Laterne zu entzünden, die an der Decke hing und deren Schein den Raum augenblicklich in warmes Licht tauchte. Als Amyéna auf den Boden blickte, schluckte sie hart. Wasser sickerte unter der Tür hindurch in ihre Kabine und breitete sich immer weiter aus.

Abermals ertönte ein Grollen, dieses Mal begleitet von einem lauten Knall und einem Krachen, das ihr durch Mark und Bein ging. Unwillkürlich schlug sie sich die Hände vor die Ohren, um ihr empfindliches Elfengehör zu schützen.

Sie mussten in einen Sturm geraten sein. In einen wilden, unbarmherzigen Sturm, der die Seerose von einem Wellental ins nächste jagte wie ein Wolfsrudel, das seine Beute hetzte. Nur die Götter wussten, ob das kleine Segelschiff diesen Naturgewalten gewachsen war.

Einen Moment lang überlegte sie, in der Kabine zu bleiben und das Unwetter auszusitzen. Aber von Sekunde zu Sekunde steigerte sich ihre Übelkeit und sie wusste nicht, wie lange sie sie mit Magie noch unterdrücken konnte. Zudem floss jetzt immer mehr Wasser unter der Tür hindurch in den kleinen Raum, den ihr der Kapitän zur Verfügung gestellt hatte.

Sie musste hier raus, ganz gleichgültig, wie stark das Gewitter draußen toben mochte.

Als sie die Tür öffnete, schwappte ihr ein Schwall Wasser entgegen, der auf der Stelle die halbe Kabine überflutete. Es reichte ihr jetzt bis zu den Waden und die Kälte ließ sie frösteln, obwohl sie als Elfin im Grunde nicht so schnell fror.

Vielleicht war es aber nicht nur das kühle Nass, das ihr einen Schauer über den Rücken jagte, sondern vielmehr das Bewusstsein, dass sie nie schwimmen gelernt hatte.

Wozu auch?

Sie war eine Prinzessin und lebte im Wald von Westend. Das einzige Wasser, das sie täglich zu sehen bekam, war das in ihrer vergoldeten Badewanne und jenes in den Kanälen, die durch die Stadt flossen – und beides war nicht tief genug, als dass man darin hätte ertrinken können. Ganz abgesehen davon, dass sie in ihrem bisherigen Leben von allen Gefahren stets ferngehalten worden war.

Jetzt stieß Amyéna einen frustrierten Laut aus und versuchte hektisch, ihren ledernen Beutel, den sie neben der Hängematte auf den Boden gestellt hatte, aus dem Meerwasser zu fischen. Darin hatte sie ein paar Goldmünzen sowie Ersatzkleider verstaut – und den Dolch ihres Vaters. Zudem beinhaltete der Beutel eine Landkarte von Karinth, die sie in der Bibliothek ihres Palastes gefunden und mitgenommen hatte. Durchnässt würde sie ihr nicht mehr viel nützen, da die Tinte darauf verschmiert wäre.

Gerade als sie den Lederriemen zu fassen bekam, wurde das Schiff in ein weiteres Wellental getrieben und legte sich auf die Seite, sodass die Elfin quer durch den Raum geschleudert wurde. Ihr Kopf schlug hart gegen die Kabinenwand und für einen Moment wurde alles schwarz vor ihren Augen, während sie ins bereits knietiefe Wasser sank.

Als sie die Besinnung wiedererlangte, griff sie sich stöhnend an die Stirn und bemerkte, dass sie blutete, denn die Flüssigkeit auf ihrer Haut war zu dickflüssig für Wasser und das Salz brannte in der frischen Wunde. Die Laterne hatte sich aus ihrer Halterung gelöst und war ins Wasser gefallen, sodass die Kabine wieder im Dunkeln lag. Dennoch konnten Amyénas scharfe Elfenaugen die Umgebung immer noch schemenhaft wahrnehmen. Sie wusste, dass sich ihr Blick mit jeder Sekunde, die verstrich, mehr an die Finsternis anpassen würde, bis sie beinahe so gut sah wie in der Abenddämmerung.

Rasch rappelte sie sich auf, ergriff den Lederbeutel und watete durch das Wasser, das stetig weiter anstieg. Während sie darauf wartete, dass ihre Augen sich an die Schwärze gewöhnten, zog sie den Dolch aus dem Beutel und befestigte die Scheide an ihrem Hüftgurt.

Gerade als sie in den Gang hinaustrat, wurde sie von einer massigen Gestalt angerempelt, die bei dem Zusammenstoß wüste Verwünschungen ausstieß. Es war einer der Matrosen, aber sie konnte sich nicht an seinen Namen erinnern. Er drückte sie mit erstaunlicher Kraft zur Seite und eilte weiter, vor sich hertastend wie ein Blinder, da der Gang nicht beleuchtet war.

Amyéna folgte ihm mit etwas Abstand und umklammerte mit einer Hand das Geländer, das an der Wand entlang befestigt war. Wahrscheinlich genau für Momente wie diese, wenn das Schiff hin und her schwankte und man ansonsten wie ein Betrunkener durch die Gänge torkeln würde.

Den Lederbeutel hatte sie sich über die Schulter geworfen und hielt den Riemen mit einer Hand, während sie dem Matrosen folgte.

Als sie endlich bei der Leiter ankam, die ans Oberdeck führte, atmete sie erleichtert aus. Der Matrose vor ihr hatte bereits die obersten Stufen erreicht und stemmte die Luke auf.

Amyéna wurde augenblicklich von einem grellen Blitz geblendet, sodass sie leise aufschrie und sich die Hände vors Gesicht schlug. Ihre Augen fühlten sich an, als würden sie verbrennen, da das Licht zu plötzlich aufgetaucht war. Durch die Öffnung schoss ein weiterer Wasserschwall auf sie herunter, der auch ihr Obergewand, das bisher noch trocken geblieben war, bis auf die Haut durchnässte.

Sie tastete nach dem Lederbeutel, den sie hatte fallen lassen und stieß einen Fluch aus. Die Karte war wahrscheinlich bereits zerstört, denn der Sack trieb im Wasser. Dennoch warf sie ihn sich wieder über die Schulter und stützte sich mit einer Hand an der Wand des Ganges ab, um nicht hinzufallen, als sich das Schiff ein weiteres Mal ächzend auf eine Seite neigte.

Der Matrose hatte inzwischen das Hauptdeck erreicht und ließ die Luke hinter sich zufallen, sodass Amyéna erneut von Dunkelheit umgeben war. Rasch stieg sie ebenfalls die Stufen hoch und stemmte sich mit ganzer Kraft gegen das Holz, um nach draußen zu kommen.

Als es ihr gelang, die Klappe zu öffnen, hörte sie aufgeregte Rufe über sich. Sie stieß die Luke vollends auf und kletterte hinaus auf die Planken. Was sie sah, ließ ihren Magen sich panisch zusammenziehen.

Obwohl der Morgen langsam anbrechen musste, war es so dunkel, als sei es tiefste Nacht. Der Himmel über ihr wurde von Blitzen durchzogen, der Regen prasselte hart auf sie herunter. Baumhohe Wellen türmten sich um die Seerose auf und spielten mit dem Schiff wie Kinder mit einem Ball. Die nasse Kleidung klebte an Amyénas Haut und der scharfe Wind ließ die Luft noch kälter wirken, als sie es ohnehin schon war. Aderans Männer rannten auf Deck hektisch hin und her, zurrten Leinen fest oder kletterten in die Wanten, um die Segel zu reffen.

Gerade als die Elfin sich einen Überblick über die Situation verschafft hatte, kippte die Seerose wieder zur Seite und Amyéna wäre wohl über Bord gegangen, hätte nicht eine kräftige Hand ihren Arm gepackt.

»Was tut Ihr hier oben?!«, schrie Kapitän Aderan gegen das Tosen des Sturms. Er stand hinter ihr und hielt sich an einem Seil fest, dessen Ende um den Hauptmast geschlungen war. Wahrscheinlich war er gerade dabei gewesen, sich durch das Unwetter zum Steuermann durchzukämpfen, um ihm Anweisungen zu erteilen.

»Ich habe es unten nicht mehr …«

Ihre restlichen Worte gingen in einem lauten Donnergrollen unter, das gleichzeitig von einem grellen Blitz begleitet wurde. Die pechschwarze Nacht wurde für die Dauer eines Lidschlags durchbrochen und tauchte das Hauptdeck sowie den Kapitän in ein unwirkliches Weiß.

Hatte Aderan vor einigen Stunden noch frisch und munter ausgesehen und gar scherzhafte Anspielungen gemacht, so wirkten seine Gesichtszüge jetzt abgezehrt und angespannt. Seine Augen waren gerötet, sein Mund zu einer schmalen Linie zusammengepresst und die Locken klebten an seinem Kopf wie ein schwarzer Helm.

»Geht nach unten!«, befahl er ihr. »Hier oben ist es zu gefährlich für Euch!«

Amyéna schüttelte energisch den Kopf und ergriff ebenfalls das Seil, an dem sich der Kapitän festhielt. »Nein. Ich werde nicht unten bleiben. Ich …«

Weiter kam sie nicht, denn in dem Moment wurde das Schiff von einer riesengroßen Welle in die Höhe gehoben, nur, um im nächsten Augenblick in ein Wellental hinunterzuschießen. Amyénas Magen fühlte sich an, als rutschte er erst in ihre Knie und dann hinauf zum Hals.

Der Kapitän hielt immer noch ihren Arm fest und seine Finger umklammerten sie so stark, dass es beinahe wehtat. Aber Amyéna hatte keine Zeit, die Schmerzen richtig wahrzunehmen, denn das Schiff legte sich in eben diesem Moment auf die Seite.

Amyénas Augen weiteten sich vor Schrecken, als sie die turmhohe Welle sah, die sich auf sie zubewegte. Sie war größer als alles, was sie jemals zu Gesicht bekommen hatte – und sie würde die Seerose unter sich begraben.

»Verdammt! Hart Steuerbord!«, brüllte Kapitän Aderan über das Tosen des Sturms.

Aber es war zu spät. Langsam, als wollte sie sich ein letztes Mal von der Welt verabschieden, neigte sich die Seerose mit der Welle, die sie seitlich überrollte und tauchte ihre linke Flanke ins Wasser.

Amyéna schrie entsetzt auf, als sie erkannte, dass das Schiff tatsächlich kentern würde. Sie klammerte sich mit aller Kraft an dem Seil fest – keine Sekunde zu früh. Ihre Beine verloren den Halt, als die Backbordseite des Schiffes vollends im Wasser lag. Einige

Herzschläge lang hing Amyéna in der Luft, dann wurde sie von den Wassermassen verschlungen, die über ihr zusammenschlugen.

Lautes Rauschen und Dunkelheit umgaben sie, als sie in die Tiefen des Meeres sank. Die Elfin spürte, wie Aderan ihren Arm immer noch festhielt und sie mit sich zog. Weg vom Schiff.

Amyéna ruderte wild mit den Armen. Sie hatte das Seil losgelassen, ebenso wie ihr Gepäck. Sie spürte Panik in sich hochsteigen, da sie keine Ahnung mehr hatte, wo oben und unten war. Wenn sie die Augen öffnete, brannten sie vom Meerwasser so stark, dass sie sie gleich wieder zusammenkneifen musste. Ihr Körper verlangte nach Luft, aber sie wusste, dass sie nicht einatmen durfte. Denn rund um sie herum war nur Wasser. Nichts als Wasser und Dunkelheit. Und dieses Tosen, das ihre Ohren fast taub werden ließ.

Sie hörte es krachen, nahm die letzten Klagelaute des Schiffes wahr, als seine Masten brachen.

Die Kälte des Meeres war binnen Sekunden bis in ihre Knochen vorgedrungen und ließ sie zittern. Sie wusste nicht, ob sie gerade in den Tiefen versank oder sich einen Weg an die Wasseroberfläche kämpfte. Ihr blieb nur, darauf zu vertrauen, dass der Kapitän, der sie immer noch festhielt, schwimmen konnte.

Es fühlte sich an, als sei sie bereits minutenlang unter Wasser. Ihre Luftröhre brannte, ihre Lungen standen in Flammen.

Sie war drauf und dran, dem Drang nachzugeben und wider besseres Wissen ihren Mund zu öffnen, um einen tiefen Atemzug zu tun, als ihr Kopf endlich durch die Oberfläche brach.

Aderan hatte einen Arm um ihre Taille geschlungen und versuchte, sie beide über Wasser zu halten.

Prustend holte Amyéna Luft, um im selben Moment beinahe an einem Hustenanfall zu ersticken, da sie eine große Menge Wasser schluckte. Über ihr wütete der Himmel – rund um sie herum tobte die See. Als wollten sie ihren Unwillen darüber zeigen, dass die Elfin und der Kapitän überlebt hatten.

Wellen brachen sich über ihren Köpfen und drückten sie wieder unter Wasser. Aber Aderan zog Amyéna erneut an die Oberfläche.

»Seid Ihr verletzt? Geht es Euch gut?«, rief er in ihr Ohr, sodass sie zusammenzuckte.

Er schien nicht zu wissen, dass das Elfengehör bei Weitem besser war als das der Menschen und sein Brüllen daher in ihren Ohren schmerzte.

Amyéna war nicht in der Lage, ihm eine richtige Antwort zu geben, daher nickte sie nur hektisch. Sie trat mit den Beinen um sich und krallte sich voller Panik an den Kapitän, der ihren Körper losgelassen hatte, um selbst über Wasser zu bleiben. Die Elfin konnte erkennen, dass er sich gerade umsah. Er rief eine Menge Namen in die Dunkelheit hinaus. Ein paar Stimmen antworteten ihm, was ihn zu beruhigen schien.

Aber Amyéna hatte keine Kraft, sich über das Ausmaß des Unglücks Gedanken zu machen. Im Moment zählte für sie nur, nicht unterzugehen und so klammerte sie sich mit aller Energie an den Kapitän, der glücklicherweise wirklich schwimmen konnte.

Das Wasser raubte ihre Kräfte, saugte sie aus und hinterließ nichts als Kälte. Sie zitterte am ganzen Leib und ihre Zähne schlugen in einem hektischen Rhythmus aufeinander, ohne dass sie sie daran hindern konnte.

»Hier, haltet Euch daran fest«, sagte Aderan und sie spürte, wie etwas ihren Rücken streifte. Als sie hinsah, bemerkte sie, dass der Kapitän ein Holzfass herangezogen hatte, das wahrscheinlich vom Schiff stammte. »Wir müssen schauen, dass wir hier wegkommen, ehe die Seerose uns nach unten zieht.«

Amyéna sah sich um und bemerkte erst jetzt, dass das Segelschiff noch nicht gesunken war. Es trieb immer noch auf der Seite und die Hälfte des Bugs ragte vor ihr aus dem Wasser. Der Rumpf des Schiffes wurde von Blitzen erhellt und es wirkte beinahe so, als driftete ein Wal in den Wellen, die immer noch turmhoch um sie tobten.

Die Elfin sog bei dem Anblick scharf die Luft ein. Sie hatte geglaubt, die Seerose läge bereits auf dem Meeresgrund.

»Los! Weg vom Schiff!«, brüllte Aderan.

Der Befehl musste an seine Männer gerichtet sein, die ebenfalls im Wasser trieben.

Amyéna klammerte sich mit letzter Kraft an das Holzfass und spürte, wie der Kapitän sie durch die tosenden Wellen wegzog. Der schwarze Himmel über ihnen wurde immer wieder von Blitzen erhellt, als versuchte ein Riese mit einem gleißenden Schwert, das dunkle Firmament zu durchschneiden.

Das war also die Strafe dafür, dass sie ihr Volk verlassen hatte … ausgeliefert den Elementen, die nach ihrem Leben trachteten.

12 Edana

Bei diesem Unwetter können wir nicht auslaufen«, wiederholte Edana energisch, während sie den breiten Rücken des dunkelhaarigen Elfen fixierte.

Er stand am Fenster der Herberge und starrte in den Hafen hinaus, als könnte sein goldener Blick dem Gewitter Einhalt gebieten.

»Sie hat recht, Maryo«, nickte Raelys, der neben Edana saß und seinen Freund nachdenklich musterte.

»Sie ist *da draußen*!«, knurrte der hochgewachsene Elf und wandte sich unwirsch zu ihnen herum, sodass sein Haar flog.

Im Wirtsraum hielten sich nicht viele Menschen auf. Nur ein paar Männer, die durch den Regen hierhergefunden hatten und nun wie Edana und ihre Begleiter darauf warteten, dass das Gewitter sich legen würde.

Die anderen Gäste beäugten die beiden Elfen misstrauisch, als erwarteten sie, dass sie demnächst Unruhe stifteten. Die Menschen vertrauten dem Elfenvolk immer noch nicht, obwohl der Frieden bereits seit drei Jahren bestand. Dennoch hatte Edana es für die bessere Idee gehalten, mit Maryo und Raelys *hier* zu warten statt auf ihrem Seefalken.

Ihre Mannschaft musste erst noch davon überzeugt werden, dass sie demnächst nach Karinth aufbrachen – mit zwei Elfen an Bord, um eine Elfenprinzessin zu suchen. Ganz abgesehen davon, dass die Reise nach Karinth kein Zuckerschlecken war.

Auch wenn Raelys ihr inzwischen eine hohe Belohnung versprochen hatte, so wusste Edana, dass diese Überzeugungsarbeit keine leichte Aufgabe werden würde. Viele ihrer Männer hatten Freunde und Familie im Krieg verloren und hegten daher nicht allzu viele Sympathien für die Elfen.

Daher wollte sie sich dieser Herausforderung erst stellen, wenn wenigstens das Wetter günstiger war.

Gewitter erhitzten die Gemüter der Seeleute – das war eine altbekannte Seemannsweisheit.

Bereits als diese Elfin – die sich nun als Prinzessin herausstellte – sie hatte anheuern wollen, war Edana skeptisch gewesen und hatte sich Bedenkzeit erbeten. Sie wusste nicht mal, ob sie ihr tatsächlich zugesagt hätte, wäre sie nicht vor dem nächsten Treffen von Xenos' Männern abgefangen und in den Wald verschleppt worden.

Sie kannte Karinth … sehr gut sogar. War es doch einst ihre Heimat gewesen.

Natürlich hatte Maryo das beim Gedankenlesen im Wald erfahren und sie auf dem Weg hierher ausgefragt. Da er sich bei der Durchforstung ihrer Gedanken vor allem auf die Elfenprinzessin konzentriert hatte, war ihm glücklicherweise vieles andere in ihrem Geist verborgen geblieben.

Aber unterwegs hatte er wissen wollen, wie das Volk dort war. Wer dort lebte. Welche Bräuche sie hatten.

Edana hatte ihm einiges erzählt … Dinge, weswegen sie von dort mit nur vierzehn Jahren zu ihrer Tante auf den fremden Kontinent Altra geflohen war.

Sie hatte Maryo die Hierarchie der Magier erklärt, die die Oberschicht in Karinth bildeten. Von der Mittelschicht berichtet, die aus einigen vermögenderen Nichtmagiern, Elfen und Zwergen bestand. Von der Versklavung derjenigen, die nicht vom Blute der ersten Propheten waren. Von der Blutmagie, die die Magier bei ausladenden Festen an ihren Sklaven zu ihrem Vergnügen ausübten. Von dem Spaß, den sie dabei empfanden und der sie bereits als Kind abgestoßen hatte.

Sie war so froh gewesen, dass sie damals von Karinth weggekommen war … doch nun würde sie sich ihrer Heimat stellen müssen, ob sie wollte oder nicht. Denn diese zwei Elfen kannten ihr Geheimnis und wenn sie es gegenüber den falschen Leuten ausplauderten, würde eine Hetzjagd auf sie beginnen – ganz gleichgültig, ob sie sich in Altra oder Karinth oder auf dem offenen Meer befand. Das war ihr leider nur zu bewusst.

Es reichte schon, dass Xenos Bescheid wusste, sollte er Maryos Angriff überhaupt überlebt haben.

Sie rieb gedankenverloren über den Magierring. Er war schwarz wie bei allen Magiern, die in den Zirkeln von Altra ausgebildet worden waren. Die nicht magiebegabten Menschen trugen goldene Ringe.

Sie spürte ihre magischen Kräfte immer noch nicht – nur die Götter wussten, was Xenos ihr für ein Mittel ins Gesicht gestäubt hatte. Aber die Magie würde mit Sicherheit irgendwann zurückkehren. Selbst wenn es sich gut anfühlte, für einmal keine Kräfte in sich zu tragen … keine Mächte, die das Ende der Menschheit bedeuten konnten.

Sie beobachtete Maryo und Raelys, die ungeduldig das Ende des Unwetters abwarteten.

Als sie im Hafen von Westend angekommen waren, hatten sich schon die ersten dunklen Wolken am Himmel abgezeichnet. Da hatte Edana bereits angekündigt, dass das Ablegen einem Selbstmordkommando gleichkäme. Sie kannte die Gewässer vor der nördlichen Westküste von Altra sehr gut und wusste, dass hier die Gewitter schneller aufzogen als anderswo.

Sie hatte als Erstes mit ihren Männern gesprochen, die sie mehr oder weniger freundlich willkommen geheißen hatten. Edana wusste, dass sie sich lieber einen Mann als Kapitän gewünscht hätten. Daher war ihre Entführung wohl vielen von ihnen gelegen gekommen.

Einzig ihr Quartiermeister Sabal hatte sie herzlich umarmt, als er sie wiedersah. »Wir befürchteten schon, sie hätten dich getötet«, hatte er in ihr Haar gemurmelt. »Ich wollte losziehen, und dich suchen, aber wir wurden von einer Bande Söldner angegriffen und mussten uns verteidigen. Ein Angriff, der allein zur Ablenkung diente, wie sich später herausstellte, aber da warst du schon weg.«

Edana hatte bloß leise gelacht und ihn dann von sich gestemmt. »Um mich zu töten, braucht es mehr als ein paar dumme Söldner«, hatte sie mit einem breiten Grinsen geantwortet.

Sie hatte verschwiegen, dass Xenos dabei gewesen war und es sich um eine Falle gehandelt hatte. Das hätte Sabal bloß weitere Sorgen beschert – auch so war sein Gesicht schon von zu vielen Falten durchzogen.

Sabal war dreißig Jahre alt und Edanas engster Vertrauter. Er trug sein dunkelblondes Haar stets zu einem Zopf gebunden, der ihm über den Rücken fiel. Seine braunen Augen waren ebenso scharf wie sein Verstand und seine breiten Schultern hatten schon öfter dazu gedient, dass sie sich an ihn angeschmiegt hatte, während sie in ihrer Kabine miteinander das Lager teilten. Schließlich war sie auch nur eine Frau und sie hatte gewisse Bedürfnisse. Obwohl Sabal wohl mehr als lediglich ein paar vergnügliche Stunden in ihre Zweisamkeit hineininterpretierte. Dennoch verlangte er nie mehr von ihr, als sie ihm zu geben bereit war.

Sie kannten sich schon seit einigen Jahren. *Er* war es gewesen, der sie für die Seefahrt begeisterte, kurz nachdem sie ihre Ausbildung im magischen Zirkel von Lormir abgeschlossen hatte. Er hatte ihr den Seefalken geschenkt und sie schon auf so mancher Reise begleitet.

Edana hätte ihm jederzeit ihr Leben anvertraut.

Sabal war ein hervorragender Quartiermeister, trug wie sie selbst das Wasserelement in sich, konnte aber im Gegensatz zu ihr nicht über Magie gebieten. Er war ihre rechte Hand. Und er sorgte dafür, dass die Mannschaft sie mit Respekt behandelte.

Auch jetzt saß er neben ihr und achtete argwöhnisch auf jede Bewegung des dunkelhaarigen Elfen, der gerade mit blitzenden Augen zu ihnen an den Tisch zurückkehrte und sich mit den Fäusten auf der Holzplatte abstützte. Maryo lehnte sich etwas vor und sah Edana fest an.

Abermals schluckte sie. Sie konnte nicht umhin, diesen Mann für seine Schönheit zu bewundern. Auch Raelys war ein ansehnlicher Elf, aber das Feuer, das in Maryo loderte, zog Edana an wie eine Motte das zerstörerische Licht einer Flamme.

Einmal mehr war sie froh darum, dass Sabal bei ihr war. So konnte sie ihre Aufmerksamkeit auf *ihn* lenken, indem sie eine Hand auf den Unterarm ihres Quartiermeisters legte und ihn damit sanft zurück auf seinen Stuhl drückte. Sabal war drauf und dran gewesen, sich zwischen sie und den Elf zu stellen, der Edana immer noch mit funkelnden Augen und zusammengezogenen Brauen musterte.

»Wir müssen der Prinzessin so rasch wie möglich folgen, ehe ihr Vorsprung zu groß wird«, sagte Maryo mit eindringlicher Stimme.

Sie hatten zuvor in Erfahrung gebracht, dass ein Kapitän namens Aderan erst vor Kurzem mit einer Elfin aufgebrochen war. Edana kannte den Kapitän von ein paar durchzechten Nächten. Er war jung, wild und unerfahren … zumindest was die Seefahrt anbelangte. Überdies verließ er sich meist mehr auf seine Gefühle als auf den Verstand. Eine Kombination, die auf hoher See rasch zu tödlichen Fehlentscheidungen führen konnte.

Womöglich war Aderan von der Schönheit der Elfin so verzaubert gewesen, dass er alle Bedenken im wahrsten Sinn des Wortes in den Wind geschossen hatte.

Ein Fehler, den Edana nicht begehen würde, mochte sie diesen Maryo Vadorís noch so gut aussehend finden. Sie ließ sich von keinem Mann etwas vorschreiben. Erst recht nicht von einem arroganten, menschenverachtenden Elf.

Daher schüttelte sie jetzt energisch den Kopf. »Eure Prinzessin hat offenbar keinerlei Menschenkenntnis«, bemerkte sie in ruhigem Tonfall. Viel ruhiger, als sie sich selbst beim Anblick von Maryo Vadorís fühlte. »Der Kapitän, mit dem sie rausgefahren ist, hat nichts im Kopf außer dem nächsten Rock, den er einer Frau ausziehen kann. Und er besitzt erst recht kein seefahrerisches Können. Aber ich bin nicht so naiv wie er und deswegen sage ich: Wir bleiben hier, bis sich das Unwetter gelegt hat.«

Maryo schnaubte und blähte dabei seine Nasenflügel. »Wenn dieser Kapitän so dumm und triebgesteuert ist, dann ist es sogar noch viel wichtiger, dass wir so rasch wie möglich ablegen!«

Jetzt war es Raelys, der sich erhob und seinem Freund beide Hände auf die Schultern legte, um ihn von der Tischplatte weg und in aufrechte Position zu drücken. »Hör zu, Maryo. Ich kann gut verstehen, dass du nichts lieber möchtest, als Amyéna Némys zurückzuholen«, sagte er beschwörend. »Auch ich hadere damit, hier herumzusitzen und nichts zu tun. Aber wir können nicht ablegen, solange dieses Gewitter draußen herrscht. Amyéna wird keinen großen Vorsprung haben, denn auch *sie* wird nicht so rasch vorankommen in diesem Unwetter. Wir sollten warten, bis sich der Himmel klärt.«

Maryo wollte etwas erwidern, das wahrscheinlich ähnlich geklungen hätte wie alles andere, was er bisher eingewandt hatte.

Aber in dem Augenblick wurde die Tür des Gastraumes geöffnet und eine dunkel gekleidete Gestalt mit Kapuzenumhang trat ein. Der Stoff war triefendnass und sobald er stehen blieb, bildete sich eine Pfütze am Boden. Als er die Kapuze zurückschlug, stieß Raelys einen überraschten Laut aus.

»Belyr!«, rief er und ging dem Elf entgegen, der seinerseits zu ihrem Tisch geeilt kam.

»Da seid Ihr ja!« Belyr war ein junger Soldat, den Raelys gerne als seinen ›größten Stolz des vergangenen Jahrhunderts‹ bezeichnete. Er war klug und schnell und vor allem kräftig. Das rotblonde Haar glich demjenigen des Hauptmanns. Diesen Umstand hatte Maryo schon einmal zum Anlass für die Bemerkung genommen, dass Raelys wohl doch nicht nur auf Männer stand, wie es die Gerüchte erzählten. Denn Belyr sei ja ganz offensichtlich sein leiblicher Sohn. Worte, die der Hauptmann damals mit einem Lächeln abgetan hatte, in dem Stolz aufblitzte. Einmal hatte er Maryo sogar gestanden, dass er sich wünschte, einen Sohn wie Belyr zu haben.

Jetzt stand der junge Soldat vor Raelys und salutierte. »Ich komme mit schlechten Neuigkeiten, Hauptmann Avarí.« Er versuchte, seinen Atem zu beruhigen, der viel zu schnell ging. Offenbar war er so rasch er konnte in die Hafenstadt geritten.

»Sprich«, befahl Raelys stirnrunzelnd.

»Prinz Seryl … er ist …«, Belyr holte tief Luft. »Er ist verstorben. Die Verletzungen waren zu schwer und konnten nicht mehr rechtzeitig geheilt werden. Die Königin wünscht Euch auf der Stelle zu sprechen. Sie will mit Euch einen Vergeltungsschlag gegen die Söldner planen.«

Maryo und Raelys holten gleichzeitig Luft, aber Maryo war schneller. »Und ihre Tochter?!«, fragte er entgeistert. »Will sie Amyéna einfach so ihrem Schicksal überlassen?!«

Belyr schien unter Maryos Blick ein wenig kleiner zu werden, aber er hielt dennoch unerschrocken Augenkontakt und sah ihn fest an. »Die Königin sagt weiter, dass es ab sofort an Euch, Maryo Vadorís, ist, die Prinzessin zurückzubringen. Sie braucht Hauptmann Raelys Avarí in der Stadt. Ihr aber seid ein Ausgestoßener – so lange, bis Ihr Prinzessin Amyéna Némys heil zu ihr zurückgebracht habt.«

Edana, die alles stumm mitverfolgt hatte, konnte erkennen, wie Maryos Kiefermuskeln sich anspannten, und glaubte sogar, sein Zähneknirschen zu hören.

Raelys warf seinem Freund ebenfalls einen prüfenden Blick zu, ehe er sich an Belyr wandte. »Wenn es der Befehl der Königin ist, werde ich mit dir mitkommen«, sagte er ruhig. Dann sah er Maryo abermals an. »Es tut mir leid, mein Freund. Aber …«

Maryo nickte und machte eine wegwerfende Handbewegung. »Schon gut, die Herrin pfeift und ihre Schoßhündchen gehorchen – ich versteh schon.« Seine Stimme klang verärgert.

Raelys zuckte entschuldigend mit den Schultern. »Befehl ist Befehl. Glaub mir, ich wünschte, ich könnte dich begleiten … aber wenn sie einen Vergeltungsschlag gegen die Söldner planen will, muss ich sie dabei unterstützen, auch wenn …«

Den Rest des Satzes sprach er nicht aus, da es sich als loyaler Untergebener nicht gehörte, Bedenken vor anderen laut auszusprechen. Aber Edana konnte dem rotblonden Elf ansehen, dass er den

Plan der Königin nicht guthieß. Vielleicht würde er auch versuchen, ihr dieses Vorhaben auszureden – Edana hätte es an seiner Stelle zumindest probiert.

Der Hundertjährige Krieg war gerade erst vorbei und die Götter allein wussten, was es bedeuten mochte, wenn die Elfen von Westend einen nächsten Kampf anzettelten. Womöglich würden aus allen Richtungen Söldner nach Westend reisen, nur um eine weitere Schlacht ausfechten zu können.

Die Menschen waren im Krieg aufgewachsen und kannten im Gegensatz zu den Elfen nichts anderes. Das Ende hatte dazu geführt, dass es mehr Bettler und Tagelöhner gab, als Altra ertragen konnte, weil die meisten der Soldaten nie ein richtiges Handwerk gelernt hatten – wer hatte schon ahnen können, dass die Gefechte so plötzlich aufhören würden?

Nein, wenn Raelys klug war – und Edana sah ihm an, dass er das sein musste – dann versuchte er, einen weiteren Kampf zu unterbinden. Aber dazu musste er zurück in die Elfenstadt.

Und das sah Maryo offenbar auch ein, denn er nickte. »Geh«, sagte er in versöhnlicherem Tonfall und legte seinem Freund eine Hand auf die Schulter. »Sag der Königin, ich bringe ihre Tochter zurück. Aber danach werdet Ihr mich eine Weile nicht mehr in der Stadt sehen. Ich habe eine Zeit lang bei euch gelebt, doch es ist nicht das, was ich mir von einem richtigen Leben erhofft habe. Sag ihr das. Und sag ihr auch, dass sie eine selten dumme Gans ist, wenn sie diesen Kampf gegen die Söldner tatsächlich durchziehen will.«

Über Raelys' Gesicht glitt ein schiefes Lächeln. »Das Letztere kannst du ihr hoffentlich selbst sagen, wenn du mit Amyéna zurück bist«, meinte er. Dann griff er nach seinem Reisegepäck und Umhang. »Ich breche sofort auf. Wenn wir uns beeilen, sind wir noch vor dem Morgengrauen in der Elfenstadt.«

Belyr, der das Gespräch stumm verfolgt hatte, nickte und machte sich daran, die Herberge wieder zu verlassen.

Raelys wandte sich allerdings an Edana. »Passt bitte gut auf Maryo auf«, sagte er mit eindringlichem Blick. »Er ist temperamentvoll und manchmal sturer als ein Esel – aber er ist auch mein Freund. Und ich vertraue darauf, dass Ihr ihn wohlauf nach Westend zurückbringt.«

Die Worte sprach er mit so viel Nachdruck, dass Edana eine Gänsehaut verspürte. Sie ignorierte Maryos entrüstetes Schnauben und sah stattdessen Raelys fest an. »Aye. Ich werde alles in meiner Macht Stehende tun, dass er heil nach Westend zurückkehren kann.«

Sie hatte die Worte gesprochen, ehe sie darüber nachdachte. Zu spät bemerkte sie, dass sie ein weiteres Versprechen gegeben hatte, das sie eigentlich nicht geben wollte.

Verdammt … das wäre *die* Gelegenheit gewesen, sich aus ihrer Verpflichtung herauszureden. Aber … jetzt *musste* sie Maryo mit auf See nehmen. Sie hoffe nur, dass sie die Prinzessin so rasch wie möglich fanden

13 Maryo

Maryo sah seinem Freund nach, der sich an der Tür nochmals zu ihnen umdrehte und die Hand zum Abschied hob. Er nickte ihm nur knapp zu, ehe er sich an den Tisch neben Edana setzte und missmutig einen Schluck des widerlichsten Biers trank, das er jemals vorgesetzt bekommen hatte.

Diese Menschen wussten einfach nicht, wie man Alkohol braute!

»Morgen früh wird sich das Unwetter gelegt haben«, sagte Edana in beruhigendem Tonfall.

Oder zumindest glaubte sie wohl, dass es beruhigend klang. In Maryo löste es jedoch das komplette Gegenteil aus. Seine Gedanken rasten.

Morgen früh … verdammt!

Die Prinzessin hatte schon über einen Tag Vorsprung – wenn sie jetzt auch noch warten mussten, würden es zwei Tage werden. Wer wusste schon, ob sie sie noch einholen konnten? Das Meer war riesig – ein bockiges Mädchen zu finden glich der Suche nach einer Nadel im Heuhaufen.

Verflucht … warum hatte er Amyéna diesen hirnverbrannten Plan nicht ausgeredet? Sie an ihr Bett gefesselt und neben ihr gewartet, bis sie wieder zur Vernunft kam?

Er schnaubte wütend und nahm einen weiteren Schluck Bier, nur, um sich irgendwie von seinen Gedanken abzulenken. Leider verstärkte es den Unmut auf diese verfluchten Menschen.

Sie konnten weder Bier brauen noch hatten sie genügend Verstand, um zu bemerken, dass es keine gute Idee war, eine Elfin mit auf See zu nehmen! Wenn er diesen Kapitän Aderan in die Finger bekäme, würde er ihn windelweich prügeln!

Edana rutschte unruhig neben ihm auf dem knarrenden Stuhl herum – *nicht einmal zimmern konnten diese Menschen!* – und schien nicht genau zu wissen, was sie noch tun oder sagen sollte, um seinen offensichtlichen Ärger zu beschwichtigen. Aber das hätte wohl nicht einmal sein Gott Ferys gewusst …

»Seid Ihr das erste Mal in einem Menschendorf?«, fragte die Magierin schließlich in einem weiteren Versuch, ihn auf andere Gedanken zu bringen.

Maryo brummte etwas, das weder ein ›Ja‹ noch ein ›Nein‹ war. Er hatte keine Lust, sich mit dieser Menschenfrau zu unterhalten. Auch nicht mit dem breitschultrigen Kerl namens Sabal, der ihn schon die ganze Zeit anstarrte, als wüchsen ihm Hörner aus der Stirn. Womöglich handelte es sich bei ihm um Edanas Geliebten, vielleicht auch nur um einen Mann mit übertriebenem Beschützerinstinkt. Denn seit Sabal Maryo gesehen hatte, ließ er ihn nicht mehr aus den Augen.

Diesen Argwohn hätte Maryo ihm mit wenigen Worten nehmen können – er wollte nichts von dieser Menschenfrau, die sich häufiger in Gefahr begab als ein Kleinkind in einer Trollhöhle. Warum er sie bereits dreimal gerettet hatte, war ihm immer noch schleierhaft.

Dennoch hatte es sich als glückliche Fügung herausgestellt, *dass* er es getan hatte. Wer hätte ahnen können, dass in Edana eine Kapitänin steckte? Ganz abgesehen davon, dass sie die Pforte zur Unterwelt öffnen konnte … beim Gedanken daran verspürte Maryo einen Schauer und sah unwillkürlich die Magierin an, die fast schon verboten unschuldig aussah.

Der Wolf im Schafspelz …

»Habt Ihr Euch doch noch entschieden, mit mir zu sprechen?«, fragte Edana, als sie seinen Blick bemerkte und verzog ihre Lippen zu einem spöttischen Lächeln.

Maryo biss sich auf die Unterlippe und trank dann sein Bier in einem Zug aus – nur, um sich im nächsten Moment vor Ekel zu schütteln. »Dieses grässliche Zeug sollte verboten werden!«, knurrte er.

Edana lachte leise auf. »Nun, dann ist es ja gut, dass Ihr es jetzt rasch vernichtet habt.« Sie warf ihm einen prüfenden Blick zu. »Aber meine Frage vorhin war ernst gemeint: Ihr kennt Euch nicht wirklich aus in den Menschenstädten, oder?«

»Warum fragt Ihr?« Maryo musterte sie argwöhnisch.

Edana zuckte mit den Schultern. »Nun ja, Ihr werdet wohl die nächsten Tage unter einer Horde Menschen verbringen – Seeleuten, um genauer zu sein. Meiner Mannschaft. Und die liegt mir nun mal am Herzen. Wenn Ihr vorhabt, Unruhe zu stiften oder Euch nicht an unsere Regeln halten könnt, könnt Ihr geradeso gut hierbleiben und ich hole die Prinzessin alleine zurück. Das wäre besser für Eure Gesundheit, glaubt mir.«

Jetzt verengte Maryo die Augen und musste sich zusammenreißen, um Edana nicht anzuschreien. »Wollt Ihr mir etwa drohen?!«

Wieder parierte die Kapitänin seine Worte mit einem Lächeln. »Wenn Ihr Euch von ein paar Worten bedroht fühlt, dann besitzt Ihr nicht so viel Selbstbewusstsein, wie Ihr anderen gerne weismachen wollt«, sagte sie mit hochgezogenen Augenbrauen. »Es gibt Regeln auf einem Schiff. Und an die muss sich jeder halten.«

»Und wie sehen die aus?«

Jetzt grinste Edana breit. »Heißt das, Ihr seid bereit, Euch meinen Regeln zu beugen?«

»Ich höre sie mir an, dann entscheide ich, ob sie für mich Sinn ergeben«, brummte Maryo und lehnte sich in seinem Stuhl zurück, um die Arme vor der Brust zu verschränken.

Edana kommentierte seine abweisende Haltung mit einem leisen Schnauben. »Nun gut. Die Regeln auf allen Schiffen gleichen sich im Grunde. Daher werde ich Euch nur das Wichtigste erklären, den Rest werdet Ihr ohnehin erfahren, wenn wir in See stechen. Auf meinem Schiff werdet Ihr in erster Linie das tun, was ich oder Sabal von Euch verlangen – ohne Fragen zu stellen, denn das bedeutet nur Verzögerung. Und die wiederum kann im schlimmsten

Fall dazu führen, dass Menschenleben auf dem Spiel stehen. Verstanden?«

Maryos Augen funkelten. »Ihr wollt mir also weismachen, dass ich alles – gleichgültig, wie absurd es sein mag – ohne Widerrede tun soll?«

Edana schien einen Moment lang abzuwägen, worauf er hinaus wollte, dann nickte sie. »Aye. Das wäre der Kern der Sache.«

»Ihr wisst schon, dass Ihr Euch damit auf dünnes Eis vorwagt, oder?« Maryo beugte sich ein wenig zu ihr und merkte, wie sie um die gleiche Distanz zurückwich.

Die selbstbewusste Magierin hatte Angst vor ihm – gut so. Die Kleine würde sich noch wundern, wozu er fähig war, wenn sie ihn weiter derart provozierte.

Einer *Menschenfrau* gehorchen! Viel lächerlicher wäre nur noch gewesen, wenn sie von ihm verlangt hätte, mit ihr die Schlafstatt zu teilen!

Ehe er sie weiter verunsichern konnte, ging jedoch ihr Beschützer dazwischen.

»Wenn Ihr der Kapitänin auch nur ein Haar krümmen solltet, werdet Ihr es mit *mir* aufnehmen müssen«, sagte Sabal in festem Tonfall, während er sich erhob und Maryo anfunkelte.

Der Elf schenkte ihm ein herablassendes Lächeln, das eher wie ein Zähnefletschen anmutete. »Glaubt mir, das würdet Ihr nicht erleben wollen«, sagte er. »Aber keine Sorge. Ich werde ihr kein Haar krümmen, Ihr könnt Euch also wieder auf Euren Allerwertesten setzen.«

Sabal zögerte einen Moment, aber auf ein Nicken von Edana hin kam er Marycs Aufforderung nach.

»Also, nun wieder zu Euch.« Der Elf fixierte Edana, die ihre Fassung wiedererlangt hatte und ihn ebenfalls direkt ansah. »Was muss ich sonst noch tun, außer Euch gehorchen? Etwa Eure Schuhe putzen? Segel flicken? Den Männern beim Pissen den Schwanz halten?«

Edana schien von seinen Worten brüskiert zu sein, denn ihre Wangen färbten sich dunkelrot und ihre Augen blitzten verärgert – sehr gut. Er hatte ihre Schmerzgrenze austesten wollen – und bei Dingen, die das andere Geschlecht betrafen, schien sie empfindlich zu reagieren.

»Ihr solltet wissen, dass ich Euch auch einfach in das Kabelgatt werfen kann, bis wir Eure Prinzessin gefunden haben!«, fauchte sie und lehnte sich jetzt ihrerseits zu ihm hinüber.

Maryo hob eine Augenbraue. »Kabelgatt?«

»Ein Lagerraum, in dem Tauwerk, Werkzeug und dergleichen aufbewahrt wird. Bei Bedarf dient er jedoch auch als Arrestzelle. Und Ihr seid drauf und dran, es als Eure Kabine bezeichnen zu dürfen – und glaubt mir, Ihr werdet kein Auge zutun da drin!«

»Ich seh schon, mit diesen komischen Begrifflichkeiten werde ich mich erst anfreunden müssen …«

Maryo genoss es, dass Edana sichtlich aus der Fassung geriet, weil er sich weder von ihr einschüchtern ließ noch auf ihre Drohungen einging. Sie schnaubte wütend durch die Nase und wäre ihm wohl an die Gurgel gesprungen, hätte Sabal sie nicht zurückgehalten.

»Lass uns auf den Seefalken zurückkehren«, sagte der Quartiermeister in beschwörendem Tonfall. »Der Elf kann morgen früh aufs Schiff kommen, wenn sich der Sturm hoffentlich gelegt hat. Und falls nicht«, er warf Maryo einen scharfen Blick zu, »wird er hier warten, bis wir ihn holen.«

Maryo hob abermals eine Augenbraue, erwiderte aber nichts.

Es war schon schlimm genug, dass er überhaupt in diesem Menschenkaff gefangen war – hier noch alleine zu warten, behagte ihm ganz und gar nicht. Aber er würde sich eher die Zunge abbeißen, als Edana dazu zu überreden, noch eine Weile zu bleiben.

Das war nun mal der Preis, wenn er Amyéna einholen wollte. Er musste sich wohl oder übel mit dieser Menschenfrau abfinden. Ein anderes Schiff würde ihn kaum mitnehmen – geschweige denn nach Karinth bringen, sollten sie die Prinzessin nicht vorher finden.

Was sie dort wollte, war klar: ein neues Leben beginnen wie viele der anderen Elfen, die dorthin geflohen waren. Leider kannte Maryo diesen Kontinent nur von Zeichnungen und Edana war daher ein notwendiges Übel. Sie hatte ihm einiges über das Land und die Sitten dort erzählt und ihm war bewusst geworden, dass Karinth sich grundlegend von Altra unterschied. Nicht nur, was die Hierarchien anging.

Er brauchte Edana … leider.

Jetzt atmete Maryo tief durch und sah die Kapitänin an, die ihn immer noch anfunkelte. »Keine Sorge, Magierin, ich werde hier keine Unruhe stiften«, sagte er in versöhnlicherem Tonfall. »Sobald das Unwetter sich gelegt hat, werde ich auf Euer Schiff kommen –

ihr müsst mich weder holen noch werde ich eine Minute länger hier warten als nötig.«

Edana warf ihm einen prüfenden Blick zu und nickte dann. Auch sie schien sich wieder gefangen zu haben und zumindest zu versuchen, nicht länger wütend auf ihn zu sein. »Wenn der Sturm nachgelassen hat, werden wir im Morgengrauen aufbrechen. Seid pünktlich, sonst werden wir alleine lossegeln. Ich weiß, wie Eure Prinzessin aussieht und ich weiß, wohin sie will. Wir brauchen Euch und Eure unangebrachten Sprüche nicht, um sie zu finden.«

»Ihr habt ein Versprechen gegeben«, erinnerte Maryo sie an die Worte, die sie zu Raelys gesagt hatte, ehe dieser gegangen war.

»Aye. Das weiß ich. Aber ich habe nur gesagt, dass ich alles dafür tun werde, dass Ihr heil nach Westend zurückkehrt. Dieses Versprechen kann ich sogar noch viel besser einhalten, wenn Ihr Westend erst gar nicht verlasst!«, stellte sie in energischem Tonfall klar.

Jetzt schmunzelte Maryo unwillkürlich. »Ich seh schon, man muss aufpassen, welche Versprechen man Euch abnimmt«, meinte er. »Nun gut, ich werde darauf vertrauen, dass Ihr neugierig seid, wie es ist, einen Elf an Bord zu haben. Denn *dass* Ihr es seid, sehe ich Euch an der Nasenspitze an – dazu muss ich nicht einmal Eure Gedanken lesen.«

Abermals verfärbten sich Edanas Wangen, dieses Mal wich sie jedoch Maryos Blick aus, indem sie sich erhob und Sabal mit sich zog. »Das ist eine weitere Regel auf meinem Schiff: Kein Gedankenlesen!«, sagte sie, ehe sie ihm den Rücken zuwandte. »Und solltet Ihr diese Regel missachten, werfe ich Euch eigenhändig über

Bord!« Mit diesen Worten rauschte sie davon, aus der Herberge in den Sturm hinaus.

Maryos breites Grinsen konnte sie leider nicht mehr sehen. Er hob die Hand und bestellte nochmals ein Bier – allein schon, um diesen kleinen Triumph zu begießen: Er hatte Edana tatsächlich verlegen gemacht. Womöglich würde die Reise mit dieser Menschenfrau doch nicht ganz so schlimm, wie er befürchtet hatte.

Ja, das könnte durchaus ganz … amüsant werden …

14 MARYO

Noch ehe die Morgendämmerung hereinbrach, flaute das Gewitter endlich ab. Maryo hatte die Nacht im Schankraum verbracht, am Tisch meditierend, da er als Elf auch so genug Energie für den kommenden Tag erlangen konnte. Der Wirt hatte ihm zwar einen schrägen Blick zugeworfen, ehe er zu Bett gegangen war – aber er ließ Maryo dann doch alleine im Raum zurück. Die anderen Gäste waren ebenfalls irgendwann schlafen gegangen.

Als die Regentropfen nur noch vereinzelt fielen und das Heulen des Windes abgeklungen war, erhob sich der Elf, packte seine Reisetasche und verließ die Herberge.

Die Morgenluft war frisch und reingewaschen vom Gestank des Dorfes, der Maryo bei seiner Ankunft die Nase hatte rümpfen lassen.

Ein Gewitter hatte auch seine guten Seiten.

Es war noch so dunkel, dass der Nachtwächter, der an ihm vorüberging, seine Laterne benötigte.

Auf dem Weg zum Hafen begegneten dem Elf nur ein paar Fischer, die ihre Boote für den Tag bereit machten.

Wenn sie auslaufen konnten, würde es Edana auch können!

Einen Augenblick lang blieb Maryo beim Pier stehen und betrachtete den Dreimaster, der im Hafen vor Anker lag und dessen Galionsfigur an einen Falken mit ausgebreiteten Flügeln erinnerte. Es war ein imposantes Segelschiff.

Maryo kannte sich zwar in der Seefahrt nicht aus, aber er vermutete, dass die elegante, schlanke Form dazu diente, dass es sich besonders schnell fortbewegen konnte. Zudem war auch für einen Laien zu erkennen, wie gut es instand gehalten wurde. Es schien wirklich Edanas ganzer Stolz zu sein.

Die weißen Segel waren noch aufgetucht und an Bord konnte man nur das Licht von vereinzelten Laternen sehen. Der größte Teil der Mannschaft schien noch zu schlafen.

Mit einem leisen Seufzen gab sich Maryo einen Ruck und trat an die Rampe heran, die Schiff und Steg miteinander verband.

»Wo ist Edana?«, fragte er einen Seemann, der hier postiert war und darauf achtete, dass keine ungebetenen Passagiere an Bord kamen.

Der Mann, dessen blonde Locken unter einer dunkelblauen Mütze hervorquollen, sah ihn misstrauisch an. »Ihr seid der Elf von gestern, oder?«

Maryo zuckte mit den Schultern und musterte den Menschen. Er hatte graublaue Augen, war vielleicht um die zwanzig Jahre alt – *bei Menschen war das Alter schwer einzuschätzen* – und trug einfache

Seemannskleidung. Dunkle Hosen, graues Hemd und einen Umhang aus Öltuch, der die vereinzelten Regentropfen abhalten sollte.

Das Einzige, was neben der Narbe, die quer über seine rechte Wange verlief, annähernd gefährlich an ihm aussah, war ein Kurzschwert an seinem Hüftgurt, über dessen Knauf er seine Hand gelegt hatte. Ob er damit umgehen konnte, war allerdings fraglich, denn er wirkte nicht wie der geborene Schwertkämpfer ... zu gebückte Haltung, zu unruhige Beine, zu schwache Arme.

Maryo konnte sich nicht daran erinnern, ob er diesem Matrosen bereits gestern begegnet war. Sie hatten nur für ein paar Minuten vor dem Schiff gestanden, ehe Edana mit ihm, Raelys und Sabal in die Herberge gegangen war. Mochte sein, dass der Mann ihn vom Schiff aus gesehen hatte – er hatte sich nicht darauf geachtet. Zudem sahen diese Menschen alle gleich aus.

»Was wollt Ihr vom Kapitän?«, wollte der Blonde wissen, als Maryo ihm nicht antwortete.

»Mit ihr vögeln«, knurrte der Elf in zynischem Tonfall, ehe er die Augenbrauen zusammenschob und den Mann anfunkelte. »Na was wohl?! Ich habe sie angeheuert und wir werden in wenigen Minuten ablegen – das könnt Ihr Euren Kameraden schon mal unter die Nase reiben. Und jetzt tretet zur Seite und lasst mich an Bord!«

Der Matrose schien einen Augenblick lang unschlüssig zu sein, wie er zu reagieren hatte. Anscheinend war er es nicht gewohnt, von Wildfremden Befehle zu erhalten. Sein Zögen nutzte Maryo, indem er sich an ihm vorbeischob und auf die Rampe trat.

»Halt! Ich gab Euch keine Erlaubnis ...« Der Mann packte Maryo am Umhang.

Dieser wandte sich zu ihm um und hob eine Augenbraue, während sein Mundwinkel zuckte, als könne er sich nicht entscheiden, ob er sich nach oben oder nach unten bewegen sollte. »Das wollt Ihr nicht wirklich tun«, sprach er gefährlich leise.

Unsicherheit breitete sich auf dem Gesicht des jungen Mannes aus und er ließ den Stoff los. Offenbar wollte er wirklich nicht ausprobieren, ob er gegen einen Elf bestehen konnte.

»So ist's brav«, nickte Maryo und schenkte ihm ein breites Grinsen. »Und jetzt sagt mir, wo Edana sich aufhält.«

Er konnte dem Mann ansehen, dass er gerade einen inneren Kampf mit seiner Angst und seinem Gewissen ausfocht. Doch schließlich deutete der Blonde zum Bug des Schiffes. »Sie wird Euch die Eier abschneiden, wenn Ihr sie jetzt stört«, murmelte er warnend.

»Keine Sorge. Auf meine Eier kann ich ziemlich gut aufpassen«, erwiderte Maryo, ehe er sich abwandte und die Rampe empor an Bord ging.

Als er das Hauptdeck betrat, sah er sich einer Handvoll Männer gegenüber, die ihn argwöhnisch musterten. Auch sie schienen nicht zu wissen, was sie davon halten sollten, dass sich plötzlich ein Elf auf ihrem Schiff befand. Jedoch zeigten sie sich weniger mutig als der Matrose unten an der Rampe, denn sie stellten sich ihm nicht in den Weg.

Und dieses feige Pack sollte tatsächlich Amyéna zurückholen?

Kopfschüttelnd ging Maryo an ihnen vorbei in Richtung des vorderen Schiffsendes, wo er eine Tür sehen konnte, die unter das erhöhte Bugdeck führte. Dort wähnte er die Kapitänin zu finden.

Ohne anzuklopfen, öffnete er die unverschlossene Tür – *offenbar schien sich Edana hier mehr als sicher zu fühlen* – und fand sich in einem einzelnen Raum wieder.

Ihm gegenüber konnte er einen massigen Schreibtisch erkennen, auf dem allerlei Pergamente und Seekarten verteilt waren. Zudem mehrere Gerätschaften, die wohl zur Navigation benötigt wurden. Dahinter ließen drei hohe Fenster das Licht der aufkommenden Morgendämmerung herein, das den Raum in Halbdunkel tauchte. Rechts standen einige Truhen und ein Regal mit Büchern.

Als Maryos Blick nach links schweifte, konnte er dort ein Bett erkennen, das wie eine Art Kiste ohne Deckel anmutete. Ins Bettgestell waren unten mehrere Schubladen eingebaut, um als Stauraum zu dienen.

Im Bett selbst lag Edana und schlief tief und fest. Die vergangenen Tage schienen sie stärker erschöpft zu haben, als sie sich selbst wahrscheinlich eingestanden hätte.

Maryo schloss leise die Tür hinter sich und trat ans Bett heran. Er betrachtete die Magierin stirnrunzelnd. Bisher hatte er sie als feurige, junge Frau kennengelernt, deren Mundwerk fast genauso groß war wie ihr Selbstbewusstsein.

Jetzt, als er sie schlafend vor sich sah, konnte er nichts mehr von dem Feuer erkennen. Ihr schwarzes Haar war offen und verteilte sich um ihren Kopf wie ein Fächer. Unvermittelt erinnerte sie ihn an Amyéna. Sie wirkte beinahe zerbrechlich und zum ersten Mal fielen ihm ihre sanften Züge auf, die sie jünger wirken ließen, als sie womöglich war – *warum bloß war das Alter von Menschen so schwer einzuschätzen*?!

Er musste sich eingestehen, dass Edana für eine Menschenfrau gar nicht so unansehnlich anmutete. Ihr Körper war wohlgeformt, wie er ohne Weiteres feststellen konnte, da die Kapitänin anstelle ihrer üblichen Kleidung jetzt nur ein dünnes Leinenhemd trug, das ihre weiblichen Vorzüge hervorragend zur Geltung brachte. Der untere Teil ihres Körpers war jedoch von einer grob gewebten Wolldecke verborgen.

Einen Augenblick lang stand er einfach nur da und betrachtete sie, ehe er sich an den Rand des Bettes setzte und mit den Fingern vorsichtig unter ihrem Kopfkissen nach einer Waffe tastete. Mit einem zufriedenen Lächeln zog er einen Dolch hervor und legte ihn hinter sich.

Dann beugte er sich über sie, sodass sein Gesicht direkt über ihrem schwebte. Diesen Spaß, ihr einen kleinen Schrecken einzujagen, konnte er sich einfach nicht entgehen lassen.

Er ergriff behutsam ihre Hände und hielt sie fest, während er gleichzeitig einen Kuss auf ihre Lippen hauchte.

Schlagartig öffnete Edana die Augen und starrte ihn an, als sei er der Totengott persönlich. Sie versuchte instinktiv, sich gegen ihn zu wehren, aber da er ihre Hände hielt und sich seitlich auf ihren Körper drückte, hatte sie keine Chance gegen ihn.

Erst nach ein paar Lidschlägen schien sie zu begreifen, wen sie vor sich hatte und ließ ein dunkles Knurren hören. »Was erlaubt Ihr Euch?!«, stieß sie aufgebracht zwischen den Zähnen hervor.

»Nehmt auf der Stelle Eure dreckigen Hände von mir und verlasst meine Kabine!«

Da war es wieder, dieses Feuer.

Es war faszinierend, wie es in ihrem Inneren zu lodern begann und ihre hellblauen Augen in einen flammenden See verwandelte, noch ehe sie richtig wach war.

Maryo verzog die Lippen zu einem Schmunzeln.

Auch wenn er im Grunde nichts von dieser Menschenfrau wollte, bereitete es ihm doch zu großes Vergnügen, sie zu reizen und herauszufordern. Daher küsste er sie erneut, dieses Mal auf den Saum ihres Hemdes, wo der Ansatz ihrer Brüste zu erkennen war.

Edana stieß einen Laut aus, der eine Mischung zwischen Knurren, Zischen und verzweifeltem Stöhnen sein mochte und versuchte noch stärker, sich aus seinem Griff zu winden, was Maryos Belustigung ins Grenzenlose trieb.

Er lachte leise auf und zwinkerte. »Ihr solltet Eure Kabinentür abschließen, wenn Ihr keinen Besuch wünscht.« Dann ließ er sie endlich los und sprang geschmeidig auf die Beine, ehe sie ihm die Ohrfeige verpassen konnte, zu der sie gerade ausholte.

Für seine scharfen Augen war trotz dem schummrigen Licht im Raum zu erkennen, dass Edanas Wangen glühten. Ob aus Scham oder vor Zorn, war schwer zu sagen, aber er tippte auf Letzteres.

»Raus hier!«, schrie sie ihn an und raffte die Wolldecke zusammen, um sie bis an ihr Kinn zu ziehen, während sie sich wütend aufsetzte. Mit einer Hand deutete sie hinter Maryo zur Tür. »Raus! Auf der Stelle! Oder ich lasse Euch kielholen!«

Maryo verschränkte die Arme vor der Brust und sah sie neugierig an. »Ich sehe schon, ich habe wohl wirklich noch so einige Begriffe zu lernen …«, meinte er mit hochgezogenen Mundwinkeln.

Zur Antwort erhielt er ein wütendes Knurren, das ihn zum Lachen gebracht hätte, wenn er in dieser Sekunde nicht etwas Spitzes in seinem Rücken gespürt hätte.

»Raus hier, Elf!«, hörte er Sabals frostige Stimme und verfluchte sich im selben Moment dafür, dass er zu sehr mit Edana beschäftigt gewesen war, um ihn eintreten zu hören.

»Keine Sorge, ich werde Eure Herzensdame nicht entehren«, erwiderte Maryo gelassen und ließ Sabal seinen Unmut darüber spüren, dass er ihn hatte überrumpeln können, indem er sich jetzt zu ihm umdrehte und ihn mit einem abschätzigen Lächeln musterte.

Der Quartiermeister hatte seinen Dolch immer noch auf ihn gerichtet, der jetzt auf seinen Bauch zeigte.

Maryo schnaubte leise. »Ihr solltet besser auf sie aufpassen, sonst könnte man noch glauben, sie wünschte sich regelrecht, in ihrem Schönheitsschlaf gestört zu werden. Oder ihr einen Schlüssel geben, mit dem sie ihre Kabine verschließen kann.«

Der dunkelblonde Quartiermeister grollte und funkelte ihn zornig an. Er konnte Maryo mühelos in die Augen blicken, da er beinahe gleich groß war.

»Hier an Bord wissen sich alle einer Dame gegenüber zu benehmen«, presste Sabal hervor. Maryo konnte erkennen, wie viel Beherrschung es für ihn bedeutete, ihm nicht an die Gurgel zu springen oder das Messer in den Bauch zu rammen. »Was man von Euch Elfenpack wohl nicht behaupten kann!«

»Ihr werdet noch früh genug sehen, wozu wir *Elfenpack* imstande sind«, antwortete Maryo ruhig. »Aber wenn Ihr mich hier nicht mehr sehen wollt, dann macht Euch nützlich und zeigt mir meine Unterkunft«, wechselte er das Thema, ehe der Quartiermeister ihm doch noch den Dolch in die Eingeweide stoßen konnte – zuzutrauen wäre es ihm allemal gewesen, so wütend wie er wirkte. Über die Schulter hinweg sagte er: »Solange Ihr Eure Magie nicht zurückerlangt habt, würde ich Euch raten, Eure Kabinentür zu verschließen, Kapitänin.«

Zur Antwort erhielt Maryo nur einen herablassenden Laut. Er musste sich zusammenreißen, um sich nicht umzudrehen und noch einmal den Anblick ihres entrüsteten Gesichtes zu genießen. Die Tatsache, dass sie keinen Schutzschild gebildet oder sich anderweitig mit Magie verteidigt hatte, zeigte ihm, dass sie ihre Kräfte noch nicht wiedererlangt hatte – ebenso wie der Fakt, dass sie auch jetzt keine Magie einsetzte, sondern ihn ungestraft ziehen ließ.

Maryo ging an Sabal vorbei aus der Kapitänskajüte.

Draußen packte ihn der Quartiermeister am Arm und zwang ihn, ihn anzusehen, als er die Tür hinter sich hatte ins Schloss fallen lassen. »Noch einmal solche Mätzchen und Ihr werdet zu Fischfutter verarbeitet!«, raunte er dem Elf leise zu, während seine braunen Augen hart wie dunkle Steine wirkten. »Ganz gleichgültig, ob Ihr ein Leibwächter von irgendeiner Elfenprinzessin seid! Ich lasse nicht zu, dass Ihr Edana noch einmal so nahe kommt!«

Maryo sah ihn einen Moment lang an und lächelte ihm dann herausfordernd ins Gesicht. »Weiß sie von Euren Gefühlen für sie? Ihr solltet Ihr vielleicht noch rasch einen Blumenstrauß besorgen, solange wir vor Anker sind. Frauen mögen so was.«

Jetzt war es an Sabal, seine Lippen zu einem spöttischen Lächeln zu verziehen. »Sagt der, der gerade eine Frau zurückholen muss, weil sie aus seiner Obhut geflohen ist!«

Maryo verengte seine Augen kurz zu schmalen Schlitzen, dann lachte er laut auf und klopfte dem verdatterten Mann auf die Schultern. »Ihr beginnt mir zu gefallen, Sabal«, grinste er. »Ja, wirklich. Ich mag Leute, die nicht auf den Mund gefallen sind – und jetzt zeigt mir meine Unterkunft, damit wir endlich lossegeln können. Jede Minute, die wir hier im Hafen sinnlos vergeuden, entfernt sich die Prinzessin weiter von uns.«

15 Edana

Sie biss die Zähne zusammen, während sie sich in Windeseile ankleidete.

Verdammt, warum hatte sie bloß so tief geschlafen, dass sie ihn nicht hatte eintreten hören? Seit wann verwirrte es sie so sehr, wenn ein Mann ihr nahe kam? Wenn er in ihrer Kabine war? Wenn er sie küsste …?

Lag es daran, dass es ein Elf war? Oder an diesen überirdisch anmutigen Zügen, die sie vom ersten Moment an bewundert hatte?

Vorhin, als er sich über sie gebeugt hatte, hatte sie einen Moment lang geglaubt, sie sei immer noch am Träumen. Der Ausdruck in seinen goldenen Augen war so anders gewesen. So weich …

»Verdammt noch mal!«, brummte sie ihr Spiegelbild an, während sie ihr langes Haar rasch zu einem Knoten band. »Reiß dich zusammen! Es ist ein Mann wie jeder andere! Ein Elf! Ein Passagier! Nichts weiter!«

Wütend funkelte sie die junge Frau an, die ihr aus dem polierten Glas entgegenblickte und wandte sich dann ab, um an Deck zu gehen.

Ihre Kräfte hatte sie immer noch nicht zurückerlangt und sie verfluchte Xenos mit allen Verwünschungen, die sie kannte. Immerhin spürte sie, dass sie langsam zurückkehrten, aber wer wusste schon, wie lange es dauern würde, bis sie wieder zaubern konnte?

Das Gewitter hatte sich gelegt, wie sie bereits an den Geräuschen ihres Schiffes festgestellt hatte, während sie sich anzog. Sie kannte den Seefalken so gut, dass sie jeden Ton, jedes Knarren und jedes Ächzen beinahe als stummes Zwiegespräch zwischen sich und dem Schiff wahrnahm. Gerade hatte sie das Gefühl, dass der Dreimaster sich über sie amüsierte. Das leise Plätschern, das von den Wellen zeugte, die am Bug leckten, schien fast wie das Kichern eines Kindes zu klingen.

»Er ist ein Passagier! Ein Kunde!«, rief sie sich und dem Schiff nochmals ins Gedächtnis, ehe sie die Tür öffnete und das Deck betrat.

Glücklicherweise hatte sie ihre Mannschaft bereits gestern Abend darüber unterrichtet, dass sie heute sofort auslaufen würden, sobald sich das Gewitter gelegt hatte. Zwar waren ein paar Einwände gekommen, aber im Großen und Ganzen freuten sich die Männer darüber, nicht weitere Zeit im Hafen zu verbringen. Deswegen hatten sie in der Nacht bereits das meiste vorbereitet, sodass sie bald ablegen könnten. Edana war zu müde gewesen, um ihnen zu helfen. Die Entführung hatte sie zu sehr angestrengt.

Jetzt standen einige Männer in der Nähe ihrer Kabine und sahen neugierig zu ihr herüber.

»Was gibt es da zu glotzen?«, brüllte sie missgelaunt über die Planken. »Los, in die Wanten mit euch! Wir legen ab! Und wenn ich in den nächsten drei Sekunden auch nur noch einen von euch hier unten sehe, wird er die Katze zu spüren bekommen!«

Die Männer beeilten sich, ihrem Befehl nachzukommen – selbst wenn sie wussten, dass Edana äußerst selten die neunschwänzige Katze hervorholte, um Ungehorsam mit Peitschenhieben zu bestrafen. Dennoch kletterten sie behände in die Takelage, um die Segel zu hissen.

Edana sah ihnen zufrieden dabei zu, während sie zum Achterdeck ging und die Kommandobrücke erklomm.

Den Elf konnte sie glücklicherweise nirgendwo entdecken. Sie dankte insgeheim Sabal, der ihn wohl unter Deck geführt hatte, damit er nicht im Weg herumstand.

»Klar zum Setzen der Groß?«, rief sie nach einer Weile mit geübter Stimme in die Wanten.

»Ist klar!«, riefen zwei Männer zu ihr herunter.

»Hisst Groß!«, befahl sie und das Großsegel wurde ausgerollt. Auf der Stelle blähte der Wind es auf, als hätte er nur darauf gewartet, mit dem Tuch zu spielen.

Dasselbe geschah mit dem Focksegel.

»Klar zum Ablegen! Vorleine und Achterleine los! Fahrt achteraus!«

Ihre Männer begannen augenblicklich, die Taue, die den Seefalken im Hafen gehalten hatten, einzuholen.

Beim Anblick der aufgeblähten, weißen Segel spürte Edana, wie ihr Herz beinahe genauso aufging wie das Tuch. Wie jedes Mal, wenn sie in See stach. Es war ein Gefühl, dessen sie nie überdrüssig wurde und das mit keinem anderen zu vergleichen war, das sie kannte.

»Auf in ein neues Abenteuer«, murmelte sie zu sich selbst. Dann erhob sie ihre Stimme wieder. »Holt dicht die Schoten auf halben Wind! Backbord voraus!«, befahl sie, um die Segel in die richtige Position zu bringen und den Seefalken aus dem Hafen zu manövrieren.

Ihre Mannschaft kam den Befehlen umgehend nach. Sie waren durch die vielen Seereisen eingespielt und jeder wusste, was er zu tun hatte.

Jeder … bis auf den Elf, der in dem Moment neben ihr auftauchte und sie herausfordernd musterte.

»Was tut Ihr hier?«, fuhr sie ihn verärgert an. »Ihr habt auf der Kommandobrücke nichts zu suchen! Runter mit Euch unter Deck – ich hole Euch, sobald ich den Seefalken aus dem Hafen gelenkt habe!«

Sie hasste nichts mehr, als wenn jemand ihr in die Kommandos reinredete – oder sie gar daran hinderte. Und Maryo Vadorís sah aus, als würde er ebendies tun wollen.

»Ich verlange eine richtige Kabine!«, sagte der Elf und lehnte sich an das Geländer der Brücke, während er die Arme vor der Brust verschränkte und seinen Blick in den ihren bohrte. »In diesem stinkenden Massenschlag fühlen sich ja nicht einmal die Ratten wohl.«

»Ihr verlangt …« Edana blieben die Worte im Hals stecken. »Wisst Ihr, wo Ihr Euch eine Kabine hinschmieren könnt?! Ja, genau: dorthin! Und jetzt ab mit Euch unter Deck!«

Der Elf schien keine Anstalten machen zu wollen, ihrem Befehl Folge zu leisten. Daher sah sich Edana rasch um und gab zwei Männern, die gerade nichts zu tun hatten, ein Zeichen. Sie eilten sofort auf die Brücke und ergriffen den Elf auf ihren Befehl hin.

»Ins Kabelgatt!«, befahl sie knapp.

»Das wagt Ihr nicht …«, knurrte Maryo, der nun die Bezeichnung für das behelfsmäßige Schiffgefängnis kannte.

»Tu ich! Habe ich gerade!«, unterbrach ihn Edana schroff. »Jetzt weg mit Euch! Ich werde zu Euch kommen, sobald wir auf See sind!«

Immerhin wehrte sich Maryo nicht gegen die Männer, die ihn von der Kommandobrücke wegführten.

Kopfschüttelnd strich sich Edana eine Strähne aus dem Gesicht, die der Wind aus ihrem Haarknoten gelöst hatte und begann weiter, Kommandos in die Wanten zu schreien, während sie darauf achtete, dass der Steuermann den Seefalken sicher aus dem Hafen brachte.

Sie wartete noch eine Stunde länger als nötig, ehe sie sich ins Unterdeck im Vorschiff begab, wo sich der improvisierte Arrestraum befand. Der Horizont war bereits nicht mehr zu sehen und ihr Schiff pflügte stetig durch die Wellen, die immer noch recht hoch waren, da sich der Wind seit der vergangenen Nacht nicht gänzlich gelegt hatte.

Edana hatte Sabal beauftragt, Ausschau zu halten und sie zu holen, sobald ein anderes Schiff in Sicht kam.

Jetzt stand sie vor dem Kabelgatt, drehte den Schlüssel und öffnete die Tür. Drinnen war es so dunkel, dass sie nichts erkennen konnte, daher leuchtete sie mit der Laterne, die sie mitgenommen hatte, in den Raum – und fuhr zusammen, als plötzlich der Elf vor ihr stand. Sie hatte ihn weder kommen hören noch gesehen. Die Kerzenflamme erhellte sein Gesicht und warf gespenstische Schatten darauf, was seinen markanten Zügen etwas Düsteres verlieh.

Sie legte den Kopf in den Nacken, um ihm in die Augen sehen zu können, die sie wütend musterten.

»Kommt mit«, sprach Edana in ruhigem Tonfall und wandte sich zum Gehen. »Wir haben einiges zu bereden.«

Maryo schnaubte entrüstet. »Wenn Ihr das noch einmal wagen solltet, dann …«

»Was dann?« Sie drehte sich um und schenkte ihm einen abschätzigen Blick. »Wollt Ihr mir auf meinem eigenen Schiff drohen? Macht Euch nicht lächerlich! Ihr seid am kürzeren Hebel und wenn ich es befehle, werdet Ihr diesen Raum hinter Euch als die bequemste Schlafstätte bezeichnen, die Ihr je kennengelernt habt.«

Der Elf trat aus der Zelle in den Gang und starrte sie mit zusammengezogenen Augenbrauen an.

Offenbar war er es nicht gewohnt, irgendwelche Befehle entgegenzunehmen. Dass sie ein Mensch war, schien ihm zusätzlich gegen den Strich zu gehen.

Aber sie rechnete ihm immerhin an, dass er nicht probiert hatte, aus dem Arrestraum zu fliehen – was ihm mit seiner Elfenmagie bestimmt ein Leichtes gewesen wäre. Wenigstens schien er zu *versuchen,* sich ihren Regeln unterzuordnen. Wenn auch sehr widerspenstig.

Auch jetzt widerstand er mit sichtlicher Mühe dem Drang, ihr zu widersprechen. Stattdessen deutete er aber mit dem Kinn in Richtung Leiter, die zum ersten Unterdeck hoch führte. »Nach Euch, meine Herrin«, sagte er in zynischem Tonfall.

»Damit Ihr mir beim Hinaufklettern auf den Hintern glotzen könnt?« Sie zog eine Augenbraue nach oben. »Bestimmt nicht, mein Lieber! Ihr hattet Euren Spaß heute und dabei wird es bleiben, verstanden? *Ich* erteile die Befehle und Ihr gehorcht mir gefälligst, wenn Ihr es nicht vorzieht, die gesamte Reise hier unten zu verbringen!«

Sie konnte sehen, wie Maryos Kiefermuskeln sich anspannten, dennoch nickte er und ging zur Leiter.

Mit so wenig Widerstand hätte sie nicht gerechnet, daher folgte sie ihm misstrauisch in einigem Abstand. Doch er schien tatsächlich nicht den Wunsch zu verspüren, abermals in der Arrestzelle zu sitzen, denn er sprach kein Wort, bis sie endlich die beiden Niedergänge hochgeklettert waren und das Oberdeck erreicht hatten.

Dort blieb er kurz stehen, sah sich um und trat dann an die Reling. Sein langes Haar wurde vom Wind zerzaust und der dunkelgrüne Umhang blähte sich hinter ihm auf.

Edana konnte erkennen, wie er die Augen schloss und tief durchatmete.

»So fühlt sich Freiheit an, nicht?«, fragte sie, während sie neben ihn trat und selbst über das Wasser blickte, das an ihnen vorüberzog.

Kleine Schaumkronen hatten sich darauf gebildet und durchbrachen die dunkelblaue Oberfläche.

Edana liebte die Farben, die das Meer hervorbringen konnte. Sie waren so vielfältig wie die Launen eines Menschen – jeder Farbton hatte eine andere Bedeutung. Und in den letzten Jahren hatte sie gelernt, sie zu lesen und zu verstehen. Jetzt war das Wasser ihre Heimat und ihr Leben.

Der Fahrtwind schien auch die schlechte Stimmung des Elfen hinfortzuwehen, denn seine Augen sahen sie im Gegensatz zu vorhin bei Weitem freundlicher an, als er ihr jetzt den Kopf zuwandte. »Ich kann nicht begreifen, wie Ihr überhaupt an Land gehen könnt«, murmelte er.

Die Worte waren leise gesprochen, aber Edana konnte sie dennoch hören, da sie nahe bei ihm stand.

Sie legte die Hand auf die Reling und strich über das Holz wie über den Arm eines Geliebten. »Es ist Magie. Eine ganz eigene Art des Friedens, den man ansonsten nirgendwo finden kann.«

Maryo nickte stumm. Er schien es tatsächlich zu verstehen, was Edana verblüffte. Er war ein Elf und somit passte er nicht wirklich auf das Meer – seine natürliche Heimat waren die Wälder. Und dennoch schien Maryo ohne genauere Erklärungen zu begreifen, was sie selbst an den Weiten der See liebte.

»Ihr wart aber noch nie auf einem Schiff, oder?«, fragte sie ihn.

Der Elf schüttelte den Kopf. »Ein Fehler, wie ich gerade feststellen muss«, meinte er mit einem leichten Schmunzeln.

Jetzt hob Edana eine Augenbraue. »Passt auf, dass Ihr Euch nicht in das Wasser verliebt … es hat schon manche guten Männer zu sich geholt.«

Maryo musterte sie kurz, dann blickte er wieder zum Horizont. »Es muss schwer sein, eine Mannschaft zu befehligen, die nur aus Männern besteht«, sprach er, ohne sie anzusehen.

Edana lachte leise. »Ich denke, umgekehrt wäre es schwieriger. Ein Mann unter lauter Frauen – da würde selbst *ich* verrückt. Nein, es ist nicht schwer. Ich habe gerne meine Männer um mich. Zudem seid ihr alle aus demselben Holz geschnitzt und ebenso berechenbar wie eine Schiffsroute.«

Jetzt wandte sich Maryo ihr wieder zu. Seine goldenen Augen hielten ihren Blick gefangen und sie schluckte unwillkürlich. Der Elf hatte eine Art, einen anzuschauen, dass man unweigerlich den Drang verspürte, den Kopf wegzudrehen.

»Was wolltet Ihr mit mir besprechen?«, fragte er.

Edana verbot sich auf der Stelle, befangen zu sein.

Er war nur ein Passagier!

»Wir haben Kurs auf Karinth genommen«, sagte sie. »Ich nehme an, Eure Prinzessin war auf derselben Route unterwegs, als sie in den Sturm geriet. Sie haben ungefähr eineinhalb Tage Vorsprung, aber mein Seefalke ist schneller als Aderans Seerose. Daher denke ich, dass wir sie spätestens übermorgen Abend eingeholt haben … sofern uns die Winde günstig sind und kein weiterer Sturm aufzieht.«

Maryo nickte. »Wenn wir nicht nach Karinth müssen, umso besser.«

»Aye. Derselben Meinung bin ich auch«, sagte Edana und dachte mit Grauen daran, wie es wäre, dieses verfluchte Land erneut zu betreten. Seit sie von dort geflohen war, hatte sie es gemieden …

ihr Geheimnis mit sich genommen. Denn in Karinth hätte es unweigerlich ihren Tod bedeutet.

Als hätte Maryo ihre Gedanken gelesen, legte er den Kopf schief und musterte sie eindringlich. »Wie steht es mit Eurer Magie? Kehrt sie zurück?«

Edana wich seinem Blick aus. »Ja, allerdings nicht so rasch, wie ich es gerne hätte. Aber ich kenne die Gewässer vor der Westküste von Altra und werde dafür sorgen, dass wir in keine Gefechte geraten, solange ich nicht im Vollbesitz meiner Kräfte bin.«

»Ihr habt ja jetzt *mich* an Bord«, meinte der Elf in selbstbewusstem Tonfall. »Glaubt mir, ich eigne mich vielleicht nicht als Matrose, dafür aber als Kämpfer.«

Edana nickte. »Das war das andere, was ich mit Euch besprechen wollte. Selbst wenn wir nur ein paar Tage auf See sein sollten, werdet Ihr Eure Fahrt bezahlen müssen.«

Maryo zuckte mit den Schultern. »Kein Problem. Ich habe genug Gold dabei und Raelys hat Euch ja auch eine entsprechende Entschädigung versprochen.«

Edana schüttelte den Kopf. »Gold nützt uns hier auf dem Schiff nichts. Das könnt Ihr mir geben, wenn wir wieder an Land sind. Ich spreche davon, dass Ihr wie meine anderen Männer Schiffsarbeiten erledigt.«

»Und die wären?« Maryo sah sie mit hochgezogenen Augenbrauen an.

Edana gab Sabal, der in ihrer Nähe gestanden hatte, einen Wink, sodass er zu ihnen kam. »Mein Quartiermeister wird sich persönlich um Euch kümmern«, sagte sie. »Klettern könnt Ihr ja wahrscheinlich als Elf. Sabal wird Euch einige Handgriffe zeigen und wenn Ihr Euch geschickt anstellt, werden wir Euch sogar in den Wanten einsetzen können.«

»Ihr könntet endlich aufhören, mit Begriffen um Euch zu werfen, die ich nicht kenne«, bemerkte Maryo stirnrunzelnd.

Edana sah ihn bedeutungsvoll an. »Auch die Begrifflichkeiten und Kommandos werdet Ihr lernen müssen. Wir haben weder die Zeit noch die Nerven, auf die fehlenden Kenntnisse einer Landratte Rücksicht zu nehmen. Hier an Bord herrscht ein anderes Leben, als Ihr es von Eurer Elfenstadt gewohnt seid.« Sie nickte zu Sabal, der neben ihr stand. »Der erste Schritt wird sein, dass Ihr normale Kleidung tragt. Ihr könnt ein Hemd und eine Hose von meinem Quartiermeister anziehen. Das sollte Euch einigermaßen passen. Wenn Ihr mit dieser Lederkleidung und dem Umhang über Bord gehen solltet, werdet Ihr wie eine Katze ersaufen – und ich habe keine Lust, Eurer Prinzessin zu erklären, dass sich ihr Leibwächter auf dem Meeresgrund mit den Fischen tummelt.«

Der Elf schenkte ihr einen scharfen Blick, folgte dann aber auf ein Nicken hin Sabal, der mit ihm in die Mannschaftsräume ging, um ihm Kleidung auszuleihen.

Edana sah ihm stirnrunzelnd nach. Aus diesem Elfen wurde sie einfach nicht schlau. Einerseits war er stur und engstirnig und dann überraschte er sie wieder mit Bemerkungen oder Gesten, die sie nicht von ihm erwartet hätte. Sie mochte Unberechenbarkeit zwar – war es doch einer der Gründe, warum sie die See so liebte … aber dieser Maryo Vadorís … er war ihr nicht geheuer.

16 MARYO

Den Rest des Tages verbrachte Maryo damit, sich von Sabal in die Regeln und Pflichten an Bord einführen zu lassen.

Der Quartiermeister erklärte ihm, dass der Tag auf dem Seefalken in vierstündige Schichten eingeteilt wurde. Normalerweise hieß das bei guter Witterung, dass die Männer nur alle zwei Schichten zur Arbeit gerufen wurden. Da der Wind allerdings immer noch nicht abflaute und die See unruhig blieb, waren derzeit alle Mann gefordert.

Sabal zeigte dem Elfen, welche Arbeiten in der Takelage notwendig waren, um das Segelschiff auf Kurs zu halten. Etwas, das Maryo zwar leicht fiel, aber dennoch merkte er, wie die ungewohnte Tätigkeit mit jeder Stunde anstrengender wurde – selbst für einen geschickten Kletterer und ausdauernden Elfen wie ihn.

Bis zum Abend spürte der Elf jeden einzelnen Muskel in seinem Körper und war froh, als die Schiffsglocke mit drei Doppelschlägen endlich zum Abendbrot rief.

Der gesamte Tagesablauf an Bord wurde durch dieses sogenannte ›Glasen‹ bestimmt. Ein Begriff, der daher stammte, dass die Glockenschläge mit einem Halbstunden- und einem Vierstundenglas abgestimmt wurden.

Für Maryo ergab das Glasen noch keinen Sinn, aber der Quartiermeister hatte ihm versichert, dass er nach wenigen Tagen genau wisse, welche Doppel- und Einzelschlagkombination was bedeutete.

Wenigstens hatte sich inzwischen der Wind ein wenig gelegt, sodass die Nacht wahrscheinlich ruhiger werden würde – und erholsamer. Die Sonne spähte sogar zwischen einigen Wolken hervor, als hätte sie den Tag verschlafen und schaue noch mal nach dem Rechten, ehe sie unterging.

Gerade als Maryo sich den anderen Männern anschließen und in die Mannschaftsmesse gehen wollte, aus der es bereits verführerisch nach Essen duftete, versperrte ihm Edana den Weg.

Woher sie gekommen war, konnte Maryo nicht sagen, sie stand einfach da.

Verdammt, das passierte ihm selten!

Bisher hatte er Menschen immer schon von Weitem kommen hören, da sie sich beinahe lauter als Trolle bewegten. Aber er schrieb es der Müdigkeit zu, die ihm nach diesem harten Tag an Bord in den Gliedern steckte.

Stirnrunzelnd sah er auf die Kapitänin hinunter und musste sich zusammenreißen, sie nicht zur Seite zu schieben. Der Duft aus dem Raum hinter ihr war einfach zu verlockend und sein Magen knurrte allein schon bei dem Gedanken daran, endlich etwas zwischen die Zähne zu bekommen.

»Wollt Ihr Euch vergewissern, dass Euer Quartiermeister mich genügend gefordert hat heute?«, fragte er missmutig.

Edana hob eine Augenbraue ob seines Tonfalls und ließ ihren Blick betont langsam über seinen Körper schweifen. Sie musterte ihn nicht wie einen Mann, den sie anziehend fand, sondern vielmehr wie einen Soldaten, bei dem sie etwas suchte, das sie bemängeln konnte.

Sabal hatte Maryo eine dunkelbraune Kniehose sowie ein beiges Hemd geliehen, das vorne etwas offen stand. Wie alle Elfen hatte er außer dem Haar auf seinem Kopf keine sonstige Körperbehaarung, sodass Edanas Blick unweigerlich auf einen Teil seiner nackten Brust fiel, als sie ihn von oben bis unten ansah. Sie ließ sich weder anmerken, ob es sie störte noch, ob sie daran Gefallen fand.

Maryo widerstand dem Drang, die Arme vor der Brust zu verschränken. »Wenn Ihr Euch an mir sattgesehen habt, wäre ich Euch dankbar, wenn Ihr zur Seite treten würdet.« Sein Tonfall ließ keinen Zweifel daran, dass er es nicht mochte, wie eine Kuh auf dem Viehmarkt gemustert zu werden. »Ich habe heute genügend angepackt, um mir eine warme Mahlzeit zu verdienen.«

Edanas helle Augen flackerten, als sie ihm wieder ins Gesicht schaute. »Wohl wahr, das habt Ihr.« Ein leichtes Schmunzeln spielte um ihren Mund. »Kommt mit, Ihr werdet in meiner Kabine speisen. Ich habe noch einige Fragen an Euch.«

Damit ging sie an ihm vorbei und schritt über das Deck in Richtung Bug davon.

Maryo zögerte einen Moment, folgte ihr dann aber. Es war ihm einerlei, wo er aß, Hauptsache, es würde bald geschehen – ehe sein Magen ihn von innen heraus aufzufressen drohte.

Ihm entging nicht der nachdenkliche Blick, den Sabal ihm zuwarf, als er ihm und der Kapitänin nachsah. Aber Maryo scherte sich nicht darum, ob er gerade die Eifersucht des Quartiermeisters schürte. Er hatte sich den Tag über mit dem dunkelblonden Mann gut verstanden und wenn er Besitzansprüche auf Edana erheben wollte, sollte er es ruhig tun. Maryo hatte weder vor, sie ihm wegzunehmen noch, mit ihr mehr als das Mahl zu teilen. *Sie* hatte schließlich *ihn* eingeladen, nicht umgekehrt – und dafür brauchte er sich nicht zu rechtfertigen. Schon gar nicht vor einem Menschen.

Als er die Kabine betrat, war er überrascht, dass der große Tisch, auf dem heute Morgen noch zahlreiche Karten und Schriftrollen gelegen hatten, jetzt freigeräumt war. Anstelle der Papiere waren zwei Gedecke darauf platziert und zwei Stühle standen rechts und links. Die untergehende Sonne schien durch die hohen Fenster in die Kapitänskabine, da der Seefalke auf sie zu fuhr. Ihre vereinzelten Strahlen verliehen dem Raum einen warmen Glanz.

»Wir essen alleine?«, fragte Maryo mit hochgezogener Augenbraue.

»Aye. Stört es Euch?« Edana wandte sich zu ihm um. »Ich kann gerne Sabal dazu holen, wenn Ihr nicht alleine mit mir essen wollt.«

Maryo biss sich kurz auf die Unterlippe, dann zuckte er mit den Schultern. »Ich denke, wir brauchen keine Anstandsdame.« Er setzte sich auf einen der Stühle.

»Das nehme ich auch an«, nickte Edana, während sie sich ihm gegenüber niederließ.

Sie läutete eine kleine Tischglocke und sofort trat ein Schiffsjunge ein. Er war vielleicht vierzehn Jahre alt und sein Gesicht war mit Pickeln übersäht. Das halblange, blonde Haar hatte er notdürftig zu einem Zopf zusammengebunden, dennoch fielen ihm einige Strähnen in die Stirn. Er brachte einen Korb frisch gebackener Brötchen und schenkte Wein in die Glaskelche vor Maryo und Edana ein. Dann verschwand er eilig und kehrte kurz darauf mit einem großen Topf zurück, aus dem er eine dickflüssige Brühe in die beiden Schalen vor ihnen schöpfte. Darin waren Fleisch- und Gemüsestücke zu erkennen.

»Eintopf?«, fragte Maryo und rührte mit dem Löffel darin herum, ehe er in eines der Brötchen biss.

»Aye. Den besten, den Ihr jemals bekommen werdet«, antwortete Edana. »Zumindest, wenn man den Worten meines Schiffkochs Glauben schenken darf.« Sie zwinkerte Maryo zu.

»Nun denn, ich lasse mich gerne überraschen«, meinte dieser und tauchte den Löffel in die Brühe, um zu kosten. »Hm, gar nicht mal so übel«, murmelte er, als er den ersten Bissen gegessen hatte.

Edana, die ebenfalls gerade an einem Stück Fleisch kaute, nickte schmunzelnd. »Meine Mannschaft klingt begeisterter, wenn es das gibt – aber mag sein, dass Ihr in Euren Elfenstädten viel delikatere Speisen auftischt.«

Maryo hielt inne und sah sie über den Tisch hinweg an. »Ihr wollt mehr über mich und die Elfen erfahren, oder?«

Die Kapitänin ließ ihren Löffel, den sie ein zweites Mal hatte eintauchen wollen, eine Sekunde lang in der Luft schweben, während sie ihm in die Augen sah. Dann nickte sie kaum merklich. »Die wenigsten Menschen hatten in den letzten Jahrzehnten Gelegenheit, mit einem Elf zu sprechen«, sagte sie. »Ihr müsst wissen, dass unser Volk sehr neugierig ist. Das war einer der Gründe, warum ich Euch nicht zumuten wollte, mit den Männern zusammen zu essen. Ihr wärt mit Fragen gelöchert worden und wohl kaum zum Essen gekommen. Meine Männer sind schlimmer als die größten Klatschweiber. Wenn es etwas gibt, das sie noch nicht kennen, oder Geheimnisse, die es zu erfahren gilt, dann können sie aufdringlicher als eine ausgehungerte Stechmücke sein. Aber das ist nun mal der Preis der Seefahrt – man spricht immer über dieselben Dinge. Dieselben Geschichten und dieselben Menschen … dieselbe Arbeit. Das Leben an Bord ist nicht so romantisch, wie es sich all jene vorstellen, die die glorreichen Kapitäne und Händler bewundern. Es ist viel mehr eintönig und zermürbend. Wenn Abwechslung winkt, stürzen sich alle darauf. Das werdet Ihr in den nächsten Tagen bestimmt noch am eigenen Leib erfahren.«

Maryo nickte nachdenklich. »Ich nehme an, dann muss ich mich beinah bei Euch bedanken, dass Ihr Euch meiner angenommen habt.« Seine Augen blitzten. »Aber ich kann Euch beruhigen. Eure Männer werden keinen neuen Klatsch durch mich erhalten, denn ich habe nicht vor, ihrer Unterhaltung zu dienen. Ich bin hier aus einem einzigen Grund: um die Prinzessin zurückzuholen. Für alles andere habe ich weder Zeit noch die Nerven.«

»Was bedeutet sie Euch?«, wollte Edana wissen und sah ihn direkt an. »Eure Prinzessin«, fügte sie hinzu, als ihr sein fragender Blick auffiel.

Maryo holte leise Luft und nahm einen weiteren Löffel des Eintopfs, um sich Zeit für seine Antwort zu verschaffen.

Er kannte diese Kapitänin zu wenig, als dass er ihr die ganze Wahrheit auf die Nase binden wollte. Dennoch hatte sie verdient, einen Teil davon zu erfahren. Schließlich half sie ihm gerade dabei – mehr oder weniger freiwillig –, Amyéna Némys zurückzuholen.

Diese sture Prinzessin!

Er hob den Blick und sah sie an. »Ihr müsst wissen, dass ich nicht lange bei den Elfen von Westend war. ›Nicht lange‹ bedeutet bei uns Elfen ein paar Jahrzehnte – bei Euch wären es wahrscheinlich Generationen.«

Edana nickte stumm. Offenbar wusste sie, dass Elfen viel älter werden konnten als Menschen.

Maryo fuhr fort: »In der Zeit, in der ich dort war, habe ich als Leibwächter der Prinzessin gedient – größtenteils. Auch wenn ich sie noch nicht so lange kenne, so liegt mir ihr Wohl dennoch am Herzen. Und es ist meine Pflicht, sie zu meiner Königin zurückzubringen – ganz gleichgültig, wie.«

»*Pflicht* also«, wiederholte Edana, als wolle sie ausprobieren, wie dieses Wort sich auf ihrer Zunge anfühlte. Sie schenkte ihm einen undurchsichtigen Blick. »Was ist, wenn wir sie nicht finden?«

»Ich werde so lange suchen, bis ich sie finde«, antwortete Maryo ohne zu zögern. »Eine andere Option gibt es für mich nicht.«

»Ihr liebt sie.« Es war eine Feststellung, keine Frage.

Maryo zuckte unter ihren Worten kaum merklich zusammen, aber Edana entging es offenbar nicht, denn sie lächelte, als sie sah, dass sie mit ihrer Behauptung nicht ganz falsch lag.

Verdammt, diese Frau durfte er nicht unterschätzen!

Rasch trank Maryo einen großen Schluck Wein und hustete. »Dieses Gesöff nennen Menschen Wein?!«, fragte er aufgebracht.

»Aye, tun wir – und lenkt nicht von Euch ab«, antwortete Edana ruhig. »Kommen wir zurück zur Prinzessin: Wenn sie Eure Gefühle erwidern würde, wäre sie wohl zusammen mit Euch durchgebrannt, richtig? Ihr seid nicht nur ein pflichtbewusster Leibwächter, sondern auch ein hoffnungsloser Romantiker. Erwartet Ihr, dass sie Euch ihr Herz schenkt, wenn Ihr sie zurückbringt?«

Maryo schnaubte unwirsch.

Was erlaubte sich diese Menschenfrau eigentlich?!

Sie wagte sich gerade auf Territorium, das zerbrechlicher als eine Eisdecke auf einem See im Winter war. Und sie tat es mit einer Spitzhacke, die sie ein ums andere Mal ins Eis schlug.

»Ich rate Euch, hört auf damit«, stieß er leise hervor. »Das geht Euch nichts an und Ihr tut gut daran, Eure Nase nicht weiter in Dinge zu stecken, die Ihr nicht verstehen könnt.«

Er konnte nicht verhindern, dass seine Stimme zu beben begann, denn es war wirklich ein heikles Thema für ihn – und es machte ihn wütend. Traurig und wütend zugleich. Gerade mit dem Ersteren konnte er schlecht umgehen – das hatte er noch nie gekonnt.

Edana schien zu merken, dass sie sich dieses Mal zu weit vorgewagt hatte. »Tut mir leid«, ruderte sie zurück. »Das hätte ich nicht sagen sollen. Aber ich erfahre nun mal gerne die Geschichten der Männer, die ich auf meinem Schiff dulde.«

Maryo atmete tief durch und nickte dann. »Das verstehe ich, aber auch wenn ich Euch dankbar dafür bin, dass Ihr der Prinzessin hinterherreist, so werde ich Euch nur das Nötigste über mich erzählen. Ich werde die Aufgaben erledigen, die Ihr mir auftragt, und mich Eurem Kommando unterstellen. Aber solltet Ihr mich noch einmal nach persönlichen Beweggründen fragen, werde ich nicht mehr so ruhig wie jetzt dasitzen.«

Edana sah ihn amüsiert an. »Ihr droht mir? Schon wieder?«

»Das war keine Drohung, sondern eine Tatsache«, sagte Maryo gelassen.

»Nun, dann werde *ich* Euch jetzt eine Tatsache sagen.« Edana beugte sich ein wenig über den Tisch. »Versucht noch ein einziges Mal, Eure nicht existierenden Autoritätsansprüche geltend zu machen, dann werde ich persönlich Euren Rücken der Neunschwänzigen vorstellen.«

»Neunschwänzige?« Maryo legte fragend den Kopf schief.

»Eine Peitsche mit neun geknoteten Lederriemen. Die wenigsten meiner Männer können sich damit rühmen, sie noch nicht kennengelernt zu haben. Und die meisten sind dabei in Tränen ausgebrochen.«

Der Elf fuhr sich mit dem Daumen über das Kinn und schenkte Edana einen eindringlichen Blick. »Damit haltet Ihr also Eure Mannschaft unter Kontrolle?«

Edana wirkte einen Moment lang irritiert, nickte dann aber. »Aye. Zuckerbrot und Peitsche – eine andere Sprache verstehen die meisten nicht. Im Gegensatz zu anderen Kapitänen – zu *männlichen* Kapitänen – kann ich es mir nicht leisten, wählerisch zu sein, was meine Mannschaft angeht. Ich habe Mörder, Vergewaltiger und Diebe hier an Bord. Ohne meine Magie und ohne Sabal wäre es für mich beinah unmöglich, sie alle unter Kontrolle zu halten.« Sie lehnte sich ein wenig zurück.

Maryo sah sie erstaunt an. Dass sie so offen mit ihm sprach, hätte er nicht erwartet.

»Ich bin nicht dumm, Maryo Vadorís«, fuhr Edana fort und nahm einen Schluck Wein. »Ich weiß, was meine Männer hinter meinem Rücken tuscheln. Ich weiß, warum sie keinen Suchtrupp nach mir losgeschickt haben, als ich von Xenos entführt wurde. Und ich weiß auch, dass der einzige Grund, warum sie bisher noch keine Meuterei angezettelt haben, der ist, dass sie mich fürchten. Ich bin die einzige Magierin an Bord und das hält sie davon ab, mir in der Nacht die Kehle durchzuschneiden. Das … und Sabal.«

Maryo hatte stumm zugehört. Jetzt runzelte er die Stirn. »Ihr führt ein sehr einsames Leben«, sagte er nachdenklich. »Der Preis dafür, dass Ihr auf See sein dürft, erscheint mir reichlich hoch.«

Edana zuckte mit den Schultern. »Einsam ist es nur, wenn man sich selbst nicht genügt. Ich habe mein ganzes Leben damit verbracht, anders zu sein. Das fünfte Rad am Wagen, die kleine Cousine, die Einzelkämpferin … ich hatte viele Rollen. Jetzt ist es eben die Kapitänin, die ihre Männer mit harter Hand führt. Aber es hat mir immerhin zum ersten Mal im Leben Respekt eingebracht. Wenn auch dieser Respekt unter Peitschenhieben geboren wurde.«

»Darf ich Euch etwas fragen?« Maryo hatte inzwischen aufgegessen und lehnte sich ebenfalls im Stuhl zurück, während er ein weiteres Mal einen Schluck Wein probierte.

Nein, an dieses Gesöff konnte man sich wirklich nicht gewöhnen.

Unbefriedigt stellte er den Kelch zurück auf den Tisch.

»Nur zu, fragt«, nickte Edana.

»Was wünscht Ihr Euch? Ich meine: für Euch selbst. Was wollt Ihr in diesem kurzen Leben, das Ihr lebt, noch erreichen?«

Edana sah ihn einige Augenblicke lang stumm an, dann breitete sich ein Lächeln auf ihren Lippen aus und schließlich prustete sie laut los. Sie schien sich gar nicht mehr beruhigen zu können, sondern musste sogar den Kelch auf den Tisch zurückstellen, um den Wein nicht zu verschütten, während sie einen wahren Lachanfall zu überwinden versuchte.

Maryo verengte die Augen und wartete, bis sie sich wieder einigermaßen beruhigt hatte. Er wusste nicht genau, was sie an seiner Frage derart erheitert haben konnte.

Schließlich wischte sich Edana die Tränen aus den Augenwinkeln und blinzelte, während sie heftig atmend versuchte, ihn erneut anzusehen. »Ich weiß nicht, was ich lustiger finden soll«, begann sie keuchend ihre Belustigung zu erklären. »Die Tatsache, dass in Euch ein Philosoph steckt oder die, dass Ihr so rein gar nichts über uns Magier zu wissen scheint.«

Maryo hob wortlos eine Augenbraue, während er die Kapitänin abwartend musterte.

»Gut, die erste Tatsache ist wirklich sehr, sehr amüsant«, fuhr Edana fort, als sie merkte, dass sie keine Antwort von ihm erhalten würde. »Aber ich denke, es ist an der Zeit, dass Euch jemand ein bisschen was über menschliche Magier erzählt, sonst lauft Ihr Gefahr, Euch zu blamieren.«

»Ich bin mir sicher, dass Ihr dies mit aller Macht verhindern wollt«, nickte der Elf mit einem angedeuteten Schmunzeln. »Nun gut, dann erzählt mir ein bisschen was über menschliche Magier. Ich bin gespannt.«

Edana verzog ihre Mundwinkel zu einem breiten Grinsen. »Irgendwann müsst Ihr mir wirklich mehr darüber berichten, warum Ihr so wenig von der Welt außerhalb Eurer Elfenstadt kennt – oder zumindest vom Menschenvolk«, sagte sie. »Aber nun gut, ich werde Euch gerne einige Dinge über Magier erzählen. Ihr müsst wissen, dass die Mächtigsten unter ihnen sehr wohl lange leben können. Zwar nicht so lange wie Elfen, aber einige hundert Jahre lang können wir unseren Tod herauszögern, indem wir uns verjüngen. Das braucht zwar viel Kraft, aber es hilft dem Körper auch, mit dem Alterungsprozess fertigzuwerden.«

»Das heißt, Ihr zählt Euch zu den mächtigen Magiern?«

Abermals grinste Edana. »Ihr selbst habt meine Gedanken doch gelesen. Ja, das tue ich. Ich trage zwei Elemente in mir, was die wenigsten wissen. Auf See begnüge ich mich mit dem Wasser … aber das Feuer in mir kann ich nun mal nicht leugnen.«

Unwillkürlich blieb Maryos Blick an ihren hellen Augen hängen, die wieder zu lodern begannen wie Quellwasser, das in Flammen stand. Es war faszinierend, zu beobachten, wie die beiden Elemente in ihr miteinander rangen, sich verbanden und dann wieder entzweiten.

Maryo wusste nicht, ob Edana bewusst war, dass in eben diesem Moment ihre Gabe so klar zu erkennen war. Wahrscheinlich nicht.

»Auch Ihr tragt in Euch mehr, als ihr ahnt«, fuhr Edana fort und ihre Worte führten dazu, dass Maryo hellhörig wurde.

»Wie meint Ihr das?«, wollte er wissen.

»Nun, ich habe Euch gesehen – heute Morgen an Deck. Als Ihr zum ersten Mal über das Wasser geblickt habt, schien es, als wärt Ihr ein Wanderer, der endlich an seinem Ziel angekommen ist. Zudem stellt Ihr Euch auf meinem Schiff besser an als viele meiner Männer. Ich habe Euch den ganzen Tag über beobachtet – wärt Ihr kein Elf, würde ich in Euch einen Menschen mit Wasserbegabung sehen.«

Maryo senkte den Blick und fuhr mit dem Zeigefinger die Tischkante entlang. Auch wenn er ihre Worte gerne verneint hätte, so wusste er, dass sie recht hatte mit ihrer Beobachtung. Denn er hatte es selbst gefühlt – heute, als er an der Reling gestanden und die Augen geschlossen, die kühle Meeresluft eingeatmet hatte. Ihre Beschreibung traf beinah beängstigend gut auf das zu, was er verspürt hatte: Eine innere Ruhe, die von ihm Besitz ergriff, sich in seinen Adern ausbreitete, jeden Muskel durchströmte, bis sein ganzes Wesen eins mit dem Meer zu sein schien. Es war ein beklemmendes und gleichzeitig befreiendes Gefühl gewesen.

»Hört auf, dagegen ankämpfen zu wollen.«

Maryo zuckte zusammen, denn er hatte schon wieder nicht bemerkt, dass Edana sich bewegt hatte. Sie hatte sich erhoben und war zu ihm getreten. Jetzt stand sie dicht neben ihm und legte eine Hand auf seine Schulter.

»Ihr seid ein Sohn des Wassers«, sprach sie leise. »… die Götter alleine wissen, warum sie Euch diese Gabe gegeben haben … denn Ihr seid gleichzeitig ein Elf und eigentlich nicht dafür vorgesehen, die Geschenke der Menschen zu erhalten. Dennoch tragt Ihr mindestens ein Element in Euch.«

Maryo hob den Blick und legte seine Stirn in Falten, während er sie nachdenklich ansah. »Ich habe immer gewusst, dass mir in meinem Leben etwas fehlt«, begann er zögernd. »Immer … bis heute Morgen – und es kommt mir falsch vor, da ich mich eigentlich unvollständig und unzulänglich fühlen sollte, weil ich meine Pflichten nicht erfüllt habe …«

Er holte tief Luft, ohne den Blick von ihr abzuwenden. Er wusste selbst nicht, warum er ihr dies gerade alles sagte. Es war, als müsse er seine Gedanken endlich loswerden – die Worte und Gefühle aussprechen, die ihn seit heute Morgen über den Tag begleitet hatten.

»Ich sollte ein schlechtes Gewissen haben, da meine Aufgabe war, die Prinzessin zu beschützen, worin ich versagt habe … aber«, seine Augen begannen unwillkürlich zu funkeln, »… es geht mir besser als in all den Jahren in den Wäldern oder am Hofe der Königin … es ist, als sei ich von etwas befreit worden – wenngleich ich keine Ahnung habe, wovon …«

Edana nickte. »Ich verstehe sehr gut, was Ihr meint. Mir ging es damals genauso, als ich zum ersten Mal auf den Planken eines Schiffes stand. Ich war damals noch ein kleines Mädchen, aber schon da wusste ich, was meine Zukunft sein sollte. Wem meine Liebe gehören sollte: dem Meer.«

Ihr Blick ruhte auf seinem Gesicht und eine Weile musterten sie sich einfach nur stumm. Dann beugte sich Edana langsam zu ihm herunter.

Maryo spannte sich unwillkürlich an. Er wusste, dass er heute Morgen viel zu weit gegangen war, als er sie in ihrem Bett geküsst hatte. Es hätte ein Scherz sein sollen … er hatte ihr keine falschen Hoffnungen machen wollen.

Nun … da wären sie noch falsch gewesen … aber jetzt?

Im Moment hatte er das Gefühl, dass sie beide plötzlich mehr verband als diese gemeinsame Reise. Er konnte es nicht in Worte fassen, aber es kam ihm vor, als besäßen sie beide einen Teil in sich, den nur wenige verstanden.

Und zu den wenigen, *die* ihn verstanden, gehörte eindeutig Edana.

Diese Frau verwirrte ihn und schürte gleichzeitig mit jedem Gespräch, das er mit ihr führte, aufs Neue seine Neugier.

Er sollte sich von ihr fernhalten, sollte gegen diese Anziehungskraft ankämpfen, die er in ihrer Gegenwart empfand …

Sollte …

Verdammt, man sollte so vieles, das im Grunde unsinnig war …

Schon war ihr Gesicht nur noch eine Handbreit von seinem entfernt. Der Blick aus ihren hellen Augen glitt über ihn, als suche sie eine Antwort auf ihre stumme Frage.

Und er gab sie ihr.

Er legte eine Hand an ihre Wange, fuhr mit dem Daumen über ihre weiche Haut, die durch den Wein und die Nähe zu ihm erwärmt worden war.

Sie war wunderschön und ihre Anmut kam im Schein der letzten Sonnenstrahlen, die den Raum erhellten, noch stärker zur Geltung. Ihr schwarzes Haar glänzte und erst jetzt fiel ihm auf, wie betörend sie roch. Ihr Duft glich der frischen Meeresluft – fast konnte er das Rauschen der Wellen hören, das Wasser fühlen, das von ihr zu ihm drang.

Edana schloss die Augen, lehnte sich noch ein Stück weiter zu ihm herunter und er hob seinen Kopf, um mit seinen Lippen die ihren zu berühren. Etwas, das er in diesem Moment von ganzem Herzen tun wollte.

»Käpt'n!«, erklang plötzlich eine laute Stimme und die Tür wurde gleichzeitig mit einem Poltern aufgerissen.

Edana fuhr blitzschnell zurück und auch Maryo zuckte zusammen. Schon wieder hatte er nicht bemerkt, dass sich jemand genähert hatte.

Verdammt, so konnte das nicht weitergehen!

Diese Menschenfrau schien seine Sinne zu vernebeln … einen Krüppel ohne Gehör und Verstand aus ihm zu machen.

»Oh, entschuldigt, ich wollte nicht … ich …« Sabal stand in der Tür und wirkte wie ein Junge, der gerade seine Eltern bei einer eindeutigen Erwachsenentätigkeit überrascht hatte. Seine Wangen waren sogar ein wenig gerötet – wahrscheinlich aber nicht nur aus Scham, sondern auch vor Wut. Denn seine braunen Augen begannen nun gefährlich zu glitzern und er presste die Lippen zu einer schmalen Linie zusammen. »Ich habe Neuigkeiten«, sagte er in dennoch gefasstem Tonfall.

Edana zupfte an ihrer Kleidung herum, als hätte Maryo sie durcheinandergebracht – höchst unangemessen, wie der Elf fand, denn ihre Geste schürte Sabals Zorn auf ihn nur noch, wie er deutlich erkennen konnte.

»Was für Neuigkeiten?«, fragte die Kapitänin betont gelassen. Aber ihre Stimme klang ein wenig höher und rauer als sonst. Also räusperte sie sich und ergänzte schärfer: »Spuck's aus!«

Sabal ließ seinen Blick nochmals zu Maryo schweifen, dann wieder zu Edana. »Am besten kommst du selbst mit und siehst dir das an … das Meer ist voller Trümmer und wir konnten das Siegel von Kapitän Aderan auf einem der Fässer erkennen. Sie scheinen den Sturm nicht überlebt zu haben.«

Maryo sprang so rasch von seinem Stuhl hoch, dass dieser nach hinten kippte und scheppernd zu Boden fiel.

Verdammt! Was hatte das zu bedeuten?! Was war mit Amyéna passiert?

17 THESALIS

Thesalis rannte durch den Hochwald von Karinth, so rasch ihre Beine sie trugen. Äste peitschten ihr ins Gesicht, aber das war ihr gleichgültig. Sie rannte um ihr Leben, da machten ein paar Striemen nichts aus. Zumal ihr Antlitz ohnehin bereits verunstaltet worden war. Verkrustetes Blut klebte zusammen mit dem blonden Haar auf ihrer Stirn – dort, wo die Peiniger mit Gewalt die Tätowierungen in ihre Haut geschlagen hatten.

Bei der Erinnerung an die Tortur fühlte sie kalten Hass in sich aufsteigen. Wäre sie mit ihren Schwestern unterwegs gewesen, hätte sie keine Sekunde gezögert und wäre umgekehrt, um blutige Rache zu nehmen. Rache dafür, was ihr und ihrer Truppe angetan worden war.

Aber sie war alleine. Keine ihrer Schwestern hatte die Qualen überstanden, die sie hatten erdulden müssen.

Sie waren gefangen worden, als sie das Lager dieser Bastarde hatten auskundschaften wollen. Es hatte Monate gedauert, bis sie es in dem weitläufigen Wald entdeckt hatten und sie wollten sich einen Überblick über ihre Schwachstellen verschaffen. Sie waren heimlich vorgegangen – eigentlich hätte diese Mission ungefährlich sein müssen … doch leider waren Thesalis und ihre Schwestern entdeckt worden. Und auf die Übermacht, der sie sich gegenüber sahen, waren sie nicht vorbereitet gewesen.

Die Wilden hatten sie tagelang gefoltert, verhört und gequält. Sie hatten sie brechen wollen, um den Hauptsitz ihres Stammes zu erfahren. Aber das war ihnen nicht gelungen. Jede ihrer Schwestern war hocherhobenen Hauptes und mit Stolz in den Augen gestorben.

Eine Amazone ließ sich nicht brechen. Niemand schaffte das – nicht einmal diese verfluchten Waldkreaturen, die sich Elfen nannten und die über Kräfte verfügen, wie Thesalis sie noch nie gesehen hatte. Dieses Pack, das sich immer mehr im Hochwald von Nordkarinth breitmachte, sich aufführte, als gehörte ihnen dieser Kontinent.

Diese Spitzohren waren vor ein paar Jahren zum ersten Mal hierhergekommen. Es gingen Gerüchte, dass sie aus ihrer Heimat vertrieben worden seien. Dass dort, wo sie einst gelebt hatten, jetzt Krieg herrschte.

Thesalis hatte diese Kreaturen immer dafür verachtet, dass sie sich nicht ihren Feinden stellten, sondern wie feige Hasen flohen und Gebiete für sich beanspruchten, die ihnen nicht gehörten. Diese Elfen hatten nicht den Mut gehabt, ihre eigenen Wälder auf dem anderen Kontinent namens Altra zu verteidigen. Im Gegenteil, sie waren über das Meer hierher nach Karinth geflohen und hatten die Stämme der Amazonen angegriffen – feiges Gesindel! Unfähig zu diplomatischen Verhandlungen und so überheblich, dass sie dachten, sich alles nehmen zu können, was sie wollten.

Einige wenige dieser Elfen hatten sich in den Städten der Menschen sesshaft gemacht, wo sie mehr oder weniger willkommen gewesen waren. Ein Elf konnte sich nicht mit einem Menschen fortpflanzen, also waren sie im Grunde keine Gefahr für die Blutlinien der Magier von Karinth. Aber die meisten dieser Bastarde ließen sich leider in den Wäldern nieder.

Doch Thesalis und ihre Schwestern hatten es ihnen nicht einfach gemacht. Nie.

Sie spürte jedes Mal tiefe Genugtuung, wenn sie an all die Schlachten dachte, die sie in den letzten Jahrzehnten gegen die Elfen bereits gewonnen hatten. Thesalis war selbst im Krieg groß geworden und kämpfte gegen dieses Elfenpack, seit sie ihren ersten Speer erhalten hatte. Sie war nun zweiundzwanzig Sommer alt und der Hass auf die Elfen war ihr in die Wiege gelegt worden – ebenso wie die Pflicht, ihren Wald gegen diese arroganten Kreaturen zu verteidigen.

Doch irgendwann, so hatte ihre Königin immer prophezeit, irgendwann würden diese Eindringlinge gezwungen sein, zurück in ihre verdammte Heimat zu fliehen. Und dann würde der Hochwald wieder einzig und allein den Amazonen gehören.

Jetzt blieb Thesalis zwischen dichten Brombeerranken kurz stehen, um sich zu orientieren. In diesem Gebiet des Waldes war sie nur selten unterwegs und kannte sich daher nicht genügend aus. Wenn ihre Katze da gewesen wäre, hätte sie ihr helfen können … aber das große Pantherweibchen Csilla hatte zum Glück vor den Elfen fliehen können. Wenn das Tier ihnen in die Hände gefallen wäre, hätten diese Widerlinge es getötet und sein schönes, schwarzes Fell als Decke verwendet … so wie es den anderen Tiergefährten ergangen war, die nicht schnell genug wegrennen konnten oder in blinder Verzweiflung ihre zweibeinigen Gefährtinnen zu verteidigen versucht hatten.

Jede Amazone band sich im Alter von sechzehn Jahren an ein Tier, meist an eine Raubkatze oder einen Raubvogel, die ihnen ihre Sinne liehen. Dies geschah in einem feierlichen Ritual – einer wochenlangen Jagd, in der die Amazone das auserwählte Tier quer durch den Hochwald verfolgte. So lange, bis es sich aus Erschöpfung freiwillig ergab und zähmen ließ.

Thesalis hatte das große Pantherweibchen schon lange im Blick gehabt und als sie endlich auf die Hatz gehen durfte, hatte sie alles daran gesetzt, sich mit dem edlen Tier zu verbinden. Csilla hatte es ihr nicht leicht gemacht – auch jetzt noch zog sich eine lange Narbe den ganzen Arm der Amazone entlang. Dort, wo Csilla ihr die Haut mit ihren Krallen aufgerissen hatte. Das war kurz vor dem Moment gewesen, in dem sie sich mit ihr verband.

Es war ein eigenartiges Gefühl gewesen – eigenartig und schön. Von dem Moment an schlugen ihre Herzen im selben Takt. So lange, bis eine von beiden starb. Thesalis verlängerte mit ihrem eigenen Leben automatisch das ihrer Katzengefährtin.

Über die sechs Jahre, in der Thesalis nun mit Csilla verbunden war, hatte sich eine innige Freundschaft zwischen ihnen entwickelt. Das Pantherweibchen bedeutete für sie inzwischen mehr als ihr eigenes Leben und es fühlte sich einfach nur falsch an, dass sie sich beim Überfall hatten trennen müssen.

Thesalis hoffte inständig, dass ihre Katzengefährtin vor den Elfen hatte fliehen können. Womöglich war Csilla bereits zurück in ihrem Dorf und wartete dort auf sie … hoffentlich war dem so.

Sie würde es doch spüren, wenn sie nicht mehr lebte … oder?

Diese verdammten Elfen! Sie würde jedem die Finger einzeln brechen, wenn sie Csilla etwas antäten!

Eigentlich sollte man denken, dass der Hochwald, der fast ganz Nordkarinth einnahm, genug Platz für alle Lebewesen bot. Über hundert Amazonenstämme lebten hier, die alle der Amazonenkönigin unterstellt waren. Die Menschen mieden die Tiefen des Waldes und hielten sich nur an dessen Rand auf. Zu groß war die Furcht vor den legendären Kriegerinnen, die dafür berüchtigt waren, Männer zu vergewaltigen und sie danach zu töten – oder zu versklaven. Gerüchte, die nur in den seltensten Fällen zutrafen …

Was jedoch kein Gerücht war, war die Tatsache, dass männliche Säuglinge, die den Verbindungen mit Menschen entstammen, kurz nach ihrer Geburt ausgesetzt oder getötet wurden. Nur Mädchen wurden großgezogen und in den Stamm eingeführt.

Aber selbst wenn eine Amazone ihren Sohn bei den Menschen aussetzte, war die Wahrscheinlichkeit groß, dass er dort nicht lange leben durfte. Amazonenkinder waren besondere Wesen und von den Menschen daher gefürchtet. Die Kriegerinnen waren halb

Mensch, halb … Gott. Zumindest besagten das die Legenden, die sich um Thesalis' Volk rankten.

Anders konnten sich die Menschen nicht erklären, dass die Amazonen – obwohl sie ihnen in ihrem Aussehen glichen – um so vieles älter wurden als sie. Ein Geschenk, das ihnen ihre Göttin Artaami gegeben hatte zum Dank, dass sie sie verehrten und bei jedem Vollmond ein Opfer in Form von männlichen Sklaven darbrachten.

Auch als Thesalis mit ihren Kriegerinnen aufgebrochen war, um eines der Hauptlager der Elfen auszukundschaften, hatten sie Opfer gebracht … womöglich nicht genug, sonst hätte Artaami ihre schützende Hand über sie gehalten.

Thesalis sah sich hektisch um. Hinter sich hörte sie ihre Verfolger näher kommen. Sie würden nicht eher ruhen, bis sie sie getötet hatten … sie wusste zu viel. Wenn es ihr gelänge, zu fliehen, könnte sie die Amazonen in einen weiteren Kampf gegen die Elfen führen. Eine Schlacht, aus der die Kriegerinnen wahrscheinlich als Sieger hervorgingen. Sie könnten den Elfen einen Schlag versetzen, der sie für einige Zeit schwächen würde – und das wollten diese Bastarde um jeden Preis verhindern.

Das Waldstück, in dem sich Thesalis befand, war mit Brombeerranken und dichten Sträuchern bewachsen. Ideal, um sich darin zu verstecken, aber das wagte sie nicht. Sie wusste, dass die Elfen genauso gute Augen besaßen wie die Amazonen – wenn nicht noch bessere. Es ging das Gerücht, dass sie sogar bei Nacht so gut sehen konnten wie bei Tage, ohne dass sie auf die Hilfe von Tieren angewiesen waren. Außerdem hatten sie ein äußerst feines Gehör: Ein einziger Mucks und Thesalis würde sich verraten.

Nein, das konnte sie nicht riskieren.

Rasch bückte sie sich und schmierte Erde auf ihr goldblondes Haar. Es hätte ansonsten in dem Grün des Waldes viel zu auffällig geleuchtet, obwohl es in den letzten Tagen eher grau geworden war vor Dreck. Aber sicher war sicher.

Dann eilte sie weiter.

So leise wie möglich bahnte sie sich einen Weg durch das dichte Gestrüpp, das den ihr vertrauten Waldgeruch verströmte. Sie kam nun langsamer voran, da das Unterholz sie behinderte und sie darauf achten musste, keine Geräusche zu verursachen.

Hinter sich hörte sie abermals die erregten Rufe ihrer Verfolger, doch sie konnte nicht genau verstehen, was sie sagten.

Diese Elfen benutzten eine andere Sprache als die Bewohner von Karinth. Thesalis hatte in den letzten Jahren einige Ausdrücke aufgeschnappt, aber es war schwierig, die richtige Aussprache zu erlernen. Sie verwendeten offenbar eine Sprache aus Altra, wie die Anführerin ihres Stammes erklärt hatte. Aber es klang viel weicher und glich fast einem Singsang, den sie noch nie zuvor gehört hatte. Selbst wenn die Elfen Karinthisch sprachen – was sie sich offenbar in den letzten Jahrzehnten angeeignet hatten – war ihre Betonung der Worte befremdlich.

Hätten ihre Peiniger sie nicht angeschrien und beleidigt, hätte Thesalis die Sprache der Elfen vielleicht sogar als schön bezeichnet. Ebenso wie die trügerische Anmut ihres Äußeren, mit der die Elfen ihren verabscheuenswerten Charakter zu verbergen wussten. Aber das Böse trat selten in seiner wahren Gestalt auf.

Als sie das erste Mal einen Elf gesehen hatte, war Thesalis fasziniert gewesen von den geschmeidigen Bewegungen und den ebenmäßigen Gesichtszügen dieser fremdartigen Geschöpfe. Aber spätestens seit diese Bastarde eine ihrer kleinen Schwestern auf grausamste Weise getötet und einfach im Wald liegen gelassen hatten wie ein Stück Dreck, hatte sie sich geschworen, jedes einzelne dieser Monster zu erschlagen, sollte sie es in die Finger bekommen.

Thesalis duckte sich hinter einen Strauch, als sie nun auch von vorne Geräusche vernahm.

Verflucht, sie hatten sie umzingelt. Wie hatte das bloß passieren können? Sie war doch sonst nicht so unvorsichtig … aber die Torturen der letzten Tage hatten sie mitgenommen. Sie war nur noch ein Schatten ihrer selbst, ihr Körper hatte kaum genügend Kraft, sie auf den Beinen zu halten.

Vorsichtig spähte sie zwischen dem Blätterwerk hindurch. Dort, keine zehn Schritt entfernt, schlichen sie durch den Wald: die Elfenkrieger, die sie verfolgten und nicht eher Ruhe geben würden, bis sie tot wäre.

Sie zählte insgesamt sechs Männer.

Die Amazone biss sich auf die Unterlippe und verharrte regungslos in ihrem Versteck.

Wenn sie Glück hatte, zogen die Elfen weiter. Sie hatte keine Chance, gegen diese Übermacht zu kämpfen, zumal sie keinerlei Waffen bei sich trug.

Alles, was ihr geblieben war, waren ihre Stiefel, ihre dunkelbraune Lederhose sowie ihr kurzer, graugrüner Chiton – ein Obergewand, das nach der Art der Amazonen hergestellt worden war. Es verdeckte bloß die rechte Brust, ließ die linke frei. Von der Hüfte abwärts war es an der rechten Seite offen, während der Stoff auf der linken Seite geschlossen war. An der rechten Schulter wurde der Chiton mit einer Nadel zusammengehalten. Jedoch war der weiche Stoff jetzt zerrissen und mit Blut und Dreck verschmiert. Überall an ihrem Körper waren tiefe Wunden zu sehen, die eiterten und ihr vor Schmerz beinahe das Bewusstsein raubten.

Die Amazone verfolgte mit schmalen Augen, wie die Elfen das Unterholz mit ihren Speeren abtasteten. Doch sie suchten glücklicherweise an der falschen Stelle. Ein Lächeln der Genugtuung glitt über Thesalis' eingefallenes Gesicht.

Wenn sie so weitermachten, würde ihr die Flucht tatsächlich gelingen ...

In dem Moment drehte sich einer der Elfen um und sah direkt in ihre Richtung.

Ein leises Keuchen entfuhr Thesalis' Kehle und sie biss sich sofort auf die Zunge.

Aber es war zu spät. Trotz der Tatsache, dass sie sich kaum rührte, hatte der Elf sie gehört und schritt jetzt mit zusammengezogenen Augenbrauen auf das Gebüsch zu, hinter dem sie kauerte.

Die Amazone wich lautlos zurück, in der Hoffnung, dass sie ihm doch noch entkommen konnte, aber der Elf kam immer näher.

Plötzlich weiteten sich seine hellgrün schimmernden Augen und ein ungläubiger Ausdruck erschien auf seinem Antlitz. Langsam, ohne einen Ton von sich zu geben, sank er in die Knie und fiel mit dem Gesicht nach vorne mitten in die Stacheln der Brombeerranken. Aber er spürte den Schmerz schon nicht mehr, als die Dornen ihn aufspießten, denn er war bereits tot. Aus seinem Rücken ragte ein Pfeil, der sein Herz durchbohrt hatte.

Thesalis erkannte die rote Befiederung des Geschosses sofort. Vor Erleichterung hätte sie am liebsten geweint. Sie erhob sich leise – ungeachtet der fünf Elfen, die in einiger Entfernung weiter durch das Unterholz streiften und offenbar den lautlosen Tod ihres Kameraden noch nicht bemerkt hatten.

So rasch sie konnte, schlug sie einen Bogen um die Verfolger und rannte in die Richtung, aus der der Pfeil gekommen war.

Wenige Sekunden später standen drei Amazonen vor ihr, die sie verblüfft anstarrten. Sie trugen ähnliche Kleidung wie Thesalis. Ihre Füße steckten in weichen Lederstiefeln, die an den Unterschenkeln geschnürt waren. Lederhosen sowie ein kurzer Chiton, der die linke Brust freiließ, vervollständigen die Grundausstattung. Zusätzlich waren sie jedoch mit Helm und Rüstung ausgerüstet, die mit Kupferplättchen verstärkt waren. Zwei von ihnen hielten Bögen in der Hand, die dritte einen Wurfspeer und einen hölzernen Schild, der mit Eisen stabilisiert war. Sie richteten die Waffen auf Thesalis, da sie nicht mit deren Auftauchen gerechnet hatten.

Ein Jaguar begleitete sie – die anderen beiden waren an Vögel gebunden, die wahrscheinlich gerade über den Baumkronen kreisten und ihnen halfen, die Elfen zu orten.

Die Raubkatze tapste auf Thesalis zu und rieb den Kopf an ihrem Bein, während sie ein leises Schnurren ertönen ließ. Sie hatte sie erkannt – so wie auch die drei Amazonen, die nun ihre Waffen senkten.

»Thesalis?«, fragte diejenige mit dem Speer leise. Sie besaß braunes Haar, das sie zu einem Pferdeschwanz zurückgebunden hatte. Ein schwarzes Lederband um ihre Stirn verhinderte, dass ihr die beiden langen Strähnen, die rechts und links ihr Gesicht umrahmten, in die Augen fallen konnten.

Sie war mindestens zweihundert Jahre alt, aber ihr Äußeres verriet dieses Alter nicht – wie bei den meisten Amazonen. Sie sah nicht älter als dreißig aus, nur ihre nussbraunen Augen verrieten die Reife und Erfahrung, die einem dreißigjährigen Menschen gefehlt hätten. Ihre Züge wirkten oft ernst und ihr Gesicht schmal und kantig. Aber ihr Herz war dafür umso weicher, wenn man sie besser kannte – so wie Thesalis es tat. Denn diese Frau hatte ihr das Leben geschenkt.

Unter den Amazonen gab es niemanden, der nicht auf irgendeine Art mit den anderen verwandt war, daher nannten sie sich meist ›Schwestern‹ – mit Ausnahme von ihren Müttern.

»Ja, ich bin es, Mutter Berilla«, flüsterte die verletzte Amazone und fühlte die Erleichterung, die sich in ihrem Körper ausbreitete, wie Wasser, das auf vertrocknete Erde gegossen wurde. Sie war in Sicherheit. Ihre Schwestern und ihre Mutter waren hier, hatten sie gesucht. »Fünf Elfen sind noch in der Nähe.« Sie deutete vage in die Richtung, in der sich ihre Verfolger befanden.

»Um die kümmern sich die anderen«, nickte Berilla mit grimmigem Gesichtsausdruck.

Wie zur Bestätigung erklang in diesem Moment das Schlachtgeheul der Amazonen. Thesalis zuckte unwillkürlich zusammen, als sie die Elfen mit nicht minder lautem Geschrei antworten hörte.

Dieses Gebrüll ging einem durch Mark und Bein und sie hatte es in den letzten Jahren hassen gelernt.

»Du siehst nicht gut aus, Tochter.« Berillas Blick glitt besorgt über ihren mitgenommenen Körper.

»Danke …« Thesalis lächelte schief und spürte plötzlich die Erschöpfung, die sich ihres Körpers bemächtigte. Sie sank in die Knie, ehe es die drei Frauen verhindern konnten. Der Waldboden unter ihr drehte sich ebenso wie die Baumwipfel über ihr.

»Hier, trink etwas.« Berilla beeilte sich, ihr einen Wasserschlauch an den Mund zu halten. Den Schild lehnte sie derweil an ihren Unterschenkel, um ihn jederzeit griffbereit zu haben.

Thesalis schluckte gierig das warme Wasser, das abgestanden schmeckte. Trotzdem hatte sie in dem Moment den Eindruck, noch nie etwas Köstlicheres getrunken zu haben. Es belebte augenblicklich ihre Sinne, während es wohltuend ihre vertrocknete Kehle herunterrann.

»Danke«, murmelte sie abermals.

»Wir sind hier, um nach euch zu suchen. Bist du die Einzige, die überlebt hat?«, fragte die Anführerin.

Thesalis nickte traurig.

»Kannst du gehen?« Berilla sah mit sorgenvollem Blick auf sie hinunter.

»Ich hoffe es.«

»Komm, Tochter, wir müssen hier weg.« Berilla hakte die schwache Frau unter und die anderen halfen ihr, sie auf die Beine zu ziehen. »Das Kampfgeschrei wird weitere Feinde anlocken. Wir müssen zurück zum Lager. Dort musst du uns alles genau erzählen.«

Thesalis ließ sich von den drei Frauen förmlich durch den Wald schleppen. Ihre Beine wollten ihr nicht mehr gehorchen, zu groß war die Erschöpfung, die von ihr Besitz ergriffen hatte.

So schleiften ihre Füße immer wieder nutzlos über den Waldboden, verfingen sich in Wurzeln und stießen gegen Steine. Ihr Kopf dröhnte, als hätte ihr jemand einen Hammer über den Schädel gezogen, und das Blut rauschte in ihren Ohren, während vor ihren Augen kleine Sterne tanzten.

Jetzt, wo sie wusste, dass Hilfe da war und sie vielleicht bald in Sicherheit sein würde, merkte sie, dass ihre Kräfte sie mit jeder Sekunde mehr verließen. Es war ein Wunder, dass sie sich überhaupt noch aufrecht halten konnte, sie fühlte sich taub und die Entkräftung machte sich in jedem einzelnen ihrer Muskeln bemerkbar.

Die nächsten Stunden vergingen für Thesalis wie im Traum. Sie hörte, wie ihre anderen Amazonen zu ihnen stießen, sah ihre erstaunten Gesichter, als sie sie erkannten, aber sie hatte keine Kraft, ihnen auf ihre Fragen zu antworten.

So rasch es ging, schleppten die Amazonen sie durch den dichten Wald, in die Richtung, in welcher sie ein notdürftiges Lager aufgeschlagen hatten.

Als sie nach einigen Stunden dort ankamen, brach bereits die Nacht herein.

Thesalis nahm alles wie durch einen Schleier wahr.

Die Schwestern, die ihr entgegeneilten, die Zelte, den Geruch nach Essen, die Lagerfeuer, die kaum Rauch absonderten …

Der Schein der Feuer wurde durch Zweige mit dichtem Blätterwerk verborgen, die die Amazonen rund um das Lager in die Erde gesteckt hatten. So waren sie von Weitem nicht sichtbar und wurden zusätzlich vor Tieren geschützt, die nachts auf die Jagd gingen.

»Rasch, legt sie auf die Felle dort drüben«, wies Berilla die Kriegerinnen an, während sie Speer und Schild an einen Baum lehnte.

Sie beugte sich mit besorgter Miene über Thesalis, deren Lider flatterten. Ihre blauen Augen glänzten fiebrig, aber die entkräftete Amazone versuchte mit aller Macht, bei Bewusstsein zu bleiben.

Berilla nestelte an ihrem Gürtel, an dem sie mehrere Beutel und Ampullen trug, und entkorkte eine der kleinen Flaschen, deren Inhalt sie vorsichtig in Thesalis' Mund flößte. Augenblicklich sank die verwundete Amazone in einen tiefen, traumlosen Schlaf.

»Besser, sie bekommt die Schmerzen nicht mit, die wir ihr bereiten müssen«, murmelte Berilla und wusch ihre Hände in einer Schüssel mit heißem Wasser, die ihr eine der anderen Frauen eilig reichte.

Dann ergriff sie ihren Dolch und schnitt die ohnehin zerrissene Kleidung der verletzten Amazone von oben bis unten auf, sodass sie schließlich nackt auf der Decke lag.

Die anderen Amazonen sogen scharf die Luft ein und starrten fassungslos auf den Körper, der mit unzähligen, teilweise tiefen Wunden übersät war. Mehrere davon hatten sich stark entzündet, der Eiter floss gelb und zäh aus ihnen und bei einigen hatte bereits der Wundbrand eingesetzt.

Es grenzte an ein Wunder, dass die Amazone überhaupt noch am Leben war. Ohne fremde Hilfe hätte sie wahrscheinlich kaum bis zum nächsten Abend überlebt.

»Es ist noch schlimmer, als ich befürchtet hatte …«

Berilla wickelte ein dickes Stück Leder mehrmals um ihre Hand und ergriff ein weiß glühendes Eisen, das im Feuer erhitzt worden war. Sie nickte einer der anderen Frauen zu, die einen schmalen Ast zwischen Thesalis' Zähne schob, damit sie sich in ihrer Ohnmacht nicht auf die Zunge biss.

»Möge Artaami dir beistehen, geliebte Tochter«, murmelte Berilla, ehe sie begann, die Wunden einzeln auszubrennen, damit sie sich nicht weiter entzündeten.

18 THESALIS

Thesalis stöhnte, als sie langsam aus ihrem Dämmerschlaf erwachte. Es schien keine Stelle an ihrem Körper zu geben, die nicht schmerzte. Ihr Hinterkopf schlug immer wieder gegen etwas, was das Dröhnen in ihrem Kopf noch verschlimmerte. Durch ihre flackernden Augenlider erkannte sie in der Dunkelheit die Äste von Bäumen, welche über ihr vorbeizogen und den Sternenhimmel ab und an durchschimmern ließen.

Sie spürte, dass sie auf einer Art Bahre lag. Ein Stück Fell oder Stoff war zwischen zwei zusammengebundene, lange Äste gespannt worden. Jemand zog sie hinter sich her, während das Ende unsanft über den Waldboden, Wurzeln und Steine schleifte. Jedes Mal, wenn ein Hindernis im Weg war, ging ein Ruck durch die Bahre und Thesalis' Kopf schlug gegen die gespannte Liegefläche, auf der ihr Körper festgebunden worden war.

Irgendjemand hatte ihr neue Kleidung angezogen – zumindest fühlte sie, dass es nicht ihre eigenen Kleider waren, die auf ihrer Haut scheuerten.

Sie hob die Hand und griff sich an die Stirn – und zuckte zusammen, als sie die Wunden der Tätowierung berührte, die ihr die Elfen zugefügt hatten.

»Sie kommt zu sich«, hörte sie eine Stimme von links und versuchte, den Kopf in die Richtung der Sprecherin zu drehen. Ein weiteres Stöhnen war die Folge ihrer Bemühungen.

»Bleib so ruhig wie möglich liegen, Thesalis«, befahl die tiefe Stimme von Berilla, welche sie unter Tausenden erkannt hätte. »Du bist schwer verletzt. Haltet kurz an, damit ich ihr etwas Medizin einflößen kann.«

Ein weiterer Ruck ging durch die Bahre, dann hörten die Bäume auf, über Thesalis hinwegzuziehen. Der Mond schien durch das Blattwerk auf sie herunter, als wolle er sie mit seinem Licht umfangen und trösten.

»Hier, trink das.« Berillas dunkelbraune Augen erschienen in Thesalis' Sichtfeld. Sie hielt ihr eine Ampulle an den Mund, in der sich eine zähe, schwarze Flüssigkeit befand. »Das ist Mohnblumensaft. Der hilft dir, die Schmerzen besser zu ertragen.«

Die verletzte Amazone schluckte das scheußliche Getränk herunter und musste husten, was einen grellen Schmerz durch ihren gesamten Körper jagte. Sie keuchte laut und stöhnte erneut.

»Schlaf jetzt.« Berilla beugte sich über ihre Tochter und strich sanft über das blonde Haar.

Noch ehe Thesalis etwas fragen oder sagen konnte, sank sie abermals in einen tiefen Schlaf.

»Glaubst du, sie wird überleben?«, fragte Hordin, eine kleinere Amazone mit stämmigem Körperbau und feuerrotem Haar.

»So Artaami will. Hoffen wir, dass sie genug Kräfte in sich trägt«, antwortete die Anführerin und betrachtete die abgemagerte Gestalt ihrer Tochter.

Thesalis war eine schöne, junge Kriegerin. Sie würde keine Mühe haben, ihren ersten Mann zu finden, mit dem sie Töchter zeugen konnte. Sie war für eine Amazone außergewöhnlich groß und überragte die meisten ihrer Schwestern. Ihr blondes Haar leuchtete wie Gold, sobald die Sonne darauf traf, und ihre blauen Augen glichen tiefen Seen, in denen ein Mann ertrinken konnte.

Berilla riss sich von dem Anblick der halbtoten Thesalis los und winkte den anderen Amazonen zu. »Los, weiter! Wir müssen die Verfolger abhängen!«

So rasch es ging, bewegten sich die Amazonen mit der Bahre weiter durch den Wald.

Es war finstere Nacht – die zweite, seit sie Thesalis gefunden hatten. Sie waren fast einen Tag lang im Lager geblieben, hatten sich um die verletzte Amazone gekümmert. Jedoch hatten die Kundschafterinnen bereits am zweiten Abend Alarm geschlagen – Elfen waren in der Nähe gesichtet worden. Offensichtlich hatte einer von ihnen überlebt und Verstärkung geholt. Dieses Gesindel war wie Unkraut, das nicht vernichtet werden wollte.

Da es zu gewagt erschien, abermals gegen diese Waldbrut zu kämpfen, hatten sie noch am Abend eilig ihr Lager abgeräumt, die verletzte Amazone auf eine Bahre geladen und waren aufgebrochen.

Thesalis war die ganze Zeit bewusstlos gewesen und konnte ihnen nicht erzählen, was sie während ihrer Gefangenschaft bei den Elfen herausgefunden hatte. Sie würden mit der Befragung warten müssen, bis sie in ihrer Siedlung ankamen, die sich allerdings noch zwei Tagesreisen in Richtung Westen befand. Berilla hoffte inständig, dass Thesalis die Reise bis dorthin überstand. Nicht nur, weil es ihre Tochter war, die sie liebte, sondern auch, weil sie wertvolle Informationen für sie haben musste.

Seit Einbruch der Nacht waren sie nun unterwegs. Noch verspürte jedoch keine von ihnen Müdigkeit, da Amazonen gewohnt waren, tagelang unterwegs zu sein, ohne ruhen zu müssen.

Sie versuchten, so wenig Spuren wie möglich zu hinterlassen, aber dennoch würde die Flucht schwierig werden. Vielleicht, wenn sie die Belv erreichten – ein breites Gewässer, das vom Belvoner See bis zum Karinther See quer durch die Wälder von Nordkarinth floss –, könnten sie ihre Fährte im Wasser verwischen und den Elfen entkommen. Jedoch dauerte es noch einen halben Tag, bis sie an den Ufern des Flusses sein würden.

Berilla sah sich nach ihren Schwestern um, die ihr stumm wie Schatten folgen. Sie liebte jede Einzelne von ihnen mehr als ihr Leben. Sie würde für jede von ihnen sterben. Aber Thesalis gehörte ein besonderer Platz in ihrem Herzen. Berilla wusste, dass sie das Zeug dazu hatte, irgendwann den Amazonenstamm zu führen und damit in ihre Fußstapfen zu treten. Sie würde eine gute Anführerin werden – sofern sie diese Torturen überstand.

Als Thesalis ein paar Stunden später erwachte, stand die Sonne hoch am Himmel. Allerdings wurden die warmen Strahlen vom Blätterdach abgefangen, welches über ihr vorbeizog. Die Kriegerinnen hatten ihr Tempo nicht vermindert. Sie waren nun seit achtzehn Stunden unterwegs, ohne eine Spur von Erschöpfung zu zeigen.

Thesalis versuchte, sich aufzurichten, was ihr jedoch nicht gelang. Sie merkte, dass um ihren Oberkörper und die Hüfte Seile gespannt waren, damit ihr Körper nicht von der Bahre rutschen konnte. Die Stricke schabten über ihre Wunden und sie musste die Zähne zusammenbeißen, um nicht sofort wieder in die schmerzlose Bewusstlosigkeit zu fliehen.

Immerhin hatte sich eine ihrer Schwestern erbarmt und trug nun das unter Ende der Bahre, damit diese nicht weiter über den Waldboden schleifte.

»Nicht mehr lange, dann sind wir bei der Furt«, rief von irgendwo eine Stimme.

Thesalis spürte, wie die Amazonen ihr Tempo weiter beschleunigten.

Zumindest schien der Mohnblumensaft zu wirken, den ihr Berilla noch ein paar Mal eingeflößt hatte. Die Schmerzen wurden dadurch erträglicher. Aber ihr Körper war dennoch so erschöpft, dass sie nach wenigen Sekunden fühlte, wie ihr Geist wieder in die erlösende, tiefe Dunkelheit sank.

Thesalis erwachte erneut, als die Amazonen gerade dabei waren, den Fluss zu durchqueren. Es war inzwischen Mittag und die Sonne brannte unerbittlich auf sie herunter, da es in Flussnähe keine schützenden Baumkronen mehr gab. Daher war es geradezu eine Wohltat, als Thesalis das kühle Nass spürte, das immer wieder über die Bahre schwappte und ihren Körper benetzte. Wäre sie bei Kräften gewesen, hätte sie liebend gerne einen Moment innegehalten und sich gewaschen. Aber dazu bleib keine Zeit – zudem war der Fluss hier viel zu unruhig für ein Bad.

Sie konnte erkennen, wie die Amazonen sich an einem Seil, das über die Furt gespannt worden war, festhielten, um nicht von der reißenden Strömung abgetrieben zu werden. Sie durchwanderten hintereinander vorsichtig das seichtere Wasser, das ihnen dennoch fast bis zu den Hüften reichte.

Die Kriegerinnen hielten aufmerksam Ausschau nach Gefahren, die nicht nur in Form der Elfen hier lauerten. Es gab in der Belv Tiere, die so groß wie Elefanten waren und Gebisse im Ausmaß von jenen eines ausgewachsenen Tigers besaßen. ›Unda‹ nannten die Amazonen sie. Mit ihren riesigen Flossen gelang es diesen Kreaturen mühelos, gegen die Strömung anzukommen.

Aber nicht nur sie waren gefürchtete Wesen des Hauptflusses im Hochwald. Es gab auch kleinere Fische, die jeden und alles anknabberten, was ihnen vors Maul kam. Zudem Schlangen, Echsen, Krokodile – die Liste war lang. Daher stießen die Amazonen immer wieder ihre Speerspitzen ins Wasser, um allzu neugierige Fische zu verscheuchen.

Thesalis atmete erst auf, als sie auf der anderen Seite des Flusses angekommen waren.

»Lasst uns die nächste Stunde im seichten Uferwasser gehen«, hörte sie die Stimme von Berilla. »Dort ist es steinig und unsere Spuren werden nicht mehr zu sehen sein – selbst für diese Waldbrut nicht!«

Thesalis schloss wieder die Augen. Die Flucht würde ihnen gelingen – das musste sie einfach … das waren die letzten Gedanken, ehe sie wieder in einen leichten Dämmerschlaf fiel.

Als die Kriegerinnen nach einem weiteren Tag endlich bei der Amazonensiedlung ankamen, waren sie alle erschöpft. Sie hatten sich nur kurze Pausen gegönnt, nie geschlafen, und waren seit ihrem Aufbruch fast ununterbrochen gerannt. Selbst für eine Amazone war dies anstrengend – doch die Flucht war ihnen tatsächlich gelungen.

Thesalis war ein paar Mal noch aufgewacht, wurde jedoch immer wieder mit Mohnblumensaft in tiefen Schlaf versetzt. Nun lag sie mit bleichem Gesicht auf der Trage und ihre Augenlider flatterten wie die Flügel eines Kolibris, während sie versuchte, sich umzusehen.

Die Holzpalisaden der Amazonenfestung ragten vor den heimkommenden Kriegerinnen in den Himmel und die Tore wurden eilig geöffnet, sodass sie die Siedlung betreten konnten. Der Zaun war mehrere Schritt hoch und umgab ein Dorf, das aus Hütten mit Strohdächern bestand. Die Wände der Häuser bestanden aus grauem Lehm, der selbst dem stärksten Regen, der hier im Hochwald oft auf die Bewohner niederprasselte, standhielt. Einmal getrocknet, wurde die Tonerde härter als Stein.

Zwischen den Hütten verliefen Pfade und kleinere Straßen. Hühner, Schafe sowie einige Pferde, Esel, Gänse und Ziegen waren die einzigen Nutztiere, die die Amazonen sich hielten. Sie mussten allerdings vor den tierischen Gefährten, die vor allem aus Raubkatzen bestanden, hinter einem hohen Zaun in Sicherheit untergebracht werden. Die Katzen waren zwar klug, aber sie blieben nun mal Raubtiere, die gerne wehrlose Beute erlegten.

Ein lautes Schnurren zu ihrer Rechten ließ Thesalis den Kopf in diese Richtung drehen – und ihr Herz machte unwillkürlich einen Freudensprung.

Da stand Csilla, ihr Pantherweibchen, und sah mit ihren gelben Augen auf sie herunter.

Die Katze hatte es geschafft. Sie hatte tatsächlich vor den Elfen fliehen können und war aus eigener Kraft ins Dorf zurückgekehrt!

Erleichterung und ein Gefühl der Liebe breiteten sich in Thesalis' Körper aus. Augenblicklich spürte sie die Präsenz der großen Raubkatze in ihrem Geist, die sie sanft anstieß. Das war die Art, wie Csilla sich mit ihr verständigte. Als Thesalis die Verbindung zur Raubkatze spürte, rannen ihr vor Freude über das Wiedersehen Tränen über die Wangen. Sie hatte in ihrer Gefangenschaft so sehr vermisst, sie an ihrer Seite zu wissen.

Da ihre Arme immer noch auf der Bahre befestigt waren, damit sie nicht herunterrutschte, konnte sie sie jedoch nicht anheben, um die Raubkatze zu streicheln. So blieb ihr nur, ihr mit einer sanften Berührung ihres Geistes zu verstehen zu geben, wie sehr sie sich freute. Csillas Schnurren wurde ein wenig lauter und sie tappte neben der Trage her, während sie Thesalis nicht mehr aus den Augen ließ.

Sie war eine gewaltige Raubkatze – so groß, dass sie der Amazone bis fast zur Hüfte reichte, wenn sie stand. Dennoch war ihr Gang geschmeidig und lautlos wie bei ihren kleineren Artgenossen.

Jetzt würde alles gut werden, das spürte Thesalis, als sie unentwegt in die gelben Katzenaugen sah, die sie ihrerseits liebevoll musterten.

Lautes Lachen und Kichern drang an ihr Ohr, als einige Mädchen auf die heimkommenden Kriegerinnen zurannten und von ihren erschöpften Müttern auf die Arme genommen wurden. Die Kinderhüterinnen sorgten eilig dafür, dass die restlichen kleinen Amazonen ihren großen Vorbildern nicht im Weg herumstanden.

Es galt bei den Töchtern des Waldes als ein Privileg, sich um den Nachwuchs zu kümmern und ihn großziehen zu dürfen. Eine Ehre, die nur den alten Amazonen vorbehalten war, die nicht mehr in den Krieg ziehen oder auf die Jagd gehen konnten. Daher wurden sie jetzt auch von Berilla und den anderen Kämpferinnen respektvoll begrüßt.

Die Siedlung beherbergte über fünfhundert Amazonen und umfasste etwa dreihundert Hütten. Die größte von ihnen – diejenige, die Berilla als Anführerin ihres Stammes bewohnte – lag in der Dorfmitte, auf einem Hügel, von dem aus man die gesamte Siedlung überblicken konnte.

Das Gebäude besaß zwei Stockwerke und einen weitläufigen Raum, in dem Berilla andere Stammesführerinnen empfangen konnte. Außerdem wurde es zusätzlich von einem Palisadenzaun umgeben, vor dem Tag und Nacht vier Amazonen patrouillierten.

Auf dieses Gebäude ging Berilla nun eilig zu. Die Kriegerinnen, die Thesalis trugen, folgten ihr nicht minder schnell – ebenso wie der Panther.

»Bringt sie in meine Gemächer«, wies Berilla die Trägerinnen an, während sie einem herbeieilenden Sklaven ihren Schild und ihre Waffe reichte.

Thesalis erkannte ihn sofort, als sie ihn zwischen ihren halbgeschlossenen Lidern erblickte. Sein Name war Santis und er gehörte zu Berillas Lieblingssklaven. Er war nur mit einem Lendenschurz bekleidet, was den Blick auf seine gut gebaute, muskulöse Gestalt freigab. Seine blauen Augen wirkten wach, seine Gesichtszüge waren schmal, aber nicht unmännlich. Wie bei allen Sklaven war sein Haar abrasiert worden.

Berilla hatte Thesalis einmal erzählt, dass Santis ein ganz besonderer Mann sei. Wenn sie bei ihm läge, könne sie für einige Augenblicke vergessen, welche Verantwortung tagtäglich auf ihren Schultern lastete. Der Sklave erfüllte ihr jeden Wunsch, gleichgültig, was Berilla von ihm verlangte. Er war seit einem halben Jahr ihr Sklave und sie hatte die Entscheidung, ihn am Leben zu lassen, bisher noch nicht bereut. Obwohl die Anführerin immer noch kein Kind von ihm erwartete … Amazonen wurden selten schwanger. Nur wenige Männer waren dazu auserwählt, mit ihnen Kinder zu zeugen. Zudem durfte der Mann keine Magie in sich tragen, ansonsten starb das Kind bereits als Säugling. Warum, wusste nur Göttin Artaami.

Berilla hoffte immer noch, dass Santis ihr eines Tages ein Kind schenken würde. Es würde eine starke Amazonentochter werden, da Santis selbst ein kräftiger Mann war.

Und dennoch: Falls er sie enttäuschen oder hintergehen sollte, würde Berilla keine Sekunde zögern und ihm einen Dolch ins Herz rammen. Das war ihm sehr wohl bewusst. Aber trotzdem blieb er bei der Anführerin und hatte bisher keinen Versuch unternommen, zu fliehen, wie die anderen, die mit ihm gefangen genommen worden waren. Eine weitere Tatsache, die dazu führte, dass Berilla ihn mochte.

Auch Thesalis war der stille Mann ans Herz gewachsen – womöglich zu sehr für einen normalen Menschen, aber das war zweitrangig. Sie wusste, dass er in spätestens dreißig oder vierzig Jahren ohnehin sterben würde, weil sein menschlicher Körper zu schwach war, um länger zu leben.

»Santis, bereite heißes Wasser vor«, wies Berilla ihn nun an.

Der Mann nickte stumm und ging eilig davon.

Thesalis wurde währenddessen von zwei Schwestern in Berillas Hütte getragen. Sie brachten sie in den zweiten Stock, wo sich die Gemächer der Amazonenanführerin befanden. Berilla folgte ihnen die schmale Holztreppe nach oben, während die Raubkatze dicht an Thesalis' Seite blieb.

Der Raum, den sie betraten, war eine Art Galerie, von der aus man den großen Saal unten überschauen konnte. Ein Geländer schützte vor ungebetenen Blicken. Darauf ließ sich Berillas Falke nieder und beäugte die Amazonen neugierig.

Die Galerie war spärlich eingerichtet. Neben einem breiten Bett standen hier oben bloß eine Truhe sowie ein Schrank. Thesalis war noch nie hier gewesen, da es sich um die privaten Gemächer ihrer Anführerin handelte. Jetzt konnte sie erkennen, dass die Glut eines Feuerkessels für dämmeriges Licht sorgte. An der Decke gab es ein einzelnes Fenster ohne Fensterscheiben, dafür mit einer Holzvorrichtung, die am Abend oder bei Regen zugeklappt werden konnte. Das einzig Prunkvolle war ein weicher, brauner Teppich mit einem goldenen Rand, der neben dem Bett lag.

Thesalis stöhnte leise, als die Amazonen sie losbanden, von der Trage hochhoben und auf das Bett ihrer Anführerin legten. Ihr Körper war von einem steten, dumpfen Pochen erfüllt und sie musste all ihre Kraft aufbringen, um bei Bewusstsein zu bleiben. Sie spürte Csillas Präsenz an ihrer Seite, die sich neben dem Bett einrollte, um über ihre Gefährtin zu wachen.

Santis eilte mit einem Eimer heißem Wasser herbei und mit sauberen Tüchern, um die Berilla ihn zwar nicht gebeten hatte, aber die sie ihm dankbar nickend abnahm. Die beiden Amazonen, die sie hergebracht hatten, zogen sich respektvoll zurück. Sie würden allerdings in der Nähe bleiben, falls ihre Anführerin sie noch brauchte.

»Die Wunden haben sich noch stärker entzündet«, sagte Berilla, als sie Thesalis' Kleidung erneut aufgeschnitten hatte, um sich die Verletzungen anzusehen. »Es wird eine Weile dauern, bis sie vollständig geheilt sind. Und es werden viele Narben bleiben.«

Thesalis keuchte, als sie das kühle Nass auf ihrer geschundenen Haut spürte, während Berilla begann, den Schmutz wegzuwaschen. Aber sie biss die Zähne zusammen. Sie wusste, dass das hier notwendig war, wenn sie überleben wollte – und das wollte sie. Allein schon, um diese verdammten Elfen anzugreifen und ihre Schwestern zu rächen.

Sie schickte ein stummes Stoßgebet zu Göttin Artaami, sie möge ihre schützende Hand über sie halten.

Aus dem Augenwinkel sah sie, wie Santis eine Salbe aus Kräutern zusammenmischte, die später auf die Wunden aufgetragen werden würde. Er zerkleinerte mit dem Mörser getrocknete Blätter und vermengte sie mit einer weißen Paste.

Währenddessen begann Berilla, einige der oberflächlicheren Wunden zusammenzunähen. Die Einstiche in ihre Haut spürte Thesalis kaum, dafür schmerzte der Rest ihres Körpers viel zu sehr.

Ein paar Mal verlor sie dennoch das Bewusstsein, aber sie bekam den größten Teil der Behandlung mit.

»Ich muss leider einige der Wunden offen lassen, bis der Eiter vollständig abgelaufen ist«, erklärte Berilla. »Ansonsten würde wieder Wundbrand entstehen. Aber die Salbe sollte zusätzlich helfen, dies zu verhindern.«

Sie begann, die Paste auf die Verletzungen aufzutragen und Thesalis durchströmte augenblicklich ein Gefühl, als läge sie in einem kühlen Fluss.

»Geh, hol die Schamanin her«, hörte sie Berilla zu Santis sagen. »Ich brauche ein starkes Betäubungsmittel, damit Thesalis den nächsten Schritt übersteht.«

Thesalis hörte, wie Santis sich entfernte, und versuchte, so ruhig wie möglich liegen zu bleiben. Sie wusste, was als Nächstes kommen würde und hatte jetzt schon Angst davor. Da einige der Wundränder bereits von Fäulnis befallen waren und abscheulich stanken, würde Berilla sie wegschneiden müssen. Eine Prozedur, die nicht ohne Betäubung zu ertragen war.

Durch die Wimpern hindurch konnte sie erkennen, wie die Amazonenanführerin gerade ein scharfes Messer in den Feuerkessel legte, um es für die Behandlung vorzubereiten.

Es dauerte nicht lange, bis die Schamanin der Amazonen hinzukam. Sie war wahrscheinlich schon unterwegs gewesen, als sie von der Ankunft ihrer Schwestern gehört hatte und hatte sich zunächst um die anderen Kriegerinnen gekümmert.

Die Schamanin war eine kleine, ältere Frau mit schneeweißem Haar, deren Gesicht mit Falten und Warzen übersät war. Niemand kannte ihr Alter oder ihren richtigen Namen. Alle nannten sie bloß ›Schamanin‹. Sie war dafür zuständig, alle Krankheiten und Verletzungen der Amazonen zu behandeln – das tat sie seit Jahrhunderten. Wenn jemand Thesalis retten konnte, dann sie.

Santis wischte Berilla mit einem kühlen, nassen Tuch den Schweiß von der Stirn, damit er ihr nicht in die Augen tropfte.

»Danke«, sagte die Anführerin der Amazonen müde.

Die Schamanin beugte sich über Thesalis und murmelte ein Gebet. Dann schob sie ihr eine Art Bohne zwischen die Lippen.

»Kau das«, sagte sie. Ihre Greisenstimme klang rau und war von einem steten Zittern durchzogen. »Das wird dich in einen tiefen Schlaf versetzen, der dich stärken wird.«

Thesalis tat wie geheißen und biss auf die Bohne. Zuerst verbreitete sich ein bitterer Geschmack in ihrem Mund, der allerdings mit jedem Bissen stärker nach Honig roch. Eine komische Mischung …

Das war der letzte, klare Gedanke, den sie fassen konnte.

Schon spürte sie, wie ihr Körper leichter zu werden schien. Ihre Sicht verschwamm und ihre Lider wurden so schwer, dass sie die Augen nicht mehr offen halten konnte. Es fühlte sich an, als gerate sie in einen Strudel voller Wärme, der sie rückwärts zu sich zog. Weit weg von allem, was sich Gegenwart und Schmerzen nannte.

Sie hörte noch, wie die Schamanin zu einem leisen Singsang ansetzte, dann wurde ihr Geist von dem Strudel vollends verschluckt.

19 THESALIS

»Wer seid Ihr?«

Eine weibliche Stimme drang an ihr Ohr. Doch sie wusste nicht, aus welcher Richtung sie kam – sie hätte von überall herkommen können.

»Was tut Ihr hier?«, setzte die Stimme nach.

Thesalis blinzelte und öffnete die Augen.

Sie stand an einem fremden Ort. Rund um sie herum war Nebel. Weiße Schwaden schwebten vorbei, hüllten sie ein und verließen sie dann wieder. Die Luft war angenehm kühl.

Als sie an sich herunterblickte, sah sie mit Erstaunen, dass sie ein langes Kleid aus weißer Seide trug. Ein Stoff, der unüblich bei den Amazonen war – sie kannte ihn nur von den Händlern, auf die sie im Wald ab und an getroffen war und die wahnwitzige Preise für dieses edle Gewebe verlangten.

Ihr Körper fühlte sich stark und gesund an. Keine Spur mehr von Verletzungen … seltsam.

Wo war sie? Warum trug sie dieses Kleid?

Sie sah sich verstört um.

»Wo bist du?«, fragte sie die Frauenstimme, die sie vorhin gehört hatte. »Zeig dich!«

Eigentlich hatte sie nicht erwartet, dass die Stimme sich nochmals melden würde, aber sie erklang erneut, als hätte sie bloß auf die Frage gewartet: »Ich weiß nicht, wo ich bin – und ich weiß nicht, wo Ihr seid … ich habe Euch singen gehört. Zeigt *Ihr* Euch!«

Thesalis fuhr sich mit beiden Händen durch das lange, blonde Haar und sah sich verwirrt um. Sie konnte sich nicht daran erinnern, gesungen zu haben …

Was war das für ein absurdes Spiel? War sie gestorben? War das hier das Reich der Toten? Oder träumte sie bloß?

Sie erinnerte sich, dass sie verletzt nach Hause gebracht worden war. Auch, dass Berilla ihre Wunden heilen wollte.

Die Schamanin, ihr Gesang … dann war alles verschwommen.

»Csilla?«, rief sie mit einem Mal panisch.

Wo war die Raubkatze?

Die Legenden der Amazonen besagten, dass ihre Gefährten ihnen bis in den Tod folgten … wenn sie also tot war, musste Csilla hier sein. Irgendwo …

»Wer ist Csilla?«, wollte die andere Stimme wissen.

Doch Thesalis antwortete ihr nicht, sondern sah sich weiter suchend um. Sie ging einige Schritte nach links, dann nach hinten. Der Boden war mit Nebelschwaden verhangen, die ihr bis zu den

Knien reichten. Sie wusste nicht, woraus der Untergrund bestand. Vielleicht Stein, vielleicht ein anderes Material. Jedenfalls war er hart, verschluckte ihre Schritte jedoch wie ein weicher Teppich.

Aber sie konnte ihre Katze nirgendwo sehen.

War sie also doch nicht tot? Oder stimmten die Legenden der Amazonen etwa nicht? Folgten ihre Gefährten ihnen nicht? Hatte sie Csilla für immer verloren?

Grauen erfasste sie bei diesem Gedanken und sie fühlte eine Gänsehaut über ihren Rücken rinnen. Sie hatte sich nicht einmal verabschieden können …

»Ich glaube, ich sehe Euch«, erklang die andere Frauenstimme erneut.

Thesalis blickte sich um, konnte aber niemanden erkennen.

»Bleibt, wo Ihr seid, ich komme zu Euch!«, rief die Stimme.

Einen Augenblick lang überlegte die Amazone, ob es eine gute Idee war, dem Befehl Folge zu leisten. Sie wusste ja nicht, wer die andere Person war – vielleicht sollte sie versuchen, sich zu verstecken. Nur wo? Außer Nebel gab es hier nichts, das als Versteck hätte dienen können.

Noch ehe sie einen Entschluss fassen konnte, sah sie eine Gestalt, die langsam auf sie zukam. Die Nebelschwaden teilten sich, wichen zur Seite und mit einem Mal stand eine junge Frau vor ihr.

Nein. Keine Frau – eine *Elfin*!

Sie hatte langes, dunkelbraunes Haar, trug ein ebenso weißes Kleid wie sie selbst und schien unbewaffnet zu sein. Ihr Gesicht war wie das von allen anderen ihres Volkes ebenmäßiger als bei einem Menschen. Ihre Augen waren ebenso dunkelbraun wie ihr

Haar, wiesen jedoch einige helle Sprenkel auf. An ihrem rechten Unterarm trug sie fünf Armreife, ansonsten schien sie keinen Schmuck zu besitzen.

Thesalis schnaubte wütend.

Sollte das etwa ein Scherz von Artaami sein? Wenn ja, dann war er mehr als unpassend! Schließlich waren die Elfen der Grund, dass sie hier war … falls das hier das Reich der Toten sein sollte.

Was sollte das? Warum stand diese Elfin vor ihr?

Erwartete Artaami, dass sie gegen diese Brut kämpfte?

Sie spürte den Zorn auf dieses Volk mit jeder Sekunde wieder in sich wachsen und wenn ihr Gegenüber sie nicht so überrascht gemustert hätte, wäre sie ihr wohl direkt an die Kehle gesprungen, um Rache zu üben.

Rache für die Qualen, die sie bei diesen Bastarden hatte erdulden müssen.

Rache für ihre Schwestern.

Rache für alles, was sie ihnen angetan hatten …!

»*Ihr* seid es!«, rief die Elfin jedoch in diesem Moment aus. »Ich erkenne Euch!«

Thesalis hatte keine Ahnung, woher sie diese Elfin kennen sollte und warum sie mit einem Mal mühelos die elfische Sprache verstand.

Aber es war ihr auch gleichgültig. Elfin blieb Elfin – und sie *hasste* Elfen!

»Ich werde meine Schwestern rächen!«, knurrte sie wütend.

Die Elfin hob jedoch beide Hände und im selben Moment konnte Thesalis einen Schutzschild um deren Körper flimmern sehen. Das kannte sie bereits und es schüchterte sie keineswegs ein – im Gegenteil!

»Kämpf wie eine richtige Frau!«, bellte die Amazone zornig und hob die Fäuste in die Höhe.

»Ich werde nicht gegen Euch kämpfen«, sagte die Elfin in ruhigem Tonfall. »Ich habe Euch in einer Vision gesehen … Ihr wart an meiner Seite.«

Thesalis grunzte abfällig. »Dann muss dein Verstand noch benebelter sein als diese Gegend hier!«, höhnte sie. »Ich würde *niemals* eine Elfin an meiner Seite dulden! Ihr habt meine Schwestern gemeuchelt!«

»Nein. Ich habe in meinem ganzen Leben noch nie jemanden getötet.« Die Elfin neigte ihren Kopf, als täte es ihr dennoch leid. »Aber ich bin Euch in einem Traum begegnet. Ihr wart eine Gefangene, habe ich recht?«

Langsam begann Thesalis diese Fremde doch unheimlich zu werden. Wie konnte sie von ihrer Gefangenschaft wissen? Hatte sie sie etwa im Elfendorf erspäht?

»Mein Name ist Amyena«, fuhr die Elfin fort. »Ich bin auf dem Weg zu Euch. Ihr habt mir eine bessere Zukunft versprochen …«

»*Was* habe ich?«, fragte Thesalis entgeistert. »Du fantasierst – ich habe dich noch nie gesehen!«

Aber die Elfin schüttelte vehement ihren Kopf. »Mag sein, dass Ihr mich nicht gesehen habt – aber ich habe *Euch* gesehen. Und ich weiß, dass sich unsere Wege kreuzen müssen. Das hat Gott Ferys so vorherbestimmt.«

»Ferys«, schnaubte Thesalis. »Dein Elfengott hat doch ebenso wie Artaami schon lange die Augen vor dem verschlossen, was hier unten geschieht!«

»Warum begegnen wir uns dann jetzt?«, fragte die Elfin mit hochgezogener Augenbraue.

»Was weiß ich?«, stieß Thesalis hervor. »Ich weiß ja noch nicht einmal, ob du echt bist! Wahrscheinlich habe ich nur einen Fiebertraum und werde in der nächsten Sekunde aufwachen, ohne mich an dich zu erinnern.«

»Oh, das glaube ich nicht.« Jetzt erschien ein Lächeln auf Amyénas Gesicht. »Ihr habt wahrscheinlich einen Traum, das stimmt. Aber ich bin ebenso real wie Ihr. Hier, nehmt zum Zeichen diesen Armreif.« Sie streifte einen goldenen Reif von ihrem Unterarm. »Wenn wir uns wiedersehen, werdet Ihr ihn mir zurückgeben. Bis dahin bewahrt ihn gut auf.«

Thesalis nahm das Schmuckstück stirnrunzelnd entgegen. Sie wusste nicht, was sie davon halten sollte, dass diese fremde Elfin ihr einen Armreif gab. Eine Feindin … die ihr etwas schenkte. Was war das nur für ein sinnloser Traum?!

»Wer garantiert mir, dass …« Als sie den Blick hob, war sie wieder alleine mit den Nebelschwaden.

Sie sah sich um und fluchte.

»Amyéna!«, rief sie. »Wo bist du?! Zeig dich!«

Doch die Elfin war wie vom Erdboden verschluckt.

Thesalis starrte misstrauisch auf den Armreif, der immer noch in ihrer Hand lag und drehte ihn hin und her. Er schien tatsächlich ein ganz normales Schmuckstück zu sein …

Nach kurzem Zögern streifte ihn sich über das Handgelenk.

Was hatte das alles nur zu bedeuten? Warum hatte diese Elfin sie bereits früher schon gesehen? Warum wusste sie von ihrer Gefangenschaft? Was bedeutete es, dass sie auf dem Weg zu ihr war?

Mit einem Mal begann sich ihre Umgebung aufzulösen. Die Nebelschwaden wirbelten nun durcheinander, als würde ein Wind in sie hineinblasen, und stoben über den unsichtbaren Boden davon.

Thesalis spürte, wie ihr Körper sich ebenfalls aufzulösen begann und schrie unwillkürlich auf.

Was geschah hier?

Panisch sah sie sich um, konnte aber nichts finden, woran sie sich festhalten konnte.

Mit einem Mal drangen Stimmen an ihr Ohr.

Vertraute Stimmen.

Sie versuchte, sich darauf zu konzentrieren, schloss die Augen, um sie besser wahrzunehmen.

Als sie blinzelte, schossen jäh Schmerzen durch ihren Körper, die sie aufstöhnen ließen. Es fühlte sich an, als bestände jede Muskelfaser aus Feuer und verbrennte gerade zu Asche.

»Sie kommt zu sich«, raunte jemand nahe bei ihrem Ohr.

Das war Berilla.

»Das war aber auch allerhöchste Zeit«, bemerkte die Stimme der Schamanin.

Thesalis fühlte eine Hand, die über ihre Stirn strich.

»Trink.«

Jemand hielt ihr ein Gefäß an die Lippen. Gierig trank sie einen großen Schluck, da ihr Hals sich wie ausgetrocknet anfühlte. Es war kalte Hühnersuppe, die ihr eingeflößt wurde. Das Köstlichste, was sie seit Tagen zu sich genommen hatte.

»Nicht so hastig, langsam«, sprach die Schamanin leise.

Thesalis blinzelte erneut und jetzt nahm sie weitere Einzelheiten ihrer Umgebung war.

Sie war wieder in Berillas Gemächern, lag auf ihrem Bett. Neben sich konnte sie das leise Schnurren von Csilla wahrnehmen, die wahrscheinlich immer noch eingerollt dalag und döste. Als die Katze Thesalis' Blick auf sich spürte, öffnete sie ein Auge und sah sie träge an, als wollte sie sich nur rasch vergewissern, dass es ihrer Gefährtin gut ging, ehe sie weiterschlief.

»So ist gut«, sagte die Schamanin und schenkte ihr eines ihrer seltenen Lächeln. »Und jetzt versuch zu schlafen, Kind. Dein Körper braucht viel Ruhe. In der Brühe war eine Medizin, die deine Schmerzen lindern wird und den Heilprozess beschleunigt. Du wirst tief schlafen.«

Thesalis konnte nichts antworten, da sich auch ihr Hals wund und rau anfühlte – trotz der Medizin. Sie sah, wie die Schamanin sich erhob und zusammen mit Berilla zur Treppe ging.

Sie wollte sie bitten zu bleiben, sie fragen, was ihr Traum zu bedeuten hatte. Sie streckte ihre Hand nach den beiden Amazonen aus – und schluckte die Worte, die sie gerade noch sagen wollte, unausgesprochen herunter.

Denn ihr Blick blieb wie erstarrt an dem goldenen Armreif haften, der ihr Handgelenk zierte.

20 Amyéna

Als die Elfin erwachte, lag sie auf dem Rücken und konnte das Tageslicht durch ihre geschlossenen Lider erkennen. Ihr Körper schmerzte, als sei jede einzelne Muskelfaser gerissen und sie hatte das Gefühl, dass ihre Zunge aus Sandpapier bestand, so rau wie sie sich anfühlte.

Sand …

Sie spürte ihn warm unter ihren Fingern, aber ihre Augen waren zu schwach, um sich zu öffnen. Geschweige denn, dass Ihr Körper dem Befehl gehorchen wollte, aufzusitzen, sodass sie sich umsehen konnte.

Eine Weile blieb sie einfach liegen und lauschte den Geräuschen um sich herum. Sie konnte Möwen kreischen hören sowie das beruhigende Rauschen der Wellen.

Ansonsten war alles still. Beinahe friedlich.

Auf ihrer Haut spürte sie Wärme … wahrscheinlich schien die Sonne auf sie herunter. Und es roch nach Algen und Salz …

Langsam erinnerte sie sich an den Sturm. Den Wind, der geheult hatte. Die Blitze, die donnernd auf das Schiff herniedergefahren waren. Die Schreie, die Rufe … das kalte Wasser.

Aderan …

Er hatte sie gerettet. War bei ihr gewesen …

Wo war er jetzt?

In ihrem Geist hallte etwas nach. Sie wusste, dass sie geträumt hatte, ehe sie zur Besinnung gekommen war. Nur hatte sie keine Ahnung mehr, worum es in ihrem Traum gegangen war. Es schien ihr beinahe, als ob sich ein dichter Schleier über ihre Erinnerungen gelegt hätte. Nur schemenhafte Bruchstücke waren in ihrem Gedächtnis geblieben. Und das Gefühl, etwas Wichtiges gesehen zu haben … doch *was*, das vermochte sie nicht zu sagen.

Vielleicht wieder diese geheimnisvolle Frau, die sie bereits in früheren Träumen gesehen hatte? Oder hatte der Traum von etwas anderem gehandelt?

Mit einem Mal vernahm sie Stimmen – Männerstimmen – und versuchte mit aller Kraft, ihre Augen zu öffnen. Aber es gelang ihr nicht.

»Da ist sie!«

Das war der Kapitän … oder?

Sie versuchte abermals, sich bemerkbar zu machen, aber weder ihre Augenlider noch ihre Gliedmaßen wollten ihr gehorchen.

So blieb ihr nur, im Sand zu liegen und abzuwarten.

Sie musste ihr Bewusstsein zwischenzeitlich verloren haben oder eingeschlafen sein, denn mit einem Mal spürte sie, wie sie getragen wurde. Auf etwas Weichem – wahrscheinlich eine Art Tuch.

»Meint Ihr, sie wird das überleben?«, fragte dieselbe Stimme wie vorhin.

Jetzt war Amyéna sich sicher, dass es sich um Kapitän Aderan handelte.

Wieder versuchte sie, sich bemerkbar zu machen – ihm zu zeigen, dass sie wach war, ihn hören konnte. Doch auch dieses Mal gelang es ihr nicht und sie fühlte, wie ihr Geist sich nach der Dunkelheit zurücksehnte, die sie mit jeder Minute stärker zu sich zog.

Schließlich gab sie dem Drang nach und versank in der Tiefe der Schwärze, die sich tröstend um sie legte.

Sie träumte wirre Dinge. Von goldenen Augen, die sie verfolgten. Von Bächen, die zu reißenden Flüssen aus Lava wurden und Menschenmengen, die aus Skeletten bestanden.

»Sie kommt zu sich«, murmelte eine Frauenstimme. Sie klang rau, alt. Fremd.

Schon spürte sie eine Hand, die ihr über die Stirn strich. Dann etwas Kühles, Nasses.

»Das Fieber sinkt rasch. Sie scheint dem Tod gerade noch entronnen zu sein.«

Wieder diese Stimme. Irgendwie besaß sie eine beruhigende Wirkung. Wenngleich sie auch viele Fragen aufwarf.

Wo war sie?

Wer war die Frau?

Wo war Aderan?

Wo waren die anderen?

Wer hatte das Schiffsunglück überlebt?

»Ruhig, mein Kind«, sprach die Frau weiter. »Ihr wart nah an der Schwelle zum Tod. Ihr solltet Euren Weg zu den Lebenden langsam begehen.«

Amyéna verstand nicht, wollte den Kopf schütteln zum Zeichen, dass sie mehr Erklärungen brauchte. Ihre Augenlider zuckten, als sie alle Kraft dafür aufwenden musste, sie einen Spalt weit zu öffnen.

Was sie sah, war verschwommen, als blicke sie durch einen beschlagenen Spiegel. Die Helligkeit blendete sie und sie presste die Augen wieder zusammen.

Jetzt nahm sie einen intensiven Geruch wahr und wunderte sich, dass er ihr nicht eher aufgefallen war. Fast schien es so, als würden ihre Sinne einzeln und langsam in ihren Körper zurückkehren. Es roch nach Kräutern, frischem Brot, Fisch und Algen. Eine bizarre Mischung, die sie ihre Nasenflügel blähen ließ.

»So ist gut. Lasst Euch Zeit«, murmelte die Frauenstimme.

»Ist sie wach?«

Da war sie wieder: die Stimme des Kapitäns. Er war bei ihr. Immer noch.

»Beinahe, sie kämpft tapfer«, antwortete ihm die Frau.

Amyéna hörte, wie der Kapitän an ihre Seite trat. Fast vermeinte sie, seinen Blick auf sich zu spüren und nahm all ihre Kraft nochmals zusammen, um ihre Augen zu öffnen.

Jetzt konnte sie Umrisse erkennen. Rechts von sich.

Da saß jemand – wahrscheinlich die Frau.

Daneben stand ein hochgewachsene Gestalt – wahrscheinlich der Kapitän.

»Amyéna«, hörte sie seine Stimme. »Ihr seid in Sicherheit. Ich bin es: Aderan. Wie fühlt Ihr Euch?«

Die Elfin versuchte, ihren Mund zu öffnen, aber ihre Lippen waren so trocken, dass sie zusammenklebten.

Sie sah, wie die Frau nach etwas griff und einen Augenblick später spürte sie, wie der nasse Lappen über ihren Mund strich und sorgfältig Flüssigkeit einflößte.

»Hier, trinkt das.«

Jetzt spürte sie den Rand eines Bechers an ihrem Mund und schmeckte etwas Bitteres.

»Das ist ein Heilmittel«, erklärte die Frauenstimme.

Amyéna schluckte vorsichtig. Ihre Kehle schmerzte, da sie vollkommen ausgetrocknet war. Aber die Flüssigkeit tat ihr gut, sie spürte, wie sie ihren Hals herunterrann, sich in ihrem Magen verteilte und sich von dort in ihrem Körper ausbreitete.

Was auch immer die Frau ihr gegeben hatte, es war ein starkes Heilmittel. Etwas, das nicht einmal die Elfen kannten.

Nach einigen weiteren Sekunden konnte sie endlich die Augen vollends öffnen und ihr Blick klärte sich.

Aderan hatte sich über sie gebeugt und musterte sie besorgt. Als er bemerkte, dass sie ihn wahrnahm, erschien ein weiches Lächeln auf seinem Mund. »Willkommen zurück bei den Lebenden«, sprach er leise.

»Noch ist die Schwäche nicht gänzlich überwunden«, bemerkte die alte Frau.

Amyéna wandte ihr den Kopf zu. Die Fremde hatte schneeweißes Haar, ihre Haut war voller Runzeln.

»Wer seid Ihr … wo bin ich?«, flüsterte die Elfin leise. Das Sprechen fiel ihr schwer und ihre Stimme klang krächzig, aber die Medizin sorgte dafür, dass ihre Lebensgeister mit jeder Sekunde stärker zurückkehrten.

»Ihr seid bei mir zu Hause«, antwortete die Greisin. »Mein Name tut nichts zur Sache, nennt mich ›Alte‹ oder ›Heilerin‹. Das tun die meisten, die mich kennen.«

»Heilerin … Ich danke Euch«, sprach Amyéna schwach. »Ihr habt mein Leben gerettet.«

Die Greisin schüttelte leicht den Kopf. »Nein, das war *er* hier.« Sie deutete mit dem Kinn zu Aderan, der sich wieder aufgerichtet hatte. »Er hat Euch zu mir gebracht.«

Amyéna wandte sich wieder dem Kapitän zu und versuchte sich an einem Lächeln, das ihr jedoch nicht gelingen wollte, da ihr Körper noch viel zu schwach war. »Danke«, hauchte sie.

»Sehr gern … Prinzessin.« Seine Augen blitzten.

Amyéna zuckte bei dieser Anrede zusammen und sie sah ihn überrascht an.

»Aye, wir wissen von Eurer adeligen Herkunft«, nickte Aderan mit einem schiefen Lächeln. »Ihr habt sie uns in Eurem Fiebertraum zugeflüstert.«

»Ich …« Amyéna wusste nicht, was sie sagen sollte, also schwieg sie.

»Keine Sorge«, meinte Aderan schulterzuckend. »Wir können darüber sprechen, wenn Ihr wieder bei Kräften seid. Vorerst dürfen wir hier bei der Heilerin bleiben – danach werden wir uns aber länger unterhalten müssen. Erholt Euch jetzt erst mal.«

Er nickte ihr nochmals zu und verließ dann den Raum.

Amyéna blickte ihm mit gemischten Gefühlen hinterher. Sie war einerseits erleichtert, dass sie ihn nicht mehr anlügen musste. Sie hatte Lügen schon immer verabscheut und nur im äußersten Notfall dazu gegriffen. Andererseits befürchtete sie aber, dass er sie auf der Stelle zurück nach Westend bringen würde, wenn sie wieder stark genug war für eine Reise.

»Sorgt Euch nicht«, lenkte die Greisin ihre Aufmerksamkeit wieder zu sich. »Die Götter haben Großes mit Euch vor, das habe ich vom ersten Augenblick an gesehen … Ihr hattet keinen Fiebertraum, sondern eine Vision. Ihr habt die Gabe des Sehens.«

»Wie meint Ihr das? Was ist das für eine Gabe?«, fragte Amyéna mit großen Augen.

»Nur wenige besitzen sie«, erklärte die Alte geheimnisvoll. »Passt gut darauf auf.«

Amyéna runzelte die Stirn. Dann hatte sie also recht gehabt und während ihrer Bewusstlosigkeit geträumt … von dieser geheimnisvollen Frau.

»Ihr werdet so lange hierbleiben, bis Ihr wieder bei Kräften seid. Dann werdet Ihr dem Ruf der Götter folgen«, sagte die Greisin, ohne sie anzusehen.

Der Blick der Heilerin war auf das Fenster an der gegenüberliegenden Seite des Zimmers gerichtet, durch das Amyéna das Meer sehen konnte. Offenbar lebte die Alte direkt am Strand. Wo auch immer dieser sich befinden mochte. Altra konnte es nicht sein, dazu waren sie schon zu weit weg gewesen. Vielleicht eine Insel?

Amyéna überlegte, ob sie die Greisin danach fragen sollte. Aber da erhob sich die Heilerin auch schon, nickte ihr nochmals zu und verließ mit einem gemurmelten »Schlaft nun ein wenig« das Zimmer.

Es war im Grunde auch einerlei, wo Amyéna sich befand, solange sie sich hier erholen und neue Kräfte schöpfen konnte.

Abermals versuchte sie, sich an ihren Traum zu erinnern, den die Heilerin ›Vision‹ genannt hatte – vergebens.

Woher wusste die Alte davon? Warum glaubte sie, es sei kein normaler Traum gewesen?

Nachdenklich spielte Amyéna mit ihren Armreifen, wie sie es immer tat, wenn sie versuchte, ihre Gedanken zu sammeln – und stutzte. Sie hob ihre Hand auf Augenhöhe, sodass ihr Blick auf das Handgelenk mit den Schmuckreifen fiel … einer davon fehlte.

Einen Moment lang zog sich ihr Herz zusammen, weil es sie schmerzte, ein Geschenk ihres verstorbenen Vaters verloren zu haben. Wahrscheinlich war er ihr während des Sturms im Wasser abhandengekommen …

21 Maryo

Verdammt, wir müssen doch irgendetwas finden!«

Der Elf stand im Beiboot und ließ seinen Blick zum hundertsten Mal über das Wasser gleiten, das in der untergehenden Sonne blutrot geworden war. Vereinzelt hingen noch dunkle Wolken über ihnen am Himmel, die den Seefalken in eine düstere Atmosphäre tauchten – aber nicht so düster, wie es in Maryos Herzen aussah.

Seit sie die ersten Trümmerteile auf dem Meer entdeckt hatten, hielten sie Ausschau nach Überlebenden. Eine erfolglose Mission, wie sich bisher herausgestellt hatte.

Das Schiff, das Amyéna nach Karinth hätte bringen sollen, war eindeutig nicht mehr zu retten. Vereinzelte Fässer, Segelteile und Holzscheite, die im Wasser trieben, deuteten darauf hin, dass es hier in der Nähe untergegangen sein musste. Leichen waren keine zu finden – wahrscheinlich hatten sich die Raubfische bereits über sie hergemacht, deren Rückenflossen Maryo ab und an neben ihrem Boot aus dem Wasser auftauchen sah.

Er hatte nie schwimmen gelernt – und noch nie hatte er diese Tatsache so sehr verflucht wie jetzt. Wäre er im Wasser nicht wie ein Sandsack untergegangen, hätte er keine Sekunde gezögert und sich in die Fluten gestürzt, um nach einem Zeichen von Amyéna zu suchen. Selbst wenn dieses Unterfangen ausweglos war, denn hätte es Überlebende gegeben, hätte man sie im Wasser treiben sehen. Die See war ruhig und die Wellen kaum eine Handbreit hoch.

Doch sie konnte nicht tot sein … das konnte einfach nicht geschehen sein. Und Maryo wollte es auch gar nicht wahrhaben. Selbst wenn Edana ihm bereits lang und breit erklärt hatte, dass die Wahrscheinlichkeit, dass ein Mensch in diesem kalten Wasser überlebte, gegen null ging.

Amyéna war eine Elfin – kein Mensch. Und sie würde überleben! Ganz gleichgültig, wie! Sie musste einfach …

»Verdammt …«, flüsterte Maryo ein zweites Mal und ließ seinen goldenen Blick erneut über das dunkle Wasser schweifen.

Doch so sehr er auch alles absuchte, er konnte keinen Hinweis auf Überlebende entdecken.

»Wir sollten zurück an Bord gehen«, schlug Edana vor, die neben ihm stand und ihm nun eine Hand auf den Arm legte.

Sie war die ganze Zeit bei ihm im Boot gewesen und hatte den Männern Anweisungen gegeben, wohin sie rudern sollten.

Der Elf wandte sich zu ihr um und runzelte die Stirn. »Gibt es hier in der Nähe Inseln? Festland? Irgendetwas?«

Edana schenkte ihm einen langen Blick, in dem er Mitleid erkannte. Er hasste Mitleid. Aber er widerstand dem Drang, ihre Hand von seinem Arm zu schieben, und erwiderte ihren Blick stattdessen fest.

»Nun … es gibt eine kleine Inselformation in der Nähe …«, antwortete Edana zögernd. Offenbar widerstrebte es ihr, Hoffnung in ihm zu schüren.

Aber gerade im Moment brauchte Maryo Hoffnung.

Er brauchte sie so sehr, dass ihm das Luftholen wehtat. Denn ohne sie musste er der Realität ins Auge sehen – und diese Schmerzen war er noch nicht gewillt auszuhalten. Er war nicht gewillt, sich einzugestehen, dass Amyéna vielleicht tot war. Dass er versagt hatte. Dass er ihr nicht einmal hatte sagen können, wie seine Gefühle für sie aussahen … dass …

Nein! Sie *musste* noch leben. Eine andere Realität war er nicht bereit zu akzeptieren.

»Dann müssen wir dorthin segeln!«, sagte er in bestimmtem Tonfall. »Wir müssen zu dieser Inselformation.«

»Maryo …« Edana sprach seinen Namen sanft aus. Beinahe zärtlich. So wie eine Mutter, die ihrem Kind etwas beibringen möchte, das es nicht wahrhaben will.

»Nein!«, unterbrach er sie. »Behaltet Eure Worte für Euch und lasst uns aufs Schiff zurückkehren, um die Route zu diesen Inseln zu besprechen.«

Edana schenkte ihm einen weiteren, langen Blick, dann schlug sie die Augen nieder und nickte, während sie seinen Arm losließ. »Aye«, sagte sie leise. »Gut. Lasst uns das tun.«

Maryo atmete tief ein und aus, als ob er sich für einen Kampf rüsten müsste, und beobachtete, wie Edana ihre Männer anwies, zurück zum Seefalken zu rudern. Er setzte sich und starrte weiter über das Wasser.

Verdammt noch mal … wo war sie bloß?

Heute Morgen noch hatte er das Gefühl gehabt, dass er die See liebte – jetzt hasste er dieses hinterhältige Wasser! Mit jeder Faser seines Herzens verfluchte er Ferys dafür, dass er ihn hierher geschickt hatte! Dass er ihn überhaupt zu den Elfen von Westend gebracht hatte …

Hätte er nicht einfach weiterhin in den Wäldern leben können? Fernab von solchen Sorgen, die ihn jetzt quälten?

Zurück an Bord schritt Maryo schnurstracks hinter Edana zu deren Kabine. Dieses Mal schloss sich ihnen Sabal an. Er würde die entsprechenden Befehle direkt an die Mannschaft weiterleiten, sobald er wusste, wohin der neue Kurs sie führen sollte.

Edana holte zwei Seekarten aus einer Truhe und breitete sie auf dem Tisch aus, auf dem sie eben noch zu Abend gegessen hatten. Ein Schiffsjunge hatte in der Zwischenzeit die Gedecke wieder abgeräumt, sodass es genügend Platz auf der breiten Fläche gab.

Die Kapitänin befestigte die Karten geschickt mit zwei Kerzenständern und winkte Maryo herbei.

»Wir sind ungefähr hier.« Sie deutete auf einen Punkt auf dem ausgerollten Pergament.

Maryo war nicht geübt im Lesen von Seekarten. Er konnte aber die Westküste von Altra erkennen, da er bereits einmal am Hofe der Königin Landkarten von seiner Heimat studiert hatte. Edanas Finger war etwa eine Handbreit von der Westküste entfernt. Sie waren in der kurzen Zeit auf See wirklich schon weit vorangekommen.

Dann rollte die Magierin die zweite Karte aus, die zwei Halbinseln darstellte: Maryo erkannte sofort Karinth. Die Schwesterninseln des Westens.

»Hier gibt es beim Übergang auf die neue Karte eine kleine Inselformation, die ›Steininseln‹ genannt werden«, erklärte die Kapitänin. »Sie ist nicht eingezeichnet, da sie zu unbedeutend ist, es lebt nur eine Handvoll Leute darauf. Aber ich war schon einmal dort und kenne sie daher. Wenn Eure Prinzessin noch leben sollte, kann es sein, dass vielleicht Fischer sie gefunden und dorthin gebracht haben … die Wahrscheinlichkeit ist gering, aber …«

»… aber es gibt sie«, unterbrach Maryo sie, ehe Edana etwas Falsches sagen konnte. »Dann sollten wir dorthin segeln. Wie weit ist das entfernt?«

»Ungefähr eine halbe Tagesreise. Wir sollten noch im Morgengrauen dort sein. Sabal?«

Der Quartiermeister nickte stumm zum Zeichen, dass er verstanden hatte und verließ eilig die Kabine, um die Männer anzuweisen, in Richtung der Inseln zu segeln.

»Ich weiß, dass Ihr die Prinzessin unbedingt finden wollt«, begann Edana leise, als sie wieder alleine waren. »Aber Ihr solltet Euch keine zu großen Hoffnungen machen …«

Maryo, der den Blick weiterhin auf die Karten gerichtet hatte, hob den Kopf und sah sie unwirsch an. »Euer Mitgefühl in Ehren, aber ich brauche es nicht. Amyéna lebt, das weiß ich. Und ich werde meinen Befehl ausführen und sie zurück nach Westend bringen – lebend!«

Edana seufzte, während sich ein schwaches, beinahe wehmütiges Lächeln auf ihre Lippen legte. »Ich hoffe, sie weiß, wie viel Glück sie hat, einen solchen … Leibwächter wie Euch zu haben.«

Jetzt wurde Maryos Blick mit einem Mal etwas weicher und er sah sie fest an. »Was da vorhin zwischen uns war …«

»Schon gut.« Edana hob beide Hände, um zu signalisieren, dass sie nicht darüber sprechen wollte. »Ich verstehe, dass Euer Herz bereits einer anderen Frau gehört. Ich habe sie ja kennengelernt, sie ist eine beeindruckende Elfin und ich kann gut verstehen …«

Maryo ergriff wortlos ihre Handgelenke und unterbrach sie damit mitten im Satz. Er zog Edana zu sich.

Die Magierin sah ihn verblüfft an, während ihr ein erstaunter Laut entwich.

Maryo wusste, dass er das, was er gerade im Begriff war zu tun, vielleicht bereuen würde. Aber er konnte nicht anders. Er musste ihr erklären, wie es um sein Herz stand … wieder fühlte er diese Anziehung, die diese schwarzhaarige Menschenfrau auf ihn ausübte. Die Anziehung, der er zu erliegen drohte. Und er war nicht einmal sicher, ob er sich dagegen wehren wollte.

»Es stimmt. Amyéna wird immer einen Platz in meinem Herzen haben«, murmelte er mit rauer Stimme. »Ich liebe sie und würde für sie sterben … aber sie … sie ist unerreichbar für mich. Ich werde nie gut genug für sie sein, ganz gleichgültig, was ich tue.«

Edana blinzelte verwirrt. Sie stand jetzt so nah vor ihm, dass er wieder ihren Duft nach frischer Meeresbrise wahrnehmen konnte.

Dieser Duft war betörend – fast wie ein Heilmittel.

Ein Heilmittel, das ihm half, seine herumwirbelnden Gedanken zu beruhigen. Bei jedem Atemzug wurden die Stimmen seiner Sorgen und Vorwürfe leiser, begannen, in den Hintergrund zu rücken.

Bis noch vor einigen Tagen hatte es nur eine Frau in seinem Leben gegeben: Amyéna, die Prinzessin der Elfen von Westend. Natürlich hatte er auch schon andere Frauen in seinem Bett gehabt – er war schließlich auch nur ein Mann. Aber sein Herz hatte sich von dem Moment an, in dem er sie zum ersten Mal sah, nach der Prinzessin gesehnt.

Es war nicht nur ihre Schönheit, die ihn an Amyéna anzog, sondern auch ihre Freundlichkeit, das verborgene Temperament … und, zugegeben, auch die Tatsache, dass sie unschuldig wie eine Rose im Schnee wirkte – und dementsprechend beschützt werden musste. Wenn nötig, vor sich selbst.

Doch nun … etwas hatte sich seit dem Zusammentreffen mit Edana verändert. Amyéna war und blieb für ihn unerreichbar, das war ihm selten so bewusst gewesen wie in diesem Augenblick.

Aber … sein Herz sehnte sich danach, endlich die Liebe zu erhalten, die ihm so lange Zeit verwehrt geblieben war. Eine Liebe, die er in den blauen Tiefen von Edanas Augen zu erahnen glaubte.

Was war das bloß für eine Magie, die diese Menschenfrau umgab?

Sie wirkte wie eine Droge auf ihn, hüllte ihn ein, machte ihn abhängig. Sein Kopf sorgte sich zwar weiterhin um Amyéna, aber sein ganzer Körper entspannte sich, während er Edanas Duft einsog.

So, als sei er an einem Ziel angekommen, das er gar nicht gesucht hatte. Oder von dem er nicht gewusst hatte, dass er es suchte …

Edana sprach kein Wort, sondern sah ihn einfach nur an, während er sie musterte und versuchte, nicht von ihrem Zauber eingehüllt zu werden – vergebens.

»Amyéna lebt noch«, murmelte er schließlich. »Ich spüre es … aber sie ist nicht hier. Ihr hingegen …« Er ließ eines ihrer Handgelenke los, um stattdessen mit dem Rücken seines Zeigefingers über ihre Wange zu streichen. »Ihr *seid* hier. Bei mir. Und Ihr gebt mir das Gefühl, *dass* ich gut genug bin … dass ich zum ersten Mal in meinem Leben wirklich … lebe.«

Er konnte sehen, wie Edana jetzt die Luft einsog, als hätte sie die ganze Zeit den Atem angehalten. Ihre hellen Augen waren auf ihn gerichtet und ihr Brustkorb hob und senkte sich in einem raschen Rhythmus.

Wie sie so vor ihm stand, ihn erwartungsvoll ansah und dennoch diese gewisse Zurückhaltung ausstrahlte – diese letzte Hemmung, die sie davon abhielt, sich ganz für ihn zu öffnen … es war ein Anblick, den er nie geglaubt hatte, jemals bei dieser selbstbewussten Frau zu sehen.

Ihre Augenlider flackerten, als könnten sie sich nicht entscheiden, ob sie sich schließen sollten. Ihr Mund war leicht geöffnet, ihr Kinn etwas nach oben gestreckt, ihm entgegen. Die Wangen von einer sanften Röte überzogen.

Atemberaubend schön, überirdisch unschuldig …

»Von Euch geht ein Zauber aus, den ich nicht begreife«, fuhr Maryo fort, während er seine Finger durch ihre dunklen Strähnen gleiten ließ, die zu einem Zopf zusammengebunden waren. Er löste den Knoten des Lederbandes, sodass ihr Haar in schwarzen Wellen über die Schultern fiel. Gedankenverloren strich er darüber, wickelte eine Locke um seinen Finger. »Womöglich stellt mich Ferys gerade auf eine Probe. Ihr seid der erste Mensch, mit dem ich jemals gesprochen habe. Vielleicht sollte ich Euch in Ruhe lassen … Sabals Eifersucht nicht weiter schüren …«

»Tu es nicht«, flüsterte Edana. Ihre Worte waren kaum ein Hauch, aber das Verlangen in ihrer Stimme war unüberhörbar. »Lass mich nicht in Ruhe …«

Auf Maryos Lippen breitete sich ein leichtes Schmunzeln aus, als er sie erneut musterte. »Wenn du mich so ansiehst wie jetzt … wie könnte ich dich in Ruhe lassen …«

Er legte eine Hand in ihren Nacken und ließ seinen Blick für ein paar Lidschläge nochmals über ihr Gesicht gleiten, prägte sich jede Einzelheit ein. In ihren Augen zu versinken war in etwa dasselbe Gefühl wie heute Morgen, als er zum ersten Mal den Atem des Meeres auf seiner Haut gespürt hatte.

Es war ein Gefühl des Nachhausekommens. Der Ruhe … der Geborgenheit.

Dann senkte er langsam seinen Kopf zu ihr herunter. Edana hob ihm ihr Kinn entgegen, während sie ihre Hände auf seine Brust legte. Als er ihre Lippen mit seinen berührte, spürte er einen Blitz, der durch seinen ganzen Körper jagte und ihn erbeben ließ. Unwillkürlich drang ein leises Seufzen aus seinem Mund, das ihr ebenfalls einen Schauer bescherte.

Sie öffnete ihre Lippen für ihn, ließ ihn den Kuss vertiefen. Er zog sie noch näher an sich, legte eine Hand auf ihre Hüften und versank nun gänzlich in ihrem Duft nach Wellen und Wind.

Es war ein betörendes Gefühl.

Er hatte schon viele Frauen geküsst in seinem Leben – Elfinnen. Aber diese Menschenfrau … diese Magierin … sie weckte in ihm ein Verlangen, das er niemals geglaubt hatte, bei einem Menschen zu empfinden.

Das war verwirrend und berauschend zugleich. Er fühlte sich wie mitten in einem Sturm auf See … und gleichzeitig wie in einem sicheren Hafen.

Einen Moment lang bereitete ihm dieses Gefühl Unbehagen und sein Herz verkrampfte sich aus Angst, dass er gerade etwas tat, das er nicht tun sollte.

Doch dann spürte er Edanas Hände über seinen Körper wandern, nahm wahr, wie sie ihre Arme um seine Taille legte, sich an ihn drängte, seine Muskeln am Rücken nachzeichnete … und er wusste, dass es nicht falsch sein *konnte,* was er tat. Dafür fühlte es sich viel zu gut an.

Verdammt, es fühlte sich beängstigend gut an …

Mit einem Mal begann er zu begreifen, was sein Freund Raelys ihm hatte sagen wollen, als er meinte, dass es Menschen gab, die es wert waren, sich mehr als zwei Minuten mit ihnen zu beschäftigen.

Edana … sie war es auf jeden Fall wert, und die Beschäftigung mit ihr würde definitiv mehr Zeit beanspruchen als zwei Minuten.

22 EDANA

Als Maryo den Kuss beendete, schlug ihr Herz so schnell, als wäre sie gerade über das ganze Schiff gerannt und danach über die Takelage zum Krähennest hinaufgeklettert. Ihre Wangen fühlten sich warm an, ihr Blick war verschleiert.

Noch nie hatte ein Mann sie auf solch eine Weise geküsst. So sanft, fordernd, leidenschaftlich. Sie wusste, dass sie von diesem Moment an süchtig nach Maryos Küssen sein würde. Er gab ihr ein Gefühl, das sie bisher bei keinem Mann gefunden hatte: nicht nur begehrenswert, sondern *besonders* zu sein.

»Daran könnte ich mich gewöhnen«, murmelte Maryo, der seine Arme immer noch um sie geschlungen hatte. Sein goldener Blick ruhte auf ihr, und im weichen Kerzenschein, der ihre Kabine erhellte, wirkten seine Gesichtszüge wie aus Stein gemeißelt.

Edana lächelte. Sie wusste, dass das hier nicht von Dauer sein würde – sie war nicht so naiv zu glauben, dass ein Mann wie er nicht andere Frauen haben würde. Denn er war ein gutaussehender Elf und konnte Jahrtausende alt werden. Dennoch genoss sie diesen Moment in vollen Zügen. Denn hier und jetzt gehörte er nur ihr allein.

Sie war froh, dass sein Gesicht nicht mehr von Sorge gezeichnet war. Dass die harten Züge um seinen Mund, die Furchen auf seiner Stirn durch den Kuss weggewischt worden waren. Vielleicht tat sie ihm genauso gut wie er ihr …

»Wenn du möchtest, bleibe ich diese Nacht hier.«

Sein Lächeln war so verheißungsvoll, dass Edana sich zusammenreißen musste, um nicht auf den Vorschlag einzugehen. Es wäre falsch gewesen.

»Lass mich das mit Sabal erst klären«, antwortete sie und wand sich aus seinem Griff. Er ließ sie nur widerwillig los. »Er hat es nicht verdient, hintergangen zu werden – und genau danach würde es sich anfühlen, wenn ich dich heute hier übernachten ließe. Außerdem«, sie zwinkerte ihm zu, »ist mir sehr wohl bewusst, dass dein Angebot nicht nur aus reinem Interesse an *mir* gilt – dir sind die Umstände in den Mannschaftsquartieren zuwider.«

Maryo verschränkte die Arme vor der Brust und seine Augen begannen zu funkeln. »Du hältst mich also für derart oberflächlich, dass ich deine Schwäche für mein fabelhaftes Aussehen ausnutzen würde, nur um nicht in diesem stinkenden Verschlag die Nacht verbringen zu müssen?« Er zog beide Augenbrauen nach oben und wirkte einen Moment lang wirklich beinahe beleidigt.

Wäre seine Wortwahl nicht so übertrieben unpassend gewesen, hätte Edana sich fast schon für ihre Unterstellung geschämt. Aber ein Blick in seine blitzenden Augen genügte, um die Wahrheit darin zu erkennen: Er war gut gelaunt – zum ersten Mal, seit sie ihm begegnet war.

»Es ist schön, zu sehen, dass es dir besser geht nach nur einem Kuss von mir«, meinte sie in demselben Tonfall. »Wenn ich gar die *Nacht* mit dir verbringen würde, wärst du morgen so euphorisiert, dass deine Anwesenheit hier auf meinem Schiff nicht mehr auszuhalten wäre – und ich dich über Bord werfen müsste, um dein Gemüt abzukühlen. Es ist also nur zu deinem Besten, dass ich dich nicht in mein Bett lasse, mein Lieber.«

Jetzt erschien ein schiefes Grinsen auf Maryos Zügen. »Deine Küsse scheinen tatsächlich wie Medizin für meine Sorgen zu sein«, meinte er etwas ernster und trat nochmals näher zu ihr, ohne sie jedoch anzufassen. Dennoch beugte er sich so weit zu ihr herunter, dass sie seinen Atem spürte, als er weitersprach, und ihr Herz unwillkürlich schneller schlug. »Aber ich kann warten. Früher oder später wirst du mich zu dir holen, das weiß ich. Ich sehe dir an, dass du die Ungewissheit kaum aushältst, ob ich wirklich am Rest meines Körpers keine Behaarung habe.«

Er schenkte ihr einen derart sündigen Blick, dass Edana errötete, weil sie sich ertappt fühlte. Diese Frage hatte sie sich tatsächlich schon gestellt.

»Ich werde meine Ungeduld zu zügeln wissen«, sagte sie mit erhobenem Kinn und sah in die golden flackernden Augen. »Und jetzt ab mit dir ins Mannschaftsquartier. Ich werde dich wecken lassen, wenn wir bei den Inseln ankommen.«

Maryo nickte und wandte sich zum Gehen. Ehe er jedoch die Kabine verlassen konnte, trat Edana nochmals zu ihm und hielt ihn am Arm fest. »Danke«, murmelte sie.

Er hob eine Augenbraue und sah sie fragend an.

»Dafür, dass du auch *mir* Leben einhauchst«, ergänzte sie und drückte ihm zum Abschied einen Kuss auf die Wange.

Maryo erfasste ihr Kinn und ehe sie sichs versah, erhielt sie einen zweiten Kuss. Zwar war dieser weniger lang, aber dennoch verspürte sie in ihrem ganzen Körper wieder ein Kribbeln, das sie wohlig erschaudern ließ.

»Schlaf gut, Käpt'n«, murmelte Maryo nahe an ihren Lippen, als er sich von ihr löste. Dann verließ er die Kabine und die Tür fiel hinter ihm ins Schloss.

Edana sah einige Sekunden lang gedankenverloren auf das dunkle Holz. Dieser Elf verwirrte sie – auf eine gute Weise.

Sie würde es nur noch Sabal beibringen müssen … *das* würde allerdings schwer werden, denn Edana wusste, dass ihr Quartiermeister zwar verständnisvoll war, aber ihr war bewusst, wie es um seine Gefühle stand. Er begehrte nicht nur ihren Körper, sondern er war in sie verliebt … und Liebe konnte rasch in Hass umschlagen, wenn sie enttäuscht wurde.

Seufzend begab sie sich zurück zu den Seekarten und studierte die Route, die sie eingeschlagen hatten. Sie machte sich keine Gedanken darüber, was passieren könnte, sollten sie die Prinzessin tatsächlich auf den Inseln finden – denn das war so gut wie unmöglich.

Auch wenn sie es Maryo nicht wünschte, so glaubte sie nicht daran, dass diese Amyéna noch lebte.

Die Nacht war kurz und Edana schlief so schlecht wie noch nie. Was wahrscheinlich vor allem darauf zurückzuführen war, dass sie immer, wenn sie die Augen schloss, Maryos Gesicht vor sich sah. Sie versuchte zwar mit aller Kraft, seine Berührungen und seinen verheißungsvollen Blick zu verdrängen, aber es gelang ihr nicht.

Trotz seiner Sorge um die Prinzessin – die ganz offensichtlich noch vorhanden war – hatte er ihr angeboten, die Nacht mit ihr zu verbringen. Sie vermutete, dass es vor allem zur Ablenkung von seiner Unruhe gedient hätte – aber das war im Grunde nichts Neues für sie. Sie war es gewohnt, dass Männer sie ausnutzten, und hatte sich in all den Jahren damit abgefunden. Wenn sie natürlich auch nicht glücklich darüber war.

Sie hätte sich vielmehr einen Mann an ihrer Seite gewünscht, dem sie ihr Herz schenken konnte.

Bisher war Sabal der Einzige gewesen, bei dem sie annähernd das Gefühl gehabt hatte, dass es ihr gelingen könnte. Obwohl sie es seit Jahren erfolglos versuchte … sie liebte ihn einfach nicht.

Wahrscheinlich war gerade deswegen die Tatsache, dass Maryo nicht nur ihre Lippen, sondern *sie* geküsst hatte, zusätzlich verwirrend für sie. Und sie wollte nicht riskieren, dass sie enttäuscht wurde, weil er wie alle anderen Männer in ihr nur eine weitere Trophäe sah, die er erobern konnte.

Vielleicht hatte sie sich das Gefühl, für ihn etwas Besonderes zu sein, auch nur eingebildet, weil sie es so unbedingt wahrhaben wollte.

So focht sie die halbe Nacht einen stummen Kampf mit ihrem Verlangen aus und fühlte sich wie gerädert, als die ersten Sonnenstrahlen den neuen Tag ankündigten.

Noch während sie aus den hohen Fenstern aufs Meer blickte, öffnete sich die Tür ihrer Kabine und Sabal trat ein. Er klopfte selten an und verzichtete auch jetzt darauf. Als er sie in ihrer Koje liegen sah, blieb er stehen und sah sich kurz um.

»Guten Morgen«, sagte Edana und erhob sich.

Sie hatte mitsamt ihren Kleidern geschlafen, um jederzeit bereit zu sein, sollte der Ausguck die Inseln erspähen. Ihr entging der suchende Blick ihres Quartiermeisters nicht.

»Erwartest du, noch jemand anderen hier zu finden?« Sie hob eine Augenbraue und sah ihn herausfordernd an.

Sabal räusperte sich und kam dann auf sie zu. »Ich hätte mich ehrlich gesagt nicht gewundert, wenn der Elf hier gewesen wäre«, sagte er mit gelassener Stimme.

Aber Edana kannte ihn inzwischen so gut, dass ihr nicht entging, wie schwer ihm diese Worte fielen.

»Er ist nicht hier.« Sie verschränkte die Arme vor der Brust. »Sabal … ich mag dich, das weißt du. Und ich vertraue dir …«

»Nicht.« Er unterbrach sie mit einer Handbewegung. »Erspar uns das bitte.« Seine braunen Augen sahen sie mit einem Hauch von Wehmut an. »Ich weiß, was du sagen willst und ich weiß auch, warum du es tust. Wenn du mit diesem Elf … wenn ihr …« Er schlug die Augen nieder und sah auf den Boden der Kabine. »Ich will nur, dass du weißt: Ich erhebe keinerlei Anspruch auf dich«, fuhr er leise fort. »Das habe ich nie und mir ist auch bewusst, dass mir das nicht zusteht. Aber ich habe eine Bitte.« Jetzt hob er wieder den Blick und sah sie fest an. »Lass dir nicht das Herz brechen.«

Edana hatte ihm stumm zugehört, jetzt löste sie ihre verschränkten Arme und ihr Gesichtsausdruck wurde weicher. »Aye. Ich werde auf mich aufpassen, das verspreche ich dir.« Sie trat einen Schritt auf ihn zu und gab ihm einen leichten Kuss auf die Wange. »Danke. Danke, dass du *du* bist. Und vor allem, dass du mich nicht hasst dafür.«

Sabal lächelte schief. »Wie könnte ich dich hassen? Ich wusste, dass das zwischen uns nicht von Dauer sein würde. Dass es nicht verbindlich war. Ich nehme dir nicht übel, dass du einen anderen Mann in dein Leben lässt. Obwohl ich nicht behaupten kann, dass ich den Elf deswegen besser leiden kann. Ich habe ihm von Anfang an misstraut und ich werde weiterhin ein Auge auf ihn haben.«

Edana nickte. »Das kann ich verstehen. Und es ist gut, wenn du ihn im Auge behältst. Denn ich traue ihm ebenfalls nicht …«

Jetzt hob Sabal eine Augenbraue. »Und dennoch …?« Er sprach den Satz nicht weiter, sondern verstummte.

Aber Edana wusste auch so, was er gerade sagen wollte. »Aye … dennoch …« Sie schenkte ihm ein Lächeln, das beinah entschuldigend wirkte. »Es ist töricht und ich verstehe es selbst nicht ganz. Aber etwas zieht mich wie magisch zu ihm hin – ich kann es nicht genau erklären und wenn ich es versuchte, würdest du mich wahrscheinlich für verrückt halten. Vielleicht … vielleicht ist es ein Wink der Götter …«

»Aye, dann hoffen wir mal, dass die Götter wissen, was sie tun.« Sabal runzelte die Stirn und sah aus dem Fenster, wo die Sonne das Meer immer weiter erhellte. »Wir haben die Steininseln erreicht«, sagte er dann und seine Stimme wurde wieder die des Quartiermeisters, der seiner Kapitänin Bericht erstattete. »Ich dachte, du möchtest das vielleicht dem Elf sagen.«

Edana zögerte einen Moment, dann nickte sie. »Ich gehe zu ihm. Bereite alles für den Landgang vor. Wir werden uns wahrscheinlich nicht lange auf den Steininseln aufhalten, da ich nicht annehme, dass wir die Prinzessin dort finden werden. Sag also den Männern, dass sie sich bereithalten sollten. Wenn sie nicht dort ist, wird Maryo wohl weiter gen Westen segeln wollen. Oder zurück nach Westend ...«

»Aye, wird gemacht.«

Sabal salutierte, was Edana ein Lächeln abrang. »Danke«, flüsterte sie, ehe sie an ihm vorbei aus der Kabine schritt, um Maryo zu wecken.

Der Elf war nicht, wie Edana vermutet hatte, in den Mannschaftsquartieren anzutreffen, sondern in der Mannschaftsmesse. Dies hatten ihr ein paar Matrosen, die sich gerade für ihre Schicht bereitmachten, mit einem breiten Grinsen verraten.

Als die Kapitänin den Speiseraum betrat, sah sie Maryo auf einer der Holzbänke auf dem Rücken liegen, die Augen geschlossen, die Arme hinter dem Kopf verschränkt. Da es noch nicht Zeit war für das Frühstück, befanden sich keine anderen Matrosen in dem Raum.

Sie trat leise zu ihm und betrachtete sein Gesicht. Seine Züge waren im Schlaf entspannt und seine Ausstrahlung überwältigte sie einmal mehr. Die geschwungenen Lippen, die gerade Nase, die dunklen Wimpern, das lange Haar, das über den Holzbank fiel … sie hätte ihn ewig anschauen können.

»Willst du noch lange dastehen und mich anstarren?«, fragte Maryo in dem Moment, ohne die Augen zu öffnen, und Edana zuckte zusammen.

Sie räusperte sich und versuchte, ihre Verlegenheit zu überspielen, indem sie ihm einen strafenden Blick schenkte – den er nicht sah, weil er seine Augen weiterhin geschlossen hielt. »Wir haben die Steininseln erreicht«, sagte sie in festem Tonfall.

Er schlug die Augen auf und sprang so rasch von der Bank auf, dass sie unwillkürlich einen Schritt zurückwich.

»Warum sagst du das nicht gleich?« Er strich sein dunkles Haar nach hinten, das ihm ins Gesicht gefallen war.

»Warum hast du *hier* übernachtet?« Edana versperrte ihm den Weg, da der Elf sich anschickte, nach draußen zu eilen.

Er sah mit zusammengezogenen Augenbrauen auf sie herunter. »Ist es verboten?«

»Nein.« Edana zuckte mit den Schultern. »Nur … ungewöhnlich.«

»Gewöhn dich besser daran, dass ich ungewöhnlich bin.« Er sagte es nicht scherzhaft oder herablassend. Eher beiläufig – so, als hätte er keine Zeit, mit Edana zu sprechen.

Sein Verhalten befremdete sie … Sie hatte erwartet, dass er sie freundlich, vielleicht sogar mit einem Kuss begrüßen würde. Hatte insgeheim gehofft, dass sie dort anknüpfen würden, wo sie gestern aufgehört hatten. Aber Maryo schien im Moment nicht in der Stimmung zu sein, sich mit ihr auseinanderzusetzen.

Edana spürte unvermittelt einen Stich in ihrem Herzen.

Hatte sie sich das doch alles bloß eingebildet? War sie nichts Besonderes für ihn? Nur eine kleine Abwechslung? Ein Abenteuer?

Ehe ihre Gedanken weiter abschweifen konnten, deutete Maryo zur Tür, die aus der Mannschaftsmesse führte. »Kommst du mit?«

»Natürlich«, nickte sie und verbarg ihre Enttäuschung, indem sie ihm einen abschätzigen Blick schenkte. »Ich werde dich bestimmt nicht alleine auf die Steininseln lassen – mit deinen Manieren zettelst du noch einen Streit an und schadest meinem Ruf.«

Jetzt huschte doch noch ein leichtes Lächeln über Maryos Gesicht. »Deinem Ruf schaden … so, so. Ich bin ja gespannt, was dein Ruf überhaupt ist.«

»Das wirst du bestimmt noch früh genug erfahren.« Edana schritt ohne einen weiteren Blick an ihm vorbei und öffnete die Tür.

Einen Moment lang erwartete sie fast, dass er sie aufhielt, da es ihm gegen den Strich ging, wenn er nicht das letzte Wort haben konnte, aber er folgte ihr kommentarlos an Deck. Augenscheinlich war er gerade wirklich zu angespannt für ein weiteres Wortgefecht.

Als sie die Reling erreichten, ließ Maryo seinen Blick über die Inselformation schweifen. Edana stellte sich neben ihn und verengte die Augen.

»Ich sagte ja, sie sind nicht groß«, meinte sie.

»Das sind sie wirklich nicht«, bestätigte der Elf.

Vor ihnen lagen ein paar kleinere Inseln, die vorwiegend aus Felsen bestanden. Auf der größten von ihnen konnte man ein Fischerdorf erkennen, das jedoch nur aus einer Handvoll Hütten bestand. Die Menschen hier lebten wohl ausschließlich vom Fischfang, denn die Pier war zu klein, um mit einem größeren Schiff anzulegen und Händler zu empfangen. Zudem konnte man keinen einzigen Baum oder gar eine Wiese erkennen. Die Steininseln machten ihrem Namen alle Ehre.

»Ein unwirtlicher Ort«, murmelte Maryo.

Edana nickte. »Lass uns mit einem Boot rüberfahren und nach Amyéna fragen.«

Maryo folgte ihr wortlos zur Strickleiter, die außenbords in eines der Beiboote führte, das bereits heruntergelassen worden war. Als er die Ruder in die Hand nahm, konnte Edana seine Anspannung deutlich erkennen. Sie hätte ihm diese gerne genommen, doch hatte sie keine Ahnung, wie.

Seine Miene war verschlossen, seine Lippen zusammengepresst und die Augen stur auf die Steininseln gerichtet.

Im Gegensatz zu gestern Abend war er jetzt wieder so unnahbar wie am ersten Tag ihrer Begegnung und schien sie nicht an sich heranlassen zu wollen. Maryo verhielt sich, als sei ihr gestriger Kuss nie passiert.

Edana bemerkte, dass sie im Grunde froh darüber war. Denn dieser Elf verwirrte sie immer stärker … und sie wünschte sich beinahe, dass sie Amyéna auf den Steininseln finden würden.

Dann müsste sie Maryos Nähe nur noch kurze Zeit aushalten, da er mit seiner Prinzessin wieder in die Elfenstadt zurückkehren würde. Weit weg von ihr.

23 Amyéna

Prinzessin, wir bekommen Besuch.« Aderans Stimme klang nervös.

Amyéna war noch zu schwach, um vom Bett aufzustehen, daher hob sie bloß den Kopf, als der dunkelhaarige Kapitän eintrat. Sie waren jetzt seit einem Tag hier und sie würden noch mindestens ein paar weitere Tage bleiben müssen.

Aderan hatte einen Boten zu einem befreundeten Kapitän geschickt, der sie günstigenfalls nach Karinth bringen könnte.

Er sei ein Kaufmann, hatte Aderan erklärt. Ein Händler, der ab und an zu fremden Völkern fuhr, um seine Waren bei ihnen zu verkaufen. Er sei ihm vor der Westküste von Altra begegnet, ehe Aderan in Westend angelegt hatte. Womöglich befand er sich mit seinem Schiff noch in der Nähe. Aber selbst wenn, würde er wohl erst in ein paar Tagen hier sein können.

Daher konnte es sich beim Besuch, von dem der Kapitän nun sprach, nicht um ihn handeln. Zumal Aderan dann wohl nicht so angespannt geklungen hätte.

»Wisst Ihr, wer der Besuch ist?«, fragte Amyéna und versuchte, sich aufzurichten.

Ihr Körper fühlte sich immer noch sehr schwach an. Sie konnte sich selbst nicht erklären, warum sie noch nicht bei Kräften war. Normalerweise wäre sie bereits wieder auf den Beinen gewesen. Doch der letzte Traum, den sie am Rande der Totenwelt erlebt hatte, hatte ihr viel Energie geraubt.

Da sie ohne ein Schiff jedoch sowieso nirgendwo hinfahren konnte, blieb ihr Zeit, sich zu erholen.

»Aye. Es handelt sich um eine alte Bekannte«, beantwortete Aderan ihre Frage und warf ihr einen unergründlichen Blick zu. »Ich werde hingehen und sie begrüßen. Ihr Schiff hat gerade den Anker ausgeworfen und eine Handvoll Matrosen rudern in Booten zum Pier.«

Amyéna stutzte. »Eine Kapitänin?«, fragte sie und musste augenblicklich an die Frau denken, die sie beinahe mit nach Karinth genommen hätte.

»Aye, eine der wenigen, die sich seit Jahren auf dem Meer behaupten kann.« Aderan hob einen Mundwinkel an, sodass es aussah, als lächelte er schief. Aber ein Blick in seine Augen genügte, um Amyéna wissen zu lassen, dass ihm das Wiedersehen keine Freude bereiten würde.

Er fuhr sich durch die dunklen Locken und strich sie nach hinten. Aderan war unverletzt, hatte nur ein paar blaue Flecken vom Schiffsunglück getragen. Seine Kleidung wies allerdings unzählige Risse auf, das helle Hemd bedeckte nur noch einen Teil seines Oberkörpers. Die Hose hatte ein bisschen weniger abbekommen.

Neben ihm und Amyéna hatten nur noch einige wenige seiner Matrosen das Unglück überstanden. Alle Überlebenden waren von einem Schiff, das zufällig vorbeigekommen war, hierher gebracht worden, wie Aderan der Elfin erzählt hatte. Er hatte die Heilerin zum Strand geholt, nachdem die Männer dort abgeladen worden waren. Zum Glück kannte er die Frau von einer früheren Reise und wusste, dass sie Amyéna helfen konnte.

Das fremde Schiff war weitergefahren, da es einen dringenden Auftrag hatte – an Bord hatten sich einige Soldaten des Zirkels befunden, die einen Aufstand im Süden von Altra im Keim ersticken sollten. Die Mehrheit von Aderans Männern war desertiert und hatte sich den Soldaten angeschlossen, um in den Kampf zu ziehen.

Der Kapitän hatte damit den Großteil seiner Mannschaft verloren, dennoch kümmerte er sich weiterhin um Amyéna und dafür war sie ihm dankbar. Sie wäre ohne ihn gestorben und besaß jetzt nur noch das, was sie am Leibe trug. Zum Glück hatte sie den Dolch ihres Vaters an ihrem Hüftgurt befestigt, denn den Lederbeutel mit dem Rest ihrer Habseligkeiten hatte sie im Sturm verloren.

Ob Aderan dabei Hintergedanken hegte, indem er sich um sie kümmerte oder nicht, war im Moment zweitrangig. Er wusste, dass sie eine Prinzessin war und es konnte durchaus sein, dass er sich eine saftige Belohnung versprach, wenn er ihr Leben rettete.

Aber für Amyéna zählte vor allem, dass ihr Plan, nach Karinth zu kommen, noch nicht gescheitert war.

»Ich bin einer Kapitänin in Westend begegnet, ehe ich Euch angeheuert habe«, sagte sie jetzt. »Könnte es sich bei Eurer alten Bekannten um Edana handeln?«

Der Kapitän sah sie mit schmalen Augen an, ehe er ihr antwortete. »Aye, es handelt sich tatsächlich um diese Frau. Ihr kennt sie?«

Amyéna zuckte mit den Schultern. Sie hatte sich inzwischen auf die Unterarme gestützt, sodass sie den Kapitän richtig ansehen konnte. »*Kennen* würde ich es nicht nennen. Wir haben in Westend kurz miteinander gesprochen, ich wollte zunächst *sie* anwerben. Aber sie erschien nicht zum vereinbarten Treffen. Hat es sich wohl anders überlegt.«

»Weiß sie, was … *wer* Ihr seid?«, wollte Aderan wissen.

Abermals antwortete sie mit einem Schulterzucken. »Ich glaube nicht, dass ihr meine Herkunft bekannt ist … zumindest habe ich ihr nichts über mich erzählt. Aber es kann gut sein, dass sie von meiner Flucht aus Westend Wind bekommen hat. Ich bin mir sogar ziemlich sicher, dass meine Mutter mir Soldaten hinterherschickt, die mich zurückbringen sollen.«

Amyéna hatte Aderan in der Zwischenzeit erzählt, dass sie ihr Volk verlassen hatte und auch keinerlei Pläne hegte, zurückzukehren. Den eigentlichen Grund – weil sie seit vielen Nächten von dieser geheimnisvollen Frau träumte – verschwieg sie ihm allerdings. Sie war bei der Version geblieben, dass sie in Karinth Verwandte suchen wolle, um ein neues Leben zu beginnen. Mochte er sie für eine verwöhnte Göre halten, das war ihr gleichgültig. Sie spürte, dass sie nach Karinth musste, alles andere – selbst ihr Volk – war nebensächlich.

»Nun, dann hoffen wir, dass nicht Eure Mutter Edana angeheuert hat«, meinte Aderan mit einem misstrauischen Blick in Richtung Tür.

»Das bezweifle ich.« Amyéna schüttelte leicht den Kopf, um ihre Worte zu unterstreichen. »Meine Mutter würde niemals mit Menschen einen Vertrag eingehen. Schon gar nicht mit einer Magierin. Und *dass* sie eine ist, weiß ich – ich habe ihren schwarzen Gildenring gesehen.«

Aderan sah sie einen Moment lang verblüfft an, dann nickte er. »Ich habe schon gehört, dass die Elfen von Westend sich standhaft gegen eine Friedensvereinbarung mit dem Zirkel wehren. Na gut, ich werde herausfinden, was Edana hier will. Es sieht ihr nicht ähnlich, auf eine kleine Insel zu kommen, auf der es nichts zu holen gibt.«

Er wandte sich ab und verließ eiligen Schrittes den Raum.

Amyéna sank in die Kissen zurück. Ihr würde nicht viel anderes übrig bleiben, als hier zu warten, bis der Kapitän zurückkehrte. Sie war noch zu schwach, um aufzustehen – das hatte ihr die Greisin gesagt, die sie pflegte.

Die Heilerin ließ sich selten blicken und wenn, dann sprach sie wenig mit ihr, erneuerte nur ihre Umschläge, die das restliche Fieber senken sollten oder brachte ihr Essen. Amyéna hatte es inzwischen aufgegeben, mehr über sie erfahren zu wollen. Die Alte wich all ihren Fragen aus oder lenkte sie ab, indem sie ihr etwas zu trinken oder zu essen vor die Nase hielt.

Amyéna würde wohl nie herausfinden, woher die Frau so viel über Visionen wusste und warum sie erkannt hatte, dass die Elfin nicht nur einen Traum gehabt hatte.

Das war ein Grund mehr, nach Karinth zu reisen und selbst in Erfahrung zu bringen, was diese Vision zu bedeuten hatte.

Eine Weile lag sie einfach nur da und starrte an die helle Decke über sich. Es gab so viele Fragen, die in ihrem Kopf herumspukten. Aber sie wusste, dass sie wahrscheinlich erst auf dem fremden Kontinent Antworten darauf erhalten würde.

Als draußen Stimmen erklangen, wurde sie jäh aus ihren Gedanken gerissen und stützte sich erneut auf die Unterarme.

Gerade rechtzeitig, um den hochgewachsenen Elf durch die Tür treten zu sehen, bei dessen Anblick ihr Herz einen Schlag aussetzte.

»Wo ist …« Er brach mitten im Satz ab und starrte sie mindestens genauso entgeistert an wie sie ihn.

»Maryo …«, hauchte sie.

Das hatte ihr gerade noch gefehlt! Wie war er nur hierhergekommen? Wie hatte er sie finden können?

Ihr Hals schnürte sich bei seinem Anblick unweigerlich zusammen und sie musste tief einatmen, um überhaupt noch Luft zu bekommen.

Er sah verboten gut aus in seinen neuen Kleidern, die so gar nichts mehr mit der Leibwächter-Uniform gemein hatten. Das beige Hemd stand vorne etwas offen, die dunkelbraunen Kniehosen ließen einen Teil seiner muskulösen Unterschenkel frei. Wie immer fiel ihm sein Haar lang über den Rücken und war nur vorne zu ein paar dünnen Zöpfen geflochten.

An seiner Hüfte erblickte sie einen Dolch – das war die einzige Waffe, die er zu tragen schien. Aber Amyéna wusste, dass Maryo sich auch ohne Klinge hervorragend verteidigen konnte – schließlich hatte er ihr alles beigebracht, was sie selbst über Nahkampf und Magie wusste. Obwohl ihr immer bewusst gewesen war, dass sie diese Dinge wohl nie wirklich anwenden würde … ihre Mutter hatte sie ihr wohl nur beibringen lassen, damit sie beschäftigt war.

Amyéna hatte zwar schon andere Lehrer in Westend gehabt, aber Maryos Erfahrungen und seinem Geschick konnte keiner von ihnen das Wasser reichen.

Sie hatte ihn immer für die Zeit beneidet, die er außerhalb der Stadt hatte verbringen können. Amyéna wusste nicht genau, was er vorher alles erlebt hatte, da er über sich und seine Mutter eisern schwieg, aber es musste ein aufregendes Leben gewesen sein – so stellte sie es sich zumindest vor.

Wahrscheinlich waren das dumme Träumereien. Schwärmereien einer jungen Frau, die sich alles viel zu romantisch vorstellte. Weil sie selbst nie viel weiter als bis knapp vor die Stadtmauern gekommen war.

Dass in der Welt außerhalb der Elfenstadt nicht alles so friedlich und schön war, hatte sie jedoch beim Schiffsunglück am eigenen Leib erfahren müssen.

Jetzt kam Maryo mit großen Schritten auf sie zu und baute sich neben ihrem Bett auf. Den Blick, den er ihr zuwarf, kannte sie bereits zur Genüge. Es war derselbe, den er immer aufsetzte, wenn sie einen Fehler auf dem Übungsplatz gemacht hatte.

»Was fällt Euch eigentlich ein?«, begann er seine wütende Ansprache und seine Augen funkelten so sehr, als sei das Gold darin zu flüssiger Lava geworden. »Ihr haut einfach so ab, ohne jemandem Bescheid zu geben?! Habt Ihr nur eine einzige Sekunde lang darüber nachgedacht, was es bedeutet, wenn Ihr – *die Prinzessin von Westend*– ihr Volk verlässt?!«

Er holte Luft, um weiterzusprechen, aber Amyéna unterbrach ihn.

»Deine Moralpredigt kannst du dir sparen«, sagte sie in hoheitsvollem Tonfall, von dem sie wusste, dass er Maryo nur noch wütender machte. Aber darauf nahm sie im Moment keine Rücksicht. Er vergaß gerade, *wen* er anschnauzte und das würde sie ihm ins Gedächtnis rufen. »Ich weiß, warum du hier bist und ich kann dir sagen, dass dein Weg vergebens war. Ich werde nicht mit dir zurück nach Westend fahren!«

»Und *wie* Ihr das werdet!« Maryo beugte sich ein wenig zu ihr herunter und seine Augenbrauen schoben sich in der Mitte seiner Stirn zusammen. »Und wenn ich Euch persönlich dorthin tragen muss! Ich habe einen Auftrag und ich werde ihn erfüllen!«

Amyéna wich seinem messerscharfen Blick nicht aus. Sie kannte ihn gut genug, um zu wissen, dass er ihr nichts antun würde, selbst wenn er gerade wie ein wütender Tiger wirkte, der drauf und dran war, seine Beute anzuspringen. Doch selbst wenn sie mit ihm mitgehen wollen würde – noch war sie zu schwach, um irgendwohin zu fahren und das kam ihr gerade gelegen.

In dem Moment fiel ihr Blick auf Kapitän Aderan, der in der Zwischenzeit ebenfalls den Raum betreten hatte und Maryo böse ansah.

»Die Prinzessin wird nirgendwohin gehen!«, stellte Aderan energisch klar. »Sie muss sich jetzt erst mal von den Strapazen erholen und Ihr solltet Euren Tonfall mäßigen! Sie war dem Tode sehr nahe und …«

Weiter kam der Kapitän nicht, denn Maryo wirbelte zu ihm herum, war mit zwei langen Schritten bei ihm und packte ihn am ohnehin zerrissenen Hemdkragen, um ihn gegen die Wand zu pressen. Es ging so schnell, dass Aderan sich nicht gegen ihn wehren konnte. Schon hob der Elf ihn mühelos eine Handbreit vom Boden hoch.

»*Ihr* seid es gewesen, der schuld daran ist, dass die Prinzessin beinah gestorben wäre!«, knurrte Maryo wild. »Wärt Ihr nicht solch ein verdammter, schwanzgesteuerter Grünschnabel, befände sich Amyéna niemals in dieser Lage! Ihr werdet für das geradestehen, was Ihr ihr angetan habt! Ich werde Euch …«

»Maryo! Hör auf!«

Der Befehl war nicht aus Amyénas Mund gekommen, sondern aus dem einer jungen, schwarzhaarigen Frau, die hinter Aderan das Zimmer betreten hatte. Amyéna erkannte in ihr sofort die Kapitänin, die sie in Westend getroffen hatte.

Jetzt ergriff die Frau einen Arm von Maryo und zerrte daran. Etwas, das Amyéna sich niemals getraut hätte. Sie wusste, wie impulsiv der Elf war und das, was Edana gerade tat, hätte dazu führen können, dass sich seine Wut auch gegen *sie* richtete.

Aber zu ihrem Erstaunen wandte Maryo der Kapitänin sein Gesicht zu und als sein Blick demjenigen von Edana begegnete, schien sich seine Atmung mit einem Mal zu beruhigen. Sein Körper war zwar immer noch angespannt und er drückte Aderan weiterhin gegen die Wand, ließ ihn aber zumindest festen Boden unter den Füßen spüren. Der Kapitän keuchte, da er wieder ein bisschen Luft bekam.

»Maryo, beruhige dich«, sagte Edana mit eindringlicher Stimme. Sie sprach leise und sah den Elf unverwandt an.

Amyéna spürte einen leichten Stich in ihrer Brust, als sie bemerkte, wie stark die Verbindung zwischen Maryo und dieser Kapitänin sein musste.

Wann war das passiert? Sie konnten sich doch kaum länger als ein paar Tage kennen …

Sie war es gewohnt, dass Maryo allein *sie* so ansah … dass diese Menschenfrau sogar in der Lage war, ihn zu beruhigen, kratzte zugegebenermaßen an ihrem Selbstbewusstsein.

Wer war diese Edana? Sie konnte nicht eine einfache Kapitänin sein … es musste mehr in ihr stecken.

Doch ehe sie diesen Gedanken weiter verfolgen konnte, sah sie, wie die Kapitänin Maryos Hand ergriff und sie langsam von Aderans Kehle löste. Der Kapitän röchelte. Als Maryo ihn gänzlich losließ, sank Aderan auf die Knie und stützte seinen Körper auf den Händen ab, um erst mal tief durchzuatmen, was in einem Hustenanfall endete.

Edana warf dem Mann auf dem Boden einen abschätzigen Blick zu. »Du hast recht: Es ist allein *seine* Schuld, dass die Prinzessin jetzt hier ist«, sagte sie dann zu Maryo, dessen Brustkorb sich immer noch heftig hob und senkte. Aber zumindest hatte er sich nun ein wenig beruhigt. »Aber wir haben sie gefunden – etwas, das keiner von uns für möglich gehalten hätte.« Die schwarzhaarige Frau trat an Maryo vorbei zum Bett und sah auf Amyéna herunter.

»Wir kennen uns bereits«, fuhr sie fort und nickte ihr zu. »Wie geht es Euch?«

Amyéna schluckte und sah zu Maryo, der gerade neben Edana trat. Sein Gesicht wirkte wie eine einzige Gewitterwolke. »Ich fühle mich schwach«, antwortete die Elfin. »Darf … darf ich einen Moment mit dir alleine sprechen, Maryo?«

Es war nicht ihre Art, um etwas zu bitten – schließlich war sie eine Prinzessin. Aber im Moment wirkte ihr Leibwächter so verärgert, dass sie nicht wusste, ob er auf einen Befehl überhaupt gehört hätte. Seine Augen funkelten immer noch und er schien weiterhin wütend zu sein. Doch Edana hatte in ihm etwas bewirkt, das ihn diese Wut kontrollieren ließ – zumindest ein bisschen.

Der Elf nickte knapp. »Warte draußen auf mich«, sagte er zu Edana, ohne sie anzusehen. »Und nimm diesen Waschlappen mit. Wenn er mir noch einmal unter die Augen tritt, kann ich nicht für sein Wohl garantieren!«

Der vertraute Tonfall zwischen den beiden versetzte Amyéna erneut einen Stich. Doch sie ließ sich nichts anmerken.

Edana sah den hochgewachsenen Elf einen Moment lang an, aber Maryos Blick blieb auf Amyéna gerichtet. Schließlich nickte die Kapitänin knapp und ging zum Ausgang. Unterwegs half sie Aderan auf die Beine und verließ mit ihm zusammen das Zimmer.

Jetzt waren sie allein. Nur Maryo und sie …

Amyéna schluckte erneut und sah ihn fest an.

Sie hatte nur diese eine Chance, um ihn zu überzeugen. Und die würde sie nutzen.

24 Maryo

Bin ja mal gespannt, was Ihr mir zu sagen habt …« Maryo fiel es immer noch schwer, seine Stimme zu zügeln, sodass sie nicht allzu rau oder unwirsch klang.

Er hatte zwar sein Ziel erreicht und Amyéna gefunden, aber die Wut auf diesen dahergelaufenen Kapitän war einfach zu groß. Obwohl Edana ihm einen Augenblick der Ruhe geschenkt hatte.

Wie sie es getan hatte, wusste er nicht. Nur, dass er in ihren hellen Augen etwas gesehen hatte, das seine Wut ein wenig abflauen ließ. Es schien beinahe, als sähe er in einen tiefen, stillen See und schöpfte daraus die Kraft, den Zorn in sich zu kontrollieren.

Und er hatte wieder diese Anziehung gespürt, die er seit gestern Abend eigentlich nicht mehr spüren wollte, weil sie seine Sinne vernebelte.

Diese Frau war vollkommen unberechenbar …

Verdammt, er hätte sogar mit ihr die Nacht verbracht, weil er so verzaubert von ihr gewesen war!

Mit einem Menschen! Einer Magierin!

Zum Glück hatte sie sein unbedachtes Angebot abgelehnt …

Er war sich vorgekommen wie der größte Idiot, als er ihre Kabine verlassen hatte. Wie ein Junge, der noch nie Wein getrunken hatte und vom kleinsten Schluck betrunken war – nicht mehr wusste, was er tat und sagte.

Er hatte sich die ganze Nacht lang vorgenommen, nicht mehr von Edana beeinflusst zu werden – und trotzdem hatte sie es vorhin schon wieder getan.

Diese Menschenfrau sollte er wirklich nicht unterschätzen, sie war gefährlich. Am besten hätte er sich von ihr ferngehalten – doch das ging nicht. Es schien beinahe, als verbände sie ein unsichtbares Band … und sie hatte ihm immerhin geholfen, die Prinzessin zu finden.

Amyéna … die nun vor ihm auf dem Bett lag und so bleich aussah, dass er sich ernsthafte Sorgen um sie machte. Noch nie hatte er sie so kraftlos gesehen, sie war überhaupt noch nie krank gewesen. Ob ihre Schwäche wirklich nur daher rührte, dass sie ein Schiffsunglück hinter sich hatte, wagte er zu bezweifeln.

»Setz dich.« Sie deutete auf den Bettrand.

Es war zwar unangemessen, sich in Gegenwart einer Prinzessin zu setzen – und schon gar nicht auf ihr Bett –, aber wenn sie es befahl, würde er ihrer Aufforderung nachkommen. Er ließ sich nieder und sah sie gespannt an.

»Versprich mir, dass du mich ausreden lässt«, bat Amyéna. Sie hatte sich im Bett halb aufgesetzt und ihr Blick war eindringlich. »Versprich es mir.«

Maryo senkte die Augen und schaute einen Moment lang auf seine Hände, die er auf die Oberschenkel gelegt hatte. Dann sah er sie wieder an. »Ich verspreche es Euch«, murmelte er.

Er war zwar nicht sicher, ob er dieses Versprechen auch halten könnte, dennoch war er neugierig darauf, was sie ihm zu erzählen hatte. Offensichtlich schien es nicht für die Ohren von Edana oder Aderan bestimmt zu sein, sonst hätte sie die beiden nicht rausgeschickt.

Amyénas dunkle Augen ruhten auf ihm und er spürte wieder die Gefühle, die er nicht haben durfte, weil diese Frau für ihn unerreichbar war.

Aber hier und jetzt gab es nur sie und ihn – im Moment waren sie einfach eine Frau und ein Mann in einem kleinen Zimmer. Fernab von jedem Hofstaat und von Regeln, die ihnen diese Nähe verboten. Es war das erste Mal, dass er sie nicht als Prinzessin wahrnahm. Und er nahm sich vor, jede Sekunde dieses einzigartigen Augenblicks im Gedächtnis festzuhalten.

Das hier war das, was er im Grunde wollte – immer gewollt hatte, seit er Amyéna zum ersten Mal sah. Nicht Edana. Keine Menschenfrau … sondern Amyéna. Eine Elfin.

Aber Amyéna war so weit entfernt, obwohl sie direkt neben ihm saß … und Edana …

Verdammt, er dachte schon wieder an diese schwarzhaarige Magierin mit den unwirklich blauen Augen …!

»Sieh mich nicht so an.« Amyéna unterbrach seine Gedanken, die sich immer mehr von denen eines pflichtbewussten Leibwächters entfernten und zwischen der Elfin und der Magierin hin und her wechselten.

»Wie sehe ich Euch denn an?« Maryo setzte ein unschuldiges Lächeln auf, das seine zwiegespaltenen Gefühle hoffentlich überspielte.

»Du weißt genau, was ich meine«, antwortete sie abweisend. »Und jetzt hör mir zu. Ich *muss* nach Karinth. Es ist nicht, wie du denkst … nun gut, ein Teil ist sicher *genau so*, wie du denkst. Ich bin es leid, die höfischen Regeln zu befolgen. Ich kann und will nicht mehr die Prinzessin sein, die all ihre Gefühle zurückstellt zum Wohle ihres Volkes. Ich will nicht mehr zurück zu diesem arroganten Prinzen, der sich bereits jetzt schon als König sieht. Ich will …«

»Verzeiht, wenn ich gerade mein Versprechen breche.« Maryo holte leise Luft. »Euer … Gemahl – er ist vor zwei Tagen verschieden.«

»Was?« Amyénas ohnehin schon großen Augen weiteten sich noch mehr. »Warum? Was ist passiert?«

Maryo erzählte ihr mit knappen Worten, wie sie ihrer Spur gefolgt waren. Auch, wie er Edana und diesem verrückten Zirkelleiter begegnet war. Als er geendet hatte, blickte Amyéna betreten auf ihre Hände. Sie war in der Zwischenzeit etwas nach oben gerutscht, sodass sie sich an der Wand hinter sich anlehnen konnte und hatte die Finger ineinander verschränkt.

»Oh«, hauchte sie.

Offenbar fielen ihr keine anderen Worte ein und die Tatsache, dass sie nach so kurzer Zeit zur Witwe geworden war, musste sie erst mal verdauen. Sie hatte Seryl zwar ganz offensichtlich nicht geliebt, dennoch hatte sie sich seinen Tod nicht gewünscht, das konnte Maryo ihr ansehen.

»Deswegen müsst Ihr zurückkommen«, fuhr er fort. »Eure Mutter ist gerade dabei, einen – verzeiht die Wortwahl – hirnverbrannten Plan umzusetzen. Wenn sie Seryls Tod bei den Zirkelmagiern rächen will, steht ein neuer Krieg bevor. Ich hoffe, dass Hauptmann Raelys Avarí sie davon abbringen kann, aber … wenn sie auf jemanden hört, dann auf Euch.«

Amyéna schien einen Augenblick lang mit sich zu ringen, dann hob sie den Blick und sah Maryo fest in die Augen. »Ich kann nicht«, sagte sie leise.

»Was heißt, *Ihr könnt nicht*?« Er spürte, wie die Wut wieder zurückkehrte und musste sich zusammenreißen, um ruhig zu klingen. Jetzt war keine Edana hier, die ihn besänftigen könnte.

Verdammt! Er sollte schleunigst aufhören, an diese Menschenfrau zu denken!

Amyéna holte tief Luft und lenkte damit seine Aufmerksamkeit wieder auf sich. »Es ist … ich habe niemandem davon erzählt, weil ich es selbst nicht wirklich glauben konnte und immer noch nicht sicher bin, ob ich nicht einem Hirngespinst nachjage. Und dennoch war es schließlich der Grund, warum ich die Elfenstadt verlassen habe … seit einigen Monaten träume ich jede Nacht denselben Traum. Manchmal ist er klarer, manchmal so verschwommen, als würde ich durch Nebel hindurch blicken. Ich sehe eine junge Frau und sie weist mich an, nach Karinth zu kommen. Ich weiß nicht, wer sie ist. Ihrer Kleidung nach zu urteilen, muss sie eine Jägerin oder Soldatin sein. Zumindest ist sie immer bewaffnet. Aber … vor einigen Tagen wurde sie gefangen genommen. Sie wäre beinah gestorben, das habe ich gespürt. Und in der vergangenen Nacht, da … ich weiß nicht genau, was passiert ist, aber seither fehlt ein Armreif an meinem Handgelenk.«

Sie hob die Hand, damit er es sehen konnte.

Tatsächlich. Normalerweise waren dort immer fünf Reife gewesen. Jetzt waren es nur noch vier.

»Das ist auch der Grund, warum ich mich so schwach fühle … denke ich«, fuhr Amyéna fort. »Die letzte Vision hat viel Energie geraubt. Ich dachte zunächst, ich hätte den Armreif beim Schiffsunglück verloren. Aber dann begann ich mich an den Traum zu erinnern. Nicht an alles, aber an ein paar Sachen. Und ich bin mir inzwischen ziemlich sicher, dass ich den Reif im Traum der Frau gegeben haben muss.« Sie seufzte leise und sah ihn mit einem hilflosen Lächeln an. »Für dich muss das klingen, als sei ich verrückt geworden, oder? Womöglich bin ich das auch … bin ich verrückt? Dass ich einem Traum nachjage?«

Maryo runzelte die Stirn und dachte einen Moment über ihre Worte nach. Er hatte von Visionen gehört. Von Träumen, die von den Göttern gesandt wurden. Ob Amyéna tatsächlich eine solche Vision gehabt hatte, konnte er nicht beurteilen. Aber er wagte auch nicht, ihre Worte anzuzweifeln.

Schließlich suchte er ihren Blick. Sie sah ihn an, als erhoffe sie, eine Erklärung von ihm zu erhalten. Eine Lösung … Hilfe. Aber er war nicht in der Position, ihr zu helfen. Er hatte einen Befehl und er würde ihn befolgen.

»Ihr seid nicht verrückt, weil Ihr Euren Träumen folgt«, sagte er langsam. »Auch ich jage Träume ... zu bedauern sind nur diejenigen, die nichts haben, dem sie nachjagen können. Jene, die nicht träumen oder es verlernt haben ...«

Er musterte die Prinzessin, die jetzt den Blick senkte und wieder auf ihre Finger sah. Sie war immer noch bleich und ein Hauch von Verzweiflung zeichnete ihre ansonsten ebenmäßigen Züge. Ohne nachzudenken, hob er die Hand und strich ihr mit dem Handrücken über die Wange. Eine Geste, die er sich in der Elfenstadt nie und nimmer getraut hätte. Aber hier waren sie ungestört – nur er und sie.

Sie schloss die Augen unter seiner Berührung und einen Moment lang glaubte er, zu spüren, dass sie zitterte.

Dann wandte sie ihren Kopf weg und entzog sich seiner Hand. »Maryo, nicht. Tu das bitte nicht«, sagte sie leise.

»Tut mir leid«, antwortete er und senkte den Arm.

Aber es tat ihm nicht leid. Ganz und gar nicht – er hielt es nicht aus, sie so niedergeschlagen zu sehen. So hilflos. Und zu wissen, dass er ihr nicht die Antwort geben konnte, die sie von ihm hören wollte.

Sie sah ihn wieder an und schenkte ihm ein schwaches Lächeln. »Es wäre alles so einfach, oder? Wenn ich keine Prinzessin wäre. Dann könnte ich Träumen folgen, ohne dass ich Angst haben müsste, dass mein beschützender Leibwächter mir hinterherjagt.«

»Oder Ihr könntet die Träume zusammen mit dem beschützenden Leibwächter jagen«, ergänzte Maryo. »Aber leider sind viele

Träume sehr, sehr weit von uns entfernt. Aber wer weiß … wir sind Elfen. Wir haben die Zeit auf unserer Seite.«

»Ich weiß im Moment nur, dass ich nicht zurück nach Westend kann, ehe ich nicht herausgefunden habe, was diese Vision bedeutet.« Amyéna klang jetzt wieder energischer. »Du kannst mich nicht davon abbringen, dorthin zu fahren.«

»Mag sein.« Maryo zuckte mit den Schultern. »Aber *ich* weiß, dass Ihr im Moment vor allem zu schwach für eine weitere Seereise seid. Ihr seht nicht gut aus, auch wenn das etwas ist, wovon ich nie gedacht hätte, es Euch jemals sagen zu müssen.« Ein leichtes Lächeln spielte um seine Mundwinkel und er seufzte leise, wurde wieder ernst. »Wir werden hierbleiben, bis Ihr Euch besser fühlt. Was danach geschieht, kann und möchte ich nicht jetzt entscheiden. Auch wenn ich Euch verstehen kann, so habe ich dennoch einen Auftrag, an den ich gebunden bin.«

»Jeder entscheidet selbst, an was er sich bindet«, erwiderte Amyéna mit funkelnden Augen. »Du hast die Wahl, ob du auf *mich* oder meine Mutter hörst. Es ist deine Entscheidung.«

»Das stimmt wohl«, lenkte Maryo ein. »Aber ich bin niemand, der sein Wort bricht – und das habe ich Eurer Mutter nun mal gegeben.«

»Ach, plötzlich regt sich ein Ehrgefühl in dir?« Amyéna schnaubte leise und in ihren dunkelbraunen Augen blitzte Ärger auf. »Das ist ein denkbar schlechter Zeitpunkt dafür.«

Maryo sah ein, dass es nichts brachte, mit ihr weiterdiskutieren zu wollen. Daher erhob er sich. »Ich schlage vor, wir vertagen dieses Gespräch auf ein andermal.« Er warf ihr einen scharfen Blick zu. »Erholt Euch jetzt erst mal, Prinzessin. Um alles andere werden wir uns später kümmern. Ich bleibe mit Edana vorerst hier auf der Insel. Ihr entwischt mir nicht noch einmal, dafür sorge ich.«

Amyéna brummte etwas, das wahrscheinlich nicht sehr prinzessinnenhaft war, erwiderte jedoch nichts mehr.

Dennoch spürte Maryo ihre Blicke in seinem Rücken, als er das Zimmer verließ und ins Freie trat.

Amyéna war in einem kleinen Steinhaus etwas entfernt vom Fischerdorf untergebracht. Die Hütte bestand gerade mal aus zwei Räumen, die durch einen kurzen Flur verbunden waren. Im anderen Zimmer befanden sich eine Feuerstelle sowie ein Tisch mit Stühlen. Die Einrichtung wirkte allgemein karg und ärmlich. Die Menschen hier auf der Insel schienen nicht viel Reichtum zu besitzen.

Während Maryo das Haus verließ, fiel sein Blick auf Edana, die ein paar Schritt weiter entfernt zwischen felsigen Klippen stand und gerade mit Aderan sprach. Als sie den Elf sah, bedeutete sie dem Mann, sich zu entfernen. Eine gute Entscheidung, denn Maryo war immer noch wütend auf den leichtsinnigen Bastard.

Wie hatte dieser Kerl Amyéna bloß in solche Gefahr bringen können?!

Edana kam auf ihn zu und blieb knapp vor ihm stehen. »Und?«, fragte sie.

Ihre hellen Augen fixierten ihn wieder und er musste sich zusammenreißen, um nicht abermals ihrem Zauber zu erliegen. In ihrer Nähe hatte er den Eindruck, dass alles andere unwichtig wurde. Sogar Amyéna, die nur ein paar Schritt weit von ihm entfernt war und für die er eigentlich Gefühle hegte.

Was war das bloß für eine Art von Magie?

Er schüttelte den Kopf, um seine Gedanken zu vertreiben. Edana interpretierte diese Geste jedoch als Antwort.

»Heißt das, sie will nicht zurück nach Westend?« Sie kniff die Augen zusammen und sah an ihm vorbei zum kleinen Haus, in dem sich die Prinzessin befand.

Maryo zuckte mit den Schultern. »Ihr wird keine andere Wahl bleiben«, sagte er energisch. »Sobald es ihr besser geht, werde ich sie zurück in die Elfenstadt bringen. Aber … in ihrem derzeitigen Zustand ist eine Seereise zu riskant. Ganz abgesehen davon, dass mir ihre Mutter den Kopf abreißen wird, wenn ich sie halb krank zurückbringe. Außerdem tut ihr etwas Abstand vom Hofe vielleicht ganz gut. Sie soll sich erst mal erholen … sie scheint sehr schwach zu sein …«

»Aye. Das ist mir auch aufgefallen.« Edana dämpfte ihre Stimme. »Woran das liegen mag? Natürlich, sie stand an der Schwelle zum Tod, aber Aderan meinte, dass sie das eigentlich rasch überwunden hätte. Doch die Schwäche blieb dennoch. Und sie hat auch immer noch Fieber.«

Maryo furchte die Stirn und dachte über Amyénas Worte nach.

Konnte die Schwäche tatsächlich im Zusammenhang mit der Vision stehen, von der die Prinzessin ihm erzählt hatte? Selbst wenn, er würde Edana nichts davon sagen. Es war etwas, das Amyéna ihm anvertraut hatte und er würde dieses Vertrauen nicht leichtfertig missbrauchen.

»Ich hoffe, sie wird bald wieder so weit bei Kräften sein, dass wir sie zurück nach Westend bringen können«, meinte er ausweichend.

»Ich werde hierbleiben und dafür sorgen, dass sie nicht noch einmal fliehen kann. Kann ich auf dich zählen? Darauf, dass du uns mit deinem Schiff zurückbringst, sobald es ihr besser geht?«

Edana schenkte ihm ein schwaches Lächeln. »Ich schulde dir ein paarmal mein Leben, daher: Ja. Ich werde euch zurück nach Westend fahren.«

»Danke.« Maryo nickte ihr zu. »Dann hoffen wir, dass du deine Schuld bald begleichen kannst und wir quitt sind.«

Er wollte sich abwenden, um zurück zur Hütte zu gehen, aber Edana hielt ihn am Arm zurück.

»Warte kurz«, sagte sie.

Er drehte sich stirnrunzelnd zu ihr um.

»Soll es jetzt so zwischen uns weitergehen?«, fragte Edana, während sie ihn fest ansah. »Dass wir so tun, als sei gestern Abend nichts gewesen? Als hätte es den Kuss nie gegeben? Willst du das?«

Maryo seufzte leise. Wie sollte er ihr erklären, dass er jedes Mal, wenn sie ihn auf diese Weise ansah, nicht mehr wusste, was er *überhaupt* wollte?

»Hör zu.« Er legte beide Hände auf ihre Schultern. »Was da zwischen uns war … oder auch nicht – es ist jetzt gleichgültig. Ich bin ein Elf. Du eine Menschenfrau. Ich weiß nicht, was mich gestern Abend geritten hat, dass ich dir ein derartiges Angebot gemacht habe. Ich weiß nicht, was du mit mir anstellst … welchen Zauber du auf mich wirkst, dass ich mich dermaßen zu dir hingezogen fühle, obwohl du ein Mensch bist. Aber ich bitte dich: Hör auf damit. Ehe ich meine Meinung über dich ändern muss.«

Edanas Brauen schossen in die Höhe und in ihren Augen begann wieder dieses hellblaue Feuer zu flackern. »Wie kannst du es wagen, mir so etwas zu unterstellen?!«, fuhr sie ihn an. »Ich habe meine Magie noch nicht zurück und kann keinerlei Zauber wirken. Und selbst wenn: Liebeszauber habe ich definitiv keine auf Vorrat – und auch nicht nötig! Ich bin nicht so verzweifelt, dass ich mir mit meiner Magie einen Mann gefügig machen muss! Wenn du noch einmal mit mir sprichst, als sei ich eine billige Hure, dann wirst du das bereuen! Das schwöre ich dir!«

Maryo sah sie verblüfft an. Mit solch einer Reaktion hatte er nicht gerechnet. Dennoch vertraute er ihr immer noch nicht. Sie sagte zwar, dass sie keine Magie in sich trüge, aber er glaubte ihr nicht. Sie war ein Mensch – und Menschen logen, sobald sie den Mund auftaten.

Das wusste jeder.

Er wich einen Schritt von ihr zurück und hob die Hand. »Wehr dich!«, befahl er in hartem Tonfall.

Er ließ ihr genug Zeit, dass sie einen Schutzschild hätte bilden können. Das tat sie aber nicht, sondern starrte ihn entgeistert an, während sich in seiner Hand ein Feuerball bildete.

Ehe sie ausweichen konnte, schoss er die Flammen auf sie. Sie wich reflexartig zurück, stolperte über einige Steine, die hier überall herumlagen, und fiel nach hinten, während der Feuerball über sie hinwegjagte. Dabei stieß sie sich den Kopf an einem Felsen an und Maryo hörte ein leises Stöhnen, ehe sie regungslos liegen blieb.

»Verdammt!«, knurrte er, während er zu ihr eilte.

Das hatte er nicht gewollt. Der Feuerball war eine reine Illusion gewesen und hätte sie nicht verletzt, auch wenn sie keinen Schutzschild bildete. Er beherrschte diesen Zauber so gut, dass es auf den ersten Blick wie richtiges Feuer wirkte, was Edana offenbar auch geglaubt hatte. Dennoch hatte sie sich nicht verteidigt, sondern war bloß zurückgewichen.

Trug sie also wirklich keine Magie in sich?

Er hatte sie nicht verletzen wollen. Nur überprüfen, ob sie auch wirklich die Wahrheit sprach.

Jetzt beugte er sich über sie und hob ihren regungslosen Körper etwas an, während er ihren Kopf abtastete.

Als er seine Finger unter ihr hervorzog, klebte rote Flüssigkeit daran.

»Verdammt!«, fluchte er erneut und sah sich suchend um.

Außer Edana und ihm war jedoch niemand zwischen den Felsen zu sehen. Aderan hatte sich verzogen und Edanas Mannschaft war wohl dabei, im kleinen Dorf ein paar Vorräte zu kaufen. Auch die Heilerin, von der Aderan gesagt hatte, dass sie sich um Amyéna kümmerte, war nirgendwo zu entdecken.

»Verdammt!«, entfuhr es ihm zum dritten Mal.

Er drehte Edanas Kopf so, dass er die Platzwunde sehen konnte, und schloss die Augen, während er seine Hand darauf legte. Als Elf konnte er kleinere Verletzungen heilen. Die Wunde würde sich schließen, aber die Bewusstlosigkeit konnte er ihr nicht nehmen.

Warum bloß hatte er nicht darauf vertraut, dass sie wirklich die Wahrheit sagte?

Jetzt musste er sie auch noch heilen – einen *Menschen*!

25 Edana

Ihr Schädel brummte, als sei sie mitten in einen Orkan geraten und ein paarmal herumgeschleudert worden. Stöhnend fasste sie sich an die Stirn – und wurde von einer Hand aufgehalten, die sich um ihr Handgelenk legte.

»Nicht«, sprach eine ihr bekannte, tiefe Stimme, die sie jedoch im ersten Moment nicht zuordnen konnte. »Du solltest dich nicht so rasch bewegen …«

Langsam erinnerte sie sich wieder an das, was geschehen war, ehe die Dunkelheit sich über sie gelegt hatte.

An Maryo, der mit einem Feuerball vor ihr stand und ihn auf sie zuschleuderte. Sein Blick war beängstigend gewesen. So berechnend, herausfordernd, misstrauisch …

Sie schlug die Augen auf und sah in diejenigen des Elfen. Sein Blick hatte sich seit seinem Angriff gravierend verändert. Er sah besorgt, zerknirscht und schuldbewusst auf sie herunter, während er ihre Hand losließ und stattdessen sachte über ihre Stirn strich.

»Tut mir leid«, murmelte er. »Ich hätte das nicht tun sollen … aber …«

Edana hätte ihm am liebsten alle Verwünschungen an den Kopf geworfen, die sie kannte – auch eine Ohrfeige hätte definitiv dringelegen … aber ihr war mit einem Mal so übel, dass sie sich gerade noch zur Seite drehen konnte, ehe sie sich übergeben musste. Sie würgte, bis nur noch Galle aus ihrer Kehle kam.

Erschöpft stützte sie ihre Hände am Boden ab und spürte, dass Maryo sich hinter sie gesetzt hatte. Mit sanftem Druck zog er sie zu sich, sodass sie sich mit dem Rücken an ihn lehnen konnte. Er legte seine Hand auf ihre Stirn und einen Moment lang verkrampfte sie sich. Er würde doch nicht …

»Keine Sorge, ich werde deine Gedanken nicht anrühren«, sagte er leise an ihrem Ohr.

Dann spürte sie seine Präsenz in ihrem Kopf. Anders als beim letzten Mal drang er vorsichtig, fast sanft in ihren Geist ein – und sie fühlte eine wohlige Wärme, die sich überall dort ausbreitete, wo er sie in ihrem Inneren berührte. Es war beinahe wie das Streicheln eines warmen Windes, das durch ihren Körper zog, ihn heilte und beruhigte.

Sie wusste nicht, wie lange er in ihr verweilte, aber sie hätte bis ans Ende der Zeit so dasitzen können. Es war ein berauschendes Gefühl der Sicherheit und Nähe – eine komische Empfindung in Gegenwart eines Elfen.

Irgendwann unterbrach er die Verbindung, indem er seine Hand von ihrer Stirn nahm.

»Besser?«, fragte er.

Edana fühlte in sich hinein. Die Übelkeit war tatsächlich verflogen. Stattdessen wurde die Wut auf Maryo jedoch mit jeder Sekunde größer, die er nicht mehr in ihren Gedanken war.

Sie stemmte sich von ihm weg und versuchte aufzustehen. Ihr Gleichgewichtssinn war allerdings immer noch mitgenommen, sodass sie torkelte. Maryo war sofort auf den Beinen und stützte sie, aber sie stieß ihn von sich weg.

»Du elender Bastard!«, fauchte sie. »Spinnst du eigentlich? Du hättest mich töten können!«

»Nun mach mal halblang.« Maryo sah sie mit zusammengezogenen Augenbrauen an. »Das war nur eine Illusion. Der Feuerball hätte dich nicht verletzt.«

Ihre Augen weiteten sich ob so viel Engstirnigkeit. »Ach … und warum habe ich denn Blut an meinem Kopf? War das etwa keine Verletzung?«

»Das hätte nicht … ich … es tut mir leid«, brummte Maryo. »Du hast mir verboten, deine Gedanken zu lesen. Also weiß ich nicht, ob ich dir vertrauen kann.«

Edana schnaubte unwirsch. »Du weißt nicht, ob du mir vertrauen kannst … *weil du meine Gedanken nicht lesen darfst*?! Ist das dein Ernst? Wie wär's, wenn du es einfach mal zur Abwechslung *ohne* Gedankenlesen ausprobierst? Vertrauen funktioniert nämlich genau so!«

Maryo wich ihrem Blick aus und starrte stattdessen über das Meer. »Ich bin noch nie gut darin gewesen, jemandem zu vertrauen.«

Er sprach die Worte so leise, dass Edana im ersten Moment glaubte, sich verhört zu haben.

Gestand der überhebliche Elf etwa gerade tatsächlich eine Schwäche ein?

Sie trat einen Schritt auf ihn zu und musterte ihn von der Seite. »Dann solltest du dringend damit anfangen … du hast sehr viel nachzuholen!«

Maryo sah sie wieder an und in seinen goldenen Augen konnte sie deutlich das Zögern erkennen. Ein schwaches Lächeln breitete sich auf seinem Mund aus, das wahrscheinlich entschuldigend wirken sollte. »Irgendwann werde ich dir vielleicht erzählen, warum das so ist. Warum ich so bin … aber im Moment kann ich das noch nicht.«

»Ach was, du hast bloß Angst, verletzt zu werden«, blaffte Edana ihn an. »Das ist typisch für euch Männer … je mehr ihr die harten Kerle mimt, desto verletzlicher seid ihr in eurem Inneren!«

Maryos Augenbrauen schoben sich wieder in der Mitte seiner Stirn zusammen. »Du denkst, nur weil du eine Mannschaft befehligst, weißt du über alle Männer Bescheid, oder?«, fragte er frostig.

»Nun ja, über die meisten jedenfalls. Du bist zwar ein Elf, aber auch *du* unterscheidest dich nicht von den anderen Männern. Zumindest nicht so sehr, wie du gerne hättest.«

»Ach?« Maryo verschränkte die Arme vor der Brust und seine Augen begannen angriffslustig zu glitzern.

»Ja.« Edana zuckte nicht einmal mit der Wimper und hielt seinem Blick stand.

»Warum habe ich eigentlich immer den Eindruck, dass – gleichgültig was ich tue oder sage – du dich angegriffen fühlst?«, fragte der Elf mit schief gelegtem Kopf.

»Sag diese Worte am besten nochmals, wenn du einen Spiegel findest«, antwortete Edana ungerührt.

Einen Moment lang wirkte es, als wolle Maryo etwas erwidern, dann schüttelte er den Kopf und begann leise zu lachen. »Weißt du, wenn ich dich mit in die Elfenstadt nehmen würde, hätte ich wirklich Angst um das Wohl unserer Königin«, sagte er mit einem amüsierten Blick zu Edana. »Dein vorlautes Mundwerk und dein Temperament würden wahrscheinlich sogar *sie* in die Knie zwingen …«

Edana stutzte einen Moment, dann verengte sie die Augen. »Wenn das ein Kompliment sein sollte …«

Maryo schüttelte den Kopf. »Keine Ahnung, ob es eines war. Wenn es dich friedfertiger stimmt, nimm es als Kompliment.«

Jetzt war es an Edana, zu schmunzeln. »Der große Maryo Vadorís wird plötzlich handzahm und weiß nicht mal mehr, ob er Komplimente macht oder nicht.« Ihr Grinsen wurde eine Spur breiter. »Was soll ich davon halten? Irgendwie gefällt es mir.«

Maryo beugte sich etwas zu ihr herunter und seine Augen glühten beinahe. »Gewöhn dich besser nicht daran«, raunte er. »Denn das ist das Zweite, worin ich nicht gut bin: gehorsam und berechenbar zu sein.«

»Aye, das brauchst du mir nicht zu sagen. *Das* habe ich schon bemerkt«, stellte Edana fest. »Aber du solltest dich nun doch in Gehorsam üben und zu deiner Prinzessin zurückkehren, ehe sie noch auf den Gedanken kommt, dein … Vertrauen zu missbrauchen und abzuhauen. Du hast sie nämlich schon längere Zeit aus den Augen gelassen.« Sie zwinkerte ihm zu.

Maryo verzog seine Lippen zu einem leichten Lächeln. »Ich hätte nicht geglaubt, dies jemals zu einem Menschen zu sagen … aber unsere Gespräche werden mir tatsächlich fehlen, wenn sich unsere Wege in Westend wieder trennen.«

»Ich dachte, du wolltest nicht mehr zurück zu den Elfen?« Edana legte den Kopf schief. Sie erinnerte sich an Maryos Worte in der Taverne, kurz bevor Raelys aufgebrochen war.

Maryo zuckte mit den Schultern. »Nein. Aber ich weiß noch nicht, was ich danach tun werde – vielleicht werde ich mir ein eigenes Schiff kaufen.«

Edana sah ihn einen Augenblick lang ungläubig an, dann lachte sie laut auf. »Ha! Dazu musst du aber noch einiges übers Segeln lernen, mein Lieber«, grinste sie. »Im Moment macht dir noch jede Schiffsratte Konkurrenz als Matrose.«

»Du sagtest doch selbst, dass ich mich nicht schlecht anstelle.« Maryo sah sie mit schmalen Augen an. Sein Gesichtsausdruck wirkte beinahe gekränkt.

»Ja. Für den ersten Tag an Bord vielleicht«, nickte Edana. »Aber bis du ein eigenes Schiff segeln kannst, brauchst du noch massenweise Erfahrung.« Sie verstummte einen Moment und sah ihn abwägend an. »Nun gut … ich weiß nicht, ob ich das irgendwann bereuen werde, aber ich sage dir jetzt etwas, von dem *ich* geglaubt habe, dass ich es nie zu einem Elfen sagen würde.« Sie holte tief Luft. »Ich biete dir an, an Bord des Seefalken eine Ausbildung zum Matrosen zu machen. Unter meiner Aufsicht. Ich werde dich weder mit Samthandschuhen anfassen noch anders behandeln als meine anderen Männer. Aber ich werde dir alles beibringen, was du wissen musst, um ein Segelschiff zu führen. Ich habe gestern gesehen, dass du womöglich wirklich das Zeug hast, irgendwann Kapitän zu werden – sofern du genug Disziplin an den Tag legst. Und ich hatte immer schon eine Schwäche für komplizierte Männer.« Sie zwinkerte ihm wieder zu.

»*Komplizierte* Männer?«, wiederholte Maryo mit hochgezogenen Augenbrauen.

»Siehst du: Das ist so bezeichnend für dich. Du hörst wieder mal nur das, was du willst – mein Angebot übergehst du großzügig.«

»Keineswegs.« Maryo sah einen Augenblick lang wieder über das Meer und Edana konnte ihm ansehen, dass er gerade das Für und Wider abwägte. Dann wandte er sich ihr erneut zu. »Gut. Einverstanden. Ich bringe die Prinzessin zurück nach Westend und dann beginne ich meine Ausbildung bei dir.«

Er streckte ihr die Hand hin, damit sie einschlagen konnte.

Aber Edana zögerte. »Eine Kleinigkeit noch«, begann sie.

»Was denn? Soll ich auch noch dein Liebessklave werden?«, fragte Maryo mürrisch.

»Ha! *Das* wäre wahrlich eine Überlegung wert«, grinste Edana. »Aber nein. Ich habe noch eine Bedingung: Ich will mit in die Elfenstadt kommen, wenn du Amyéna zurückbringst.«

»Auf keinen Fall!« Maryo zog seine Hand zurück. »Das kannst du dir direkt wieder aus dem Kopf schlagen!«

»Dann kannst du deine Zukunft als Kapitän ebenfalls in den Wind schießen. Entweder ich komme mit in die Elfenstadt oder du bekommst keine Ausbildung zum Matrosen – und ich denke nicht, dass ein anderes Schiff dich an Bord nehmen wird. Wir leben in harten Zeiten, mein Lieber. Nicht nur die Elfen vertrauen den Menschen nicht, auch umgekehrt sind die neuen Friedensbande äußerst zerbrechlich und zart. Du kannst natürlich ein eigenes Schiff kaufen, aber ich glaube nicht, dass du länger als zwei Tage auf See sein wirst, ehe du es versenkst. So wie *ich* das sehe, bin ich deine einzige Gelegenheit, deinen Traum in naher Zukunft zu verwirklichen.«

Aus der Kehle des Elfen drang ein zorniges Knurren, doch Edana ließ sich nicht von seiner finsteren Miene beeindrucken. Sie verschränkte die Arme vor der Brust und sah ihn abwartend an.

»In Ordnung«, brummte Maryo schließlich. »Aber du wirst in der Stadt an meiner Seite bleiben und keinen Schritt ohne mich tun, verstanden?«

»Es wird mir ein Vergnügen sein«, lächelte Edana. »Und nun geh zu deiner Prinzessin und sorge dafür, dass sie rasch gesund wird. Ich kann es kaum erwarten, die Elfenstadt zu sehen.«

Maryo verdrehte die Augen und wandte sich zum Gehen.

Edana sah ihm hinterher, bis er in der kleinen Steinhütte verschwunden war. Auf ihrem Gesicht breitete sich ein zufriedenes Lächeln aus, das man fast triumphierend hätte nennen können.

Sie würde seit Jahrzehnten der erste Mensch sein, der die Elfenstadt zu sehen bekäme.

Darauf freute sie sich tatsächlich schon sehr.

26 Thesalis

Thesalis, kannst du mich hören?«, fragte eine Stimme, die aus der Ferne ihr Bewusstsein streifte.

Thesalis öffnete die Augen und blinzelte. Augenblicklich schossen Schmerzen durch ihren Körper, die ihr beinahe wieder die Sinne raubten. Sie stöhnte laut auf, was weitere Pein zur Folge hatte, da sich dabei ihr Brustkorb hob und die Wunden anspannten.

Bei dem Laut hörte sie ein leises Brummen neben sich, das ihr zeigte, dass ihr Panther immer noch neben ihr wachte.

»Hier, trink das.«

Jetzt konnte Thesalis ihre Anführerin Berilla erkennen, die am Bettrand saß und ihr eine Schale voll milchiger Flüssigkeit hinhielt.

»Das ist ein Heiltrank, der dir für einige Zeit die Schmerzen nimmt«, erklärte die Amazone. Sie trug ihr braunes Haar jetzt offen, sodass es ihr in weichen Wellen über die Schultern fiel. Ihre nussbraunen Augen schauten Thesalis besorgt an. »Du hast drei Tage lang geschlafen und standest nahe an der Schwelle zum Tod«, murmelte sie. »Wir hatten Angst, dass du die Verletzungen nicht überstehen würdest. Aber Artaami hat ihre göttliche Hand über dich gehalten und die Schamanin hat sich Tag und Nacht um dich gekümmert. Gerade ist sie in ihre Hütte zurückgekehrt, um sich auszuruhen.«

Thesalis öffnete den Mund und trank sorgsam die Flüssigkeit, die nach Milch roch. Währenddessen warf sie einen Blick zu ihrer Rechten, wo sich Csilla erhoben hatte und gähnend streckte, ehe sie die Amazone verschlafen anblinzelte.

»Sie hat die ganze Zeit neben dir verbracht«, sagte Berilla lächelnd.

Thesalis versuchte, sich mit Csilla zu verständigen, aber sie war noch zu kraftlos dazu. Also konzentrierte sie sich aufs Trinken.

Es musste sich um eine andere Medizin handeln als diejenige in der Hühnerbrühe, denn sie spürte, wie ihr Körper mit jedem Schluck leichter wurde, ebenso wie ihr Geist. Es war beinahe, als schwebte sie und die Schmerzen begannen gleichzeitig, tatsächlich erträglicher zu werden. Zudem klärten sich ihre wirren Gedanken, die sich um Armreife, Elfen und Nebel gedreht hatten. Träume, in denen sie in den letzten Tagen gefangen gewesen war. Endlich konnte sie daraus gänzlich erwachen und merkte, wie sie mit jeder Minute mehr in der Gegenwart ankam.

»So ist gut. Wir konnten dir diesen Trank in den letzten Tagen nicht einflößen, da dein Geist und dein Körper sich dagegen gewehrt haben«, erklärte Berilla, als Thesalis die ganze Schale ausgetrunken hatte. »Wie fühlst du dich?«

Thesalis runzelte die Stirn. »Besser.« Ihre Stimme klang so heiser, als hätte sie wochenlang nicht gesprochen. Sie versuchte, sich zu räuspern, was zur Folge hatte, dass einer der Wundverbände, der um ihren Körper geschlungen war, sich auf der Stelle mit Blut tränkte.

»Lieg so ruhig wie möglich«, wies Berilla sie an. »Jede Bewegung führt dazu, dass die frischen Wunden wieder aufreißen. Du brauchst jetzt viel Ruhe, um dich von deinen Verletzungen zu erholen.«

Thesalis nickte zum Zeichen, dass sie verstanden hatte.

»Fühlst du dich bereit, mir zu berichten, was du in deiner Gefangenschaft erlebt hast? Welche Informationen du sammeln konntest, die uns bei einem Angriff auf die Elfensiedlung helfen könnten?« Berilla sah sie mit gefurchter Stirn an. In ihren Augen konnte Thesalis Sorge lesen.

Die Anführerin schien zu wissen, dass das, was Thesalis bei den Elfen erlebt hatte, teilweise unaussprechlich war. Sie hatte Qualen ertragen müssen, die sich eine Amazone nicht mal ansatzweise vorstellen konnte. Obwohl ihr Schmerzempfinden viel geringer war als das der Menschen.

Thesalis wusste nicht, ob sie bereit dazu war, darüber zu sprechen. Womöglich wäre sie *niemals* bereit dazu … dennoch spürte sie diesen Hass, dieses Rachegefühl in sich brodeln. Sie wollte, dass jeder Einzelne dieser Elfen seine gerechte Strafe bekam. Dass jeder Einzelne genauso leiden musste, wie *sie* gelitten hatte. Sie wollte ihnen selbst diese Schmerzen zufügen. Sie wollte sich am Leid der Elfen ergötzen und auf ihre toten Körper spucken.

Es war ein so tiefes, brennendes Gefühl der Abscheu, wie sie es noch nie in ihrem Leben verspürt hatte. Nicht einmal, als ihre Lieblingsschwester von diesen Bastarden getötet worden war.

Diese Monster hatten versucht, sie zu brechen, und es wäre ihnen beinahe gelungen. Dafür würden sie büßen müssen!

Berillas Stirn furchte sich immer stärker, während sie Thesalis musterte. »Hör zu, meine geliebte Tochter«, sagte sie eindringlich. »Ich kann verstehen, welchen Hass du diesen Elfen gegenüber empfindest, auch wenn ich mir nicht einmal annähernd vorstellen kann, was du erdulden musstest. Aber dein Körper ist zu schwach, um diesen Hass auszuhalten. Dein Geist braucht Ruhe, keinen Zorn. Versuche, diese Gedanken, die dein Inneres durchstreifen und die restliche Energie von dir zu fressen drohen, von dir wegzuschieben. Schließe sie aus deinem Geist aus. Sie werden auch noch da sein, wenn du dich erholt hast. Aber im Moment hindern sie dich nur daran, zu genesen.«

Thesalis warf ihr einen zornigen Blick zu. »Ich … werde … mich … rächen«, stieß sie hervor.

Berilla schüttelte den Kopf. »Nein, wirst du nicht«, sagte sie in ruhigem, aber bestimmtem Tonfall. »Ich habe heute mit den anderen Kriegerinnen beschlossen, dass wir bereits morgen aufbrechen, um die Rache zu üben, die diese Monster verdient haben. Du wirst nicht stark genug sein, um uns zu begleiten. Aber du kannst uns sagen, in welche Richtung wir zu gehen haben. Wie ihr Hauptlager aussieht. Wo ihre Schwächen sind. Das wird uns mehr helfen, als wenn wir zusätzlich auf dich aufpassen müssen.«

Thesalis schnaubte leise.

Sie sah ein, dass die Worte ihrer Anführerin richtig waren. Sie mussten jetzt schnell handeln, ehe die Elfen ihrerseits angriffen. Vermutlich kannten ihre Feinde nun die Richtung, in der das Lager der Amazonen lag. Daher wäre es nur eine Frage der Zeit, bis die Elfen vor den Toren ständen.

Es war deshalb wichtig, dass Berilla und die anderen Kriegerinnen diesem Angriff zuvorkamen, indem sie ihrerseits das Hauptlager der Elfen überfielen und ihnen einen Denkzettel verpassten.

Thesalis sah das alles ein … dennoch fiel es ihr schwer, es zu akzeptieren. Die einzige Kraft, die sie in der Gefangenschaft noch am Leben gehalten hatte, war der Gedanke an Rache gewesen. Rache und Vergeltung. Dass sie nun dieses Bedürfnis nicht würde befriedigen können, nagte an ihr wie ein hungriger Biber an einem morschen Baumstamm.

»Beginnen wir doch damit, dass du mir erzählst, wie dir die Flucht gelungen ist«, meinte Berilla in sanftem Tonfall.

»Ich …« Thesalis räusperte sich erneut und versuchte dabei, ruhig liegen zu bleiben. »Wir waren in einer Grube gefangen«, erklärte sie und spürte, wie mit jedem Wort, das über ihre Lippen kam, ihre Stimme wieder fester wurde. »Ein tiefes Erdloch, das oben mit Gitterstäben verschlossen war. Das Tageslicht drang nicht bis zu uns herunter.« Sie schauderte unwillkürlich, als sie sich an den Gestank in diesem Gefängnis erinnerte. »Wir bekamen nur die Abfälle zu essen, die uns die Elfen herunterwarfen. Sie behandelten uns wie Tiere.«

Berilla saß mit geradem Oberkörper am Bettrand. Ihr Gesicht war ausdruckslos, aber in ihren Augen erkannte Thesalis, wie schwer es ihr fiel, ihrem Bericht zu lauschen. Wie viel Wut sich in der Amazonenanführerin gerade zu sammeln begann.

Das war gut. Das würde ihr helfen, ihre Schwestern zu rächen.

»Ich war die letzte Überlebende«, fuhr Thesalis fort. »Unsere Schwestern starben alle hocherhobenen Hauptes. Der Anführer von ihnen … Treyon … er hat mich zu sich ins Zelt geholt. Er wollte … er …« Sie spürte trotz der schwülen Wärme des Hochwaldes eine Gänsehaut über ihren Körper rinnen.

»Du musst es nicht sagen. Ich kann mir vorstellen, was er dir antun wollte«, murmelte Berilla.

Thesalis sah ihr in die Augen. »Es war nicht das erste Mal. Diese Bastarde sind … sie tun abscheuliche Dinge mit Frauen. Versprich mir, dass du dich nicht von ihnen gefangen nehmen lässt. Bitte.« Ihr Blick wurde flehend.

»Ich verspreche es dir«, antwortete die Anführerin mit fester Stimme. »Du hast also die Gelegenheit genutzt und ihn getötet, als er dich zu sich geholt hat?«

Thesalis nickte schwach. »Ich habe ihm seinen eigenen Dolch in die Brust gerammt. Ich weiß nicht, ob er tot ist, aber ich denke schon. Ich hatte keine Zeit, ihm die Kehle durchzuschneiden, denn da kamen bereits weitere Soldaten ins Zelt. Ich bin losgerannt. Die Wachen beim Tor konnte ich überwältigen. Dann war ich draußen. Ich hätte nicht gedacht, dass mir die Flucht gelingt … als ich euch sah, da …« Tränen sammelten sich in ihren Augen, als sie sich an das überwältigend schöne Gefühl erinnerte. Diesen Moment, als sie mit einem Mal gemerkt hatte, dass ihre Qualen vorbei waren. Dass sie in Sicherheit war …

Berilla beugte sich über sie und wischte eine Träne, die über Thesalis' Wange rann, mit dem Daumen weg. »Du bist eine tapfere Kriegerin«, flüsterte sie. »Wenn dich das Sprechen zu sehr aufwühlt, können wir gerne eine Pause machen.«

Thesalis schüttelte leicht den Kopf. »Nein. Jede Sekunde, die wir warten, leben diese Bastarde länger«, stieß sie hervor. »Ihr Lager befindet sich etwa eine halbe Tagesreise von der Stelle entfernt, wo wir uns getroffen haben. Im Osten. Es ist etwa drei Mal so groß wie unser Dorf und ich schätze, es wohnen mindestens fünfhundert Elfen dort. Allesamt männliche Krieger, ein paar Frauen und wenige Kinder. Sie scheinen nicht sehr fruchtbar zu sein. Ihre Schwäche ist ihre Arroganz. Sie bewachen ihr Dorf nicht sehr gut. Mir ist aufgefallen, dass ihre Patrouillen meist aus zwei bis drei Elfen bestehen. Nicht mehr. Im Westen ihres Dorfes gibt es einen Fluss, von dem aus ein unterirdischer Kanal zu einem Brunnen mitten in ihrem Lager führt. Ich weiß nicht, wie breit der Schacht ist, aber vielleicht könnt ihr euch dadurch hineinschleichen. Ansonsten wäre das Vergiften des Brunnens bestimmt auch eine Möglichkeit.«

Berilla nickte. »Gut. Wir werden Gift in den Fluss schütten. Das schwächt sie.«

»Ich glaube, sie können ihre Magie miteinander verbinden«, fuhr Thesalis fort. »Wenn mehrere von ihnen kämpfen, ist ihre Magie stärker, als wenn man nur gegen einen von ihnen kämpft.«

»Das würde erklären, warum wir bisher so viel Mühe hatten, gegen sie zu gewinnen«, überlegte Berilla stirnrunzelnd. »Wir werden also Froschgifte für die Pfeile verwenden, die ihre Sinne trüben und sie daran hindern, ihre Gedanken zu verbinden.«

»Das ist eine gute Idee«, murmelte Thesalis. Dann seufzte sie leise. »Ich wäre gern dabei, wenn diese Bastarde ihren letzten Atemzug tun.«

Die Anführerin sah sie mit warmem Blick an und strich ihr mit dem Handrücken über die Wange. »Ich kann das nur zu gut verstehen, liebe Tochter. Aber du brauchst Zeit, bis du wieder bei Kräften bist. Zudem … je länger wir warten, umso besser können sich die Elfen auf unseren Angriff vorbereiten.«

»Ich weiß«, nickte Thesalis. Einen Moment lang hing sie noch den Gedanken nach, wie es wäre, Berilla begleiten zu können. Aber das würde nicht in Erfüllung gehen, denn sie war nicht einmal stark genug, um zu sprechen. »Wann brecht ihr morgen auf?«, fragte sie schließlich.

»Noch in der Morgendämmerung. Dank dir haben wir nun wichtige Informationen, die uns zum Sieg verhelfen können.«

»Möge Artaami eure Waffen leiten«, murmelte Thesalis.

»Das wird sie«, sagte die Anführerin. »Wir bringen ihr heute Abend ein großes Opfer dar, damit sie uns milde gestimmt ist.« Mit einem Mal erschien ein trauriger Ausdruck auf ihrem Gesicht, was Thesalis aufhorchen ließ.

»Wen trifft das Opfer?«, fragte sie leise.

Doch sie musste nicht erst in Berillas Augen sehen, um die Antwort zu kennen.

»Santis«, bestätigte die Amazone ihre Vermutung.

Thesalis hielt einen Moment lang den Atem an. Sie wusste, wie viel der stille, treue Sklave Berilla bedeutete. Auch sie mochte ihn sehr gern. Dass die Anführerin bereit war, ihren Lieblingssklaven zu opfern, zeugte davon, wie stark ihr Wille war, diese Elfenbastarde zu besiegen. Ein derart großes Opfer würde dazu führen, dass sie sich der Unterstützung ihrer Göttin Artaami gewiss sein konnten.

»Weiß er es bereits?«, fragte Thesalis.

Berilla nickte. »Er bereitet sich in diesen Minuten auf seinen Tod vor. Das Reinigungsritual beginnt bald.«

Thesalis schloss die Augen und sandte ein stummes Gebet zur Göttin, dass sie über Santis wachen möge. Das Reinigungsritual war schmerzhaft.

Die Sklaven wurden an ihrem ganzen Körper enthaart. Dies geschah durch Verbrühung der obersten Hautschicht, die dann mit einer groben Bürste abgeschabt wurde. Etwas, das nur die wenigsten Sklaven bei vollem Bewusstsein überstanden.

Derart gereinigt wurden sie danach in einer feierlichen Zeremonie zu Artaamis Statue geführt, die inmitten ihres Dorfes stand. Die Steinfigur zeigte die Göttin so, wie sie der Vorstellung der Amazonen entsprach. Eine hochgewachsene, schlanke Frau, die von einem Bären und einer Hirschkuh flankiert wurde, während ein Falke auf ihrer Schulter saß. Das Gesicht war makellos, ebenso ihr nackter Körper. Ihre Hände waren vor der Brust gefaltet, ihr Blick auf die Amazonen unter sich gerichtet. Die Statue war etwa sechs Schritt hoch und rund um sie herum wurden jeden Tag frische

Blüten verstreut. Eine Aufgabe, die die kleinen Mädchen des Dorfes übernehmen mussten.

»Gibst du Santis eine Droge?«, fragte Thesalis.

Einigen Sklaven, die sich in ihrer Zeit bei den Amazonen durch besondere Loyalität ausgezeichnet hatten, wurde diese Gunst zuteil. Die Droge half, die Schmerzen zu überstehen und schneller ins Reich der Toten überzugehen.

Berilla schüttelte den Kopf. »Er wollte keine.«

Thesalis seufzte leise. »Ich werde für ihn beten.«

»Danke.« Berilla erhob sich vom Bettrand. »Ruh dich jetzt aus. Ich werde mich von dir verabschieden, ehe wir morgen aufbrechen. Und ich komme zurück. Versprochen.«

Thesalis lächelte schwach und sah ihrer Anführerin nach, als diese die Treppe nach unten stieg.

Sie hoffte so sehr, dass Artaami dieses Opfer würdigen und ihnen helfen würde, die Elfen zu besiegen. Wenn der Anschlag gelänge, wären diese Bastarde so geschwächt, dass sie für eine Weile keine Angriffe mehr ausüben könnten. Vielleicht würden sie sich sogar endgültig zurückziehen und Karinth verlassen.

Thesalis schloss die Augen, doch noch ehe sie das versprochene Gebet für Santis hatte flüstern können, war sie wieder eingeschlafen.

Sie bekam nicht mit, wie Berilla sich am nächsten Morgen mit Tränen in den Augen über sie beugte und sie sanft auf ihren Scheitel küsste.

»Ich hoffe, wir sehen uns wieder«, flüsterte die Anführerin. »Und falls nicht – räche meinen Tod.«

27 Amyéna

Drei Tage später war Amyéna immer noch im Bett des kleinen Steinhäuschens gefangen. Ja, es fühlte sich für sie nach Gefangenschaft an … denn Maryo Vadorís ließ sie kaum einen Augenblick aus den Augen. Offenbar wollte er ganz sichergehen, dass sie ihm nicht wieder entwischte.

Amyéna wusste zwar, dass er es gut meinte, dennoch ging es ihr gegen den Strich, derart bevormundet zu werden. Sie war kein Tier, das man nach Belieben herumkommandieren konnte. Sie war eine Prinzessin – und er ihr Leibwächter! Nicht ihr Aufpasser!

Zu ihrem Bedauern hatte sie Maryo noch nicht davon überzeugen können, mit ihr nach Karinth zu segeln. Er schien seinen Auftrag, sie zurück nach Westend zu bringen, viel zu ernst zu nehmen … eine Tatsache, die sie schier verzweifeln ließ.

Immerhin kam ihr Körper langsam wieder zu Kräften. Wenn es auch erheblich länger dauerte als gedacht. Die Heilerin brachte ihr regelmäßig Heiltränke und machte Umschläge, um das Fieber, das sich hartnäckig hielt, zu senken. Die Körpertemperatur der Elfin hatte sich inzwischen beinahe normalisiert und sie fühlte sich wenigstens nicht mehr so müde.

Bald würde der Tag kommen, an dem sie wieder zur See fahren konnte … davor fürchtete sie sich. Denn sie wusste nicht, wohin sie ihre Reise führen würde – in den Westen nach Karinth oder zurück in den Osten nach Altra?

Wenn sie die Heilerin nach ihrer Meinung fragte, was das Richtige sei, wich diese ihr immer aus. Also hatte Amyéna es aufgegeben, mit ihr über ihre Vision sprechen zu wollen. Ohnehin ließ sich die Greisin nur so viel wie nötig blicken. Ansonsten hatte sie sich ins Dorf zurückgezogen und ihre Hütte Maryo und Amyéna zur Verfügung gestellt.

Der Elf schlief stets im anderen Zimmer, aber wenn Amyéna auch nur hustete oder sich räusperte, konnte sie vernehmen, wie er sich regte. Er schlief nie richtig tief, sondern meditierte bloß, um jede ihrer Bewegungen mitzubekommen. Er traute ihr nicht mehr, was Amyéna ihm nicht übel nehmen konnte. Schließlich hatte sie ihn mit ihrer Flucht aus der Elfenstadt überrumpelt.

Er war ein pflichtbewusster Elf. Leider viel zu pflichtbewusst.

Wenn er doch bloß endlich ihren Plänen zustimmen würde, nach Karinth zu reisen …

Am Abend des dritten Tages erhielt sie Besuch von Kapitän Aderan.

Amyéna hätte nicht geglaubt, dass er sich noch einmal in die Nähe von Maryo wagen würde, nachdem der Elf ihn bei ihrem ersten

Aufeinandertreffen beinahe erwürgt hatte. Aderan wäre auch wohl kaum bis zu ihr vorgedrungen, wenn sie ihn nicht schon vor der Hütte gehört und Maryo daran gehindert hätte, ihn direkt wieder fortzuschicken.

»Was wollt Ihr hier?«

Maryos barsche Frage konnte eigentlich nur an einen Menschen gerichtet sein – und Edana war es nicht.

Amyéna hatte gemerkt, dass ihr Leibwächter mehr Gefühle für diese Kapitänin hatte, als er sich einzugestehen bereit war. Also musste es sich bei dem Besuch um Aderan handeln.

»Lass ihn herein!«, rief sie.

Eine Pause entstand, während der sich Aderan und Maryo aller Wahrscheinlichkeit nach vernichtende Blicke zuwarfen. Dann erschien der ehemaligen Kapitän der Seerose in der Tür, dicht gefolgt von dem breitschultrigen Elf.

Aderan trug neue Kleidung – wahrscheinlich hatte er sich im Dorf oder bei Edanas Mannschaft etwas ausleihen können. Ein dunkelbraunes Hemd sowie graue Leinenhosen, die ihm deutlich besser standen als seine alte, zerrissene Kleidung. »Prinzessin«, sagte er in entschuldigendem Tonfall, »es tut mir leid, dass ich störe …«

»Ja, genau, Ihr stört!«, bemerkte Maryo, der hinter ihm an der Wand lehnte. »Fasst Euer Anliegen kurz. Die Prinzessin braucht Ruhe.«

»Maryo!« Amyéna sah ihn verärgert an. »Ich kann für mich selbst sprechen. Geh raus vor die Hütte und lass uns ein paar Minuten alleine. Ich werde dich rufen, falls ich deine Hilfe benötigen sollte.«

Sie machte keinen Hehl daraus, dass sie Maryos Verhalten übertrieben fand. Er hatte sie zwar schon immer vor allem und jedem beschützen wollen, aber in den letzten drei Tagen war das zu einer lästigen Überfürsorge geworden.

Auch jetzt warf ihr Leibwächter ihr einen langen, prüfenden Blick zu und machte keinerlei Anstalten, sich zu entfernen.

»Geh!« Amyéna erwiderte seinen Blick energisch. »Und wehe du bleibst vor der Tür stehen und belauschst uns. Ich habe auch ein Anrecht auf Privatsphäre! Es reicht ja schon, dass du die ganze Zeit um mich herumschleichst, als sei ich ein wertvolles Kleinod, das es zu hüten gilt.«

Der Elf zögerte einen Moment, dann nickte er knapp und verließ den Raum. Nicht aber, ohne Aderan nochmals einen flammenden Blick zuzuwerfen.

»Er mag mich nicht«, stellte der Kapitän mit einem schiefen Lächeln fest, als der Elf weg war. Er trat näher ans Bett, in welchem sich Amyéna aufgesetzt hatte.

Inzwischen war sie zwar wieder kräftig genug, um tagsüber n in einem Lehnstuhl zu sitzen oder sogar ein paar Schritte an der frischen Luft zu gehen, aber sie hatte sich gerade schlafen legen wollen, als Aderan aufgetaucht war. Daher trug sie jetzt bloß ein schlichtes, helles Hemd, das ihr bis zu den Knöcheln reichte. Ihre Beine waren bereits unter der Decke verborgen, aber ihr Oberkörper wurde nur durch den dünnen Stoff bedeckt.

Es war ein ganz und gar unangemessener Aufzug in Gegenwart eines Mannes. Ihre Mutter hätte die Hände über dem Kopf zusammengeschlagen und ihr einen Umhang übergeworfen, ehe sie ihr eine Moralpredigt darüber gehalten hätte, was sich für eine Prinzessin geziemte und was nicht.

Aber hier gab es ihre Mutter nicht und ihr Umhang lag zusammengefaltet auf dem Stuhl neben dem Bett. Zudem schien ihr Anblick Aderan nicht zu stören. Er gab sich so unbefangen, als trüge sie ein festliches Abendkleid.

»Nun gut, ich kann ihm eine gewisse Abneigung mir gegenüber nicht verdenken«, fuhr der Kapitän fort. »Schließlich war *ich* es, der Euch in diese Lage gebracht hat …« Er sah sie zerknirscht an.

Amyéna warf einen Blick in Richtung Zimmerausgang, wo Maryo noch vor einigen Sekunden gestanden hatte. »Redet Euch das keinesfalls ein.« Sie wandte Aderan wieder ihr Gesicht zu. »Ihr seid nicht schuld daran, dass Euer Schiff im Sturm gekentert ist. Ich trage alleine die Verantwortung für das, was mit mir passiert ist. Ihr habt mir vielmehr das Leben gerettet. Ohne Euch wäre ich ertrunken.«

Aderan sah stirnrunzelnd auf sie herunter. »Nun ja, ich habe die Verantwortung für Euch übernommen, als Ihr mich angeheuert habt«, erwiderte er und seine dunklen Augen glitten rastlos über ihr Gesicht, während er sich mit der Hand über das stoppelige Kinn strich. »Ich bin hier, um mich in aller Form zu entschuldigen für das, was Ihr durchmachen musstet. Wenn Ihr gestorben wärt … ich hätte mir das niemals verziehen.«

Amyéna winkte mit einer Handbewegung ab. »Nun macht mal halblang«, sagte sie in versöhnlichem Tonfall. »Ihr habt Euer Bestes gegeben, mich zu retten und dafür werde ich Euch für immer dankbar sein.«

Der Kapitän sah einige Sekunden lang schweigend auf sie herunter. Dann deutete er mit einer Hand auf den Stuhl und hob fragend eine Augenbraue. Amyéna verstand und erlaubte ihm, sich zu setzen. Etwas, das sie bei Hofe wohl vollends ihren guten Ruf gekostet hätte, denn es geziemte sich nicht für einen Mann – einen Menschen! – sich in Gegenwart einer Prinzessin zu setzen. Und der Umstand, dass sie nur leicht bekleidet im Bett lag, macht das Ganze noch anrüchiger.

Aber hier in der kleinen Hütte auf den Steininseln fühlte sie sich nicht wie eine Prinzessin, sondern einfach nur wie eine Frau, die dem Tode knapp entronnen war. Und Aderan war der Mann, der sie gerettet hatte.

»Prinzessin.« Aderans Stimme war leise und eindringlich. »Ich habe Kunde von meinem Freund erhalten. Von dem, dem ich eine Nachricht zukommen ließ.«

Amyénas Augenbrauen schnellten in die Höhe und sie sah ihn fragend an. »Der mich mit nach Karinth nehmen würde?«, flüsterte sie, um zu verhindern, dass Maryo etwas von ihrem Gespräch mitbekam. Sie warf einen raschen Blick zur Zimmertür, aber der Elf schien ausnahmsweise ihrer Bitte nachgekommen zu sein, und sie nicht zu belauschen.

Aderan nickte. »Genau von dem. Ich habe ihn angewiesen, außer Sichtweite der Steininseln zu bleiben, damit Edana oder Euer Leibwächter keinen Verdacht schöpft. Aber … wenn Ihr immer noch nach Karinth wollt, kann er Euch dorthin bringen.«

Amyénas Lippen verzogen sich zu einem traurigen Lächeln. »Ihr wisst nicht, wie gerne ich mitkommen würde«, flüsterte sie. »Aber solange Maryo mich wie ein Bluthund bewacht, sehe ich keine Möglichkeit, ungesehen von hier wegzukommen. Er ist fest entschlossen, mich nach Westend zurückzubringen … ich bezweifle, dass ich noch einmal vor ihm fliehen kann.«

Aderans Augen blitzten. »Um Maryo kümmern wir uns«, sagte er mit einem hintergründigen Lächeln.

Amyénas dunkle Augen wurden groß. »Und wie? Wollt Ihr etwa gegen ihn kämpfen? Ich bewundere zwar Euren Mut, aber … Ihr habt keine Chance gegen ihn. Er ist stark und schnell – und er kann Magie wirken.« Sie sah ihn entmutigt an. »Wenn Ihr ihn überwältigen wolltet, würdet ihr schneller sterben, als Ihr ›Tod‹ sagen könntet. Nein … dieses Risiko ist viel zu groß – das kann ich nicht verantworten.«

»*Ich* werde ihn nicht überwältigen«, erwiderte Aderan leise, während sein Lächeln breiter wurde. »*Ihr* werdet das tun.«

»Ich?«

Amyéna sah ihn entgeistert an und wollte gerade etwas erwidern, aber Aderan unterbrach sie mit einer Handbewegung.

»Ja, Ihr«, nickte er. »Lasst mich erklären. Wir haben eine Verbündete: die Heilerin.«

»Die …« Amyéna musste ihre Stimme dämpfen, da sie beinahe zu laut geworden wäre. »Wie habt Ihr …«

»Nun, ich habe mich mit ihr unterhalten.« Der Kapitän grinste selbstzufrieden. »Seit sie vernommen hat, dass Ihr eine Vision hattet …«

Amyéna sog scharf die Luft ein. »Ihr wisst davon?«, flüsterte sie. Sie hatte der Heilerin zwar nicht verboten, darüber zu sprechen, aber dass die Greisin es Aderan erzählt hatte, war dennoch ungewöhnlich. Womöglich vertraute sie dem Kapitän wirklich so sehr. Oder es war ihr wichtig, dass Amyéna nach Karinth reisen konnte … warum auch immer …

Aderan nickte. »Ja, sie hat mir gestern Abend alles darüber erzählt. Und auch, dass Ihr unbedingt Eurer Vision folgen sollt. Die Götter planen selten Dinge, die nicht von Bedeutung sind.«

Das bestätigte also Amyénas Vermutung, dass die Greisin dem Plan der Götter nicht im Wege stehen wollte – und ihr daher half.

Sie sah ihn stirnrunzelnd an. »Wer ist sie?«, fragte sie. »Ihr sagtet, Ihr kennt sie bereits von früher.«

»Sie ist eine Seherin«, erklärte Aderan. »Mehr hat sie mir damals nicht erzählt – und dieses Mal auch nicht. Aber ich vermute, dass sie mehr als das ist … sie hat starke, magische Kräfte. Vielleicht ist sie sogar eine Renóvai.«

»Eine …« Amyéna hielt den Atem an.

Sie kannte die Legenden um diese magischen Wesen, die meist in Menschengestalt anzutreffen waren. Sie waren für das Gleichgewicht der Welt zuständig, den Einklang von Gut und Böse. Meist hielten sie sich im Verborgenen und griffen nur ein, wenn dieses Gleichgewicht sich zu verschieben drohte. Dies widersprach allerdings dem Umstand, dass Aderan die Heilerin bereits früher schon einmal kennengelernt hatte … es sei denn, es hatte zum Plan der Greisin gehört, ihn kennenzulernen – was ihr durchaus zuzutrauen gewesen wäre, wäre sie tatsächlich eine Renóvai.

Amyéna hatte schon viele Geschichten über diese Wesen gehört, jedoch noch nie eines von ihnen gesehen – sie hatte bis eben nicht einmal daran geglaubt, dass sie überhaupt existierten. Nun aber begann sie, ihre Meinung zu ändern.

Renóvai unterschieden nicht zwischen Freund und Feind. Sie sorgten alleine für das Gleichgewicht, und für sie war es einerlei, ob sie dabei der guten oder der bösen Seite halfen. Sie kannten selbst keine Rivalität oder Freundschaften.

»Und wie soll die Heilerin zu unserer Verbündeten werden? Und vor allem: Wie soll *ich* Maryo überwältigen?«, fragte Amyéna stirnrunzelnd.

Aderan lächelte, als habe er nur auf diese Frage gewartet. Er griff in sein Hemd und holte eine Phiole hervor, die mit einer durchsichtigen Flüssigkeit gefüllt war. »Hier.« Er drückte ihr das Glasröhrchen in die Hand. »Mischt davon ein paar Tropfen in Maryos Essen. Ich habe beim Eintreten zwar gesehen, dass Ihr schon gegessen habt, aber ich bin mir sicher, Euch wird etwas einfallen, ihn zu überreden, nochmals eine Mahlzeit zu sich zu nehmen. Das hier ist ein starkes Schlafmittel, das sogar *ihn* für mehrere Stunden außer Gefecht setzen wird. Genug Zeit, damit wir von hier verschwinden können. Ich habe einem Fischer gestern im Dorf sein Boot beim Kartenspiel abgenommen. Damit können wir zum Schiff meines Freundes fahren.«

»Aber sie werden uns verfolgen«, gab Amyéna zu bedenken, während sie die Phiole in ihrer Hand drehte und betrachtete. Dann schob sie sie unter ihr Kopfkissen, um sie vor Maryos Augen zu verstecken, sollte dieser wider ihre Anweisung früher eintreten.

Aderan schüttelte den Kopf. »Um Edanas Schiff werde ich mich zusammen mit der Heilerin kümmern. Meint Ihr, Ihr seid bereits stark genug, um in dieser Nacht noch aufzubrechen?« Er sah sie fragend an.

Amyéna nickte rasch. »Ich fühle mich besser und denke, dass ich bis zum Hafen laufen kann.«

»Zur Not werde ich Euch tragen«, raunte Aderan mit einem leichten Lächeln. »Gut, dann wartet auf mein Zeichen. Ich werde unverzüglich zur Heilerin und dann zu Edana gehen und dafür sorgen, dass ihr Schiff manövrierunfähig sein wird. Ihr mischt in der Zwischenzeit Maryo die Flüssigkeit ins Essen. Seid auf der Hut – Euer Leibwächter ist wahrlich misstrauisch. Er darf keinerlei Verdacht schöpfen. Sobald er eingeschlafen ist, macht Ihr Euch bereit zum Aufbruch. Ich werde Euch in etwa einer Stunde hier abholen. Das Boot liegt auf der anderen Seite der Insel. Bis sie gemerkt haben, dass wir weg sind, werden wir bereits bei meinem Freund sein.«

Amyéna nickte. Mit einem Mal spürte sie, wie ihr Herz schneller zu pochen begann. Es war beinahe dasselbe Gefühl wie vor einigen Tagen, als sie aus der Elfenstadt geflohen war. Nur war sie damals alleine gewesen – jetzt hatte sie immerhin Aderan zur Unterstützung. Mit ihm zusammen würde ihr die erneute Flucht hoffentlich gelingen.

»Dann bis später.« Der Kapitän warf ihr nochmals einen eindringlichen Blick zu, ehe er sich erhob.

Amyéna schenkte ihm ein Lächeln, das eher einer Grimasse glich, da sie zu aufgeregt war, um ihre Mimik unter Kontrolle zu behalten.

Einmal Maryo zu überlisten, war schon ein Kunststück gewesen. Es ein zweites Mal zu probieren, glich purem Irrsinn.

Und dennoch ... sie würde es versuchen.

Sie *musste* nach Karinth.

28 Amyéna

Was wollte er?« Maryo kam mit missmutigem Gesichtsausdruck in Amyénas Zimmer und blieb mit verschränkten Armen vor ihrem Bett stehen.

Die Elfin tat so unbefangen, wie es ihr in seiner Gegenwart möglich war. »Ich bin dir keine Rechenschaft schuldig«, sagte sie in hoheitsvollem Tonfall, von dem sie wusste, dass er Maryo missfiel.

Der Elf zog einen Mundwinkel nach oben. »Wenn Ihr Euch weiter so bockig verhaltet und jeder meiner Fragen ausweicht, werde ich leider nicht umhinkönnen, Eure Gedanken zu lesen.«

»Das wagst du nicht!« Amyéna sah ihn mit schmalen Augen an. »Du weißt, dass es verboten ist, die Gedanken von Mitgliedern des Königshauses zu lesen! Das wird dich ins Gefängnis bringen – oder zu einem Ausgestoßenen machen.«

Maryo zuckte mit den Schultern. »Ich habe ohnehin nicht vor, in die Elfenstadt zurückzukehren«, meinte er in gleichgültigem Tonfall.

Amyéna stockte einen Moment lang der Atem. »Nicht?«, fragte sie leise und konnte die Hoffnung in ihrer Stimme nicht gänzlich unterdrücken. »Dann …«

Ehe sie weitersprechen und ihre Erwartung ausformulieren konnte, schüttelte ihr Leibwächter jedoch den Kopf. »Nein, das soll nicht heißen, dass ich mit Euch nach Karinth fahren werde. Ich halte an meinem Auftrag fest, Euch zurückzubringen. Aber danach werde ich nicht mehr in der Elfenstadt leben.«

Amyéna spürte bei seinen Worten einen Stich in ihrem Herzen. Die Vorstellung, ohne Maryo in der Elfenstadt zu sein, fühlte sich falsch an. Seit er nach Westend gekommen war, hatte sie das Gefühl gehabt, zumindest ein bisschen zu leben. Nun aber, da er ihr so frei heraus ins Gesicht sagte, dass er nicht dortbleiben wollte, musste sie sich eingestehen, dass sie ihn vermissen würde …

Welch unangemessene Gefühlsregung!

Sie zog die Augenbrauen zusammen und schob diese Gedanken weit weg von sich. »Ich habe Hunger. Bring mir was zu essen«, wechselte sie so abrupt das Thema, dass Maryo sie stirnrunzelnd ansah.

»Ihr habt doch bereits gegessen.«

»Mein Körper fühlt sich mit jeder Stunde, die ich hier verbringe, stärker«, sagte sie und versuchte, ihm nicht in die Augen zu sehen. Dann hätte sie ihn womöglich nicht weiter belügen können. »Sei doch froh, dass ich wieder Appetit habe – *du* warst es schließlich, der mich in den letzten Tagen zum Essen gezwungen hat. Jetzt esse ich sogar freiwillig.«

Maryo schien etwas einwenden zu wollen, dann nickte er jedoch und wandte sich ab, um in die Küche zu gehen. Ehe er das Zimmer verließ, drehte er sich noch einmal zu ihr um. »Ihr solltet Euch etwas überwerfen. Auch wenn ich Euren freizügigen Anblick genieße, so ist er doch unschicklich für eine Prinzessin.«

Amyéna knurrte in sich hinein. Genau *das* waren die Gründe, weswegen sie nicht mehr zurück in die Stadt wollte. Diese Bevormundung, diese sinnlosen Regeln … sie hatte das alles so satt.

Aderan hatte recht: Es war ganz und gar das Richtige, heute Nacht zu fliehen.

Sie warf Maryo einen verärgerten Blick zu, den dieser mit einem leichten Lächeln quittierte, bevor er den Raum endgültig verließ, um in der Küche etwas zu essen zu holen.

Zähneknirschend griff Amyéna nach ihrem Umhang, der auf dem Stuhl neben dem Bett lag und streifte ihn sich über.

Sie musste nicht lange warten, bis ihr Leibwächter zurückkehrte. In einer Hand hatte er einen Löffel, in der anderen eine kleine Tonschüssel mit kalter Suppe.

Amyéna hatte die Brühe bereits beim Abendessen kaum herunterschlucken können. Maryo war zwar vielseitig begabt, aber Kochen gehörte nicht zu seinen Stärken.

»Hier.« Er reichte ihr die Schale und den Löffel.

»Du isst nicht mit?«, fragte sie mit einem gekonnt ungläubigen Augenaufschlag.

Er stemmte die Hände in die Hüften und sah sie stirnrunzelnd an. »Seit wann wollt Ihr denn mit mir zusammen essen?«

»Sieh es als Friedensangebot, weil ich mich vorhin so bockig verhalten habe«, meinte sie schulterzuckend und sah ihn von unten herauf lächelnd an. Sie wusste, dass er diesem Lächeln nicht widerstehen konnte. »Ich werde dir dafür auch erzählen, warum Aderan hier war.«

Einen Augenblick lang musterte Maryo sie misstrauisch, dann ging er wortlos in die Küche zurück, um sich ebenfalls eine Schüssel voll Suppe zu holen.

Amyéna ergriff die Gelegenheit und schüttete rasch die durchsichtige Flüssigkeit aus der Phiole, die Aderan ihr gegeben hatte, in ihre Schale. Dabei achtete sie darauf, dass sie etwas Suppe auf ihrem Löffel behielt, in der kein Schlaftrank war.

Es gelang ihr gerade noch, das Fläschchen wieder unter ihrem Kopfkissen zu verbergen, als Maryo zurückkehrte. Er schien zum Glück nichts mitbekommen zu haben, sondern setzte sich auf den Stuhl neben ihrem Bett. In der Hand hielt er ebenfalls eine Schale.

»Na dann, lasst es Euch schmecken«, meinte er und trank die kalte Brühe direkt aus dem Behältnis.

Amyéna nippte an der Suppe auf ihrem Löffel und verzog das Gesicht. »Da ist eine Fliege drin«, rief sie angewidert aus und schüttete den Rest zurück.

»Eine Fliege?« Maryo beugte sich zu ihr, um in ihre Schale zu sehen. »Ich sehe keine.«

»Doch, da war eine.« Amyéna hielt ihm die Schüssel hin. »Gib mir deine Schale, ich will keine Suppe mit einer Fliege drin.«

Maryo verdrehte die Augen. »In Ordnung«, seufzte er. »Gebt her.«

Er griff nach ihrer Schale und hielt ihr im Gegenzug seine eigene hin.

Amyéna lächelte ihn dankbar an. »Das ist sehr freundlich von dir«, säuselte sie.

Maryo gab einen brummenden Laut von sich und trank einen großen Schluck. Die Elfin sah ihn gespannt an.

»Was ist?«, fragte er. »Wollt Ihr zusehen, wie ich die Fliege esse?«

Rasch wandte sich die Prinzessin wieder ihrer eigenen Suppe zu und löffelte, als hätte sie wirklich Hunger. Dass die Brühe zu versalzen war und kalt noch weniger schmeckte als warm, versuchte sie sich nicht anmerken zu lassen.

Einen Moment lang überlegte sie, die Flüssigkeit mithilfe von Magie zu erwärmen, verwarf den Gedanken aber gleich wieder. Es hätte vielleicht dazu geführt, dass Maryo dasselbe tat und sie wusste nicht, ob der Schlaftrunk noch wirken würde, wenn er warm wurde. Manche Tinkturen verloren bei einer Temperaturänderung ihre Wirkung, wie sie sehr wohl wusste.

»Ich habe dir versprochen, dass ich dir erzähle, warum Aderan hier war«, sagte sie, ohne ihn anzusehen.

»Hm«, antwortete Maryo, der einen weiteren Schluck der Suppe trank, wie die Prinzessin erfreut feststellte.

»Er wollte sich dafür entschuldigen, was passiert ist – das Schiffsunglück. Ich habe ihm gesagt, dass er nichts dafür könne«, fuhr sie fort.

»Dass er nichts dafür könne«, äffte Maryo sie nach. »Und ob er etwas dafür kann!« Seine Augen flammten auf, als sie den Blick hob und ihn ansah. »Er ist ein verdammter Grünschnabel, der sich als Kapitän aufspielt! Hätte er die Gefahr richtig eingeschätzt, wäre nichts dergleichen passiert! Er ist ebenso verantwortungslos wie dumm!«

Amyéna sah ihn ruhig an. »Du hast recht«, stimmte sie ihm zu.

Maryo verschluckte sich beinahe an der Suppe und musste sich räuspern. »Wie bitte?«, fragte er ungläubig, weil er wohl glaubte, sich verhört zu haben. Sie hatte ihm noch nie zugestimmt.

»Ich muss dir recht geben«, wiederholte sie ihre Worte. »Aber dennoch möchte ich nicht, dass er Schuldgefühle hat. Er ist ein guter Mensch.«

»Gute Menschen gibt es nicht«, fiel ihr Maryo ins Wort.

»Ach nein?« Amyéna hob eine Augenbraue. »Und was ist mit Edana?«

»Die ist … sie …« Maryo schienen keine passenden Worte einzufallen.

»Sie ist ein *Mensch* und zudem eine Magierin«, half ihm Amyéna auf die Sprünge. »Ich habe gesehen, wie du sie ansiehst. Du hast Gefühle für sie.«

»Hab ich nicht!«, verteidigte sich Maryo und trank seine Schale in einem Zug aus.

»Doch, hast du.« Amyéna unterstrich ihre Worte mit einem Nicken. Dann zuckte sie mit den Schultern und wandte den Blick von ihm ab. »Aber du bist nicht der erste Elf, der Gefühle für einen Menschen entwickelt …« Sie musste unwillkürlich an Hauptmann Raelys Avarí denken, der ihr sein Geheimnis einmal anvertraut hatte. Er hatte ihr so leidgetan … Menschen waren nun mal nicht dazu bestimmt, mit Elfen zusammen zu sein. Das ging gegen den

Wunsch der Götter … und Raelys hatte das am eigenen Leib schmerzhaft erfahren müssen. Rasch schüttelte sie die Gedanken an ihn mit einer Kopfbewegung weg. »Doch es ist ohnehin nicht mehr von Belang.«

Jetzt senkte Maryo die leere Schale und sah sie erstaunt an. »Nicht mehr von Belang? Was wollt Ihr damit sagen?«

»Dass sich unsere Wege nun bald wieder trennen werden«, antwortete Amyéna mit einem schwachen Lächeln.

»Was ist … was habt Ihr …« Maryo fuhr sich mit der freien Hand über die Augen, als wollte er etwas wegwischen. Die Tonschale entglitt seinen Fingern und fiel zu Boden, wo sie in ein Dutzend Teile zersprang. »Was verdammt …«, knurrte er und versuchte aufzustehen. Er torkelte jedoch wie ein Betrunkener und stützte sich auf ihrem Bett ab.

Sein Blick war schneidend, als er sie ansah. Aber ohne die gewohnte Stärke. Seine Augenlider fielen ihm immer wieder zu, als wären sie zu schwer geworden.

»Ein Schlaftrank«, erklärte Amyéna und stellte ihre eigene Schale auf den frei gewordenen Stuhl. »Du wirst nun eine Weile tief schlafen … es tut mir leid, Maryo. Aber … ich muss meinen Träumen folgen …«

»Ihr habt mir einen Schlaftrank gegeben?« Er lallte die Worte, da seine Zunge ebenfalls schwerfällig wurde.

»Schhh.« Amyéna ergriff seinen Arm und zog ihn zu sich.

Maryos Körper gehorchte ihr wie der einer Puppe. Er ließ sich gegen sie sinken, sodass er halb neben ihr auf dem Bett lag.

Sie schob das dunkle Haar zur Seite, das über sein Gesicht gefallen war und streichelte seine Wange. »Schlaf jetzt«, murmelte sie und hauchte ihm einen Kuss auf die Stirn.

Seine Augenlider flackerten. Ein letztes Mal traf sie sein ungläubiger Blick aus den goldenen Augen, dann schlossen sie sich und seine Gesichtszüge wurden entspannt.

»Es tut mir leid«, wisperte Amyéna, während sie Maryo betrachtete. »So leid … ich hoffe, du kannst mir irgendwann verzeihen.«

»Prinzessin, seid Ihr bereit?«, flüsterte Kapitän Aderan, als er das Zimmer betrat.

Amyéna nickte. Sie hatte die Kleidung angezogen, die Maryo für sie besorgt hatte. Für die Rückreise nach Westend … nun würde sie darin nach Karinth segeln.

Sie saß auf dem Bettrand und warf einen Blick auf ihren ehemaligen Leibwächter, der immer noch regungslos auf der Matratze lag und tief und fest schlief. Sein langes Haar, das sein Gesicht umrahmte, fiel über den Bettrand.

Wie oft hatte sie sich vorgestellt, neben ihm zu liegen. In seinen Armen. Aber niemals hätte sie geglaubt, dass sie zu solchen Mitteln greifen und ihn derart hintergehen müsste, damit er in ihrem Bett lag.

Maryo würde ihr diesen Verrat wohl niemals verzeihen. Er hatte ohnehin Mühe damit, jemandem zu vertrauen. Und dass sie ihn nun bereits zwei Mal überlistet und dieses Mal sogar noch betäubt hatte, konnte er wahrscheinlich nicht so rasch vergessen.

Aber es wäre einerlei. Sie wusste nicht, ob sie ihn überhaupt jemals wiedersehen würde. Sie hatte keine Ahnung, was sie in Karinth erwarten würde … ob sie irgendwann nach Altra zurückkäme.

Ein letztes Mal noch beugte sie sich über den Elf und hauchte ihm einen Kuss auf die Wange. »Verzeih mir«, flüsterte sie nahe an seinem Ohr. Dann erhob sie sich und ging auf Aderan zu. »Lasst uns gehen.«

Aderan sah kurz zum schlafenden Maryo, dann nickte er. »Na dann, kommt, Prinzessin.« Er ging ihr voran aus dem Haus.

Als Amyéna nach draußen trat, atmete sie die frische Meeresluft ein. Es war bereits Nacht, der Himmel wolkenverhangen und nur wenig Licht erhellte die Umgebung. Ein idealer Zeitpunkt, um zu fliehen. Auf dem schwarzen Wasser würde sie niemand sehen.

»Könnt Ihr gehen? Fühlt Ihr Euch kräftig genug?«, fragte Aderan, der sich zu ihr umdrehte, weil sie stehen geblieben war.

»Ja«, antwortete sie. »Zeigt mir den Weg.«

Aderan nickte und lief ihr voran den kleinen Felsenhügel herunter. Aber nicht in Richtung Dorf, sondern auf die andere Seite.

Amyéna folgte ihm. Mit jedem Schritt, den sie tat, fühlte sie sich freier, als würde eine Last von ihrer Schulter genommen. Die Last der Verantwortung. Die Last der Vorschriften. Gleichzeitig wurde sie wieder von ihren Gewissensbissen geplagt.

Sie hatte Maryo hintergangen.

Sie hatte sich erneut gegen ihr Volk entschieden.

Für eine Vision, die sie nicht richtig verstand.

Für eine Frau, die sie nicht kannte …

Dennoch fühlte sie, dass es die einzig richtige Entscheidung war – auch wenn sie dafür den Mann verraten hatte, den sie eigentlich niemals hatte verraten wollen.

29 Maryo

»Maryo! Verdammt, wach endlich auf!«

Die Stimme war so hartnäckig und fordernd, dass er irgendwann mürrisch die Augen aufschlug. Sein Schädel brummte, als würden darin hundert Zwerge um die Wette schmieden. Stöhnend griff er sich an die Stirn. »Was zum Henker ...«

»Du hast geschlafen!« Ein helles Augenpaar sah ihn anklagend an. »Sie ist weg!«

»Wer ... was sprichst du da für ...« Im selben Moment, in dem sein Blick klarer wurde, fiel ihm wieder ein, was passiert war. Was Amyéna mit ihm gemacht hatte. »Verflucht noch mal!«, rief er aus und sprang mit einem Satz auf die Beine, wobei er mit Edana zusammenstieß.

Die Kapitänin, die neben dem Bett gekniet hatte, fiel nach hinten und konnte sich gerade noch mit den Händen abstützen. »Verdammt, pass doch auf!«, knurrte sie und funkelte ihn wütend an.

»Wo ist sie?!« Maryo sah sich im Zimmer um, als könne er jeden Moment Amyéna in einer Ecke entdecken. Er war mit einem Schlag hellwach und die Kopfschmerzen wie weggeblasen.

Als er die Elfin nicht entdeckte, rannte er ins andere Zimmer in der sinnlosen Hoffnung, dass Amyéna hier zu finden wäre. Dass sie nicht erneut geflohen war …

»Sie ist weg.« Edana war ihm gefolgt und lehnte in der Türöffnung. »Seit einem Tag.«

»Seit …« Maryo sah sie mit schmalen Augen an, trat auf sie zu und packte sie an den Schultern. »Und das sagst du, als erzähltest du mir, dass es heute noch Sonnenschein geben wird?!«, rief er aus. »Verdammt! Warum hast du mich nicht eher geweckt? Warum bist du ihr nicht gefolgt? Warum hast du es nicht verhindert?!« Die letzten Worte schrie er beinahe.

Edana griff nach seinen Händen. »Erstens: Lass mich los, du tust mir weh.« Sie löste sich aus seinem Griff und schob ihn von sich weg. »Zweitens: *Ich* bin nicht der Leibwächter, der seelenruhig geschlafen hat, während sein Schützling auf und davon ist.« Sie sah ihn bedeutungsvoll an. »Und drittens: Kapitän Aderan hat meinen Seefalken manövrierunfähig gemacht – dieses Schwein! Daher konnte ich sie nicht verfolgen.« Sie spuckte auf den Boden.

Maryo fuhr sich mit beiden Händen durch das lange Haar und strich es nach hinten, ehe er tief Luft holte. »Erstens: Tut mir leid. Zweitens: Sie hat mir einen Schlaftrank gegeben und drittens: Was bei Ferys' Eiern bedeutet *manövrierunfähig*?!«

»Er hat ein sauberes Loch in die Seitenwand des Seefalken gesprengt.« Edana knirschte mit den Zähnen. »Dieser Bastard!«

Maryos Augen wurden fragend. »Wie hat er denn das zustande gebracht? Er beherrscht doch keine Magie, oder?«

»Nein, tut er nicht«, bestätigte Edana und nickte grimmig. »Allerdings hat er wohl jemanden gefunden, der das kann – frag mich nicht, wen! Aber wenn ich es herausfinde und ihn in die Finger kriege, werde ich ...«

Maryo unterbrach sie mit einer ungeduldigen Handbewegung. »Spar dir deine Rachepläne, wir haben andere Sorgen! Wir dürfen keine Zeit verlieren! Wir müssen Amyéna folgen! Sie kann noch nicht weit gekommen sein, da sie kein Schiff hat.«

Edana schenkte ihm stumm einen vielsagenden Blick.

»*Was*? Sie *hat* ein Schiff?!« Maryo stemmte die Hände in die Seiten und starrte entgeistert auf die schwarzhaarige Magierin herunter.

»Aye – leider ... offenbar hat Aderan einen ... hm ... Freund angeheuert. Ich habe in der Dorftaverne gehört, wie ein paar Männer darüber sprachen, dass ein Kapitän mit dem unglaublich sinnlichen Namen ›Roter Tarkar‹ in den Gewässern gesehen wurde. Es ist ziemlich wahrscheinlich, dass er Amyéna und Aderan mitgenommen hat.«

»Und wer ist dieser ›Rote Tarkar‹?«, fragte Maryo misstrauisch.

»Das tut nichts zur Sache, da du ihn ohnehin nicht kennen kannst. Er ist die meiste Zeit im Westen unterwegs und kennt Karinth sehr gut. Mehr musst du nicht wissen«, antwortete Edana und wandte sich zum Gehen. »Da du hier jetzt nicht mehr gebraucht wirst, pack deine Sachen und komm mit zum Seefalken. Dort wartet eine Menge Arbeit auf dich.«

Maryo starrte einen Moment lang auf ihren Rücken und überlegte, ob er ihrem Befehl nachkommen sollte. Was, wenn Amyéna doch nicht von der Insel geflohen war? Was, wenn sie zurückkäme?

Sinnlose Zeitverschwendung … dumme Gedanken …

Sie hatte ihm mehr als deutlich gesagt, dass sie nach Karinth fahren wollte. Und wenn sie sich etwas in den Kopf setzte, war sie beinah sturer als er selbst.

Seufzend holte er sein Reisegepäck und schulterte es, um Edana nach draußen zu folgen.

»Ich muss mit dieser Heilerin sprechen«, murmelte er, während er neben die Magierin trat. »Ich werde sie zur Rede stellen, denn ich bin mir ziemlich sicher, dass sie hinter diesem Schlaftrank steckt. Woher sonst sollte Amyéna so etwas haben?«

»Das kannst du dir aus dem Kopf schlagen«, meinte Edana. »Sie wird von den Dorfbewohnern geschützt. Und da wir noch drei Wochen hierbleiben müssen, sollten wir es uns mit ihnen nicht verscherzen.«

»Drei Wochen?«, rief Maryo entgeistert aus. »Drei verdammte Wochen?! In dieser Zeit kann Amyéna weiß Gott was zustoßen!«

»Hör auf, herumzubrüllen.« Edana sah ihn streng an. »Dein Gott wird schon über ihr Schicksal wachen. Zudem haben wir keine andere Wahl – das Loch ist riesig und es dauert eine Weile, bis wir es geflickt haben. Wir mussten den Seefalken kielholen, da es hier kein Trockendock gibt, sonst wäre er vor der Küste untergegangen. Der halbe Rumpf war bereits geflutet. Zum Glück sind die Fischer hier auf der Insel hervorragende Handwerker. Zusammen mit meiner Mannschaft werden sie mein Schiff blitzschnell reparieren können.«

Maryo sah sie immer noch an, als redete sie gerade in einer anderen Sprache. »Drei Wochen nennst du *blitzschnell*?«, fragte er mit zusammengezogenen Augenbrauen.

»Aye. Tu ich. Und hab dich nicht so.« Edana sah ihn scharf an. »Für euch Elfen ist das doch sogar rasend schnell. Du selbst hast dich ja schon darüber ausgelassen, dass das Leben eines Menschen nur einen Wimpernschlag lang dauert – und wir leben immerhin beinah siebzig Jahre. Da sind drei Wochen doch nichts.«

Maryo knurrte unwirsch. »Das ist nicht dasselbe! Drei Wochen sind ...«

»Genug!«, herrschte ihn Edana an. »Hör auf, mit mir über irgendwelche Zeitspannen diskutieren zu wollen. Wir können nicht früher aufbrechen und damit basta! Die Handwerker beeilen sich bereits, so rasch sie können. Glücklicherweise haben sie genügend und vor allem das richtige Holz auf Vorrat. Sonst hätten wir es erst in Altra holen müssen, was uns weitere Zeit gekostet hätte. Wenn ich vernehmen muss, dass du auch nur ein falsches Wort den Dorfbewohnern oder der Heilerin gegenüber verlierst, werde ich dich auspeitschen.« Als Maryo abschätzig grunzte, ergänzte sie mit stählernem Glanz in ihren Augen: »Das ist kein Scherz – und es wird weder dir noch mir Freude bereiten, dessen sei versichert. Also tu uns beiden den Gefallen und *versuche* wenigstens, dich zusammenzureißen.«

Maryo sah sie einen Moment lang abwägend an. Er traute ihr durchaus zu, dass sie ihre Worte wahr machen würde. Er kannte

Edana noch nicht lange, aber sie war keine Frau, die unüberlegte Drohungen aussprach. Also nickte er nach ein paar Lidschlägen. »In Ordnung. Ich werde mich … zusammenreißen«, presste er hervor und knirschte mit den Zähnen.

»So ist brav.« Edana schenkte ihm ein zynisches Lächeln. »Dann komm jetzt. Wie gesagt, es wartet Arbeit auf dich.«

Tatsächlich verbrachte Maryo die nächsten Tage damit, bei der Reparatur des Schiffes zu helfen. Er schleppte Holzbalken, half, Nägel herzustellen, und ruderte immer wieder Werkzeug und Ersatzteile von den Steininseln zum Schiff, das einige hundert Schritt vor dem Ufer in Seitenlage ruhte.

Die erste Woche verging so langsam, dass Maryo sich fühlte, als säßen Hummeln in seinem Hintern. Er hätte nie geglaubt, dass es so lange dauern könnte, bis ein Leck repariert war. Aber Edana bestand darauf, dass der Schaden richtig behoben wurde.

»Gute Arbeit dauert nun mal seine Zeit. Und wir brauchen gute Arbeit. Mit allem anderen würden wir geradewegs in unseren Tod segeln«, sagte sie immer, wenn Maryo die Fortschritte anzweifelte.

Wenn der Elf nicht bei der Reparatur aushalf, verbrachte er die Zeit damit, sich von Edana möglichst viel über die Segelfahrt beibringen zu lassen. Er besaß zwar eine rasche Auffassungsgabe, aber die vielen Begriffe, Gebräuche, Regeln und Vorschriften konnte er sich nur mit Mühe merken.

Nach der zweiten Woche hatte er zumindest gelernt, welche Rolle die Fock und das Großsegel spielten und wann sie gehisst wurden. Es glich einer wahren Wissenschaft, die Winde einigermaßen zu verstehen. Aber Maryo hatte sich vorgenommen, sich so viel wie möglich einzuprägen. Es lenkte ihn außerdem von den Sorgen ab, die er sich um Amyéna machte – und die sich mit der Wut darüber abwechselten, dass sie ihn ein zweites Mal hatte überlisten können.

Dieser verfluchte Aderan konnte froh sein, wenn er die zweite Begegnung mit ihm überlebte!

Und eine Begegnung würde es definitiv geben.

Edana versuchte zwar, ihm seine Sorgen und auch seinen Ärger zu nehmen, indem sie immer wieder kurze Gespräche mit ihm führte, aber es gelang ihr nicht.

Maryo ließ sie nicht an sich heran.

Seit seinem ersten Abend auf dem Seefalken hatte er sich vorgenommen, so wenig Zeit wie möglich mit der Magierin zu verbringen. Die Gefühle, die er in ihrer Nähe verspürte, waren verwirrend und er wollte sich nicht auch noch darüber Gedanken machen müssen.

Die anderen Mannschaftsmitglieder mieden ihn, sodass er meist alleine irgendwo auf dem Schiff arbeitete, wenn er nicht gerade Unterricht in der Seefahrt erhielt.

Auch Sabal hielt sich von ihm fern, was Maryo jedoch nicht bedauerte. Alleine der Gedanke, dass der Quartiermeister und Edana mehr als nur die Führung über das Segelschiff miteinander geteilt hatten, verursachte ihm Bauchkrämpfe.

Warum, wusste er nicht.

Sie war schließlich ein Mensch! Eine Magierin! Und er ein Elf!

Das wiederholte er zwar täglich, aber sich so richtig davon überzeugen, dass die Gefühle ihr gegenüber unangemessen und falsch waren, konnte er leider nicht.

Nach knapp drei Wochen war der Seefalke so weit repariert, dass er aufgerichtet werden konnte. Alle – nicht nur Maryo – atmeten auf, als das schlanke Schiff wieder auf den Wellen trieb.

»Höchste Zeit, dass wir von hier wegkommen«, meinte Edana, die an der Reling stand und über das Wasser sah. »Da hinten kommt Besuch – und nicht der von der angenehmen Sorte.«

Sie deutete über das Wasser. Maryo, der neben ihr stand, konnte die schwarzen Segel mühelos mit seinen scharfen Elfenaugen ausmachen.

»Das sind Zirkelsoldaten«, meinte sie stirnrunzelnd. »Nur *sie* segeln unter schwarzen Flaggen.«

»Xenos?«, mutmaßte Maryo.

»Aye. Ziemlich sicher aus Lormir«, nickte Edana. »Du hast Xenos offenbar nicht getötet, nur stark verwundet …« Sie warf ihm einen Blick von der Seite zu. »Das war ein großer Fehler …«

Maryo machte eine verneinende Kopfbewegung. »Ich habe den verrückten Zirkelleiter aber so schwer verwundet, dass er mit Sicherheit nicht auf dem Schiff dort sein wird.«

»Er hat Heiler, die Wunden innerhalb eines Lidschlags verschließen können«, murmelte Edana, die weiterhin die Segel am Horizont betrachtete.

»Im Ernst?«, fragte Maryo mit hochgezogenen Augenbrauen. »Das geht mit eurer Menschenmagie?«

»Es gibt vieles, worüber ich zu scherzen pflege«, antwortete Edana. »Aber nicht über Xenos, den Zirkel oder Wunden.«

»Dann denkst du, dass er dich verfolgt?«

Edana schüttelte den Kopf. »Nein. Xenos mit Sicherheit nicht, da gebe ich dir recht. Aber nicht, weil er nicht mehr am Leben ist – alleine die Tatsache, dass dieses Zirkelmagierschiff dort ist, zeigt, dass er die Verletzung überlebt haben muss. Doch er ist gerade Zirkelleiter geworden, und kann es sich nicht leisten, seine neue Macht zu vernachlässigen. Er muss seine Position nun festigen und dem neuen Herrscher im Süden von Altra das Gefühl geben, dass er sich den Richtigen für diesen Posten ausgesucht hat. Aber Xenos wird Soldaten ausgeschickt haben, die mich zurückbringen sollen. Er gibt nicht so schnell auf, das weiß ich … wir sollten also rasch ablegen. Das Schiff dieser Magier ist träger als meins – wenn wir die Winde geschickt nutzen, können wir ihnen vielleicht entkommen.«

Maryo nickte. »Dann nichts wie los.«

»Männer! Hisst die Segel!«, brüllte Edana über das Deck. »Wir brechen auf nach Karinth!«

Jubelrufe wurden in den Wanten über ihnen laut. Die Mannschaft hatte die drei Wochen an Land zwar genutzt, um sich auszuruhen, aber jetzt zog es sie alle wieder auf das Meer hinaus – zu neuen Abenteuern.

Edana warf Maryo einen auffordernden Blick zu. »Damit bist auch *du* gemeint, Herr Elf!«, sagte sie. »Los, rauf mit dir! Hilf deinen Kameraden in den Wanten!«

Maryo verzog seinen Mund zu einem leichten Lächeln. »Aye!« Er salutierte und griff dann nach dem nächsten Seil, um behände die Takelage hinaufzuklettern.

Dabei spürte er Edanas Blick auf sich, die wahrscheinlich jede seiner Bewegungen gerade bewertete und abwägte, wie viele Fortschritte er in der Zwischenzeit gemacht hatte.

Kurze Zeit später fuhr der Wind in die Segel und blähte sie auf. Maryo stand auf einem Quermast und hielt einen Moment lang inne, um sein Gesicht in die frische Brise zu heben.

Die Tatsache, dass sie Verfolger hatten, kam ihm gelegen. Denn es spornte Edana an, noch schneller nach Karinth zu fahren – und Amyéna womöglich doch noch einzuholen.

30 THESALIS

Fast drei Wochen waren seit Thesalis' Flucht vergangen. Tage, in denen sie Berillas Bett nicht hatte verlassen können.
Jetzt schob sie ihre Beine vorsichtig über die Bettkante und ergriff die Hand der jungen Amazone, die neben ihr stand.

Sie hieß Prizami und war nicht mit den anderen Kriegerinnen in die Schlacht gegen die Elfen gezogen, da sie noch zu wenig Erfahrung im Kämpfen hatte. Ihre roten Locken versuchte sie stets zu einem Zopf zu flechten, was ihr jedoch nie gelang, da sie zu widerspenstig waren. Sommersprossen zogen sich von ihrer Stupsnase bis über ihre stets ein wenig geröteten Wangen.

Thesalis mochte sie sehr, sie hatte ihr den Umgang mit Pfeil und Bogen beigebracht. Prizami war eine gute Schülerin mit rascher Auffassungsgabe, ruhiger Hand und scharfen Augen. Sie würde irgendwann eine hervorragende Bogenschützin werden. Bald würde sie sich an ihren ersten Tiergefährten binden und dann könnte sie ihr Geschick in der Jagd unter Beweis stellen.

»Mach langsam«, sagte Prizami jetzt zu Thesalis und zog die verletzte Amazone sachte auf die Beine. »Du bist noch nicht stark genug. Berilla hat angeordnet, dass du erst in fünf Wochen aufstehen sollst. Es ist eigentlich noch viel zu früh.«

Pantherweibchen Csilla, die die meiste Zeit neben ihrem Bett gelegen hatte, sprang auf die Pfoten und rieb ihren Kopf sachte an Thesalis' Bein, was ein schmerzhaftes Stöhnen der Amazone zur Folge hatte. Sofort ließ Csilla von ihr ab und leckte stattdessen eine ihrer beeindruckenden Tatzen.

»Ist es nicht«, stieß Thesalis zwischen zusammengepressten Lippen hervor, während sie versuchte, gegen den Schmerz zu atmen, der bei der Anstrengung durch ihren Körper schoss. »Ich muss da hingehen.«

»Ich kann dir davon berichten«, meinte Prizami in einem schwachen Versuch, sie doch noch zum Bleiben zu überreden.

Aber Thesalis schüttelte energisch den Kopf, während sie sich schwer auf der Schulter der jüngeren Amazone abstütze und die Zähne zusammenbiss. Ihre Wunden heilten nur langsam und es würde noch mehrere Wochen dauern, bis sie wieder richtig gehen konnte. Das lag vor allem an der Vision, die sie gehabt hatte und die sie ihrer Energie so sehr beraubte, dass sie beinahe gestorben wäre.

Das wusste sie nun, da die Schamanin es ihr erklärt hatte.

Ihr Blick fiel auf den Armreif an ihrem Handgelenk. Sie hatte der Schamanin alles von ihrem Traum erzählt. Davon, dass sie einer

Elfin begegnet war. Dass ihre Feindin ihr dieses Schmuckstück gegeben hatte. Thesalis hatte sich bisher nicht getraut, es abzulegen aus Angst, dass sie die Göttin damit verstimmen könnte.

Die alte Amazone hatte den Armreif lange betrachtet, ehe sie ihr erzählte, was sie über Träume wusste. »Du hattest eine Vision, Kind«, hatte sie gesagt. »Einen Wachtraum. Solche Träume haben nur ganz wenige Amazonen. Und den wenigsten haben sie bisher Glück gebracht.«

»Kein Wunder, wenn eine Elfin darin vorkam«, hatte Thesalis in zynischem Tonfall erwidert.

»Es ist nicht die Tatsache, dass deine Feindin darin vorkam«, hatte die Schamanin erklärt. »Sondern vielmehr der Umstand, dass sich überhaupt die Götter in dein Leben einmischen und dich für ihre Pläne zu benötigen scheinen. Wenn sich Elfengott Ferys und Amazonengöttin Artaami verbinden, muss uns etwas Großes bevorstehen.«

»Ich werde diese Elfin töten«, hatte Thesalis mit fester Stimme kundgetan.

Die Alte hatte daraufhin den Kopf geschüttelt. »Kind, das wird nicht in deiner Macht liegen. Wie erwähnt: Die Götter haben Großes mit euch beiden vor. Wenn die Elfin herkommen soll, wird sie das tun. Und es wird nicht deine Aufgabe sein, ihr Leben auszulöschen, sondern mit ihr gemeinsam den Auftrag zu erfüllen, dessentwegen sie hier ist.«

»Und was ist das für ein Auftrag?«, hatte Thesalis unwirsch gefragt. »Wenn die Götter weiterhin so hartnäckig schweigen – wie soll ich da wissen, was ich zu tun habe?«

Seit dem letzten Wachtraum hatte sie nicht mehr von dieser Elfin geträumt. Etwas, wovon sie niemals gedacht hätte, dass es sie beunruhigen würde. Aber ihr wäre es lieber gewesen, sie hätte sich nochmals mit ihr unterhalten können. Sie fragen können, warum sie sie suchte. Vielleicht wusste sie ja mehr als sie selbst.

Aber das alles trat gerade in den Hintergrund.

Denn vor wenigen Augenblicken war Prizami mit der Nachricht zu ihr gekommen, dass die Amazonen von ihrem Kriegszug zurückgekehrt seien. Sie hätten viele Verwundete, hatten die Späherinnen gemeldet. Ob Berilla unter ihnen war, hatte Prizami nicht sagen können.

Thesalis wollte daher unbedingt dabei sein, wenn die Kriegerinnen ins Dorf einzogen, und sich mit eigenen Augen überzeugen, dass ihre Anführerin noch lebte. Alleine, dass sie überhaupt zurückkamen, sprach dafür, dass die Schlacht gegen die Elfen erfolgreich gewesen sein musste.

Nun ging sie mit Prizamis Hilfe zur Treppe, um in den ersten Stock zu gelangen. Csilla folgte ihr. Sie schnurrte so laut, dass Thesalis sich trotz der Schmerzen ein Lächeln nicht verkneifen konnte. Die große Katze freute sich offensichtlich sehr, dass ihre Gefährtin wieder auf den Beinen war.

Der Abstieg über die Treppe dauerte lange, da Thesalis sich aufgrund der Bandagen nur langsam fortbewegen konnte und immer wieder verschnaufen musste. So schwach wie in den vergangenen Wochen hatte sie sich noch nie in ihrem Leben gefühlt.

Als sie endlich nach draußen trat, standen ihr Schweißperlen auf der Stirn. Die Tätowierung, die ihr die Elfen unter Zwang zugefügt hatten, war inzwischen abgeheilt und unter einigen ihrer blonden Haarsträhnen, die sie vorne gekürzt hatte, verborgen. Sie hatte sich zwischenzeitlich sogar überlegt, die Haut zu zerkratzen, um diese Male nicht mehr in ihrem Gesicht tragen zu müssen.

Dann hatte sie sich dafür entschieden, es nicht zu tun. Die Tätowierung sollte sie für alle Zeiten daran erinnern, wie sehr sie die Elfen hasste. Und so lange noch einer von ihnen hier im Hochwald von Nordkarinth atmete, würde sie das Stigma tragen – als Zeichen ihrer Rache und ihrer Vergeltung. Sie würde jeden Einzelnen dieser Bastarde jagen und nicht eher ruhen, bis alle tot waren. Das hatte sie sich in den letzten Wochen immer und immer wieder geschworen.

»Die Hörner, hörst du sie?« Prizamis Stimme klang ehrfürchtig, als die Wachen die Rückkehr der Amazonen verkündeten.

»Sie kommen«, murmelte Thesalis. »Los, wir sollten uns beeilen!«

So rasch es in ihrem geschwächten Zustand möglich war, humpelte sie an Prizamis Seite in Richtung Dorfplatz.

Als sie dort ankamen, hatten sich bereits alle Amazonen neugierig versammelt und bildeten eine Gasse bis hin zum Eingangstor ihrer Siedlung. Soeben traten die ersten Kriegerinnen ein. Sie sahen mitgenommen und erschöpft aus. Ihre Kleidung war zerfetzt und mit getrocknetem Blut besudelt. Aber sie hatten die Köpfe erhoben wie Siegerinnen und brüllten laut ihren Schlachtruf, in den die anderen Amazonen mit einfielen.

Für jeden Fremden hätte dieses Heulen wohl beängstigend geklungen. Für die Amazonen jedoch war es ein Zeichen ihrer Gemeinschaft und ihres Zusammenhaltes, wenn sie ihre Parolen schrien.

Thesalis fiel ebenfalls mit ein, wenn auch mit schwächerer Stimme als die anderen. Ihre Augen suchten gleichzeitig fieberhaft nach Berilla.

»Wo ist sie?«, fragte sie angespannt.

Prizami, die neben ihr stand und sie immer noch stützte, unterbrach ihre Jubelrufe und suchte ebenfalls nach der Anführerin. »Da!«, rief sie und deutete auf eine Bahre, die soeben ins Dorf getragen wurde.

Thesalis stockte der Atem – aber nicht ob Berillas Anblick, die bis auf eine Beinverletzung gesund zu sein schien, sondern wegen der Gestalt, die dahinter ins Dorf gezerrt wurde.

»Treyon«, hauchte sie.

Der Anführer der Elfen war gefesselt und zu ihrer Genugtuung konnte sie auf seinem nackten Oberkörper Dutzende von Schnittverletzungen erkennen, die selbst aus der Distanz hässlich aussahen. Sie mussten entzündet sein, weil die Amazonen mit Absicht Schmutz in die Wunden gerieben hatten – wie sie es immer taten, wenn ein Gefangener leiden, aber nicht sofort sterben sollte. Die Verletzungen eiterten dann und der Gefangene bekam Fieber und Wahnvorstellungen. Die Amazonen kannten allerdings Heiltränke, die das Fieber senkten und dazu führten, dass der Gefangene nicht starb.

Die Arme des Elfen waren um einen dicken Pfahl gebunden, den er quer über den Schultern trug. Um seinen Hals hatten sie eine

Kette gelegt, als wäre er ein Hund an der Leine. Eine Amazone zerrte ihn mit höhnischem Lächeln hinter sich her.

Treyons einst makelloses Gesicht war ebenfalls durch Schnittwunden entstellt. Die Augen waren geschwollen, sodass er kaum etwas sehen konnte. Das lange, dunkle Haar hatten die Amazonen ihm abgeschnitten und seinen Schädel kahlrasiert, sodass nun deutlich die spitzen Ohren zu erkennen waren.

Er taumelte und schien sich nur mit Mühe auf den Beinen halten zu können.

Thesalis fühlte kalten Hass in sich brodeln, während sie mit schmalen Augen jede seiner Bewegungen verfolgte.

»Treyon«, stieß sie abermals hervor, als könnte allein das Aussprechen seines Namens dazu führen, dass er noch stärkere Qualen litt.

Bilder blitzten vor ihrem inneren Auge auf, wie dieser einst stolze, arrogante Elf ihre Schwestern gequält hatte. Wie er sie folterte und dabei bösartig lachte.

Ihn jetzt derart zugerichtet zu sehen, füllte ihr Herz mit bitterer Genugtuung.

»Ist das der Anführer?«, fragte Prizami neben ihr.

»Ja«, antwortete Thesalis mit ruhiger Stimme. »Lass uns zu Berilla gehen.«

Die rothaarige Amazone nickte und half ihr, zur Bahre zu hinken, auf der die Anführerin der Amazonen lag und ihnen bereits mit einem Lächeln entgegensah.

»Thesalis, du solltest doch noch nicht aufstehen.« Berilla sah sie tadelnd an, aber in ihren Augen war deutlich die Wiedersehensfreude zu erkennen.

Thesalis verzog ihren Mund zu einem schiefen Lächeln. »Schön, dass es dir gut geht ... was ist mit deinem Bein?« Sie warf einen Blick auf das notdürftig geschiente Bein der Amazone.

»Gebrochen«, antwortete Berilla schulterzuckend. »Wird rasch wieder heilen. In ein paar Wochen kann ich wieder gehen.«

»Ihr habt den Anführer gefangen genommen?« Thesalis sah zu dem Elf, der ein paar Schritt entfernt gerade in die Knie gegangen war. Er atmete schwer und schien schlimme Schmerzen zu haben. Sehr gut.

Csilla, die ihr nicht von der Seite gewichen war, stieß ein grollendes Knurren aus und zeigte ihre beeindruckenden Zähne. Sie schien den Elf mindestens ebenso zu hassen wie Thesalis.

»Mein Geschenk an dich, Tochter«, meinte Berilla lächelnd. »So kannst du deine Rachegelüste stillen – sieh es als Entschädigung an, weil du nicht in die Schlacht ziehen konntest.«

»Danke.« Thesalis' Blick ruhte einen Moment auf dem knienden Gefangenen, ehe sie ihre Augen wieder auf ihre Anführerin richtete. »Du bringst nicht viele Schwestern mit nach Hause ... wir haben offenbar starke Verluste zu betrauern ...«

Berillas Miene wurde betrübt. »Die Verluste waren in der Tat groß«, seufzte sie. »Aber wir haben den Sieg davongetragen und die Siedlung der Elfen dem Erdboden gleichgemacht. Die Idee mit den vergifteten Pfeilen war großartig und die Elfen waren durch das verseuchte Wasser geschwächt. Keiner der Feinde, die gegen uns gekämpft haben, hat überlebt. Einige unserer Schwestern sind dort geblieben und warten auf die Elfen, die geflohen sind und vielleicht noch zurückkehren. Sie werden niemanden am Leben lassen.«

»Das ist gut«, nickte Thesalis.

»Heute Abend werden wir den Sieg feiern. Und morgen früh die Toten betrauern.« Berilla wandte den Kopf in Richtung des Elfenanführers. »Er gehört dir. Du kannst mit ihm machen, was du willst. Töte ihn rasch oder langsam, das liegt in deiner Hand.«

»Ich werde mich um ihn kümmern, sobald ich wieder bei Kräften bin.« Thesalis zog die Augenbrauen zusammen. »Ich wünsche, dass er bis dahin in eine Grube geworfen wird. Er soll genau dasselbe durchleben, wie unsere Schwestern es mussten.«

Berilla nickte. »Ich werde es so anordnen.« Sie gab der Kriegerin ein Zeichen, die die Kette um Treyons Hals in der Hand hielt.

Die Amazone zerrte den Elf auf die Beine und führte ihn weg. Thesalis sah voller Genugtuung, wie schwer ihm das Gehen fiel. Immer wieder stolperte er und wäre mehrere Male beinahe hingefallen.

»Geh jetzt zurück in dein Haus und erhole dich«, wies Berilla sie an und riss Thesalis damit aus ihren Gedanken, die sich bereits darum drehten, welchen Qualen sie Treyon aussetzen würde, ehe sie ihm die Gnade des Sterbens schenkte. »Ich nehme an, mein Bett gehört ab sofort wieder mir selbst.« Sie schenkte ihr ein schwaches Lächeln.

Thesalis wandte sich ihr wieder zu. »Das tut es«, bestätigte sie. »Danke, dass ich in deinem Zuhause genesen durfte. Ich werde nun wieder in meinem eigenen Heim wohnen.«

Die Anführerin lächelte etwas breiter. »Ich bin froh, dass es dir wieder besser geht.«

»Und ich, dass du noch am Leben bist. Wenn sie auch dich getötet hätten …«

»Haben sie aber nicht«, unterbrach Berilla sie und sah sie warm an. Amazonen zeigten selten ihre Gefühle füreinander, daher war dieser Blick umso besonderer für Thesalis. »Es braucht mehr als ein paar arrogante Elfen, um mich in Artaamis Reich zu führen. Ich habe dir außerdem versprochen, dass ich zurückkehre und ich halte meine Versprechen. Dass ich dabei mit einem gebrochenen Bein hier erscheine, war zwar nicht geplant, aber die Schamanin wird sich darum kümmern. Nun ja, jetzt wirst du noch eine Weile davon verschont, in meine Fußstapfen zu treten.« Sie schnitt eine leichte Grimasse.

Thesalis lächelte ebenfalls. »Ich bin froh darüber. Ich wäre noch nicht bereit dazu gewesen.«

Berillas Lächeln verschwand, stattdessen breitete sich ein bedeutsamer Ausdruck auf ihrem Gesicht aus. »Oh doch, das bist du, Tochter.« Dann wandte sie sich an die Kriegerinnen, die sie heimtransportiert hatten. »Bringt mich in mein Haus. Ich brauche jetzt erst mal ein ausgiebiges Bad.«

Thesalis sah ihrer Mutter hinterher, wie sie auf ihrer Bahre davongetragen wurde. Sie wusste, dass sie selbst irgendwann die Amazonen anführen würde. Aber noch fühlte sie sich für diese Aufgabe nicht gerüstet. Es gab noch so viel, was sie lernen musste – und sie musste vor allem auch endlich wissen, was dieser Wachtraum zu bedeuten hatte.

Aber zuerst würde sie sich um den räudigen Anführer der Elfen kümmern … sobald sie wieder bei Kräften war. Bis dahin hätte sie genug Zeit, sich die schlimmsten Foltermethoden für ihn auszudenken.

Sie lächelte grimmig in sich hinein. Dieser Elf würde den Tag verfluchen, an dem er sie gefangen genommen hatte.

31 EDANA

Edana sah auf das blaue Wasser, das sich wie ein ruhiger Teppich vor ihr ausbreitete. Die Winde hatten sich gelegt und nirgendwo waren Verfolger auszumachen. Vielleicht waren sie endlich umgekehrt – oder im letzten Sturm, der den Seefalken von einem Wellental ins nächste getrieben hatte, gekentert.

In den ersten zwei Tagen waren die Soldaten von Lormir immer wieder in Sichtweite gewesen. Dann war es Edana gelungen, während des kurzen, heftigen Unwetters, außer Sichtweite zu segeln.

Seither hegte sie die Hoffnung, dass ihnen die Flucht gelungen war.

Sie hoffte es nicht, weil sie Angst vor einer Schlacht gehabt hätte – sie war noch nie einem Kampf ausgewichen. Aber es gab Zeiten, in denen es sich lohnte, einen Konflikt auszufechten, und solche, in denen es das nicht tat. Letzteres war nun der Fall. Sie nahm an, dass die Soldaten Kampfmagier dabei hatten – es wäre eine harte Schlacht geworden und sie hatte dies lieber verhindern wollen.

Ihre eigenen Kräfte waren zwar seit einem Tag glücklicherweise wieder da, aber auf die alleine könnte sie sich nicht verlassen. Sie fühlte sich nun wenigstens wieder vollkommener, wenngleich mit dem Wiedererlangen ihrer Magie auch die Angst zurück war. Die Angst, die sie begleitete, seit sie zum ersten Mal gemerkt hatte, welche Mächte sie in sich trug.

Mit ihren Kräften hätte sie den Magiern bestimmt einen harten Schlag verpassen können. Doch ihr war bekannt, wozu Kampfmagier in der Lage waren und sie wusste auch, dass sie in einer Seeschlacht nur auf die Wendigkeit des Seefalken und auf ihre eigene Magiebegabung zählen konnte – nicht aber auf die ihrer Matrosen.

Sie hatte noch nie wählerisch sein können, was ihre Besatzung betraf. Sie musste die Männer anheuern, die überhaupt dazu bereit waren, unter der Flagge einer Frau zur See zu fahren – und einen Magier an Bord konnten sich sowieso nur die wenigsten Kapitäne leisten.

Auch wenn sie in Maryo nun einen kampferprobten Elf in ihrer Mannschaft hatte. Sie traute ihm aufgrund seiner Elfenmagie so einiges zu – gegen Kampfmagier würde aber selbst *er* nur schwer bestehen können.

Sie blickte zum Elf hinüber, der gerade die gängigsten Knoten mit einem Stück Leine übte, die ein Matrose – und vor allem ein angehender Kapitän – beherrschen musste. Den Schotstek sowie den Achtknoten konnte er inzwischen geschickt und schnell knüpfen. Jedoch fehlte es ihm beim Trompetenknoten und dem Kreuzknoten noch an der notwendigen Geschwindigkeit.

Der Elf saß mit zusammengezogenen Augenbrauen auf einer Kiste, während er sich ganz auf seine Arbeit konzentrierte. Da der Wind abgeflaut war und die Sonne erbarmungslos auf den Seefalken herunter schien, hatte er auf sein Obergewand verzichtet. So konnte Edana die kräftigen Muskeln an seinen Armen, seiner Brust und seinem Bauch bewundern. Er schien nicht zu schwitzen – vielleicht schwitzten Elfen auch generell viel weniger schnell als Menschen –, aber er hatte sich dennoch angewöhnt, oberkörperfrei an Deck zu sein, wie die meisten anderen Männer.

Das dunkelbraune Haar schimmerte rötlich im Sonnenlicht und fiel ihm lang über den Rücken. Wie immer hatte er die vorderen Strähnen zu dünnen Zöpfen geflochten. Seine Haut, die anfänglich noch eher blass gewesen war, hatte inzwischen einen warmen Bronzeton angenommen, der seine weißen Zähne noch heller blitzen ließ, wenn er sprach oder gar ab und an lächelte.

Edana hatte zwar angenommen, dass sie sich irgendwann an seiner Schönheit sattgesehen hätte, aber dem war nicht so. Beim Gedanken daran, dass dieser Elf sie sogar vor einigen Wochen geküsst hatte, kribbelte ihr Bauch wieder wie der eines verliebten Mädchens und sie biss sich unwillkürlich auf die Unterlippe.

Er war ein Elf! Ein überheblicher Elf … der leider viel zu gut aussah …

Maryo hob den Kopf, als hätte er ihre Musterung bemerkt und ihre Blicke trafen sich. Er hielt den eben fertig geknüpften Knoten in die Höhe und ein triumphierendes Lächeln erschien auf seinem Gesicht. »Palstek«, rief er zu ihr herüber. Seine Augen blitzen wie die eines kleinen Jungen, der gerade einen Kupferling auf der Straße gefunden hatte. Wenn er so losgelöst war, wirkte er noch anziehender auf Edana. Leider …

Unwillkürlich erwiderte sie sein Lächeln und schlenderte über das Deck zu ihm. »Na, so langsam wird ja doch noch ein Matrose aus dir.«

»Langsam?«, fragte er und hob eine Augenbraue. »Gib zu, dass du beeindruckt bist.«

Jetzt lachte Edana laut auf. »Ich bin von vielem an dir beeindruckt. Von deinen Bauchmuskeln zum Beispiel – oder denen an deinen Armen. Aber nicht von der Geschwindigkeit, mit der du Knoten knüpfst.« Sie schnitt eine Grimasse. »Tut mir leid, mein Lieber. Aber sogar der Schiffskoch ist darin noch schneller als du.«

»Du magst also meine Muskeln.« Maryo überhörte den Satz mit dem Schiffskoch großzügig und erhob sich, sodass seine Brust auf ihrer Augenhöhe war. Er rollte mit seinen Oberarmen, was dazu führte, dass sich unter seiner gebräunten Haut ein faszinierendes Muskelspiel abbildete.

Edana schluckte unwillkürlich und hob den Blick, um ihm in die Augen zu sehen. Das Gold darin schimmerte sie herausfordernd an.

»Wenn du ein Kapitän werden willst, gehört mehr dazu, als deine Muskeln spielen zu lassen«, meinte sie mit hochgezogener Augenbraue.

»Das ist mir bewusst«, nickte Maryo und senkte den Kopf ein wenig zu ihr herunter. »Aber du musst zugeben, dass es nicht zu meinem Nachteil sein wird.«

Edana schnaubte. »Du bist ein selbstverliebter, Sprüche klopfender, überheblicher …«

»Weiter so«, raunte Maryo und ließ seine Augen erneut aufflammen. »Ich mag es, wenn du meinetwegen die Fassung verlierst.«

Edana schnaubte erneut. »Ich und die Fassung verlieren … wegen eines Elfen! Offenbar bist du heute Morgen nicht wirklich aus deinen Träumen aufgewacht. Aber das können wir schlagartig ändern. Ein kaltes Bad im Meer wird dir guttun.«

Maryo verschränkte die Arme vor der Brust und spielte mit dem Seilstück, das er immer noch in der Hand hielt. »Wenn du mich umbringen willst, bitte. Aber wenn dir doch an mir liegt – was ich dir an der Nasenspitze ansehen kann – dann möchte ich dich daran erinnern, dass ich nicht schwimmen kann.«

»Dann werden wir erst mal *das* ändern«, meinte Edana und wandte sich von ihm ab, um über das Oberdeck zu schreien. »Männer! Wir legen eine Pause ein. Werft den Anker und macht ein Beiboot fertig. Der Elf und ich werden euch eine kleine Darbietung in Sachen Schwimmstunden zum Besten geben.«

Maryo zog die Stirn kraus, während er verfolgte, wie die Mannschaft ihren Befehlen nachkam. »Darbietung? Du willst also die Männer zusehen lassen, wie ich wie eine Ratte ersaufe?«

»Du wirst nicht ersaufen«, lächelte Edana. »Ich werde bei dir sein und dir zeigen, wie man schwimmt. Es ist ganz einfach und das Wasser lädt förmlich zu Schwimmunterricht ein. Es war seit Tagen nicht mehr so ruhig. Zudem scheinen wir die Magier abgehängt zu haben – eine kleine Pause wird uns also nicht schaden.«

Maryo schaute sie skeptisch an und legte den Kopf schief. »Ich weiß nicht recht …«

»Ich schon«, unterbrach ihn die Magierin. »Du willst ein Kapitän werden? Dann musst du zumindest schwimmen können! Los, zieh die Hose aus und dann ab über die Reling!«

Die Augenbrauen des Elfen hüpften gespielt aufgebracht in die Höhe. »*Darum* geht es dir also – du willst mich nackt sehen.«

»Hör auf, Zeit schinden zu wollen«, sagte Edana unwirsch. »Du kannst auch *mit* der Hose ins Wasser steigen, das ist mir einerlei!«

»Ach, ich ziehe sie gerne für dich aus.« Maryo schenkte ihr ein sündiges Lächeln. »Nur muss ich dich leider enttäuschen, ich bin darunter nicht nackt.«

»Ab ins Wasser!«, bellte Edana und funkelte ihn an.

»Aye«, antwortete Maryo grinsend, während er das Stück Seil zur Seite legte und aus seiner Kleidung stieg. Der Lendenschurz, den er unter der Hose trug, verbarg nur noch wenig von seinem muskulösen Körper.

Edana erlaubte sich einen Moment lang, ihn zu mustern, dann deutete sie mit dem Kopf in Richtung Reling, wo bereits ein Beiboot heruntergelassen worden war. Maryo nickte und stieg die Strickleiter an der Bordwand des Seefalken entlang hinunter.

Edana folgte ihm und ergriff die Ruder, als sie im Boot waren, um dieses ein wenig vom Schiff weg zu lenken.

Als sie ein paar Dutzend Schritt Abstand zum Seefalken hatten, holte sie die Ruder ein und sah Maryo herausfordernd an. »Los, steig ins Wasser. Wir werden erst mal üben, wie du dich an das Element gewöhnst.«

»Du weißt schon, dass unsere eigentliche Aufgabe ist, Amyéna zu verfolgen?«, murrte Maryo mit einem missmutigen Blick auf das blaue Wasser.

»Das weiß ich. Und ich weiß auch, dass dieser kleine Zwischenstopp uns nicht mal eine halbe Stunde kosten wird«, antwortete Edana geduldig. »Und jetzt hör auf, irgendwelche Ausreden finden zu wollen und steig ins Wasser.«

Maryo gehorchte und schwang sich über den Bootsrand, hielt sich aber daran fest, während er Edana ansah. »Wenn du vorhast, mich zu überlisten und doch noch zu ertränken …«

»Dieses Misstrauen kannst du dir ein für alle Mal sparen«, blaffte ihn Edana an. »Ich habe nicht vor, dich zu hintergehen, sondern ich helfe dir gerade! Das war Teil der Abmachung, vergessen? Und jetzt leg dich ins Wasser. Du kannst dich mit einer Hand am Bootsrand festhalten. Es geht vor allem darum, dass du Vertrauen zum Wasser fasst … etwas, das dir ja auch sonst schon schwer genug fällt.« Sie sah ihn bedeutungsvoll an. »Du sollst dich an den Druck auf deinen Ohren und an das Gefühl der Schwerelosigkeit gewöhnen. Das Wasser wird dein Verbündeter werden.«

Maryo runzelte die Stirn und versuchte, ihre Anweisung umzusetzen. Edana musste sich ein Lächeln verkneifen, als sie sah, wie ungeschickt er sich anstellte. Nach einem Dutzend Versuche gelang es ihm schließlich, auf dem Meer zu treiben, ohne dass er prustend und keuchend Wasser ausspuckte.

Den Anblick, wie sein Körper in den Wellen trieb, hätte Edana stundenlang genießen können. Das dunkle Haar war auf der Wasseroberfläche um seinen Kopf herum ausgebreitet und reflektierte die Sonne.

Maryo linste zu ihr hinauf. Seine Ohren waren zwar unter Wasser, aber die obere Hälfte seines Gesichtes nicht, sodass er sprechen konnte. »Und, gefällt dir das noch besser als der Anblick vorhin.«

Edana bedeutete ihm, sich wieder aufzurichten. »Nun ja, sagen wir so: Ich freue mich auf die kommenden Unterrichtsstunden«, meinte sie augenzwinkernd. »Du hast dich für den Anfang gar nicht mal *so* schlecht angestellt. Aber wir werden das noch einige Male üben, bis es dir wie das Natürlichste auf der Welt vorkommen wird. Dann beginnen wir mit dem eigentlichen Schwimmen.«

Maryo zog sich zurück ins Boot und nahm wieder ihr gegenüber Platz. Sein ganzer Körper glänzte vor Wasserperlen, die ihm über die Haut rannen.

Edana wandte rasch den Blick ab und griff zu den Rudern, um zurück zum Schiff zu kommen.

Maryo hielt jedoch ihre Hand fest und sah sie eindringlich an. »Danke«, sagte er leise.

Edana schluckte vernehmlich. Mit einem Mal war ihr nur allzu bewusst, dass er außer dem Lendenschurz nichts an seinem Körper trug – und sie spürte die Röte in ihre Wangen schießen, als sei sie ein junges Mädchen, das zum ersten Mal einen nackten Mann sah.

»Ich habe dir mein Wort gegeben«, bemerkte sie in hartem Tonfall, um ihre Befangenheit zu überspielen.

Dann zog sie ihre Hand unter seiner hervor und begann, zurück zum Seefalken zu rudern.

Währenddessen spürte sie einmal mehr die goldenen Augen des Elfen auf sich ruhen, aber sie versuchte, sich von seinem Anblick nicht zu sehr ablenken zu lassen.

Er war ein Elf, verdammt!

32 Maryo

Während der nächsten Tage fiel es Maryo immer leichter, sich mit dem Element Wasser anzufreunden. Edana erwies sich als geduldige Lehrerin und somit war es ihm bald schon möglich, sich über Wasser zu halten, ohne die Befürchtung, dass sein Körper in die Tiefe gezogen werden könnte. Als er seine ersten Schwimmzüge tat, war er so stolz wie selten in seinem Leben. Damit war er seinem Vorhaben, Kapitän zu werden, wieder ein Stück näher gekommen.

An diesem Tag kehrte er mit einem breiten Lächeln zurück an Deck des Seefalken und kümmerte sich auch nicht um die feixenden Männer, die bei jeder seiner Schwimmübungen an der Reling standen und über seine Fortschritte herzogen. Sie hatten bereits Wetten abgeschlossen, wie lange es dauern würde, bis er ertrank, wie Maryo sehr wohl wusste.

Aber er hatte sein ganzes Leben damit verbracht, anders zu sein. Es machte ihm nichts aus, dass die Mannschaft immer noch einen großen Bogen um ihn tat und nur die nötigsten Worte mit ihm wechselte. Elfen schienen den Matrosen nicht geheuer zu sein – er konnte es ihnen nicht verdenken. Denn auch Maryo mochte diese schwitzenden, stinkenden Menschen immer noch nicht. Deswegen war es ihm auch gleichgültig, dass sie hinter vorgehaltener Hand derbe Sprüche über seine Beziehung zur Kapitänin rissen. Sollten sie denken, was sie wollten. Es war ihm einerlei.

Edana half ihm und er war ihr dankbar dafür. Nicht mehr und nicht weniger. Zumindest redete er sich das selbst ein, während er sich so gut es ging von ihr fernhielt.

Natürlich spürte er ihre Blicke, wenn sie sich unbeobachtet glaubte. Und er wusste auch, dass sie sich mehr von ihm erhoffte als ein Lächeln und ein paar nicht salonfähige Sprüche.

Aber seit dem Kuss hatte er sich ihr nicht mehr genähert. Er war ein Elf und Elfen konnten nun mal ihre jahrzehntealten Vorurteile nicht so rasch aufgeben.

Auch *das* redete er sich zumindest ein …

Er wusste tief in seinem Inneren, dass er sich selbst belog, wenn er diese Worte im Geist immer und immer wiederholte, denn sein Herz sprach wahrlich eine andere Sprache. Aber er hatte keine Nerven dafür, sich diesen verwirrenden Gefühlen zu stellen. Er musste jetzt an seine Aufgabe denken. An seinen Auftrag. Daran, Amyéna zurück nach Westend zu bringen. Wenn dies erledigt wäre, könnte er sich immer noch Edana und seinen merkwürdigen Regungen widmen.

Er war gerade dabei, trockene Kleider anzuziehen, als sein scharfes Gehör in einiger Entfernung Gesprächsfetzen aufschnappte.

»Geh doch zu ihm und frag«, sagte einer der Matrosen, der auf den Namen Borton hörte. Er war ein stämmiger Kerl mit Schnauzbart und zottigem Haar, das dieselbe braune Farbe hatte wie seine Augen. Der Bierbauch täuschte darüber hinweg, dass er im Grunde muskulös gebaut war. Zumindest besaß er beeindruckende Muskeln an den Oberarmen, was ihm wohl die Rolle des Anführers der kleinen Gruppe eingebracht hatte, die nun in einiger Entfernung beisammenstand.

»Geh du selbst«, antwortete ein jüngerer Seemann namens Klint, der kaum Fleisch auf den Rippen besaß und sein aschblondes Haar so kurz trug, dass man die Kopfhaut sehen konnte. »Ich will mir kein blaues Auge einfangen.« Er lachte leise, als habe er einen guten Scherz gemacht.

Maryo richtete sich auf und sah zu den Männern hinüber. Es waren insgesamt fünf, die alle in seine Richtung starrten. Als sich ihre Blicke trafen, grinsten sie.

»Ist was?«, fragte der Elf und ging langsam auf sie zu.

Er hatte erst seine Hose angezogen, der Oberkörper war noch unbekleidet, sodass sie unweigerlich seine Muskeln sehen mussten – was sie offenbar einschüchterte, denn drei von ihnen traten ein wenig zurück.

Maryo mochte diese Kerle nicht. Borton und Klint gehörten zu der Sorte, die Ärger bedeuteten. Der Elf wusste zwar, dass Edana sich ihre Mannschaft nicht unbedingt aussuchen konnte, aber er selbst hätte diese zwielichtigen Gestalten niemals auf sein Schiff geholt.

Jetzt trat Borton auf ihn zu und verschränkte die Arme, während er ihn abfällig von oben bis unten musterte. »Wir diskutieren gerade, wie lange ein Elf im Bett mit einer Kapitänin braucht, bis er … nun ja, du weißt schon.« Er grinste zweideutig. »Sind es sechs Sekunden oder sieben? Oder hältst du vielleicht bloß fünf durch?«

Maryo runzelte die Stirn. »Sie ist eure Kapitänin. Ihr solltet mit etwas mehr Respekt über sie sprechen.«

Borton stieß ein raues Lachen aus. »Ha! Als ob du sie respektvoll behandeln würdest. Du lässt sie doch hinter dir herhecheln wie eine läufige Hündin.«

»Diese Beleidigung nimmst du zurück!«, knurrte Maryo.

»Oha, da hat jemand wohl Gefühle für unsere Hündin«, feixte Borton laut und stemmte die Hände in die Hüften. »Macht sie's mit dir auf allen vieren? Oder …«

Weiter kam er nicht, denn Maryos Faust traf ihn mitten im Gesicht, sodass der Matrose nach hinten torkelte. Er hielt sich keuchend die Hand vor die Nase, aus der augenblicklich Blut spritzte. »Das war ein Fehler!«, rief er. »Männer! Auf ihn! Zeigen wir diesem Bastard, was wir normalerweise mit Elfenbrut anstellen!«

»Ihr begeht gerade Selbstmord«, stellte Maryo schulterzuckend fest. »Aber nur zu, kommt, wenn ihr euch traut!« Er breitete herausfordernd beide Arme aus und stellte sich breitbeinig hin.

Zwar mochte er Faustkämpfe weniger als Kämpfe mit Waffen, da ihm Erstere immer plump und dadurch weniger herausfordernd vorkamen, aber im Moment hatte er gerade Lust, diesem Gesindel zu zeigen, dass er auch ohne eine Waffe und ohne Magie wehrhaft genug war. Sein letztes Kampftraining war eine Weile her – er hatte sich bisher nur mit Muskelübungen in Form gehalten. Aber jetzt merkte er, dass ihm der direkte Kampf die ganze Zeit schon fehlte.

Die Männer zögerten sichtlich und schienen Bortons Befehl nicht nachkommen zu wollen.

Also trat Maryo selbst auf sie zu und baute sich bedrohlich vor ihnen auf. »Keine Sorge, ich werde keine Magie anwenden – sonst wärt ihr innerhalb eines Lidschlags tot.« Er schenkte ihnen ein grimmiges Lächeln.

Das schien Klint zu ermutigen. Er sprang auf den Elf zu und holte zu einem Schlag in seinen Magen aus. Maryos Faust traf ihn jedoch so hart an der Schläfe, dass der hagere Matrose mitten in der Bewegung gestoppt wurde, das Gleichgewicht verlor und auf die Knie fiel.

Aus dem Augenwinkel konnte Maryo sehen, dass sich bereits einige Männer um sie versammelt hatten. Er wusste, dass es verboten war, an Bord zu kämpfen, und es nur eine Frage der Zeit bedeutete, bis Edana ebenfalls hier auftauchte. Sie war nach dem Schwimmen in ihre Kabine gegangen, um die weitere Route zu berechnen, aber Sabal würde sie rufen, da war Maryo sich sicher.

»Na kommt schon! War das alles?«, höhnte er. »Ihr seid fünf und ich allein – da muss doch mindestens *ein* Treffer für euch drin sein!«

Borton preschte auf ihn zu. Doch der Elf wich geschickt aus, was dazu führte, dass der fleischige Muskelberg das Gleichgewicht verlor und der Länge nach auf die Planken fiel. Stöhnend richtete sich der Matrose auf und spuckte Blut, das ihm wohl aus der Nase in den Rachen gelaufen war.

Die anderen drei Männer hatten sich zurückgezogen. Anscheinend merkten sie, dass sie dem Elf nicht gewachsen waren.

Maryo wandte sich unwirsch an Klint, der sich in der Zwischenzeit wieder aufgerichtet hatte und ebenfalls vor ihm zurückwich.

»Ihr seid allesamt Memmen!«, knurrte Maryo verärgert. »Nicht einmal zum Trainieren kann man euch gebrauchen!«

Borton hatte sich auf die Knie hochgerappelt und stand auf. »Mag sein, dass wir dir in einem Faustkampf nicht gewachsen sind«, keuchte er. »Aber dafür lassen wir uns von der Kapitänin nicht an der Nase herumführen!«

Maryo ließ die Fäuste sinken und runzelte die Stirn. »Was meinst du damit?«, fragte er barsch.

»Dass sie dich belügt.« Jetzt erschien ein selbstgefälliges Lächeln auf Bortons blutverschmiertem Gesicht.

Maryo trat einen Schritt auf ihn zu und packte ihn am Kragen seines Hemdes. »Raus mit der Sprache!«, bellte er.

»Sie bringt dich nach Karinth, das stimmt wohl«, presste Borton hervor, der kaum Luft bekam. Er hustete und Maryo lockerte seinen Griff ein wenig. »Aber hat sie dir auch gesagt, dass die Chancen, deine Prinzessinenschlampe dort zu finden, vernichtend gering sind? Hat sie dir erzählt, auf wessen Schiff sich deine entlaufene Göre aufhält?« Er warf ihm einen hochmütigen Blick zu.

»Maryo, lass Borton los, auf der Stelle!«, erklang in dem Moment Edanas schneidende Stimme. »Und du halt die Klappe!« Letzteres war an den Matrosen gerichtet, der sich immer noch in Maryos

Würgegriff befand. »Um dich und deine Kameraden kümmere ich mich später. Ihr kennt alle die Regeln: Keine Prügeleien an Bord! Ihr werdet alle ins Kabelgatt geworfen und lauft nachher durch die Daggen. Das wird euch eure Flausen austreiben! Führt sie weg!«

Einige Männer packten Borton, Klint und die anderen, um sie wegzuschaffen.

»Ihn nicht! Er kommt mit mir mit«, bestimmte Edana, als die Matrosen Anstalten machten, auch Maryo abzuführen. »Los! In meine Kabine! Sofort!«, brüllte Edana ihn an.

Maryo atmete tief durch, dann folgte er ihr über das Deck. Dabei war ihm nur zu bewusst, wie die anderen ihn anstarrten. Welch feindselige Blicke seinen Rücken trafen. Dass Edana ihn anders behandelte als die anderen Männer, schien der Mannschaft nicht zu passen. Aber keiner sagte etwas.

Feiges Pack …

Erst als die Tür hinter ihnen ins Schloss fiel, wandte sich die Kapitänin ihm zu. »Was sollte das?«, fragte sie verärgert. »Du kennst die Regeln!«

Maryo verschränkte die Arme vor der nackten Brust und sah mit schmalen Augen auf sie herunter. »Was hast du mir verschwiegen?« Seine Stimme war zwar ruhig, aber dennoch schneidend.

»Ich habe nicht …«

Er unterbrach sie mit einer Handbewegung und trat nahe zu ihr. »Borton ist zwar ein Drecksack, aber er hat nicht gelogen. Das habe ich in seinen Augen gesehen. Du jedoch …« Er ließ seinen Blick über ihr Gesicht schweifen. »Du wolltest mich gerade erneut belügen. Ich habe dir versprochen, deine Gedanken nicht zu lesen.

Aber wenn du mir nicht auf der Stelle sagst, was Borton mir verraten wollte, werde ich mein Versprechen brechen. Ist das klar?«

Edana hielt einige Sekunden seinem Blick stand, dann senkte sie die Augen. »Gut«, sagte sie leise. »Gut … ich sage es dir. Aber nur, wenn du mir versprichst, dass du nicht die Beherrschung verlierst, wenn du hörst, was ich dir zu sagen habe. Außerdem … du wirst ebenfalls durch die Daggen laufen müssen – nachher. Ich kann dich nicht anders behandeln. Auf Prügeleien an Bord steht die Daggenstrafe.«

»Was das ist, wirst du mir bestimmt noch verraten«, meinte Maryo mit einer ungeduldigen Geste. »Aber jetzt sag endlich, was du mir bisher verheimlicht hast.«

»Nicht die Beherrschung verlieren.« Edana sah ihn mahnend an und drückte den Zeigefinger auf seine nackte Brust.

Maryo verdrehte die Augen. »Gut, ich werde mich zusammenreißen.«

»Versprochen?«

Ihm entwich ein leises Knurren. »Ja, verdammt! Und jetzt spuck's endlich aus!«

Edana wandte ihm den Rücken zu und ging um den großen Tisch herum, als suche sie dahinter Sicherheit.

»Die Prinzessin …«, begann sie. »Sie ist wahrscheinlich vom Regen in die Traufe geraten.« Sie hob den Blick und sah Maryo fest an. »Der ›Rote Tarkar‹ … er ist ein Sklavenhändler.«

»Ein …« Die Worte blieben dem Elf im Halse stecken. »Ein …« Auch beim zweiten Mal konnte er sie nicht wiederholen.

Hatte er gerade richtig gehört?!

»Nicht die Beherrschung verlieren«, ermahnte ihn Edana, die zu Recht vermutete, dass er gleich losschreien würde. »Du hast es versprochen.«

Maryo starrte sie fassungslos an. »Ein …« Er riss sich zusammen, aber seine Gedanken überschlugen sich gerade. »Verdammt, was bedeutet das?!«

Edana hob beide Hände und machte eine abwägende Bewegung. »Nun ja, vielleicht bedeutet es auch nichts … das wissen wir nicht. Aderan kennt den ›Roten Tarkar‹ – er ist ein Freund von ihm. Und ich kann mir nicht vorstellen, dass er es darauf angelegt hat, Amyéna an ihn zu verkaufen. Er braucht zwar ein neues Schiff, das stimmt wohl – und eine Elfenprinzessin brächte ihm viel Geld ein … aber er ist bloß dumm, nicht hinterhältig.«

Maryo holte tief Luft. »Wenn dieser Tarkar herausfindet, wer Amyéna ist, dann …«

»… dann – ja, dann ist sie in Gefahr. Oder zumindest ihre Freiheit.« Edana stützte sich auf dem Tisch ab. »Der Sklavenhändler wird ihr kein Haar krümmen. Je besser sie bei Gesundheit ist, desto höher ist der Preis, den er für sie bekommen wird.«

»Warum verflucht noch mal hast du mir das nicht eher erzählt?«, fragte Maryo wütend. Er schritt in der Kabine hin und her, weil er den Drang verspürte, etwas zu tun und sich gerade wie ein Löwe im Käfig vorkam.

Die Prinzessin auf einem Sklavenschiff! Konnte es denn noch schlimmer kommen?!

»Weil ich gewusst habe, dass du so reagieren würdest. Zudem … es hätte nichts geändert«, Edana hob entschuldigend die Hände.

»Wir fahren bereits so schnell wir können, haben die Schichten verdoppelt.«

»Die Schwimmübungen … wir hätten viel mehr Zeit wettmachen können!«, rief Maryo aus.

Edana schüttelte den Kopf. »Ob wir einen halben Tag früher oder später in Karinth sind, macht nun auch nichts mehr aus. Das Sklavenschiff hat einen großen Vorsprung und wir wissen nicht genau, wo es anlegen wird. Es gibt viele Hafenstädte mit Sklavenmärkten – falls der ›Rote Tarkar‹ deine Prinzessin überhaupt verkaufen will. Bis wir den richtigen Hafen gefunden haben, kann Amyéna bereits irgendwo sein.«

»Verdammt!«, rief Maryo und blieb mitten im Raum stehen, den Blick auf Edana gerichtet, als sei sie schuld am ganzen Schlamassel. Er fuhr sich mit beiden Händen durch sein dunkles Haar, das vom Schwimmen noch nass war, und vergrub die Finger darin.

Warum bloß war diese Prinzessin so eine sture, kleine Göre?!

»Maryo …« Edana trat hinter dem Tisch hervor und auf ihn zu. »Es bringt jetzt nichts, sich Sorgen zu machen. Wir tun alles, um Amyéna zu finden, das verspreche ich dir.« Sie hob die Hand und strich ihm sachte über die Wange.

Eine Berührung, die er im Moment gerade nicht ertrug. Er packte ihr Handgelenk und hielt es fest. »Wir hätten früher von den Steininseln nach Altra zurückkehren sollen«, sagte er mit rauer Stimme. »Wir hätten keine Rücksicht auf Amyénas Gesundheit nehmen sollen. Aber ich hatte geglaubt, dass ihr etwas Abstand womöglich ganz guttun würde. Ich ließ mich von ihren Worten beeinflussen. Ihrem Wunsch, den Hof zu verlassen – wahrscheinlich weil ich ihre Gedanken selbst so gut nachvollziehen kann.«

Edana sah ihn mitfühlend an. »Glaub mir, wenn jemand dich und Amyéna verstehen kann, dann bin *ich* es«, flüsterte sie.

Maryo runzelte die Stirn. Etwas an ihrem Gesichtsausdruck ließ seine ganze Wut gerade verpuffen. »Was meinst du damit?«, fragte er.

Jetzt lächelte die Magierin. Aber es war kein freudiges oder glückliches Lächeln. Sondern ein sehr trauriges. »Auch ich bin geflohen. Weit weg von zu Hause. Über das Meer … nach Altra. Es war, kurz bevor ich im Zirkel von Lormir ausgebildet wurde. Ich war noch ein Mädchen, gerade vierzehn Jahre alt geworden. Und ich hätte verheiratet werden sollen …«

»In Karinth?« Maryos Stimme war leise geworden. »Die Kupfermünze, die du mir bei unserer ersten Begegnung gegeben hast … sie stammt von deiner Familie dort, oder?«

Edana nickte knapp und wandte dann den Kopf ab. »In meiner Heimatstadt halten mich wohl alle für tot. Ich habe meinen Namen gewechselt, habe ein neues Leben begonnen … aber wenn ich etwas gelernt habe, dann, dass man seinem Schicksal nicht entfliehen kann. Es zieht einen immer wieder dorthin, wo man herkommt, ganz gleichgültig, was man tut oder sich vornimmt.« Ihre Augen suchten die seinen. »Amyéna wird es ebenso ergehen«, flüsterte sie. »Sie wird nach Altra zurückkehren – auch ohne dein Zutun. So wie ich nicht von Karinth wegkomme.«

»Aber du bist doch jetzt hier, auf dem Meer«, meinte Maryo verwirrt. »Du hast doch jetzt dein eigenes Leben. Die Freiheit, die du wolltest.«

Edana schüttelte den Kopf. »Ich habe zwar ein Schiff, aber meine Mannschaft gehorcht mir nicht. Meinst du, ich merke nicht, wie sie mich ansehen? Dass sie auf eine Unachtsamkeit, einen Fehler meinerseits warten, damit sie meutern können? Hätte ich keine Magie in mir … wäre Sabal nicht an meiner Seite, hätte längst Borton oder ein anderer das Kommando an sich gerissen.« Ihr Kopfschütteln wurde stärker. »Nein. Ich habe nicht das Leben, das ich wollte.«

Maryo ließ ihr Handgelenk los, das er immer noch gehalten hatte. »Was ist mit deiner Freiheit?«

Über Edanas Gesicht glitt ein sarkastischer Ausdruck, der sich in ihren Mundwinkeln zu einem halbherzigen Lächeln verfing. »Ob du es glaubst oder nicht – die letzten Tage, als ich meine Magie nicht hatte, fühlte ich mich zum *ersten* Mal seit meiner Flucht aus Karinth frei. Diese Kräfte … ich weiß, wozu ich fähig wäre. Und ich weiß, dass es viele Menschen gibt – Größenwahnsinnige, Machthungrige, Rücksichtslose – die mich nur zu gerne für ihre Zwecke missbrauchen würden. So wie Xenos. Ich hatte als Mädchen gehofft, dass sich eines der Elemente zurückbilden würde … dem war aber nicht so.« Sie holte tief Luft. »Aber genug des Selbstmitleids«, fuhr sie mit energischer Stimme fort. »Zieh dich an und geh zurück in die Mannschaftsquartiere. Warte dort auf die Abenddämmerung. Dann wird deine Strafe vollzogen.«

»Du willst mir nicht sagen, worin diese besteht, oder?« Der Elf legte den Kopf schief.

Edana sah ihn ernst an. »Glaub mir, du wirst es früh genug erfahren. Sammle deine Kräfte, mehr kann ich dir nicht raten.«

Maryo nickte und verließ mit einem letzten stirnrunzelnden Blick die Kabine der Kapitänin. Wenigstens blieb ihm jetzt Zeit, darüber nachzudenken, wie er Amyéna aus den Fängen dieses ›Roten Tarkar‹ holen konnte.

33 Edana

Wenige Stunden später lag Maryo mit dem Bauch nach unten auf Edanas Bett und fluchte in ihr Kissen.

»Halt still, sonst kann ich dir die Salbe nicht richtig auftragen«, befahl die Kapitänin, die am Bettrand saß und sich über ihn gebeugt hatte.

»Das brennt wie Feuer!« Der Elf knirschte mit den Zähnen, als Edana erneut die dunkle Tinktur auftrug.

»Sei froh, dass *ich* dich behandle und nicht der Schiffsarzt.« Edanas Stimme war ruhig, auch wenn sie ein leichtes Zittern nicht unterdrücken konnte beim Anblick der unzähligen Striemen auf Maryos Rücken.

Die Daggenstrafe gehörte neben dem Kielholen zu den härtesten Strafen an Bord. An Land wurde sie auch Spießrutenlauf genannt. Wobei sie sich von jener auf dem Schiff darin unterschied, dass die Matrosen anstelle von Weidenruten Leinen und Taue benutzten, die wie Peitschen wirkten.

Die anderen fünf Männer, die mit Maryo drei Mal durch die Gasse gehen mussten, die die Matrosen auf dem Oberdeck gebildet hatten, waren zum Teil noch während der Bestrafung bewusstlos geworden. Nur Maryo und Borton hatten die Hiebe bis zum Ende durchgehalten.

Maryo war mit erhobenem Haupt an der Spitze der sechs Männer gegangen, während Sabal ihm vorangeschritten war, den Dolch auf die Brust des Elfen gerichtet, damit dieser nicht schneller gehen konnte.

Doch Edana bezweifelte, dass Maryo das getan hätte. Aber es gehörte nun mal zum Ritual – ebenso wie die langsamen Trommelschläge, die den Takt angaben, in welchem die Männer durch die Gasse gehen mussten, während die Matrosen auf sie einschlugen.

Edana hatte zwar hingesehen – was sie als Kapitänin auch tun musste – aber sie war bei jedem einzelnen Hieb, der auf Maryos Rücken niederging, zusammengezuckt, als hätte er ihre eigene Haut getroffen. Doch kein Laut war über die Lippen des Elfen gekommen, und sein Gesicht blieb ausdruckslos, als würde sein Rücken nicht gerade blutig geschlagen. Was man von den anderen Männern nicht sagen konnte. Sie hatten bereits nach dem ersten Durchgang vor Schmerzen geheult und auch jetzt lag Borton wimmernd wie ein Häufchen Elend beim Schiffsarzt.

Um Maryo hatte sich Edana persönlich gekümmert. Der Arzt war zwar gut in dem, was er tat, aber Edana wusste, dass er Elfen nicht mochte, und befürchtete daher, dass er Maryos Verletzungen nicht ausreichend behandeln würde.

»Versuch noch mal, dich mit deiner Magie zu heilen«, murmelte sie jetzt.

Maryo schloss die Augen und schien sich zu konzentrieren. Aber die Wunden heilten nur langsam. Um sie gänzlich zu schließen, war seine Magie zu schwach. Wenigstens würden sich die Verletzungen durch die Tinktur nicht entzünden.

»Das war's«, sagte Edana und räumte die Salbe beiseite. »Das Brennen wird bald vorbeigehen. Und die Narben kannst du hoffentlich mit deiner Magie kurieren, sodass in einigen Tagen nichts mehr zu sehen sein wird.«

»Danke«, presste Maryo zwischen den Zähnen hervor. »Auch wenn ich verstehe, dass du derart starke Strafen aussprechen musst, damit deine Männer dich wenigstens ein bisschen respektieren … so muss ich sagen, dass ich das nicht gutheiße.«

Edana musterte nachdenklich seinen Rücken. »Strafen sind nie gut«, meinte sie leise. »Aber manchmal sind sie der einzige Weg, der einem bleibt.«

»Das kann nicht der einzige Weg sein.« Maryo drehte sich zur Seite, damit er sie ansehen konnte.

»Es tut mir leid, dass du meinetwegen leidest.« Edana konnte ihm nicht in die Augen schauen. Es tat ihr weh, die frischen Wunden auf Maryos Rücken zu sehen und zu wissen, dass sie entstanden waren, weil sie es befohlen hatte.

Doch in dem Moment, als sie die prügelnden Männer ertappt hatte, war ihr auf die Schnelle keine andere Strafe eingefallen. Dies vor den Männern zuzugeben … war ein Ding der Unmöglichkeit. Sie respektierten sie ohnehin schon viel zu wenig. Wenn sie einen Fehler eingestanden hätte, wäre das einer Kapitulation gleichgekommen. Dann hätte es wahrscheinlich nur ein paar Stunden gedauert, bis eine Meuterei im Gange und ein neuer Kapitän gewählt wäre. Und dieser hätte Maryo wohl kaum nach Karinth gefahren, sondern vielmehr über Bord geworfen – was noch die mildeste Variante gewesen wäre.

Nein. Sie hatte die Strafe durchziehen müssen. Auch wenn es bedeutete, dass Maryo nun ihretwegen Schmerzen erduldete und sie das schlechte Gewissen plagte.

Der Elf unterbrach ihre Gedanken, indem er ihre Hand ergriff. »Ich leide nicht deinetwegen, sondern wegen der Seile, die auf meinen Rücken geschlagen wurden.« Er musterte sie eindringlich. »Soweit ich das erkannt habe, hast du keines in deiner Hand gehabt. Also bist du nicht schuld an meinen Verletzungen.«

»Aber … ich habe den Befehl dazu gegeben«, murmelte Edana. »Dann tut mir eben *das* leid. Ich … ich bin eine unfähige Kapitänin. Manchmal denke ich, es wäre das Beste, wenn ich alles hier aufgeben und in meine Heimatstadt zurückkehren würde. Das Leben lebe, das mir bestimmt ist.«

Maryos Druck auf ihrer Hand wurde so stark, dass sie beinahe leise aufgeschrien hätte. Sie hob den Blick und sah ihm in die Augen, deren Gold verärgert funkelte.

»Dein Leben ist *hier*. Hier auf See«, sagte er energisch. »Lass dir diesen Traum nicht von ein paar Hornochsen, die dich nicht zu schätzen wissen, kaputtmachen. Du bist eine starke, faszinierende Frau – und ich habe in den letzten Wochen so viel von dir gelernt, dass ich weiß, dass du eine gute Kapitänin bist. Diese Selbstzweifel … sie stehen dir nicht.«

Edana hatte ihn mit offenem Mund angestarrt, während er sprach. Jetzt schluckte sie. »Du hältst mich für faszinierend?«, fragte sie verblüfft.

Ein Schmunzeln legte sich auf Maryos Lippen. »Du hörst *auch* nur das, was du hören willst, oder?«, stellte er mit gespieltem Tadel fest. Dann seufzte er leise. »Nun gut, da ich es schon mal ausgesprochen habe: Es stimmt, ich halte dich tatsächlich für faszinierend … leider. Ich würde mir wünschen, du wärst ein hässlicher, verschrobener, alter Kerl. Aber nein … Ferys musste mir ja unbedingt eine schöne Frau an die Seite stellen. Die auch noch Feuer in sich trägt … im wahrsten Sinn des Wortes.« Sein Lächeln wurde etwas breiter.

Edana lächelte nun ebenfalls. »Ich würde mir auch lieber einen hässlichen, verschrobenen, alten Kerl als Passagier wünschen«, sagte sie mit hochgezogenen Augenbrauen. »Stattdessen bist du *nur* alt.«

»Oh ja, alt bin ich auf jeden Fall«, nickte Maryo. »Jedenfalls für menschliche Verhältnisse. Da wäre ich wohl bereits ein Greis ohne Zähne und mit runzeliger Haut.«

»Das wäre kein schöner Anblick.« Edana beugte sich etwas zu ihm. »Und keinesfalls zu vergleichen mit dem, was ich gerade vor mir sehe.«

Maryos Augen verdunkelten sich schlagartig, als sie seinem Gesicht näher kam. Sein Blick richtete sich auf ihren Mund, wie sie zufrieden feststellte.

»Ich sollte nicht …« Er räusperte sich, wich aber nicht zurück.

»… mich aufmuntern? Von mir fasziniert sein? Dich zu mir hingezogen fühlen?« Ihr Lächeln wurde breiter. Sie genoss es, wenigstens *einmal* die Oberhand zu haben.

Er schaffte es, dass sie ihre Zweifel überwand, sich als Frau fühlte – als begehrenswerte Frau. Und das brauchte sie im Moment gerade.

»Ach verdammt, was soll's«, brummte er und legte ihr eine Hand in den Nacken, um sie zu sich zu ziehen.

Edana lachte leise auf. »Ich glaube, an deiner romantischen Seite müssen wir noch etwas arbeiten …«

Weiter kam sie nicht, denn Maryo verschloss ihren Mund mit seinen Lippen und küsste sie leidenschaftlich.

Erneut spürte Edana das Kribbeln, das sich durch ihren ganzen Bauch zog, sie mit Energie erfüllte, die sich in ihrem Körper ausbreitete und ein brennendes Verlangen in ihr hinterließ. Sie wollte nichts so sehr, wie mit Maryo diese Nacht zu verbringen. Bei ihm sein, in seinen Armen liegen. Und ihm schien es ähnlich zu gehen.

»Du weißt, wie das hier enden wird?«, keuchte er leise, als er ihre Lippen endlich freigab. »Ich bin kurz davor, mein Angebot von neulich zu wiederholen …«

Edana nickte. »Das ist mir durchaus bewusst«, sagte sie. »Und auch, dass meine Männer tratschen werden – aber das tun sie ohnehin schon. Daher liefern wir ihnen keinen weiteren Stoff, sondern sorgen vielmehr dafür, dass sie nicht mehr lügen, wenn sie behaupten, wir hätten ein Verhältnis.«

»Das wäre dann beinah eine gute Tat«, stimmte Maryo mit einem leichten Schmunzeln zu.

»Nicht wahr?« Edana stützte sich auf seiner Brust ab, die keine Striemen abbekommen hatte. »Allerdings bin ich mir nicht sicher, ob du nach den Daggen schon kräftig genug bist für … nun ja.«

Maryo schnaubte. »Die Sprüche deiner Männer scheinen dich wohl beeinflusst zu haben, wie?«, fragte er mit hochgezogenen Augenbrauen. »*Dafür* bin ich immer kräftig genug, keine Sorge.« Er stemmte sich hoch und hatte Edana mit einer raschen Bewegung auf den Rücken gedreht, während er sich über ihr mit den Armen abstützte.

Sie kicherte wie ein verliebtes Mädchen, aber das war ihr gleichgültig. Denn sie hatte tatsächlich zum ersten Mal in ihrem Leben das Gefühl, verliebt zu sein. In Maryo Vadorís. Einen Elf.

Wenn das ihre Eltern wüssten, würden sie wohl die Hände über dem Kopf zusammenschlagen. In Karinth wurden Elfen und Zwerge zwar geduldet, aber ein Verhältnis mit ihnen einzugehen, kam einer Gotteslästerung gleich. Elfen und Zwerge glaubten nicht an dieselben Götter und galten daher als unrein. Eine Ansicht, die Edana nie geteilt hatte, da ihre Zofe eine Elfin und gleichzeitig ihre beste Freundin gewesen war – natürlich nur, wenn es keiner der Erwachsenen gesehen hatte.

Aber hier, auf ihrem Schiff, gab es ihre Eltern nicht. Niemanden, der ihr ein schlechtes Gewissen einreden wollte.

Sie sah in Maryos Augen, die sie leidenschaftlich anfunkelten und ihr Lächeln wurde breiter. »Ich glaube, wir verstoßen gerade gegen ein Dutzend Regeln, die es in Karinth gäbe«, meinte sie belustigt.

»Dann lass uns noch ein paar mehr daraus machen«, antwortete Maryo mit rauer Stimme, während er sich über sie beugte und sie am Hals zu küssen begann. Ein wohliger Schauer glitt durch ihren ganzen Körper. Sie schloss die Augen und stöhnte leise.

»Ich habe noch gar nicht richtig angefangen«, kommentierte Maryo ihren Laut und seine Lippen vibrierten dabei auf ihrer Haut, was ihr ein wohliges Frösteln bescherte.

Mit einer Hand stützte er sich weiter ab, während er ihre Beine auseinanderschob, um sich dazwischen zu knien.

»Ich glaube, ich muss mich jetzt schon entschuldigen«, raunte er und hielt in seinen Zärtlichkeiten inne.

Als Edana die Augen einen Spalt breit öffnete, konnte sie ein hintergründiges Lächeln auf seinem Gesicht erkennen. »Wofür denn?«, fragte sie.

»Dafür, dass du nie wieder mit einem Menschen das Bett teilen willst nach dieser Nacht.«

Noch ehe sie etwas antworten konnte, riss er mit einer raschen Bewegung ihr Hemd auf und Edana wusste im selben Moment, dass er recht behalten würde.

Noch lange lag sie wach, während Maryos Atemzüge neben ihr bereits wieder regelmäßig geworden waren.

Nie in ihrem Leben hätte sie sich vorgestellt, einmal die Geliebte eines Elfen zu sein. Aber jetzt lag einer neben ihr – ein Elf. Der sie mit seiner ruppigen Art erobert hatte, hinter der er sein großes Herz verbarg.

Edana wusste, dass Maryo ihr niemals wehtun würde. Er würde sie nicht ausnutzen oder für irgendwelche Zwecke missbrauchen. Woher sie das wusste, konnte sie nicht sagen – es war einfach ein Gefühl. Und es fühlte sich großartig an.

Wenn sie jetzt die Zeit hätte anhalten können, hätte sie es auf der Stelle getan. Diesen Moment für immer festgehalten. Doch sie wusste, dass spätestens in Karinth die neue Zweisamkeit zu Ende wäre.

Maryo hatte einen Auftrag zu erfüllen und sie würde alles daran setzen, ihm zu helfen – auch wenn dies bedeutete, dass sie ihn wieder hergeben musste. Ihr war nicht entgangen, wie Maryo die Elfenprinzessin angesehen hatte. Er hegte Gefühle für sie. Eine Tatsache, die Edana immer wieder aufs Neue einen Stich im Herzen versetzte.

Aber hier und jetzt war Maryo bei ihr. Teilte das Bett mit ihr, auch wenn dieses so schmal war, dass sie kaum nebeneinander liegen konnten.

Sie lächelte unwillkürlich, als sie an ihre erste Begegnung mit ihm dachte. Es schien ihr, als wäre dies in einem anderen Leben passiert, obwohl es erst wenige Wochen her war …

Bedeutete das, dass jetzt ein *neues* Leben begann?

Sie hoffte es so sehr.

Mit diesen Gedanken schlief sie irgendwann ein und merkte nicht, dass Maryo im gleichen Moment die Augen aufschlug und sie noch lange nachdenklich musterte.

34 Edana

»Schwarze Segel an Backbord gesichtet!«

Als am nächsten Morgen dieser Ruf vom Krähennest herunterschallte, erstarrte Edana mitten in ihrer Bewegung. Sie war gerade dabei gewesen, zusammen mit dem Bootsmann die Takelage zu inspizieren, und eilte zur Reling, um zu sehen, was der Ausguck erspäht hatte.

Wenn sie die Augen beschattete, konnte sie tatsächlich zu ihrer Linken ein Schiff erkennen. Ob die Segel schwarz oder weiß waren, vermochte sie jedoch nicht zu sagen.

Gleichwohl zweifelte sie keine Sekunde lang an der Richtigkeit der Worte, die der Ausguck heruntergeschrien hatte. Sie kannte den Matrosen schon lange und wusste, dass auf seine Augen immer Verlass war.

Wenn das Schiff schwarze Segel hatte, konnte es nur eines bedeuten: Sie hatten die Magier nicht abgehängt und wurden immer noch von ihnen verfolgt. Diese Kerle schienen hartnäckiger als Flöhe zu sein.

»Wie schnell sind sie?«, rief sie zum Ausguck.

»Schneller als wir – zehn Knoten oder mehr«, kam die Antwort von oben herunter.

»Verdammt, sie benutzen Magie«, knurrte Edana.

Ihr war klar, dass sie den Zirkelmagiern nicht entkommen konnten, wenn diese ihre Magie dazu verwendeten, sie einzuholen. Gleichzeitig sah sie darin auch eine Chance.

»Volle Kraft voraus!«, brüllte sie so laut sie konnte. »Alle Mann in die Wanten!«

»Aye!«, erklangen die Stimmen der Mannschaft über das Deck.

Die Seeleute folgten sofort ihrem Befehl und wenig später pflügte der Seefalke schneller als zuvor durch die Wellen.

»Sie holen uns ein«, erklang Sabals Stimme zu ihrer Linken.

Edana wandte sich nicht zu ihm um, sondern starrte weiterhin zum Horizont, wo die schwarzen Segel nun deutlich zu erkennen waren, da das Schiff schnell näher kam.

»Das ist mir bewusst«, murmelte sie. »Aber wir haben der Mannschaft in den letzten Tagen alles abverlangt. Sie sind nicht bereit für einen Kampf wie diesen.«

»Ärger?«, fragte eine ihr inzwischen nur zu bekannte Stimme.

Als sie am Morgen aufgewacht war, war er nicht mehr neben ihr gewesen. Seither hatte sie ihn nur aus der Ferne gesehen und noch keine Gelegenheit gehabt, mit ihm zu sprechen.

Jetzt aber trat Maryo neben sie und wäre sie nicht so angespannt gewesen, hätte sie ihm wohl ein paar Fragen dazu gestellt, warum er in der Nacht gegangen war. Doch im Moment war nicht der passende Zeitpunkt dafür.

»Wir haben die Magier nicht abgehängt.« Sie wandte sich dem Elf zu, der stirnrunzelnd über das Wasser sah. »Sie verfolgen uns immer noch.«

»Die sind ganz schön ausdauernd«, brummte Maryo.

Auch er verlor kein Wort über die vergangene Nacht, was Edana jedoch den Umständen zuschrieb. Es wäre zudem reichlich unpassend gewesen, in Gegenwart von Sabal darüber zu sprechen.

»Kann man wohl sagen«, bestätigte der Quartiermeister zu ihrer Linken.

»Warum fliehen wir vor ihnen? Wir sollten uns dem Kampf stellen.« Der Elf sah Edana fragend an.

»Wir *werden* uns ihnen stellen«, antwortete sie in ruhigem Tonfall. »Etwas anderes bleibt uns auch nicht übrig. Sie sind viel schneller als wir und werden uns vor Mittag eingeholt haben. Aber gerade diese Schnelligkeit kann ihnen das Genick brechen.« Sie lächelte grimmig. »Wie du vielleicht weißt, verfügen menschliche Magier nicht über unendlich viel Magie. Wir ziehen sie aus der Wärme unserer Körper. Auch wenn einige Soldaten auf ihrem Schiff Kampfmagie beherrschen und ihre Energien miteinander verbinden können, werden sie dies nicht lange zu tun vermögen, ohne zu erfrieren. Je mehr Magie sie dafür verwenden, uns ihr Schiff hinterherzutreiben, desto weniger bleibt ihnen für die Schlacht. In einem Kampf mit Magiern sind wir ihnen nicht gewachsen. In einem, in dem sie weniger Kräfte haben, jedoch schon.«

»Ich verstehe«, nickte Maryo. »Ganz schön gerissen.« Er warf ihr einen anerkennenden Blick zu.

»Danke.« Edanas Lächeln wurde etwas wärmer, ehe sie erneut zum Horizont blickte. »Wie lange noch, bis sie uns eingeholt haben?«, fragte sie an Sabal gewandt.

»Ich schätze etwa zwei Stunden, höchstens drei«, antwortete der dunkelblonde Quartiermeister.

»Gut. Die wollen genutzt sein. Schau zu, dass die Kanonen bereit gemacht werden. Wir werden ihnen einen Denkzettel verpassen, den sie nicht so rasch vergessen.«

Die nächsten Stunden vergingen für Edana viel zu langsam. Sie hätte sich lieber sofort den Magiern gestellt, aber sie wusste gleichzeitig, dass jede Minute in der sie nicht kämpften, ihnen einen Vorteil verschaffte.

Die Soldaten des Zirkels verminderten ihre Schnelligkeit nicht, was hieß, dass sich starke Wassermagier an Bord befanden. Gegen diese hätten sie keine Chance gehabt, würden sie ihre Energie nicht für die Schnelligkeit des Schiffes verwenden. Selbst so würde das Gefecht hart werden – es würde viele Tote geben und der Ausgang war ungewiss.

Sie ließ ihren Blick über ihre Mannschaft schweifen, die sich für den Kampf vorbereitete, Kanonen belud, Pfeilbogen und Armbrüste bereitlegte sowie Schwerter wetzte. Auch wenn sie viele von ihnen nicht als ihre Freunde bezeichnen konnte, so waren ihr die meisten Männer doch in den letzten Jahren ans Herz gewachsen.

Die Vorstellung, dass einige von ihnen den morgigen Tag nicht mehr erleben würden, stimmte sie traurig.

Aber jetzt war nicht die Zeit, über Verluste nachzudenken. Sie hatten einen Kampf auszufechten.

Soeben hatte Sabal ihr gemeldet, dass die Magier nun in Gefechtsnähe seien. Jetzt galt es, keinen Augenblick zu verschwenden.

»Zeit, ihnen zu zeigen, dass sie die Falschen verfolgt haben«, murmelte Edana zu sich. Dann legte sie den Kopf in den Nacken und rief: »Klar zur Wende! Über die Fock! Luvt an!«

Über ihr führten die Männer sofort die Befehle aus und sorgten dafür, dass der Seefalke den Verfolgern seine Breitseite präsentierte.

»Geschütze ausrichten!«, brüllte Edana.

Sie verfolgte zufrieden, wie sich die Kanoniere in Stellung begaben, während der Rest der Mannschaft sich dahinter versammelte und Kampfstellung einnahm.

»Geschütze bereit!«, rief Sabal.

»Alle Geschütze feuern!«

Der Ruf hallte regelrecht über Deck.

Als die erste Salve gefeuert wurde, fühlte Edana, wie ihr Herz schneller schlug und ihre Hände schweißnass wurden. Sie war noch nicht in vielen Gefechten gewesen, hatte meist versucht, Schlachten auf See zu vermeiden.

Jetzt pumpte allerdings ihr Blut durch ihre Adern und rauschte in ihren Ohren, sodass es nahezu das Donnern der Kanonen übertönte. Ihr wurde kurz schwindlig vor Aufregung, aber sie hatte ihre Gefühle rasch wieder unter Kontrolle.

Als die ersten Kettenkugeln die schwarzen Segel des Magierschiffes zerfetzten, brüllte die Mannschaft voller Kampfeslust und Edana stimmte in die Rufe ein, zog ihr Schwert und reckte es in die Höhe.

»Zeigen wir diesen Bastarden, was sie davon haben, wenn sie sich mit uns anlegen!«, brüllte sie.

Ihr antworteten Dutzende von Stimmen. »Aye! Nieder mit dem Feind!«

»Kanonen bereit?«, rief sie.

Der Seefalke lag inzwischen längsseits zum feindlichen Schiff und war dabei, es zu umrunden. Offenbar hatte man an Bord des Magierschiffs nicht mit einem derartigen Angriff gerechnet und vielleicht sogar angenommen, sie würden sich kampflos ergeben. Edana konnte erkennen, wie auf dem feindlichen Deck Männer hin und her eilten und die eigenen Kanonen schussfertig machten.

»Bereit!«, riefen die Kanoniere.

»Wartet noch! Sabal, komm zu mir!«

Der Quartiermeister eilte sofort an ihre Seite und sah sie fragend an.

»Gib den Befehl zum Feuern, sobald wir ihr Heck umrunden«, sagte Edana mit ruhiger Stimme.

Sabal nickte, ohne Fragen zu stellen.

Edana hielt die Luft an, als sie sah, dass die feindlichen Geschütze jede Sekunde bereit zum Feuern waren. Sie schloss die Augen und fühlte in sich hinein, suchte nach ihrer Magie, die sich mit dem Wasser verband.

Jetzt würde sich zeigen, ob sie genug Kraft besaß für das, was sie vorhatte.

Schon spürte sie, wie das Wasser unter dem Seefalken ihr zu gehorchen begann. Sie sandte alle Energie hinein, die sie entbehren konnte, formte es hinter ihrem Schiff zu einer Welle. Sie hatte diesen Zauber erst ein einziges Mal ausprobiert und wusste nicht, ob er ihr abermals gelang. Beim letzten Mal hatte er ihr viel Energie abverlangt … sie hoffte inständig, dass sie der Magie gewachsen war.

Als sie die Welle auf den Seefalken zuschießen ließ, spürte sie, wie ein Ruck durch die Planken ging und stützte sich an der Reling ab.

Sie hörte die feindlichen Kanonen, aber sie öffnete die Augen nicht, um sich voll und ganz auf ihre Magie zu konzentrieren. Am Rande nahm sie wahr, wie der Seefalke getroffen wurde. Jedoch konnten die Treffer nur am Schiffsende eingeschlagen haben, da sie bereits den Großteil der Breitseite des gegnerischen Seglers hinter sich gelassen hatten.

Noch einmal legte sie alle ihre Magie in den Zauber, befahl dem Wasser, den Seefalken um das feindliche Schiff herum zu lenken. Sie spürte, ohne dass sie es sah, dass sie nun direkt hinter den Magiern lagen.

»Feuern!«, hörte sie Sabals Befehl.

Dann ertönten wieder die Kanonen und als das Bersten des Holzes erklang, wusste sie, dass ihr Plan aufgegangen war: Sie hatten das Ruder des Magierschiffes zerstört und damit den Feind manövrierunfähig gemacht.

Gleichzeitig spürte sie, wie ihre Kräfte sie langsam verließen. Ihr wurde kalt und sie begann zu zittern, da sie zu viel von ihrer Körperwärme für den Zauber verbrauchte. Doch noch war sie nicht fertig mit dem, was sie vorgehabt hatte. Sie musste sich noch ein letztes Mal zusammenreißen und ihre Kräfte sammeln.

Sie biss die Zähne zusammen und keuchte gegen den Drang an, den Zauber zu unterbrechen, als sie spürte, wie ihr Körper mehr und mehr an Wärme verlor. Sie konnte das Zittern nicht mehr kontrollieren.

Schwer atmend stützte sie sich an der Reling ab und ließ sich daran hinab auf die Planken gleiten, um sich hinzusetzen.

»Edana, was ist mit dir? Geht es dir gut?«

Sabal, der Immer noch neben ihr stand, legte ihr eine Hand auf die Schulter.

Als sie die Augen öffnete, sah sie, dass er neben ihr in die Hocke gegangen war und sie besorgt musterte.

»Ja, geht gleich wieder«, murmelte sie. »Gib den Befehl, ihnen noch eine Breitseite an Steuerbord zu verpassen – unter dem Meeresspiegel. Ich will, dass ihr Schiff wie ein Stein sinkt. Dann werde ich dafür sorgen, dass wir von hier wegkommen.«

Sabal sah sie einen Moment lang zweifelnd an, doch er nickte. »Aye. In Ordnung.«

Edana schloss wieder die Augen, um sich auf ihre Magie zu konzentrieren.

Wenig später hörte sie, wie eine weitere Salve abgefeuert wurde. Aber ihre Lider waren zu schwach, um zu sehen, ob sie die Magier getroffen hatten. Sie hatte keine Kraft mehr, die Augen zu öffnen, denn sie brauchte den Rest ihrer Energie dazu, den Seefalken ein letztes Mal voranzutreiben. Weg vom feindlichen Schiff, solange Chaos auf seinem Deck herrschte. Sobald die Magier sich gefangen hätten, würden sie ihre Zauber auf sie schleudern.

Daher sammelte sie alle ihre Kräfte in sich und schickte sie ins Wasser, sorgte dafür, dass der Seefalke Fahrt aufnahm und sich so rasch es ging von den Magiern entfernte.

Sie sandte ein Gebet zu Wassergott Aquor und hoffte inständig, dass ihnen die Flucht gelang.

Doch noch ehe sie sich dessen vergewissern konnte, spürte sie, wie ihr Körper erschlaffte und sich eisige Kälte ihrer Seele bemächtigte.

35 Maryo

»Edana!«

Maryo sah, wie die Magierin in sich zusammensackte. Ihr Haar war weiß geworden, da es über und über mit Eiskristallen bedeckt war – ein absurdes Bild, schien die Sonne doch warm auf das Schiff herunter.

Aber der Elf hatte keine Zeit, zu ihr zu rennen, da im selben Moment die Schlachtrufe der Magier erklangen. Der Seefalke hatte das feindliche Schiff umrundet und befand sich nun auf der Steuerbordseite, jedoch nicht weit genug entfernt, um einem Kampf zu entkommen.

»Verdammt«, knurrte er und legte den Bogen an, den er neben sich an die Reling gelehnt hatte. Er spannte ihn durch und traf mit den ersten Pfeilen direkt in die Herzen mehrerer Gegner.

Aus dem Augenwinkel sah er, wie es die anderen Männer ihm gleichtaten und die Verfolger unter Beschuss nahmen.

Das Magierschiff war zwar dreimal getroffen worden, aber sie feuerten nun ihrerseits auf den Seefalken und sorgten dafür, dass einige der Segel zerfetzt wurden. Nichts, was jedoch nicht innerhalb weniger Tage wieder geflickt werden konnte – die Kanoniere waren nicht so geschickt wie die von Edana.

Die letzte Breitseite des Seefalken hatte die Magier hart getroffen und ein tiefes Loch in den Rumpf geschlagen. Ihr Schiff würde wohl oder übel sinken.

Aber noch trieb es auf der Wasseroberfläche und die Kampfmagier schleuderten ihre Zauber und nun ebenfalls Pfeile auf sie. Sie schienen zu wissen, dass sie sterben würden – jedoch wollten sie das ganz offensichtlich nur tun, wenn sie möglichst viele von Edanas Männern mit sich in den Tod reißen konnten.

»Sie wollen einen Kampf, geben wir ihnen einen!«, erklang Sabals donnernde Stimme. »Männer, werft die Enterhaken!«

Maryo sah, wie mehrere Seeleute geschickt Seile mit Haken daran über die Reling schleuderten. Die Eisen verfingen sich im Holz des feindlichen Schiffes und zogen es an den Seefalken heran.

»Entern!«, rief Sabal, als das Schiff in Sprungnähe kam.

Maryo ließ sich das nicht zweimal sagen, zückte sein Schwert, ergriff ein loses Seil aus der Takelung und schwang sich anmutig über die Kluft zwischen den beiden Schiffen. Ihm folgten mehrere Dutzend von Edanas Männern.

Sie wurden von den Pfeilen, Schwertern und Dolchen des Feindes in Empfang genommen. Maryo bezwang die ersten Gegner, ehe sie zum Gegenschlag ausholen konnten.

Die Magier hatten sich auf der Kommandobrücke verschanzt, dorthin kämpfte sich Maryo nun durch. Er mähte mit seinem

Schwert die Widersacher nieder, als wären sie Grashalme, und wirbelte die Klinge so rasch durch die Luft, dass ein menschliches Auge ihr kaum folgen konnte.

Sein Umgang mit dem Schwert war immer schon meisterhaft gewesen, aber im Vergleich zu den Menschen zeigte sich noch stärker, wie rasend schnell er war.

Schon war er bei der Treppe angekommen, die zur Kommandobrücke führte. Er hatte inzwischen einen Schutzschild um sich gebildet, der ihn vor den feindlichen Pfeilen bewahrte. Dennoch trafen ihn die Eiszauber der Wassermagier wie Faustschläge am ganzen Körper und warfen ihn mehrere Schritt zurück.

»Kämpft wie richtige Männer!«, rief er den Magiern entgegen.

Es waren insgesamt fünf, alle in dunkle Umhänge gehüllt.

Sie schienen nicht allzu kampferprobt zu sein, denn sie koordinierten ihre Magie zwar, aber nicht effektiv genug. Aus der Nähe konnte er erkennen, dass die meisten noch sehr jung sein mussten. Wahrscheinlich war dies sogar der erste richtige Kampf, in dem sie sich befanden. Offenbar hatte Xenos geglaubt, dass es genügte, Edana ein paar Grünschnäbel hinterherzuschicken.

Einfältiger Bastard!

Maryo trat auf den ersten der Magier zu und ließ sein Schwert gegen seinen Schutzschild donnern. »Wehr dich!«, knurrte er.

Der Mann, der wahrscheinlich kaum zwanzig Jahre alt war, sah ihn mit geweiteten Augen an. Womöglich lag es daran, dass er noch nie einem Elf gegenübergestanden hatte, vielleicht auch einfach an Maryos wildem Gesichtsausdruck. Auf jeden Fall schleuderte der Magier reflexartig einen weiteren Eisstrahl auf ihn zu, der jedoch wirkungslos am Schutzschild des Elfen abprallte.

»Ist das alles?«, fragte dieser in höhnischem Tonfall.

In der Zwischenzeit waren ihm andere Kämpfer von Edanas Mannschaft auf die Kommandobrücke gefolgt. Er konnte ein paar erkennen, die sich soeben auf einen der Magier stürzten und ihn zu Fall brachten.

Maryo lächelte grimmig und bildete einen Feuerball in seiner Hand – keine Illusion diesmal. »Schau mal, *so* geht das!«, rief er und schleuderte ihn auf den Kopf des Magiers.

Dieser versuchte, seinen Schutzschild zu verstärken, hatte jedoch zu wenig Energie dazu und ließ ihn stattdessen fallen. Maryo nutzte die Gelegenheit und verpasste ihm einen harten Schlag mit dem Schwertknauf gegen die Schläfe.

Der junge Kampfmagier verdrehte die Augen und sank wie ein Stein zu Boden.

Schon widmete sich Maryo dem nächsten Feind, der sich ihm mit Wassermagie entgegenstellte. Der Elf rammte ihn so hart mit der Schulter, dass dieser zu Boden fiel und wenige Sekunden später Maryos Schwertspitze auf der Brust hatte.

»Ergebt euch!«, brüllte Maryo. »Oder wir töten euch alle!«

Der Magier sah ihn mit weit aufgerissenen Augen an und hob die Hände zum Zeichen, dass er keine Magie mehr wirken würde, während sein Schutzschild sich auflöste.

»Das gilt für euch alle!«, rief Maryo über das feindliche Deck.

Er konnte Sabal erkennen, der sich ebenfalls mitten ins Kampfgetümmel gestürzt hatte, jetzt jedoch einen erstaunten Blick zur

Kommandobrücke warf. Als er Maryo sah, der breitbeinig dort stand, verfinsterte sich seine Miene. Offenbar missfiel es ihm, dass der Elf Befehle erteilte.

Aber schon hatten die meisten der feindlichen Mannschaft ihre Schwerter auf die Planken gelegt und ihre Blicke auf Maryo gerichtet.

»So ist gut!«, rief dieser zufrieden. »Steigt in Eure Beiboote. Ihr werdet nichts mitnehmen außer dem, was ihr am Körper tragt. Keine Waffen, und nur das Nötigste an Proviant! Verstanden? Euer Schiff wird sinken und ihr werdet dabei zusehen, ohne einzugreifen. Dann rudert ihr nach Altra zurück und sagt dem verrückten Zirkelleiter, dass er uns kreuzweise kann! Das nächste Mal werden wir keinen von euch mehr am Leben lassen!«

Die Gegner nickten eilig und rannten dann zu den Beibooten, um sie zu Wasser zu lassen.

»Maryo!«, donnerte Sabal. »Wie kannst du es wagen …«

Aber seine Worte gingen unter, da die Boote herabgelassen wurden und die feindliche Mannschaft bereits hineinstieg, während sie immer wieder ängstliche Blicke zur Kommandobrücke warfen.

Maryo lächelte grimmig und steckte dann sein Schwert ein. Er wartete, bis alle Gegner von Bord gegangen waren.

Die Mannschaft des Seefalken durchsuchte das feindliche Schiff nach Proviant und Wertsachen, die sie eilig in Sicherheit brachten, ehe der Segler vom Meer verschlungen wurde.

Als Maryo auf Edanas Schiff zurückkehrte, wollte er zur Kapitänin eilen, wurde aber von Sabal aufgehalten.

»Das war das letzte Mal, dass du unbefugt Befehle erteilt hast!«, knurrte der Quartiermeister. »Deine Überheblichkeit wird bestraft werden!«

Maryo sah ihn stirnrunzelnd an. »Ich habe gerade dafür gesorgt, dass es nicht unnötig Tote gab«, erwiderte er gelassen. »Was die Bestrafung angeht … das lass Edana entscheiden. Wie geht es ihr?«

»Sie wurde in ihre Kabine gebracht«, antwortete der dunkelblonde Mann, in dessen Gesicht immer noch der Unmut darüber zu lesen war, dass Maryo sich als Kapitän aufgespielt hatte.

»Ich werde zu ihr gehen«, sagte Maryo bestimmt. »Und versuch nicht, mich aufzuhalten!«, fügte er noch hinzu, als Sabal Anstalten machte, ihm erneut den Weg zu verstellen.

Sein goldener Blick loderte und sein Körper war noch aufgepeitscht vom Kampfesrausch. Eine Kombination, die offenbar dem Quartiermeister zu verstehen gab, dass er besser daran tat, ihn nicht weiter in die Schranken weisen zu wollen.

So rasch er konnte, eilte Maryo in Edanas Kabine – und stellte voller Erleichterung fest, dass sie nicht mehr mit Eiskristallen überzogen war. Ihr Körper war in dicke Decken gehüllt worden, aber die Kapitänin zitterte immer noch, obwohl sie bewusstlos war.

Maryo trat an ihr Bett und setzte sich neben sie. Er strich ihr mit den Fingern sachte über die Stirn. Dann beugte er sich zu ihr herunter und küsste sie auf den Mund.

»Edana, wach bitte auf«, murmelte er nahe an ihren Lippen.

Er war selbst überrascht, dass seine Stimme beinahe flehend klang und sein Herz sich bei ihrem Anblick zusammenzog. Sie so schwach und zitternd zu sehen, war für ihn schwer auszuhalten. Er kannte sie stark, feurig, temperamentvoll … leidenschaftlich.

Erneut küsste er sie, diesmal auf die Wange.

Edana murmelte etwas und ihre Augenlider flackerten.

»Sie kommt zu sich«, erklang Sabals Stimme. Der Quartiermeister war ihm gefolgt.

»Das hoffe ich doch«, bemerkte Maryo, ohne ihn anzusehen. Er legte eine Hand auf ihre Brust, direkt über ihrem Herzen und schloss die Augen.

»Was tust du da?«, fragte Sabal misstrauisch.

»Ich finde es erregend, schlafende Frauen zu begrabschen«, antwortete Maryo patzig. »Was wohl?! Ich wärme sie mit Magie.«

Er schickte seine Kräfte in ihren Körper und spürte, wie dieser mit jeder Sekunde wieder wärmer wurde, zum Leben erwachte.

Als Edana die Augen aufschlug, öffnete auch Maryo seine und ein Lächeln erschien auf seinen Lippen. »Du hast die ganze Schlacht verpasst«, meine er. »Aber so blieb wenigstens mehr Spaß für uns.«

Edana versuchte offenbar angestrengt, sein Lächeln zu erwidern, aber es gelang ihr nicht richtig, da ihr Körper noch zu schwach war.

»Du wärst fast erfroren!« Sabal sah sie vorwurfsvoll an. »Tu so etwas nie wieder!«

»Was? Ihr Schiff retten?«, fragte Maryo mit hochgezogenen Augenbrauen. »Wenn du mich fragst, hat sie alles richtig gemacht. Das Schiff der Magier ist nun auf dem Meeresgrund, wo es hingehört, und die Überlebenden werden zu Xenos zurückkriechen und ihm von der Schlacht berichten. Der verrückte Zirkelleiter wird es sich dreimal überlegen, ob er uns weitere Soldaten hinterherschickt oder sich nicht besser um seinen eigenen Kram kümmert. Edana hat uns mit ihren Kräften gerettet und uns vor allem diese Magier vom Hals geschafft.«

Sabal murrte etwas und wandte sich dann zum Gehen. »Sorg dafür, dass sie wieder auf die Beine kommt«, befahl er dem Elf. »Ich werde mich um die Verletzen kümmern.«

Jetzt wurden Edanas Augen mit einem Mal groß.

Maryo verstand ihre unausgesprochene Frage. »Ja, wir haben gekämpft«, berichtete er. »Und es gab leider auch ein paar Verluste – und Verletzte.« Er fuhr ihr sachte mit dem Handrücken über die Wange. »Du hast dafür gesorgt, dass ihr Schiff ziemlich lädiert war. Allerdings erwiesen sich die Magier darauf immer noch als stark. Doch es war endlich mal wieder eine gute Möglichkeit, das Schwert zu benutzen.« Er schmunzelte. »Gegen deine Männer zu kämpfen macht deutlich weniger Spaß.«

»Dumm … kopf …«, stieß Edana hervor, was dem Elf ein raues Lachen entlockte.

»Na, immerhin hast du wieder genug Kraft, um Beleidigungen auszusprechen«, meinte er grinsend. »Du wirst dir übrigens noch eine Strafe für mich ausdenken dürfen – ich habe nämlich Sabal das Kommando entrissen, den Kampf frühzeitig beendet und dafür gesorgt, dass es keine weiteren Toten gab.« Er seufzte theatralisch und sah zur Zimmerdecke. »Ich glaube, in den letzten Jahrzehnten hat kein Angehöriger meines Volkes mehr so viele Menschenleben verschont … wie soll ich meinen Ruf als menschenfeindlicher Elf je wieder geradebiegen?« Ein Schmunzeln legte sich auf seinen Mund, ehe sein Blick wieder auf ihren traf. »Langsam scheint die Nähe zu dir meine Urteilsfähigkeit zu beeinflussen, meine Liebe.«

Auf seine Worte hin verdrehte Edana leicht die Augen, was Maryo abermals lachen ließ.

Er beugte sich ganz nah über sie, sodass seine Lippen ihr Ohr berührten. »Wenn dir die Ideen für meine Bestrafung ausgehen«, raunte er und biss sanft in ihr Ohrläppchen, »ich hätte da auch noch ein paar Vorschläge, wie ich mich bei dir dafür … entschuldigen könnte, dass ich eigenmächtig gehandelt habe.«

Zufrieden stellte er fest, dass sich Edanas Nackenhärchen aufstellten, als er ihr einen Kuss auf den Hals hauchte, ehe er sich vom Bett erhob.

»Aber schlaf jetzt erst mal ein paar Stunden.« Er strich ihr über das schwarze Haar. »Du hast dich verausgabt und solltest dich erholen.«

Edana nickte, was Maryos Lächeln breiter werden ließ. »So gehorsam … daran könnte ich mich gewöhnen«, murmelte er und küsste sie auf die Stirn. »Bis später. Ich werde den Verletzten helfen und komme dann wieder. Und wehe, du träumst bis dahin nicht von gut aussehenden Elfen.«

Jetzt breitete sich doch noch ein Lächeln auf ihren Lippen aus. »Danke«, hauchte sie.

»Nichts zu danken. Ich verhelfe gerne zu schönen Träumen.«

Damit wandte er sich von ihr ab und verließ die Kabine. Nicht aber, ohne sich bei der Tür noch einmal nach ihr umzudrehen. Sie hatte ihren Kopf in seine Richtung gewandt, aber ihre Augen waren bereits geschlossen.

»Träum schön, Käpt'n«, murmelte er.

36 THESALIS

Blut. Rot. Wässrig.

Es rann über ihre Handfläche, zu ihren Fingerspitzen und tropfte in das Waschbecken, das vor ihr stand.

Langsam, stetig, leise.

Bis sie ihre Hände erneut ins Wasser eintauchte und sie von dem roten Lebenssaft befreite.

Er hatte gelitten. Es war qualvoll gewesen. Schmerzhaft … befriedigend.

Jetzt fühlte sie nichts mehr.

Keine Freude wie in dem Moment, als sie ihm die Tätowierungen ins Gesicht geschlagen hatte.

Keine Genugtuung wie in den Minuten, in denen sie ihm jeden Finger einzeln brach.

Kein Hochgefühl wie bei seinen Schmerzensschreien, die sich wie Musik in ihren Ohren angehört hatten.

Keine Zufriedenheit wie in dem Augenblick, als sie seinen letzten Atemzug vernahm.

Sie fühlte nichts.

Einfach nichts.

Es war das erste Mal gewesen, dass sie einen Gefangenen zu Tode gefoltert hatte. Und sie schwor sich in diesem Moment, dass sie es nie wieder tun würde. Gerade weil die Empfindungen, die sie in seinen letzten, qualvollen Stunden erlebt hatte, sie selbst erschreckten.

Sie hatte sich großartig dabei gefühlt, als sie den ehemaligen Anführer der Elfen vor sich hatte knien und wimmern sehen. Es war geradezu überwältigend gewesen, ihm dieselben Schmerzen zuzufügen, wie er es bei ihr getan hatte. Ein berauschendes, erfüllendes Gefühl.

Nie hätte sie geglaubt, dass es ihr so viel Freude bereiten würde, jemanden zu foltern.

Sie wusste, dass sie in diesen Stunden nicht sie selbst gewesen war. Dass eine uralte, innere Kraft von ihr Besitz ergriffen hatte. Eine Grausamkeit, die jeder Amazone innewohnte und die sie erst zu den erbitterten Kriegerinnen werden ließ, vor denen sich die Menschen fürchteten.

›Die Raserei‹ nannte ihr Volk diesen Zustand. Er machte aus ihnen wilde Bestien, die weder Mitleid noch Reue kannten und nur aus Freude töteten.

Aber Thesalis wollte nicht so sein. Nie wieder. Sie wollte ein Wesen sein, das mit klarem Verstand handelte – keine hirnlose, triebgesteuerte Kreatur, die aus Vergnügen folterte.

Sie hob den Kopf und blickte in den Spiegel vor sich, der in dem kleinen Waschraum in ihrer Hütte hing.

Eine junge, blonde Amazone blickte ihr mit ihren blauen Augen entgegen, deren Gesicht schön gewesen wäre – hätten nicht die Tätowierungen an ihrer Stirn es entstellt.

Sachte wischte sie die blonden Strähnen zur Seite, die den Großteil der Symbole verdeckten und fuhr sie mit dem nassen, gereinigten Finger die schwarzen Linien nach. Sie glichen entfernt einem fünfzackigen Stern, waren aber immer wieder unterbrochen. In der Mitte prangte ein dunkler Kreis.

Ihre Wunden waren während den vergangenen Wochen längst verheilt, ihre körperlichen Kräfte zurückgekehrt. Aber diese Tätowierung würde bleiben. Für immer.

Sie wusste nicht genau, was die Linien zu bedeuten hatten. Die Amazonen tätowierten selbst oft ihre Arme oder Beine. Manchmal auch ihre Rücken. Sie verwendeten heilige Symbole. Zeichen, die der Göttin Artaami gewidmet waren. Das auf ihrer Stirn jedoch war nicht heilig, sondern ein Schandmal.

Sie seufzte leise und stützte sich auf dem Beckenrand ab, um tief durchzuatmen. Das Wasser war rot verfärbt, als hätte es sich in Blut verwandelt. Es glänzte, widerspiegelte jedoch ihr Abbild nicht.

Thesalis starrte ein paar Augenblicke hinein und vor ihrem inneren Auge erschienen all die Bilder, die sie in ihrer Gefangenschaft bei den Elfen hatte sehen müssen.

Blutende Amazonen, verstümmelte Körper …

Mit jeder Sekunde, in der sie das Blut des Elfen betrachtete, fühlte sie in sich das Hochgefühl wieder ansteigen darüber, dass er nun seine verdiente Strafe erhalten hatte. So lange, bis die Leere in ihr zu schwinden und der Raserei erneut Platz zu machen drohte.

Mit aller Kraft schleuderte sie das Becken zur Seite, sodass das Wasser auf den Boden spritzte und sich dort ausbreitete.

Sie ballte die Hände zu Fäusten, legte den Kopf in den Nacken und stieß einen stummen Schrei aus.

Sie hatte geglaubt, dass es ihr reichen würde, den Anführer der Elfen tot zu wissen. Dass die Rache für das, was er ihr angetan hatte, genug wäre, um die Zeit ihrer Gefangenschaft zu vergessen.

Aber das war es nicht.

In ihr brannte immer noch der Hass auf die Elfen. Sie wollte nichts lieber als sie jagen – jeden Einzelnen. Und töten. Nicht langsam und qualvoll, sondern rasch und unerbittlich. Wie der Totengott, der mit seiner Sense über die Schlachtfelder zog und die Seelen zu sich holte.

Sie würde sie niedermetzeln, bis keiner von ihnen mehr lebte.

Ein leises Geräusch riss sie aus ihrer rasenden Fantasie und sie zuckte unwillkürlich zusammen. Aber es war nur Csilla. Das Pantherweibchen roch laut schnurrend an dem Blut, welches über den Holzboden verteilt war.

»Nicht«, sagte Thesalis mit matter Stimme, da sie sich mit einem Mal wieder leer fühlte. »Trink das nicht. Das ist verdorbenes Blut.«

Csilla hob den Kopf und sah sie mit ihren großen, gelben Augen aufmerksam an, als ob sie verstanden hätte und sich gerade fragte, warum Blut verdorben sein konnte.

»Verdorben«, wiederholte Thesalis und deutete auf den Boden. »Ich gebe dir gutes Wasser, komm mit.«

Die große Katze tapste hinter der Amazone her, als diese die Hütte verließ und zum Brunnen ging, der einige Schritt weit entfernt stand. Sie ergriff den Hebel der Pumpe und begann, das Wasser aus dem Erdreich zu holen, das in das steinerne Becken plätscherte.

»Warte«, sagte sie zu Csilla, als diese direkt aus dem Brunnen trinken wollte.

Hätten Berilla oder eine andere Amazone das gesehen, hätten sie die Katze verjagt. Die Gefährten der Amazonen durften zwar vieles, aber aus dem Brunnen trinken gehörte nicht dazu.

Daher nahm Thesalis nun einen der Eimer, die neben dem Steinbecken standen und schöpfte etwas Wasser heraus, um es Csilla vor die Schnauze zu stellen.

»Hier, trink das, wenn du Durst hast«, murmelte sie und sah ihrer Gefährtin zu, wie sie am frischen Nass schnupperte, ehe sie vorsichtig ihre Zunge hineinstreckte.

Thesalis lächelte unwillkürlich. Sie liebte Csilla mehr als ihr Leben. Die Katze schaffte es immer wieder, sie zu beruhigen und auf den Boden der Tatsachen zurückzubringen. Selbst wenn dieser nur aus einem Eimer Wasser bestand. Aus frischem, klarem Wasser ohne Blut darin

Die Amazone hob den Blick und ließ ihn durch das Dorf schweifen. Die meisten ihrer Schwestern waren auf den Beinen und gingen ihren alltäglichen Beschäftigungen nach. Sei es die Arbeit auf dem nahen Feld, das Ausbessern ihrer Hütten, Flechten von Matten aus Palmwedeln, Töpfern von Krügen und anderen Gerätschaften, das Training mit Schwert, Schild, Speer und Bogen … jeder hatte seine Aufgabe.

Es war ein ruhiger Tag. Nur das Lachen und Rufen der kleinen Mädchen und die lauten Hammerschläge der nahegelegenen Schmiede waren zu hören. Die Sonne stand über ihnen am Himmel und sandte ihre warmen Strahlen auf Thesalis herunter.

Hätte sie nicht die Erinnerung daran gehabt, dass sie bis eben noch im unterirdischen Gefängnis einen Elfen gefoltert hatte, hätte sie das Erlebte für einen Albtraum gehalten. Aber ein Blick auf ihre blutbespritzte Kleidung genügte, um diesen Gedanken Lügen zu strafen.

Sie hatte gefoltert …

»Ich muss mich umziehen«, murmelte sie zu sich selbst und wollte sich bereits abwenden, da fiel ihr Blick auf Berilla, die schnellen Schrittes auf sie zukam.

Auch das Bein der Anführerin war in der Zwischenzeit verheilt und sie bewegte sich wieder so geschmeidig, wie es nur eine Amazone zu tun vermochte.

Thesalis blieb stehen und sah ihr aufmerksam entgegen. Die dunkelhaarige Amazone schien es eilig zu haben.

»Was gibt es?«, rief Thesalis ihr zu, noch ehe Berilla bei ihr angekommen war.

»Ich habe gehört, dass du dich vorhin an Treyon gerächt hast«, antwortete diese, als sie vor ihr stand.

Thesalis zuckte unter dem Namen unwillkürlich zusammen. Sie hatte sich geschworen, ihn nie wieder in den Mund zu nehmen, da er zu viele schreckliche Bilder in ihr hervorrief.

Bilder der Qualen, Bilder der Folter. Bilder des Schmerzes und der Verzweiflung.

Sie versuchte jedoch, sich nichts anmerken zu lassen, und nickte stattdessen vorsichtig. »Ja. Ich bin soeben zurückgekommen und wollte mich umziehen. Warum?«

»Es war deine erste Folter.« Berilla musterte sie eingehend. »Ich wollte wissen, wie es dir geht.«

Thesalis zuckte mit den Schultern. »Gut«, log sie. »Es tat gut, sich an dem Mann zu rächen, der mir so viele Tage lang Schmerzen zugefügt hat.«

»Bist du sicher?«, fragte Berilla und legte den Kopf schief. »Sollte es anders sein, kannst du es mir sagen.«

»Nein. Mir geht es gut.« Thesalis sah ihre Anführerin fest an.

Einen Moment lang verengte Berilla ihre Augen zu schmalen Schlitzen, dann nickte sie. »In Ordnung. Dann kann ich dir nun den zweiten Grund sagen, warum ich hier bin. Und zwar brauchen wir neue Sklaven. Nicht nur *ich* habe meinen Lieblingssklaven für die erfolgreiche Schlacht der Göttin Artaami geopfert, sondern auch ein paar andere Amazonen. Außerdem ist es an der Zeit, dass auch *du* dir einen eigenen Sklaven suchst. Du bist zwar noch nicht so weit, Kinder zu bekommen, da du dich erst darauf konzentrieren musst, deine Fähigkeiten als zukünftige Anführerin zu festigen. Aber etwas … Übung im Umgang mit dem schwachen Geschlecht wird dir guttun.«

Thesalis runzelte die Stirn.

Die meisten Amazonen hatten ab einem bestimmten Alter ihre eigenen Sklaven. Aber bisher hatte sie ihren Alltag auch so sehr gut meistern können. Sie wollte sich nicht mit einem Mann rumschlagen, dem sie den ganzen Tag Befehle erteilen musste, weil er zu dumm war, selbst die Arbeit zu sehen, die es zu tun gab. Sie war schon immer eine Einzelgängerin gewesen und wollte dies auch nicht so rasch ändern.

»Bevor du ›Nein‹ sagst, sieh dir zuerst die Sklaven auf dem Markt an«, fuhr Berilla fort, ehe Thesalis ihre Einwände erläutern konnte. »Der ›Rote Tarkar‹ nimmt gerade Kurs auf Talon, wie ich soeben von einer Kundschafterin erfahren habe. Er hat immer hervorragende Ware dabei. Ich denke, du wirst bei ihm sicher den passenden Sklaven finden.«

Thesalis schnaubte leise. »Du willst also, dass ich nach Talon reise?«

»Ja, du und ein paar weitere Amazonen«, nickte Berilla. »Die Gefahr der Elfen ist im Moment gebannt und du hast dich von den Verletzungen so weit erholt, dass die Reise auf dem Fluss dir nichts ausmachen wird. Zudem solltest du endlich eine Menschenstadt kennenlernen, um deinen Horizont zu erweitern. Als meine zukünftige Nachfolgerin ist es wichtig, dass du dir eigene Eindrücke verschaffst. Und Talon ist eine Stadt, die sich hervorragend dafür eignet. Dort werden Amazonen zwar gefürchtet, aber auch respektiert. Keiner wird es wagen, euch anzugreifen.«

»Ein Angriff würde mir nichts ausmachen«, meinte Thesalis schulterzuckend.

»Das weiß ich«, lächelte Berilla. »Doch bitte versprich mir, dass du in der Menschenstadt deinen Dolch stecken lässt. Wir wollen uns dort nicht unbeliebt machen, da wir die Männer des Sklavenmarktes brauchen. Sonst bleibt uns nur, Männer zu entführen, und du weißt, was für ein schlechtes Licht das auf uns wirft. Besser, wir kaufen sie redlich.«

»Ich werde mich zu zügeln wissen«, erwiderte Thesalis. »Wann sollen wir aufbrechen?«

»Am besten heute noch. Ich weiß, es kommt unerwartet, aber wir gehen davon aus, dass der ›Rote Tarkar‹ in ungefähr einer Woche in Talon anlegt. Und ihr solltet so früh wie möglich dort sein, um die Ware zu begutachten. Wenn ihr die Boote nehmt, könnt ihr in fünf Tagen in der Stadt ankommen.«

»Gut«, nickte Thesalis. »Ich werde hinfahren. Aber Csilla lasse ich hier. Ich möchte nicht, dass sie die Menschen erschreckt – und das würde sie auf jeden Fall tun. Passt du so lange auf sie auf?«

»Das werde ich.« Berilla strich der großen Katze über den Kopf, die immer noch aus dem Eimer trank. »Nicht wahr, Csilla? Wir werden darauf warten, bis deine Gefährtin mit einem strammen Mann nach Hause kommt.«

Die Katze stieß ein leises Schnurren aus, unterbrach aber ihr Trinken nicht.

»Ich werde mich zum Aufbruch bereit machen«, sagte Thesalis und wandte sich wieder ihrer Hütte zu. »In zwei Stunden beim Westtor?«

»Ich werde es den anderen Amazonen ausrichten«, nickte Berilla. »Sie werden froh sein, dass du sie begleitest – du bist immer noch eine unserer besten Kämpferinnen. Auch wenn ich nicht denke, dass die Elfen es wagen werden, euch erneut zu überfallen, so bin ich doch beruhigter, wenn du bei ihnen bist und sie beschützen kannst.«

Thesalis nickte stumm, ehe sie in ihre Hütte zurückkehrte, um ihre Sachen für die Reise zu packen.

Viel würde es nicht sein – eine Amazone konnte nur mit einem Messer bewaffnet im Wald überleben. Es war ihre Heimat. Da, wo sie sich wohlfühlten ... was man wahrscheinlich von der Menschenstadt nicht behaupten konnte.

Eine Gänsehaut glitt über Thesalis' Arme, als sie daran dachte, dass sie in wenigen Tagen zum ersten Mal in Talon sein würde. Einer der größten Hafenstädte von Nordkarinth ... um sich ihren ersten Sklaven zu kaufen.

Ob sie wohl jemanden fände, der ähnlich wie Berillas Lieblingssklave Santis wäre? Sie wünschte es sich. Denn mit solch einem Mann würde sie wohl einige Zeit lang auskommen, ehe sie ihn töten müsste.

37 Maryo

»In zwei Tagen werden wir in Talon anlegen.« Edana stand auf der Kommandobrücke und schaute mit dem Fernrohr auf den Horizont. Dort war allerdings nichts als Wasser zu erkennen.

Maryo hatte sich neben sie gestellt und folgte mit verschränkten Armen ihrem Blick. »Wollen wir hoffen, dass du recht hast mit deiner Vermutung, dass der ›Rote Tarkar‹ dorthin unterwegs ist«, meinte er mit grimmigem Gesichtsausdruck.

Edana senkte das Fernrohr und sah ihn an. »Ich bin mir sehr sicher. Talon hat den größten Sklavenmarkt neben der Hauptstadt Karinth. Und bis in den Westen zur Hauptstadt dauert es noch ein paar Wochen zur See. Ein ›paar Wochen‹ bedeutet, er müsste die Sklaven so lange durchfüttern. Das wiederum kostet Geld. Und es kann zudem sein, dass die Schwächeren die Reise nicht überleben, weil sie von Krankheiten oder Schlimmerem befallen werden. Nein«, sie schüttelte den Kopf, »er wird mit Sicherheit in Talon angelegt haben. Falls wir eine Spur von Amyéna finden wollen, dann dort. Eine Elfin mit *ihrer* Schönheit wird den Leuten in Erinnerung bleiben. Wir müssen nur bei den Richtigen nachfragen.«

»Er hat drei Wochen Vorsprung, vergiss das nicht«, brummte Maryo.

»*Zwei* Wochen«, korrigierte ihn Edana. »Falls überhaupt. Wir haben viel wettgemacht durch die günstigen Winde – zudem ist mein Schiff schneller, da es nicht so massig und beladen ist wie das des ›Roten Tarkar‹. Vielleicht ist es sogar nur eine Woche.«

»Das sind sieben Tage zu viel.« Maryo fuhr sich durch das lange, dunkle Haar, das ihm der Wind ins Gesicht wehte.

»Mit etwas Glück hält er sich sogar noch in der Stadt auf. Er wird nicht sofort weitergereist sein, sondern bestimmt ein paar Tage dort verbracht haben.« Edanas Stimme wurde eindringlich. »Wir werden sie finden, Maryo. Da bin ich mir sicher.«

»Und wenn nicht?« Jetzt schaute der Elf sie direkt an.

Er sprach damit zum ersten Mal aus, was er insgeheim befürchtete. Karinth war groß – sehr groß. Das wusste er von den Karten, die er bereits gesehen hatte. Eine einzelne Person aufzuspüren war schier unmöglich.

»Wir werden sie finden«, wiederholte Edana beschwörend. »Hör auf, dir etwas anderes einzureden, das hilft dir nicht weiter – und ihr auch nicht.«

Maryo runzelte die Stirn, antwortete aber nichts, sondern starrte wieder auf den Horizont.

Sie waren in den vergangenen Wochen nach dem Vorfall mit den Kampfmagiern ohne größere Vorkommnisse nach Karinth gesegelt. Ein paar Kaufleute hatten den Weg des Seefalken gekreuzt, die jedoch rasch einsahen, dass sie bei ihnen ihre Waren nicht loswurden. Zwei, drei kleinere Gewitter galt es zu überstehen. Aber die meiste Zeit waren der Himmel klar und die Sonne heiß gewesen.

Im Gegensatz zu Altra, wo bereits der Herbst ins Land zog, war es hier in Karinth noch nicht kühl. Edana hatte erklärt, dass es in diesem Land selten wirklich Winter wurde, und Schnee kannten die Karinther nur auf der Halbinsel Brun, wo es ein Gebirge gab, das hoch bis in den Himmel reichte.

Maryo hatte seit ihrer ersten Nacht viel Zeit mit Edana verbracht. Jedoch war er wieder auf Abstand gegangen. In ihrer Nähe kam es ihm vor, als wäre er nicht mehr Herr seiner eigenen Gedanken und Gefühle. Wenn er sie ansah, konnte er sich nicht vorstellen, jemals einen Menschen gehasst zu haben. Und dennoch … Edana verkörperte für ihn das, was er seit seiner Kindheit nicht mochte – und das verwirrte ihn im Moment zu sehr.

Die Kapitänin hatte seine Zurückhaltung stumm hingenommen. Sie bedrängte ihn nicht, schien mit dem zufrieden zu sein, was er ihr zu geben bereit war. Eine flüchtige Berührung, ein warmes Lächeln … mehr verlangte sie nicht von ihm.

Und er war dankbar dafür.

Am Morgen des zweiten Tages konnte Maryo Land erkennen. Sie fuhren in die Meerenge zwischen Nord- und Südkarinth. Diese war jedoch so breit, dass der Elf die Inseln am Horizont rechts und links nur erahnen konnte.

Es schien eine halbe Ewigkeit zu dauern, bis Edana endlich die Befehle zum Vorbereiten des Anlegens gab und Maryo in der Takelage gebraucht wurde. Inzwischen hatte er viel über die Seefahrt gelernt und kletterte zusammen mit den anderen Männern in den Wanten, als hätte er sein ganzes Leben lang nichts anderes getan.

Die Matrosen warfen ihm zwar immer noch skeptische Blicke zu, als würden sie erwarten, dass er sie von den Masten herunterstieße, aber seit Maryos Bestrafung, die dieser als Einziger ohne Schmerzensschreie durchgestanden hatte, und dem Kampf, in dem sie sein Geschick hatten sehen können, war ihr Respekt dem Elf gegenüber merklich gewachsen.

Das zeigte sich darin, dass sie ihm Platz machten, wenn er in der Mannschaftsmesse sein Essen einnehmen wollte. Dass sie ihm zuhörten, wenn er eine Frage stellte und ihm sogar mehr oder weniger nützliche Antworten lieferten. Oder auch, dass sie nicht mehr hinter vorgehaltener Hand derbe Scherze über ihn rissen, sobald er ihnen den Rücken zukehrte. Zudem hatte er keinen einzigen blöden Spruch mehr über sein Verhältnis zu Edana vernommen, was beinahe an ein Wunder grenzte.

Alles in allem war das Leben an Bord des Seefalken für Maryo erträglicher geworden. So sehr, dass er sich tatsächlich vorstellen konnte, für den Rest seines Lebens zur See zu fahren.

Er mochte den Wind, wenn dieser die Segel aufblies und das Schiff über die Wellen jagte. Er liebte die See mit ihren vielen Gesichtern, Farben und Launen. Gleichgültig, ob die Sonne auf- oder unterging, ob die See ruhig oder wild war … es war ein atemberaubendes Schauspiel.

Immer wenn Maryo an der Reling stand und die salzige Luft einatmete, die Gischt ihm ins Gesicht spritzte und sein Haar befeuchtete, wusste er, dass er zum ersten Mal in seinem Leben das Gefühl hatte, ›angekommen‹ zu sein.

Doch nun würde er sich von diesem Leben für kurze Zeit verabschieden müssen. Edana hatte ihm zwar versprochen, dass sie ihm in Talon helfen würde, Amyéna zu suchen, aber Maryo wusste sehr wohl, dass ihre Zeit begrenzt war. Sie musste sich um ihre Mannschaft und ihr Schiff kümmern. Mehr als ein paar Wochen an Land konnte sie sich nicht leisten, ohne eine Meuterei und damit ihre Absetzung als Kapitänin des Seefalken heraufzubeschwören.

Wenn Maryo während dieser Zeit keine Hinweise auf Amyénas Verbleib fand, würde Edana wieder aufs Meer hinausfahren müssen und ihn alleine in Karinth zurücklassen. Ihr würde nichts anderes übrig bleiben, wenn sie den Seefalken nicht aufgeben wollte. Und dass sie das seinetwegen nicht tun würde, war Maryo ebenso bewusst.

Jetzt stand er auf einem der Quermasten und sah dem Hafen entgegen, dem sie sich rasch näherten. Obwohl sie noch weit entfernt waren, konnten seine Elfenaugen bereits die Menschen ausmachen, die auf den Piers umherliefen. Die Händler, die dort ihre Ware anpriesen. Die vielen Schiffe, die im Hafen vor Anker lagen und die Gebäude, die sich dahinter erstreckten.

Talon war eine weitläufige, wohlhabende Handelsstadt, die um einen Kanal herum erbaut worden war. Sie war größer als alles, was Maryo bisher gesehen hatte – nun gut, er hatte sich von Menschenstädten bislang eher ferngehalten.

Sein Blick schweifte wieder über den Hafen, der nun bereits näher war.

Das war also Karinth, das Land, in das Amyéna so dringend fahren wollte.

Er konnte ihr immer noch nicht verübeln, dass sie die Elfenstadt verlassen hatte. Ihm selbst waren das ganze Hofzeremoniell und die vielen Regeln zuwider. Aber im Gegensatz zu ihr hielt ihn nichts in der Stadt und es stand ihm frei, sie zu verlassen. Was bei der Prinzessin allerdings anders aussah. Deswegen musste er sein Versprechen ihrer Mutter gegenüber einhalten und Amyéna zurückbringen.

Er würde sie finden – auch wenn es das Letzte war, was er für die Königin der Westendelfen tun würde.

Behände kletterte Maryo die Takelage hinunter auf das Deck und ging zu Edana, die am Ruder stand. Sie hatte die Lippen zu einer schmalen Linie zusammengepresst und sah konzentriert in den Hafen, um den Seefalken zu einer freien Anlegestelle zu dirigieren.

Maryo wartete, bis das Schiff an einem der Piers anlegte und die Magierin das Steuerrad losließ, um sich ihm zuzuwenden.

»Willkommen in Karinth«, sagte sie mit einem zufriedenen Lächeln.

Das Anlegemanöver war ihr mehr als gelungen und ihre Mannschaft war jetzt dabei, den Seefalken an den Pollern zu vertäuen.

»Danke«, antwortete Maryo. »Wohin gehen wir nun als Erstes?«

Edana verließ die Kommandobrücke und bedeutete Maryo mit einer Kopfbewegung, ihr zu folgen. »Wir werden uns im Hafen erst mal umhören«, antwortete sie, während sie über das Achterdeck schritt. »Ich glaube, ich habe beim Anlegen das Schiff des ›Roten Tarkar‹ nicht gesehen. Aber ich will sicher sein.«

»Das heißt, er ist womöglich schon wieder auf See?«, fragte Maryo stirnrunzelnd.

»Möglich wäre es. Wenn er seine Sklaven hier losgeworden ist, wird er wahrscheinlich nicht viel Zeit in Talon verbracht haben, sondern weitergesegelt sein. Wir müssen wissen, welche Sklaven er verkauft hat – und an wen.«

»Falls Amyéna nicht dabei war …«, begann Maryo zögernd.

»… ist sie entweder hier als freie Frau von Bord gegangen oder sie ist noch auf dem Schiff des Sklavenhändlers. Ob als Gefangene oder als Passagierin können wir nicht wissen.«

»Verdammt, warum ist sie mir bloß ein zweites Mal entwischt«, knurrte Maryo unwirsch.

Edana sah ihn bloß stirnrunzelnd an, antwortete jedoch nichts.

Sie rief ein paar Befehle über das Deck und gab der Mannschaft dann Bescheid, dass sie und Maryo an Land gehen würden.

Als der Elf auf den Pier trat, merkte er, wie sein Gang sich während den Wochen auf See verändert hatte. Er versuchte unwillkürlich, die Wellenbewegungen des Schiffes auszugleichen. Da er aber nicht mehr auf den Planken stand, wirkte es, als sei er betrunken und Maryo brauchte ein paar Schritte, bis er nicht mehr wankte.

Er folgte Edana über den Landesteg. Jetzt fiel ihm auf, dass auch *sie* diesen eigenartig schwankenden Gang zeigte, den er in Westend noch nicht bemerkt hatte. Die Menschen am Pier musterten ihn voller Neugier. Sie beäugten ihn, als wäre er eine Kuriosität, und steckten tuschelnd die Köpfe zusammen, während sie mit den Fingern auf ihn zeigten.

»Elfen werden in diesem Bereich von Nordkarinth eher selten gesehen«, erklärte Edana, der die Blicke der Menschen ebenfalls aufgefallen war. »Sie gehören wie die Zwerge zur Mittelschicht und halten sich meist im Norden dieser Insel auf, wo sie willkommener sind. Oder im Westen in der Hauptstadt – dort aber eher als Sklaven der Oberschicht.«

»In Talon ist die Hierarchie also weniger stark verankert?«, fragte Maryo, während sie über den Pier gingen.

»Ja und nein. Die Hierarchie von Karinth ist auch hier zu finden, aber tatsächlich nicht so stark wie im Westen. Dort herrschen vor allem die Magier, die von den ersten Propheten abstammen. Aber auch hier haben die Magiebegabten das Sagen – nur ist die Mittelschicht hier im Südosten stärker vertreten. Das liegt wohl daran, dass viele Elfen und Zwerge nach Karinth geflohen sind und hier an Land gingen.«

»Was sprechen sie für eine Sprache?«, fragte Maryo weiter. Ihm fiel auf, dass er die Menschen nicht verstand.

»Das ist Karinthisch – das verwenden hier alle. In Südkarinth und vor allem der Desora-Wüste gibt es noch ein paar Dialekte, die jedoch nicht allzu schwer zu verstehen sind.«

»Hm, gleicht entfernt dem Lormischen«, bemerkte Maryo stirnrunzelnd.

»Aye. Das stimmt.« Edana nickte bestätigend. »Ein paar Wörter sind sogar recht ähnlich. Aber es gibt andere grammatikalische Regeln. Ich kann dir die wichtigsten Wörter beibringen, wenn du willst.«

Maryo sah sie abwägend an. »Wäre vielleicht ganz nützlich.«

»Auf jeden Fall«, antwortete die Magierin.

Eine Weile lang gingen sie stumm nebeneinander her und versuchten, sich einen Weg durch die vielen Menschen am Kai zu bahnen, um die Schiffe zu begutachten, die im Hafen lagen. Keines davon schien dem ›Roten Tarkar‹ zu gehören.

Maryo wurde einmal mehr bewusst, wie klein Edana war. Während er keinerlei Probleme hatte, über die Köpfe der Menschen hinwegzusehen, musste er sich stark darauf konzentrieren, die schwarzhaarige Magierin in dem Gewimmel nicht zu verlieren.

Fischer boten ihre bereits stinkende Ware feil, Dirnen pressten sich im Vorübergehen an ihn und gewährten tiefe Einblicke in ihr Dekolleté, Händler riefen ihnen in verschiedenen Sprachen zu, welche Neuheiten es bei ihnen zu kaufen gab, Musiker buhlten um die Aufmerksamkeit der Passanten, um ein paar Kupferlinge zu verdienen – es war laut und stickig und roch nach Schweiß, Gewürzen, fauligem Hafenwasser, Fisch und Rauch. Die Gerüche hatten sich in der Hitze des Tages zu einem unangenehmen Gemisch vermengt, das in den Atemwegen biss.

Maryo rümpfte die Nase und versuchte, flach zu atmen. Nach vielen Wochen auf See war ihm nicht mehr bewusst gewesen, wie stark Menschenstädte stinken konnten.

»Wohin gehen wir?«, fragte er über die vielen Stimmen, Rufe und die Musik hinweg, als er bemerkte, dass Edana den Hafenbereich verließ und den Weg in Richtung Stadt einschlug.

»Zu einem Freund«, antwortete die Magierin, ohne sich nach ihm umzudrehen.

Hätte er sein scharfes Elfengehör nicht besessen, wäre es ihm wohl gar unmöglich gewesen, sie zu verstehen.

Warum mussten Menschenstädte bloß so laut sein?

Die Kapitänin ging raschen Schrittes voran und führte ihn über den Marktplatz, der an den Hafen angrenzte, weiter zu einem Viertel, das weniger stark von Menschen besucht wurde. Hier gab es düstere Gassen, die vom Tageslicht kaum erreicht wurden. Entsprechend war es kühler, wenngleich der Gestank nicht besser wurde. Der Boden bestand im Gegensatz zum Kai und dem Marktplatz nicht aus Pflastersteinen, sondern aus flachgetretenem Lehm, der sich jedoch mit undefinierbaren Flüssigkeiten zu einem Gemisch aus Matsch und Dreck verwandelt hatte.

Maryo war froh, dass er seine Jagdkleidung für den Landgang angelegt hatte, zu der weiche Lederstiefel sowie der dunkelgrüne Umhang gehörten. An Bord des Seefalken war er immer barfuß unterwegs gewesen, aber Edana hatte ihm bereits erklärt, dass er in der Menschenstadt besser daran tat, seine Füße zu schützen.

»Was ist das für ein ›Freund‹«, wollte Maryo jetzt wissen, während er Edana durch das zwielichtige Viertel folgte.

»Wirst du gleich sehen«, meinte sie und bog in eine weitere Seitengasse ein.

Maryo grunzte.

Immer diese Geheimniskrämerei …

Mit einem Mal blieb die Magierin jedoch stehen und bildete einen Schutzschild.

Maryo, der hinter ihr gegangen war, tat es ihr gleich. Er horchte aufmerksam und sah sich um, ohne jedoch den Grund für diese Vorsichtsmaßnahme zu erkennen.

»Was …«, begann er, wurde aber von Edana mit einer unwirschen Handbewegung zum Verstummen gebracht.

Keinen Augenblick später spürte Maryo eine Klinge in seinem Rücken, die ihn trotz seines Schutzschildes berührte und über die Lederkleidung kratzte. Er wirbelte herum und wollte den Fremden packen, aber da stand niemand. Stattdessen hörte er hinter sich Edanas Stimme.

»Riuth, hör auf mit dem Blödsinn und zeige dich!«, rief sie.

Als Maryo sich wieder zu ihr herumdrehte, konnte er einen dunkel gekleideten Mann erkennen, der mit schlenderndem Gang auf sie zukam und seinen Dolch in der einen Hand wog. Die Kapuze seines schwarzen Umhangs war tief ins Gesicht gezogen. Seine Kleidung bestand aus dunkelgrauem, gestärktem Leder. Er bewegte sich so geschmeidig wie eine Raubkatze.

»Edana.« Die Stimme des Fremden klang eigenartig tonlos, als er ihren Namen aussprach. »Du bist erwachsen geworden … was hat dich in diese Gegend verschlagen?«

Knapp vor ihr blieb er stehen und sah auf sie herunter. Er war ungefähr gleich groß wie Maryo, allerdings bei Weitem schmaler gebaut.

Immer noch konnte der Elf sein Gesicht nicht erkennen, da es in eigenartiger Dunkelheit lag, obwohl es heller Tag war.

»Riuth«, wiederholte Edana den Namen des Mannes. Dieses Mal ein wenig ruhiger. »Schön, dich wiederzusehen.«

»Hör auf, mich so zu nennen. Du weißt, dass ich das nicht mag«, erwiderte der Fremde. Aber auch jetzt lag keinerlei Emotion in seiner Stimme.

»Ach.« Edana legte den Kopf schief. »Sag bloß, dass das Leben hier in Talon dir menschliche Gefühle gegeben hat – früher hast du keinerlei Präferenzen darüber ausgesprochen, wie ich dich nennen soll.«

Der dunkle Mann antwortete nichts. Er hatte seinen Dolch immer noch in der Hand und jetzt konnte Maryo erkennen, dass es sich dabei um ein äußerst seltenes Exemplar handelte. Der Griff war aus Silber und reich verziert. Die Klinge hingegen glänzte wie Anthrazit und blitzte dunkel auf, als er sie näher betrachten wollte. Für einen Augenblick vermeinte er, dass dunkle Schatten darum herumschwebten.

Komischer Kerl …

Als der Mann keine Anstalten machte, etwas zu sagen, drehte sich Edana zu Maryo herum. »Darf ich vorstellen: Das ist Riuth, ein Assassine und mein ehemaliger Leibwächter. Riuth, das ist Maryo Vadorís aus Altra.«

Der Elf verengte seine Augen zu schmalen Schlitzen und runzelte die Stirn. »Ein Assassine? Das ist also dein *Freund*?«

Edana lächelte. »Er mag solche Bezeichnungen nicht, aber ja, er ist ein Freund. Nicht wahr?« Sie wandte sich wieder dem dunklen Mann zu.

»Was willst du dieses Mal?« Die Stimme des Assassinen klang noch tonloser bei dieser Frage. »Soll ich jemanden für dich töten?«

Das Lächeln der Magierin wurde breiter. »Um meine Feinde kümmere ich mich inzwischen selbst, danke«, antwortete sie. »Ich bin lediglich hier wegen einer Auskunft.«

Jetzt steckte der Assassine seinen Dolch weg und verschränkte die Arme. »Ich bin kein Laufbursche.«

»Das ist mir bewusst. Dennoch weiß ich, dass du deine Augen und Ohren überall hast.« Edana sah ihn ungerührt an. »Dir ist bestimmt nicht entgangen, dass der ›Rote Tarkar‹ hier war?«

»Stell präzisere Fragen, meine Zeit ist kostbar«, verlangte der Assassine.

Edana nickte. »Also gut: Wir sind auf der Suche nach einer Elfin. Sie hat dunkles, langes Haar und dunkle Augen. Wir sind nicht sicher, ob der ›Rote Tarkar‹ sie als Sklavin hier auf dem Markt angeboten hat oder ob sie noch an Bord seines Schiffes ist. Weißt du etwas darüber?«

Der Assassine legte seinen Kopf etwas schief, was jedoch nicht dazu führte, dass Maryo sein Gesicht hätte erkennen können. »Der ›Rote Tarkar‹ hat einige Sklaven auf dem Markt verkauft. Auch an Amazonen, die ich im Auge behalten habe. Diese Weibsbilder bedeuten nichts als Ärger. Aber eine Elfin war nicht darunter.«

Edana horchte auf. »Vielleicht ein Mann? Sein Name ist Aderan und er hat dunkelbraune Locken. Muskulöser, drahtiger Körperbau.«

»Du glaubst, dass der ›Rote Tarkar‹ seine eigenen Freunde als Sklaven verkauft?«, fragte Maryo entgeistert.

»Nun ja, zuzutrauen wär's ihm«, antwortete Edana schulterzuckend.

»Nein«, brummte der Assassine. »So ein Mann war nicht dabei. Der wäre mir zwischen all den elenden Gestalten bestimmt aufgefallen.«

»Wann hat der ›Rote Tarkar‹ wieder abgelegt?«, fragte Edana weiter.

»Vor ungefähr drei Tagen.« Der Assassine ließ seine Arme sinken. »War's das? Ich muss wieder zu meinen Geschäften zurück.«

»Deine ›Geschäfte‹ sind froh, wenn sie noch ein paar Minuten länger zum Leben haben«, meinte Edana mit zusammengezogenen Augenbrauen.

»Du verstehst noch immer nichts von meinem Handwerk«, knurrte der Assassine, ehe er ihnen den Rücken zukehrte. »Mach's gut, Edana.«

Mit einem Mal wurde sein ganzer Körper in Schatten gehüllt und im nächsten Augenblick war er verschwunden. Jetzt standen Edana und Maryo wieder alleine in der heruntergekommenen, finsteren Gasse.

»Was war das bitte sehr für ein Kerl?«, fragte Maryo stirnrunzelnd.

»Ein Assassine der Schattengilde von Karinth«, antwortete die Kapitänin, als sei es das Natürlichste auf der Welt. »Komm, verlassen wir diesen Ort. Ich mag die Gegend hier nicht. Lass uns an einem … freundlicheren Platz beratschlagen, wie wir weiter vorgehen werden.«

Maryo nickte und folgte ihr stumm durch die Gassen, die sie mit jedem Schritt näher zum Tageslicht führten. Es gab viel, worüber er nachdenken musste …

38 Maryo

»Nun?«, fragte Maryo, als er neben der Kapitänin auf einer Bank saß.

Um sie herum blühten die schönsten und farbigsten Blumen, die er jemals gesehen hatte. Noch schöner als in der Elfenstadt von Westend.

Edana hatte ihn in einen kleinen Park geführt, der in einem abgeschiedenen Hinterhof einer Villa lag. »Ein Geheimtipp«, hatte sie mit vielsagendem Blick gemeint. »Das hier kennen nur die wenigsten und hier können wir ungestört miteinander sprechen.«

Jetzt hatte sie die Beine übereinandergeschlagen und lehnte sich zurück, während sie ihr Gesicht in die Sonne hielt. Eine Weide hinter ihnen spendete etwas Schatten, aber nur an der Stelle, wo Maryo saß. Edana hatte sich ins helle Licht gesetzt und ließ sich von den Sonnenstrahlen wärmen. Ihr schwarzes Haar glänzte und wieder einmal musste Maryo feststellen, dass sie für eine Menschenfrau sehr gut aussehend war. Trotz der Strenge, die meist ihre Züge bestimmte.

»Also, wir haben herausgefunden, dass der ›Rote Tarkar‹ tatsächlich hier war«, begann sie die Informationen zusammenzufassen, ohne die Augen zu öffnen. »Er hat aber weder Amyéna noch Aderan hier verkauft. Das bedeutet, sie sind entweder von Bord gegangen, ohne dass Riuth sie gesehen hat, oder sie befinden sich noch auf dem Schiff.«

»Und wie finden wir raus, welche Version zutrifft?« Maryo kratzte sich am Kinn.

»Nun … wir werden uns aufteilen müssen.« Jetzt öffnete Edana doch ihre Augen, um ihn anzusehen. »Ich kann dem ›Roten Tarkar‹ hinterherfahren, während du hierbleibst und nach Amyéna suchst. Der Sklavenhändler hat nur drei Tage Vorsprung, ich kann ihn einholen. Ich bin mir sicher, er ist in die Hauptstadt Karinth unterwegs. Da das meine Heimatstadt ist, kenne ich mich dort bestens aus.«

»Und ich soll hierbleiben? Ich verstehe ja noch nicht einmal die Sprache dieser Menschen«, bemerkte Maryo missmutig.

»Ja, aber eine andere Wahl haben wir nicht, oder?« Edana sah ihn von der Seite her an. »Sobald ich etwas herausgefunden habe, werde ich dir eine Nachricht schicken. Ich bin mir sicher, dass der Bote einen breitschultrigen Elf mit fremdem Akzent sofort finden wird.«

»Amyéna hat etwas gesagt davon, dass sie eine Vision hatte«, murmelte Maryo geistesabwesend.

»Eine Vision?« Edana setzte sich aufrechter hin. »Und das sagst du mir erst jetzt?«

Maryo zuckte mit den Schultern und warf ihr einen flüchtigen Blick zu. »Nun ja, ich dachte bisher, dass es keine Rolle spielen würde. Zudem hat sie es mir im Vertrauen erzählt. Aber … falls sie tatsächlich von Bord gegangen ist, dann sucht sie womöglich nach der Kriegerin, die sie in ihrer Vision gesehen hat und die hier in Karinth leben soll.«

»Eine Kriegerin?« Jetzt wurden Edanas Augen groß. »Hat sie sie näher beschrieben?«

Maryo schüttelte wortlos den Kopf.

»Kann es sein, dass es sich um eine Amazone handelt?«, wollte Edana weiter wissen.

»Eine Amazone?« Maryo hob eine Augenbraue. »Was soll das sein? Dieser Assassine hat schon von ihnen gesprochen.«

»Kriegerinnen, die im Hochwald hier in Nordkarinth leben«, antwortete Edana. »Sie sind unheimlich stark und die meisten Menschen fürchten sie. Wenn Amyéna eine Amazone in ihren Träumen gesehen hat, will sie vielleicht zu ihnen.«

»In den Hochwald?« Maryo sah sie zweifelnd an.

Edana nickte. »Falls sie überhaupt von Bord gegangen ist, wäre das eine Möglichkeit. Vielleicht sucht sie aber auch nach den Elfen, die hier leben.«

»Dann werde ich in den Hochwald gehen«, meinte Maryo entschlossen.

»Hast du eine Ahnung, was du da gerade gesagt hast?«, fragte Edana entgeistert. »Der Hochwald hat die Ausmaße der Wälder von Zakatas. Zudem … solltest du den Amazonen in die Hände fallen, werden sie dich entmannen, noch ehe du sie nach deiner Prinzessin fragen konntest. Sie verachten Männer und sie hassen Elfen. Ein männlicher Elf wird bei ihnen nicht einmal einen Lidschlag lang überleben!«

»Es muss einen Weg geben, zu ihnen zu gelangen«, sagte Maryo stirnrunzelnd.

»Den gibt es: als Sklave«, bemerkte Edana mit sarkastischem Tonfall.

»Wenn's nicht anders geht, dann eben so.« Maryo zuckte mit den Schultern.

»Das wäre glatter Selbstmord.« Edana schüttelte den Kopf. »Und wenn Amyéna nicht bei den Amazonen ist? Wenn sie immer noch auf dem Schiff des ›Roten Tarkar‹ ist und vielleicht als Sklavin in der Hauptstadt Karinth verkauft wird? Dann wärst du als Sklave bei den Amazonen und kannst nicht zu ihr.«

»Wir werden es nicht herausfinden, wenn wir hier weiter herumsitzen und Eventualitäten durchkauen«, sagte Maryo energisch. Er erhob sich, da er es keine Sekunde länger auf der Parkbank aushielt.

»Aber die Amazonen sind vielleicht bereits weg«, gab Edana zu bedenken. »Riuth hat gesagt, sie hätten dem ›Roten Tarkar‹ Waren abgekauft. Wenn sie nicht mehr in der Stadt sind, werden sie nicht so rasch hierher zurückkehren, um weitere Sklaven zu kaufen. Wie willst du sie finden? Und woher willst du wissen, dass es genau diese Amazonen sind, die Amyéna sucht? Der Hochwald ist riesig und es gibt viele Stämme …«

»Dein … Freund wird mir bei der Suche helfen.« Maryo sah sie mit schmalen Augen an.

»Ha!« Edana lachte laut auf. »Er wird vieles tun, aber ganz bestimmt nicht einem Elfen helfen. Eher wird er dir beibringen, wie du deine Beine in die Hand nimmst – und das ist nicht symbolisch gemeint.«

»Dann werde ich eben jemanden finden, der mir hilft, den Amazonen zu folgen«, antwortete Maryo selbstbewusst.

»Ich habe dir doch schon gesagt, dass du nur als Sklave dorthin kommst – und damit deinen Tod besiegelst. Niemand entkommt den Amazonen, wenn er einmal ein Sklave von ihnen geworden ist. Das weiß hier in Karinth jeder. Sogar die Mütter drohen ihren Söhnen damit, wenn sie nicht gehorchen wollen, sie den Amazonen zu verkaufen. Zudem hassen die Amazonen die Elfen, weil sie ihnen den Wald streitig machen.«

»Hm … nun gut …« Maryo sah nachdenklich auf sie herunter. »Aber wie kann ich dann überprüfen, ob Amyéna zu den Amazonen gegangen ist?«

Edana zuckte die Schultern. »Ich könnte versuchen, in Erfahrung zu bringen, wo die nächste Amazonensiedlung liegt. Vielleicht kannst du dich anschleichen und sie auskundschaften … auch wenn die Chancen äußerst gering sind und die Gefahr, dass du entdeckt wirst, dafür umso größer ist.«

»Ich bin in Wäldern aufgewachsen, ich denke, ich kann mich so heranpirschen, dass sie mich nicht entdecken«, erwiderte Maryo mit zusammengezogenen Augenbrauen. »Zudem muss ich nur wissen, ob Amyéna dort ist.«

»Nun gut. Gib mir einen halben Tag Zeit, ich werde meine Kontakte spielen lassen«, meinte Edana. »Heute Abend werde ich dir sagen können, wohin du dich zu wenden hast – und selbst aufbrechen können. Geh du so lange zu Sabal und sag ihm, er soll den Seefalken für eine rasche Weiterfahrt bereit machen.«

Maryo nickte. »Aye.« Dann sah er ihr fest in die Augen. »Danke.«

»Dank mir nicht zu früh«, seufzte Edana und erhob sich ebenfalls. Sie stand jetzt dicht vor ihm. »Ich tue alles dafür, dass du deine Pflicht erfüllen und Amyéna zurückbringen kannst«, meinte sie und legte ihm eine Hand auf die Brust. »Aber ich tue es nicht ganz uneigennützig.«

»Will heißen?« Maryo legte den Kopf schief.

Die Kapitänin lachte leise auf. »Will heißen, dass ich mich darauf freue, dich weiter auf meinem Schiff auszubilden und einen waschechten Matrosen – und Kapitän aus dir zu machen.«

»Darauf freue ich mich allerdings auch.« Maryo musterte ihr Gesicht.

»Was?«, fragte Edana, als er nichts tat, außer sie anzusehen.

»Ich habe mir gerade vorgestellt, wie es wäre, ohne Pflichten und ohne Ziel einfach mit dir zusammen auf dem Meer herumzureisen«, antwortete der Elf frei heraus.

»Das wäre schön«, meinte Edana lächelnd.

»Ja, das wäre es in der Tat«, nickte Maryo.

»Küsst du mich noch einmal, ehe sich unsere Wege trennen?«, fragte sie und sah ihn beinahe bittend an.

Er schmunzelte. »Unsere Wege trennen sich noch nicht – wir sehen uns heute Abend ja nochmals. Ich werde auf dem Seefalken auf dich warten.«

»Nun, dort werden wir nicht ungestört sein«, meinte sie schulterzuckend.

»Dann muss ich dich wohl oder übel hier noch einmal küssen«, erwiderte er, während sich ein Lächeln auf seine Lippen legte.

Er beugte sich zu ihr herunter und zog sie näher zu sich. Es fühlte sich großartig an, ihren Körper an seinem zu spüren.

Viel zu gut …

Ehe sein Verstand ihm wieder einreden konnte, dass man Menschen nicht küsste oder gar begehrte, presste er seinen Mund auf den ihren.

Epilog

»Warum bin ich von lauter Nichtsnutzen umgeben?!«

Sie schritt wütend durch das prunkvolle Zimmer und wäre es nicht gänzlich unangebracht gewesen, so hätte sie sich wohl das goldene Haar gerauft. So aber begnügte sie sich damit, wütend aufzustampfen, was den Mann, der neben ihr stand, dennoch die Augenbraue heben ließ.

»Was?!«, fuhr sie ihn gereizt an.

»Nichts, Herrin«, antwortete der Magier, der unter ihrem flammenden Blick kleiner zu werden schien.

»Dann scher dich weg!«, befahl sie streng. »Und komm erst wieder, wenn du mir bessere Kunde bringst! Die Legende muss wahr sein! Du bist einfach zu nutzlos, um sie zu erfüllen!«

»Ja, Herrin.« Der Magier trat rückwärtsgehend den Rückzug an und schien erleichtert, das Zimmer endlich verlassen zu dürfen.

Gerade als sich die Tür hinter ihm geschlossen hatte, klopfte es erneut dagegen.

»Wenn mir noch einmal jemand schlechte Nachricht bringt heute, dann werde ich ihn köpfen lassen!«, rief sie wütend.

Die Türklinke wurde heruntergedrückt und ein junger Mann trat ein, dessen schwarzes Haar zu einer adretten Frisur gekämmt war.

Er trug die kostbare Kleidung des Hochadels – so wie sie selbst. Wie alle hohen Magier hier in der Hauptstadt Karinth.

»Herrin«, sprach er in deutlich vertraulicherem Tonfall als der Magier, der eben gegangen war. »Ich denke nicht, dass ich meinen Kopf verlieren werde.«

Sie verengte ihre Augen und sah ihn prüfend an. »Und was macht dich so sicher?«

»Ich habe gute Nachrichten.« Der junge Mann schenkte ihr ein breites Lächeln. »Ein Sklavenschiff ist hierher unterwegs. Genauer: der ›Rote Tarkar‹. Und es wird gemunkelt, dass er ganz besondere Fracht an Bord hat.«

»Lass dir nicht alles aus der Nase ziehen!«, herrschte sie ihn an, als er eine kunstvolle Pause einlegte.

»Eine Elfenprinzessin.« Der junge Mann machte eine formvollendete Verbeugung. »Das Stück, das Euch noch fehlt, meine Herrin.«

Jetzt glitt ein Lächeln über das anmutige Gesicht der Magierin und sie rieb sich unwillkürlich die Hände. »Eine Elfin? Eine Prinzessin?«, fragt sie, um sicher zu sein, dass sie sich nicht verhört hatte.

»Ja«, bestätigte der junge Mann.

»Das sind wahrlich gute Neuigkeiten.« Sie trat auf ihn zu und legte ihm eine Hand ans Kinn. »Sorge dafür, dass ich diese Prinzessin bekomme, verstanden? Koste es dich, was es wolle! Die Legende muss sich erfüllen.«

»Zu Befehl«, sagte der junge Mann und wollte sich abwenden.

Aber sie hielt sein Kinn weiterhin fest und hauchte ihm einen Kuss auf den Mund. »Den hast du dir verdient«, meinte sie mit einem hintergründigen Lächeln. »Und jetzt bring mir diese Elfenprinzessin!«

Glossar

Altra – Reich, das aus den folgenden sechs Regionen besteht: Lormir, Fayl, Arganta, Chakas, Oshema und Merita.

Amazonen – Volk, das im Hochwald von Nordkarinth lebt. Es handelt sich um Kriegerinnen, die mehrere hundert Jahre leben können. Sie werden von den Menschen gleichermaßen gefürchtet und respektiert, da sie immer wieder Männer entführen und es viele Gerüchte über ihre Grausamkeit gibt, mit der sie ihre Sklaven behandeln. Amazonen verbinden sich mit Tieren, die ihnen ihre Fähigkeiten geben. Sie verfügen jedoch über keine aktive Magie und glauben an die Göttin Artaami.

Arganta – Region südöstlich von Lormir mit der gleichnamigen Hauptstadt Arganta.

Artaami – Göttin der Amazonen.

Dunkelelfen – auch Berg-, Schwarz- oder Schattenelfen genannt. Sie sind einfach an ihrer dunklen Haut, den roten, lichtempfindlichen Augen und dem weißen Haar zu erkennen. Dunkelelfen leben in den Bergen und unterhalb der Erdoberfläche, sind bekannt für ihre Grausamkeit und ihre Kampfeskünste. Sie halten Zwerge und Menschen als Sklaven und sind bei beiden Völkern verhasst. Aber auch die Waldelfen machen einen großen Bogen um sie.

Drachen – Auch wenn sie nur selten vor die Augen der Menschen treten, es gibt sie. Sie sind kluge, uralte Wesen, leben verborgen in den Bergen und bevorzugen meist die Einsamkeit. Sie pflegen mit den Zwergen eine alte Übereinkunft, die sowohl die Zwerge als auch die Drachen friedlich nebeneinander leben lässt. Drachen bedienen sich einer eigenen Sprache, können jedoch über Gedanken auch mit Zwergen, Menschen und Elfen kommunizieren. Sie können anhand der vier Elemente unterschieden werden: es gibt Luft-, Feuer-, Wasser- und Erddrachen.

Element Feuer – Menschen mit der Begabung Feuer sind gute Schmiede und Kämpfer. In Verbindung mit Magie kann das Feuer beherrscht werden. Zudem sind diese Magier besonders geschickt in der Kampfmagie. Beispiele für Kampfmagie–Elemente: Inferno, Meteorregen, Feuerpfeil, Feuerball, Feuerwelle, Feuer–Dämon beschwören. Angehörige dieses Elements verehren den Gott Ignas.

Element Wasser – Menschen mit der Begabung Wasser sind gute Fischer, Seefahrer und können tagelang ohne Trinkwasser auskommen. In Verbindung mit Magie kann das Wasser beherrscht werden. Diese Magier sind in der Lage, Wasser zu finden und können zudem Regen entstehen lassen. Beispiele für Kampfmagie–Elemente: Wasserwelle, Eispfeil, Eisregen, Eis–Dämon beschwören. Angehörige dieses Elements verehren den Gott Aquor.

Element Luft – Menschen mit der Begabung Luft sind gute Jäger und können Gedanken von anderen erahnen. In Verbindung mit Magie können das Wetter sowie die Gedanken anderer beeinflusst werden. Beispiele für Kampfmagie–Elemente: Sturm, Illusionen, Panik hervorrufen, Luft–Dämon beschwören. Angehörige dieses Elements verehren den Gott Aurel.

Element Erde – Menschen mit der Begabung Erde sind gute Bauern und können sich sowohl um Menschen als auch Tiere gleichermaßen kümmern. Sie können daher sowohl versorgende als auch heilende Berufe erlernen. In Verbindung mit Magie können Erdbeben erzeugt, aber auch Lebewesen vollständig geheilt werden. Beispiele für Kampfmagie–Elemente: Erdbeben, Giftpfeil, Giftwolke, Golem beschwören. Angehörige dieses Elements verehren den Gott Tellos.

Elfen – Am bekanntesten sind die Licht- oder Waldelfen. Daneben gibt es noch die Dunkelelfen, die jedoch selten das Tageslicht erblicken.

Fayl – Region im Osten von Altra mit der gleichnamigen Hauptstadt Fayl.

Ferys – Gott der Elfen.

Gorkas – Volk, das nach eigenen Aussagen mit dem Volk der Elfen verwandt ist. Ihr Körperbau gleicht dem des Menschen, sie sind jedoch größer und muskulöser. Wenn überhaupt, würde man sie wohl am ehesten dem Element Feuer zuordnen, da sie sehr gute Kämpfer sind und tödliche Waffen herstellen können. Sie leben zurückgezogen in den Wäldern.

Karinth – Kontinent westlich von Altra. Auch Schwesterinseln genannt, da er sich in zwei Inseln unterteilen lässt: Nord- und Südkarinth. Die Hierarchie in Karinth ist sehr stark ausgeprägt. Die gesellschaftliche Oberschicht bilden die Magier, die von den sogenannten ersten Propheten abstammen. Die Mittelschicht wird meist von wohlhabenden, nichtmagischen Menschen, Elfen oder Zwergen vertreten. Die Angehörigen der Unterschicht dienen oft als Sklaven für die oberen Schichten. Sklaverei ist in Karinth weit verbreitet.

Lichtelfen – Der Körperbau der Licht- oder Waldelfen ist athletisch und ihre Schönheit legendär. Angehörige dieses Volkes können Tausende von Jahren alt werden und sind damit beinahe unsterblich. Elfen sind hervorragende Jäger, beherrschen Magie und haben noch viele andere verborgene Talente, die jedoch den wenigsten Menschen bekannt sind. Denn sie hüten ihre Geheimnisse und bleiben meist unter sich in den Wäldern.

Lormir – nördlichstes Gebiet von Altra mit der gleichnamigen Hauptstadt Lormir.

Magie – Ein Teil der Menschen hat zusätzlich zu der Elementbegabung eine Magiebegabung. Ihnen wird in den magischen Zirkeln beigebracht, wie sie ihre Magie beherrschen können. Allgemein wird Magie durch die Eigenwärme des Körpers gewirkt. Es braucht jedoch viel Übung, bis ein Magier sein Element vollständig beherrschen kann.

Magierzirkel – Es existieren sechs Magierzirkel in Altra, die jeweils von einem Zirkelleiter geführt werden.

Maße – In Altra herrscht ein eigenes Maßsystem, das sich wie folgt aufbaut: 1 Fingerbreit = Breite eines Fingers; 1 Handbreit = 4 Fingerbreit; 1 Fuß = 16 Fingerbreit; 1 Elle = 1.5 Fuß; 1 Schritt = 2.5 Fuß; 1 Yard = 1000 Schritt

Menschen – Die Lebenserwartung der Menschen in Altra beträgt etwa sechzig Jahre. Die meisten Menschen haben bis zum dreizehnten Lebensjahr eine Begabung in einem der vier Elemente entwickelt. Einige davon haben sogar eine Magie–Begabung und können für die Aufnahme in einen der Magierzirkel in Altra kandidieren. Menschen leben in Dörfern und Städten. Nur die mächtigsten Magier können älter als siebzig Jahre werden, wenn sie ihre Jugend erneuern können.

Oshema – Region im Südosten von Altra mit der gleichnamigen Hauptstadt Oshema

Zwerge – Dieses Volk, deren Lebenserwartung etwa 200 bis 300 Jahre beträgt, lebt vorwiegend in den Bergen. Ihr Körperbau ist stämmig und sie sind etwa eineinhalb Schritt groß und sehr kräftig. Sie beherrschen Zwergenmagie und sind hervorragende Schmiede. Zwerge verstehen es wie keine andere Rasse, Waffen zu schmieden.

Dank

Liebe Leser

Das Dankeswort fällt mir jedes Mal sehr schwer, da ich am liebsten alle Eure Namen hier auflisten würde. Wie immer möchte ich mich an allererster Stelle bei EUCH bedanken.

Dafür, dass Ihr meine Bücher lest.

Dafür, dass Ihr sie mit Eurer Fantasie bereichert.

Dafür, dass Ihr mir so liebe Rückmeldungen gebt.

Dafür, dass Ihr meine Bücher sogar vorbestellt – dieses Vertrauen in mich ist unglaublich schön.

Dafür, dass Ihr mich täglich motiviert, weiterzuschreiben, Euch Geschichten zu erzählen, neue Abenteuer und Welten zu erkunden.

DANKE von Herzen für Eure Leserliebe.

Dann möchte ich mich gerne bei meinen beiden Testleserinnen Jasmin vom Blog ›Bücherleser‹ und Lina vom Blog ›Lina's Büchertraumwelt‹ bedanken. Danke für Eure Kritik und natürlich auch Euer Lob.

Zudem geht ein großes Dankeschön an mein Verlagsteam. Angefangen von Cover-Designer Alexander Kopainski, über die Lektorin Wolma Krefting, bis hin zu den Sternensand-Bloggern, die unseren Verlag mit so viel Herzblut unterstützen. Ihr seid allesamt großartig!

Danke an Jasmin Romana Welsch, meine Autorenfreundin und Seelenverwandte, die mich immer wieder mit lieben Worten aufgebaut hat, wenn ich ins Zweifeln geriet und mir mit Rat und Tat zur Seite stand. Der Comic über Maryo ist einfach genial geworden! Danke für Deine Freundschaft. ♥

Danke auch an meinen Mann Andi, der Testleser Nr. 1 ist und mir mit seinen lieben Worten, seinem Glauben an mich und an meine Geschichten den Rücken so sehr stärkt. Ich liebe Dich.

Auch meiner Familie und meinen Freunden möchte ich danken – dafür, dass sie hinter mir stehen und mich meinen Traum leben lassen.

Ich freue mich, bald wieder mit Euch neue Abenteuer zu erleben.

Herzlich,
Eure Corinne

C. M. Spoerri wurde 1983 geboren und lebt in der Schweiz. Schon früh entdeckte sie die Liebe zum Schreiben. Sie studierte Psychologie und promovierte im Frühling 2013. Ehe sie von der Wissenschaft zur Arbeit als Psychotherapeutin wechselte, entschied sie sich, ihr früheres Hobby wieder aufzunehmen und begann im April 2013 die Fantasy-Saga ›Alia‹ zu schreiben. Darauf folgte ›Die Greifen-Saga‹, die im selben Fantasy-Land spielt.

Über das Schreiben sagt sie: » Schreiben ist für mich kein Müssen, kein Sollen und kein Erzwingen. Es ist ein Dürfen. Ich empfinde es als Privileg, dass ich mit meiner Leidenschaft andere beschenken, sie in meine Fantasie entführen und verzaubern darf. Solange es Leser gibt, die meinen Büchern Leben einhauchen, sie mit ihrer eigenen Fantasie nähren und von ihren erlebten Abenteuern berichten, ist es der schönste Beruf auf Erden.«

›Die Legenden von Karinth‹ ist die dritte Reihe, die in Altra spielt. Weitere Fantasy–Projekte und auch Liebesromane sind dabei, Gestalt anzunehmen. Über ihre Homepage **www.cmspoerri.ch** werdet Ihr über alle Neuigkeiten informiert.

C. M. Spoerri freut sich über Post. Kontaktiert sie über ihre Homepage oder schreibt ihr direkt eine E–Mail: **info@cmspoerri.ch**

Fan werden:

- Facebook: https://www.facebook.com/C.M.Spoerri
- Twitter: https://twitter.com/CMSpoerri
- Youtube: https://www.youtube.com/user/CMSpoerri

Außerdem von C.M. Spoerri erschienen:

DIE ALIA-SAGA

DIE GREIFEN-SAGA

Überall erhältlich, wo es Bücher gibt!

Weitere Verlagstitel aus unserem Fantasy-Programm

C.M. Spoerri & Jasmin Romana Welsch
Conversion (Band 1): Zwischen Tag und Nacht
28. August 2016, Sternensand Verlag
424 Seiten, broschiert
€12,95 [D]

Jugendroman-Dystopie
Als Taschenbuch und e-Book

Jasmin Romana Welsch
Absolution: Wie man eine Sünde überlebt
28. Februar 2016, Sternensand Verlag
224 Seiten, broschiert
€12,95 [D]

Urban Fantasy
Als Taschenbuch und e-Book

Sternensand Verlag

Besucht uns im Netz:

www.sternensand-verlag.ch

www.facebook.com/sternensandverlag